哈佛百年经典

古代和现代著名航海与旅行记

[古希腊]希罗多德　等◎著
[美]查尔斯·艾略特◎主编
谭　杰◎译

北京理工大学出版社
BEIJING INSTITUTE OF TECHNOLOGY PRESS

图书在版编目（CIP）数据

古代和现代著名航海与旅行记 /（古希腊）希罗多德等著；谭杰译.
—北京：北京理工大学出版社，2014.7（2019.9重印）
（哈佛百年经典）
ISBN 978-7-5640-7095-3

Ⅰ.①古… Ⅱ.①希… ②谭… Ⅲ.①游记－作品集－世界 Ⅳ.①I16

中国版本图书馆CIP数据核字（2014）第050715号

出版发行 / 北京理工大学出版社有限责任公司
社　　址 / 北京市海淀区中关村南大街 5 号
邮　　编 / 100081
电　　话 /（010）68914775（总编室）
　　　　　82562903（教材售后服务热线）
　　　　　68948351（其他图书服务热线）
网　　址 / http://www.bitpress.com.cn
经　　销 / 全国各地新华书店
印　　刷 / 三河市金元印装有限公司
开　　本 / 700 毫米 × 1000 毫米　1/16
印　　张 / 17.75
字　　数 / 263千字
版　　次 / 2014 年 7 月第 1 版　2019 年 9 月第 2 次印刷
定　　价 / 48.00元

责任编辑 / 王俊洁
文案编辑 / 王俊洁
责任校对 / 孟祥敬
责任印制 / 边心超

出版前言

人类对知识的追求是永无止境的，从苏格拉底到亚里士多德，从孔子到释迦摩尼，人类先哲的思想闪烁着智慧的光芒。将这些优秀的文明汇编成书奉献给大家，是一件多么功德无量、造福人类的事情！1901年，哈佛大学第二任校长查尔斯·艾略特，联合哈佛大学及美国其他名校一百多位享誉全球的教授，历时四年整理推出了一系列这样的书——《Harvard Classics》。这套丛书一经推出即引起了西方教育界、文化界的广泛关注和热烈赞扬，并因其庞大的规模，被文化界人士称为The Five-foot Shelf of Books——五尺丛书。

关于这套丛书的出版，我们不得不谈一下与哈佛的渊源。当然，《Harvard Classics》与哈佛的渊源并不仅仅限于主编是哈佛大学的校长，《Harvard Classics》其实是哈佛精神传承的载体，是哈佛学子之所以优秀的底层基因。

哈佛，早已成为一个璀璨夺目的文化名词。就像两千多年前的雅典学院，或者山东曲阜的“杏坛”，哈佛大学已经取得了人类文化史上的“经典”地位。哈佛人以“先有哈佛，后有美国”而自豪。在1775—1783年美国独立战争中，几乎所有著名的革命者都是哈佛大学的毕业生。从1636年建校至今，哈佛大学已培养出了7位美国总统、40位诺贝尔奖得主和30位普利策奖获奖者。这是一个高不可攀的记录。它还培养了数不清的社会精英，其中包括政治家、科学家、企业家、作家、学者和卓有成就的新闻记者。哈佛是美国精神的代表，同时也是世界人文的奇迹。

而将哈佛的魅力承载起来的，正是这套《Harvard Classics》。在本丛书里，你会看到精英文化的本质：崇尚真理。正如哈佛大学的校训："与柏拉图为友，与亚里士多德为友，更与真理为友。"这种求真、求实的精神，正代表了现代文明的本质和方向。

哈佛人相信以柏拉图、亚里士多德为代表的希腊人文传统，相信在伟大的传统中有永恒的智慧，所以哈佛人从来不全盘反传统、反历史。哈佛人强调，追求真理是最高的原则，无论是世俗的权贵，还是神圣的权威都不能代替真理，都不能阻碍人对真理的追求。

对于这套承载着哈佛精神的丛书，丛书主编查尔斯·艾略特说："我选编《Harvard Classics》，旨在为认真、执著的读者提供文学养分，他们将可以从中大致了解人类从古代直至19世纪末观察、记录、发明以及想象的进程。"

"在这50卷书、约22000页的篇幅内，我试图为一个20世纪的文化人提供获取古代和现代知识的手段。"

"作为一个20世纪的文化人，他不仅理所当然的要有开明的理念或思维方法，而且还必须拥有一座人类从蛮荒发展到文明的进程中所积累起来的、有文字记载的关于发现、经历以及思索的宝藏。"

可以说，50卷的《Harvard Classics》忠实记录了人类文明的发展历程，传承了人类探索和发现的精神和勇气。而对于这类书籍的阅读，是每一个时代的人都不可错过的。

这套丛书内容极其丰富。从学科领域来看，涵盖了历史、传记、哲学、宗教、游记、自然科学、政府与政治、教育、评论、戏剧、叙事和抒情诗、散文等各大学科领域。从文化的代表性来看，既展现了希腊、罗马、法国、意大利、西班牙、英国、德国、美国等西方国家古代和近代文明的最优秀成果，也撷取了中国、印度、希伯来、阿拉伯、斯堪的纳维亚、爱尔兰文明最有代表性的作品。从年代来看，从最古老的宗教经典和作为西方文明起源的古希腊和罗马文化，到东方、意大利、法国、斯堪的纳维亚、爱尔兰、英国、德国、拉丁美洲的中世纪文化，其中包括意大利、法国、德国、英国、西班牙等国文艺复兴时期的思想，再到意大利、法国三个世纪、德国两个世纪、英格兰三个世纪和美国两个多世纪的现代文明。从特色来看，纳入了17、18、19世纪科学发展的最权威文献，收集了近代以来最有影响的随笔、历史文献、前言、后记，可为读者进入某一学科领域起到引导的作用。

这套丛书自1901年开始推出至今，已经影响西方百余年。然而，遗憾的是中文版本却因为各种各样的原因，始终未能面市。

2006年，万卷出版公司推出了《Harvard Classics》全套英文版本，这套经典著作才得以和国人见面。但是能够阅读英文著作的中国读者毕竟有限，于是2010年，我社开始酝酿推出这套经典著作的中文版本。

在确定这套丛书的中文出版系列名时，我们考虑到这套丛书已经诞生并畅销百余年，故选用了“哈佛百年经典”这个系列名，以向国内读者传达这套丛书的不朽地位。

同时，根据国情以及国人的阅读习惯，本次出版的中文版做了如下变动：

第一，因这套丛书的工程浩大，考虑到翻译、制作、印刷等各种环节的不可掌控因素，中文版的序号没有按照英文原书的序号排列。

第二，这套丛书原有50卷，由于种种原因，以下几卷暂不能出版：

英文原书第4卷：《弥尔顿诗集》

英文原书第6卷：《彭斯诗集》

英文原书第7卷：《圣奥古斯丁忏悔录 效法基督》

英文原书第27卷：《英国名家随笔》

英文原书第40卷：《英文诗集1：从乔叟到格雷》

英文原书第41卷：《英文诗集2：从科林斯到费兹杰拉德》

英文原书第42卷：《英文诗集3：从丁尼生到惠特曼》

英文原书第44卷：《圣书（卷Ⅰ）：孔子；希伯来书；基督圣经（Ⅰ）》

英文原书第45卷：《圣书（卷Ⅱ）：基督圣经（Ⅱ）；佛陀；印度教；穆罕默德》

英文原书第48卷：《帕斯卡尔文集》

这套丛书的出版，耗费了我社众多工作人员的心血。首先，翻译的工作就非常困难。为了保证译文的质量，我们向全国各大院校的数百位教授发出翻译邀请，从中择优选出了最能体现原书风范的译文。之后，我们又对译文进行了大量的勘校，以确保译文的准确和精炼。

由于这套丛书所使用的英语年代相对比较早，丛书中收录的作品很多还是由其他文字翻译成英文的，翻译的难度非常大。所以，我们的译文还可能存在艰涩、不准确等问题。感谢读者的谅解，同时也欢迎各界人士批评和指正。

我们期待这套丛书能为读者提供一个相对完善的中文读本，也期待这套承载着哈佛精神、影响西方百年的经典图书，可以拨动中国读者的心灵，影响人们的情感、性格、精神与灵魂。

目录 Contents

目
Contents
录

埃及记

An Account Of Egypt

〔古希腊〕希罗多德

主编序言

公元前5世纪早期，希罗多德出生于小亚细亚西南海岸的哈利卡纳苏[1]。关于他的生平，我们所知甚少，只知道他一生花费大量的时间用来旅行，旅行的目的是给自己的作品收集写作素材。后来，他在意大利南部的琐里伊定居下来，并在那里完成了他的著作。他死于公元前424年。

希罗多德的著名作品《历史》的主题是希腊各城邦与蛮人之间的战争，这部作品把我们带到了公元前479年的米卡雷的战斗中。这部作品可能是由亚历山大的历史学家们整理为九卷，每卷都有一个鲜明的主题，分别用古希腊神话中掌管文学和艺术的九位缪斯女神的名字给各卷命名。

希罗多德所搜集的资料，主要来源于听取当地人讲述民间传说和历史故事。当时他穿越了小亚细亚，进入了埃及，游历了黑海沿岸希腊各城邦以及周围的各个邻国。

《埃及记》[2]按照年代顺序叙事，不时插入一些当地国家、人民的现状，以及风俗习惯和先前的历史，关于政治的内容也经常贯串于许多稀奇的故事和传奇。

---

① 卡里亚（Caria）的古城名。

② 关于希罗多德《埃及记》中有关埃及人文、风俗、政治、军事等方面的描述存在许多质疑，历来史学家评价他笔下的故事，多为口诵传说，经不起检验。

在这部作品所描写的众多国家中，最吸引古今读者的是埃及的传说和故事。希罗多德从赫利奥波利斯和埃及的孟斐斯、底比斯的祭司们那里，知道了埃及国土的大小、尼罗河的奇迹、他们的宗教祭祀仪式以及他们那些神圣的动物。他讲述了鳄鱼奇怪的生存方式和不可思议的鸟——凤凰，人们的衣着、葬礼和尸体防腐技术，还有忘忧果、纸莎草、金字塔、大迷宫以及他们的国王、王后和妓女等神奇的故事。

然而希罗多德不仅仅是一位传奇故事的讲述者，还是个很虚心的史学家——也许对于现代人来说，他比较容易轻信——他慎重地把自己所观察所了解到的，与仅仅是自己推测的及别人讲述的区分开。他坦率地承认自己的无知，并且当对同一事件存在不同的说法和看法时，他会全部给出来，让读者都了解。因此现代严谨的史学家——尽管他们有更先进的其他的验证方法，但有时还是可以从希罗多德的作品中学到超过希罗多德本人所知的更多的东西。

有充分的证据证明，希罗多德具有一种哲学的历史观。在他的这部作品中，不仅贯穿了强烈的希腊民族情感，这种情感在诸如对马拉松、温泉关、萨拉米斯等战役的描写中上升到了一个相当高的程度。他还深深地相信命运和复仇女神，这种宿命论也在这部作品中有所体现。他相信，命运是由于人们经常引用神谕决定，所以神谕就会应验；经常提到天意注定的事物，最终就会获得那样的事物。人类的过度繁荣激起了众神的嫉妒，并且把灾难降临到人的头上。他的书中记录了波斯人最后的颠覆，他认为，这正是人类没有摆脱命运控制的最明显的例子。

除了在史学方面的重要贡献外，希罗多德还是“说书人之父”。“希罗多德的作品简单，读起来令人愉快。”杰文斯说，“他如此不矫揉造作，令人愉快，他的作品读起来是如此自然轻松，以至于我们常常忘记是在阅读一些艰深难解的东西，在希罗多德的作品里总会有意外的收获。这是希腊文学中产生的第一个散文艺术作品。这种散文作品，其文学价值没有后来者可超过，即使在后来使用笔的数个世纪以来，都没有产生任何更轻松或更可读的散文，这是第一部结合了历史的和文学的散文。”

查尔斯·艾略特

埃及国王居鲁士死之后，王位便由他与帕尔那斯佩斯的女儿卡桑达涅所生的儿子冈比西斯继承了。卡桑达涅死于居鲁士之前，居鲁士曾因为她的死而深深哀悼，而且还发布公告，要求其治下的所有臣民都要为她哀悼。冈比西斯，也就是刚才我所提到的卡桑达涅和居鲁士所生的儿子，把爱奥尼亚人和爱奥里斯人都看成是从他父亲那里继承的奴隶。他率领着其统治下的所有人，包括他所统治的希腊人，出征埃及了。

在普撒美提科斯成为埃及人的国王之前，埃及人一直都认为他们自己是人类当中最先产生的民族。从普撒美提科斯登上王位后，他们就想知道哪里的人最古老，他们认为弗里吉亚人比他们还要古老，他们自己比其他民族要古老。但是普撒美提科斯找不到任何方法来查明哪里的人是最古老的，于是他便想了这样一个办法：

他把两个普通人的新生婴儿交给一个牧羊人，叫他把这两个婴儿放在羊群当中哺育。哺育的办法是这样，不许任何人在这两个婴儿面前说任何话，而且让他们睡在没有其他人去的屋子里，只在合适的时候才把山羊领去，让他们吃饱羊奶，但是在其他方面要尽量满足他们的需要。普撒美提科斯给牧羊人这些指示的目的，是想知道婴儿在停止了无意识的哭泣之后，他们第一次会说出什么话来。于是，事情就这样开始了。

两年的时间过去了，在这期间，牧羊人都按照国王的吩咐去做了。终于，有一天，当牧羊人打开那个屋子的门进去时，两个孩子都跑到他面前祈求地望着他，嘴里发着倍科斯（bekos）的音，向他伸出了他们的双手。开始的时候，当牧羊人听到这些，他还没有反应过来，没有吭声。但是后来当他不时地来看护他们的时候，他听到他们总是重复着这个词。最后他便把这事报告给了国王，并按照国王的命令，把两个孩子带到了国王的面前。

普撒美提科斯亲自听到他们说的这个词后，就开始查询哪个民族把什么东西称为倍科斯。经过查询，他发现弗里吉亚人用这个名字称呼面包。根据这样一个事件来推导，埃及人逐渐开始承认弗里吉亚人是比他们更加古老的民族。

这个故事是我从住在孟斐斯的赫菲斯托斯的祭司们那里听来的。

希腊人中间还流传着许多其他版本的故事：有的说，普撒美提科斯是先割掉了某些妇女的舌头，然后把这些孩子跟这些妇女放在一起生活。

除去上面所提到的之外，我在孟斐斯和赫菲斯托斯与祭司们谈话时，还听到很多更有趣的事情。我甚至为了证明他们所谈是否属实，而特意到底比斯和黑里欧波里斯去了多次。据说黑里欧波里斯的人对埃及人的有关记载是最了解的。

我听到了很多他们关于神的叙述——我不打算完全记录下来，但我会列出他们的神的名字。我知道，关于埃及人的神的事情，所有人都知之甚少。我将尽量详细地记录我所听到和见到的事情，因为我被这个民族的智慧完全折服了。

关于最早出现的人类的事情，祭司们与埃及人自己的说法是完全一致的——祭司们说，埃及人是地球上人类当中第一个想出了计年方法的人类，并且把一年的时光分成十二部分。根据他们的说法，他们是从星辰的知识中想出了这种方法的。根据我的观点，他们计年的方法要比希腊人的高明，因为按照希腊人的方法，他们要每隔一年插进去一个闰月，才能使季节平衡，但埃及人的方法是把一年分成有三十天的十二个月，每年另外再加上五天，这样一来，季节的更替就与所制定的历法完全吻合了。

他们还谈到是埃及人最先使用了十二位神的名字，后来希腊人也从他们那里吸纳了这些用法。他们也是第一个给某些神设坛、造像、修建神庙，并且把各种图像刻到石头上去的民族。

祭司们在讲述上面的事情时，尽量用事实向我证明，他们所说的是真实的。

他们还告诉我说，埃及第一位国王的名字叫米恩。在他统治的时期，整个埃及几乎是一片沼泽，只有底比斯除外，在今天莫伊利斯湖往下的全部土地都淹没在水中，而从莫伊利斯湖到海岸边要七天的行程。

我认为他们所谈的关于这块土地上的事情，说得很对。因为任何人，只要他具有正常的理解力，即使以前从来没有听说过埃及，但只要看到埃及，就会明白这显然是真实的，那就是希腊人乘船所到的埃及这片土地是埃及人所赢得的附加物，也是河流的馈赠。不单是河流下游的地方，就是乘船沿河而上，行程达三天之内的地区也是如此。虽然祭司们在讲述的时候没有继续谈到这一点，然而对于同样的事情有另外一个例子可以说明，那就是关于下面所谈到的埃及土地的性质：首先，如果你从海上向陆地方向航行，在距离陆地还有一天航程的时候，你放下探测绳，探测绳就会把海底的淤泥带上来，而且你也很容易知道那里的海深是11英寻[①]。也就是说，河流从陆地上冲刷下来的泥土一直沉积到这么远的地方。

其次，根据我们为埃及所定义的疆界(即从普休提涅海到沿着卡西欧斯山而伸展开来的谢尔包尼斯湖)，埃及的海岸线长度大约是60司科伊诺斯[②]。

一般来说，领土较小的国家用英寻来测量土地；而领土较大的国家用弗隆[③]来测量土地；领土更加辽阔的国家用帕勒桑[④]来测量土地；而疆域更加宽广的国家则用司科伊诺斯来测量土地。

1帕勒桑等于30弗隆，而埃及人所用的司科伊诺斯等于60弗隆。这样看

---

① 英寻（Fathom），探测水深的长度单位，1英寻主要用于航行与采矿，1英寻合6英尺或1.852米。

② 司科伊诺斯（Schoines），埃及人所用的距离单位，1司科伊诺斯大约为12070米。

③ 弗隆（Furlong），长度单位，1弗隆相当于201.168米。

④ 帕勒桑（Parasang），古代距离单位，1帕勒桑约为3.5英里。

来，埃及的海岸线的长度就达到了3600弗隆。

从海岸线向内陆到黑里欧波里斯之间的地方，是埃及最富饶广阔的土地，这片土地是平坦、多水的沼泽地带。从海岸到黑里欧波里斯的距离与从雅典的十二位神的祭坛到披窿的奥林匹亚·宙斯神殿的距离大约相当。如果仔细计算一下，会发现这两段距离相差不超过15弗隆。从雅典到披窿，是1485弗隆，而从海岸到黑里欧波里斯正好是1500弗隆。

从黑里欧波里斯再向里，是一片狭长的土地。一面是阿拉伯山脉，这山脉从北向南横贯至西南，一直伸展到红海。孟斐斯的金字塔所用的石块，就是从位于这个山脉中的采石场开采出来的。

山脉在我所说的地方到了末端，然后从那里折回。最宽的地方，据我所知从东到西要花两个月的旅程。最东部的边界地区盛产乳香。山脉的情况大概就是如此。

在靠近利比亚的这一面，埃及以另一条层峦恋叠嶂的山脉为屏障，金字塔就位于这中间。这条山脉的山体多岩石，并且包裹在沙砾之中，山脉的走向与阿拉伯山脉一样，也是向南延伸的。

另一方面，从黑里欧波里斯向外走，属于埃及的地方很少。我们溯河而上，经历四天的航程后，就会到达一片狭窄的土地。上述山脉之间土地是平坦的，而在最狭窄的地方，也就是阿拉伯山脉和人们所说的利比亚山脉之间，宽度还不到200弗隆。过了这个地方，埃及又变得宽阔了。

从黑里欧波里斯到底比斯，沿河走需要九天的行程，距离有4860弗隆或81司科伊诺斯。如果加在一起用弗隆计算，埃及全部距离的总和如下：海岸线的部分如我所说，是3600弗隆长；从海岸边到内地底比斯的距离，是6120弗隆。底比斯和称为埃勒凡泰尼的城市之间的距离则是1800弗隆。

根据我自己看到的以及祭司们所说的，埃及人拥有的土地正是我上面谈到的这些。

在孟斐斯以上，上述两条山脉之间的地方，我推测这里曾经应该是一个海湾，就像伊里昂和铁乌特拉尼亚以及以弗所一带地区与迈安德平原一样，都曾经是海湾，如果比较大小的话，这里只不过要小一些罢了。

河流的规模，决定了它们冲积形成的土地的大小。以上谈到的河流，在规模上没有一条可以与尼罗河五个河口当中的任何一个相提并论。

此外，还有一些河流，尽管它们不像尼罗河那样长，却也冲积形成了大片的陆地。我举一个例子，阿凯洛司河流经阿卡尔那尼亚之后注入大海，但它使一半的埃奇那戴斯群岛成为了大陆。

现在，在离埃及不远的阿拉伯区域，有一个从红海伸出来的海湾，非常狭长。现在就让我谈一谈这个海湾的长度和宽度：在长度方面，如果一个人乘船划桨，从其最里端出发，穿越整个海湾到大海要航行40天；在宽度方面，最宽的地方要航行半天。那里每天都有潮汐起落的现象发生。

我认为，现在位于埃及的土地过去曾经是另一个类似的海湾：它从北海延伸到埃塞俄比亚；我将要提到的另一个阿拉伯湾却是向南延伸到叙利亚。这两个海湾的尽头都非常靠近，相互之间只隔着很小一块土地。我之所以有这个想法，是因为如果尼罗河这样奔腾不息地流入阿拉伯湾的话，有什么能阻碍这个海湾在两万年的时间里不被这条川流不息的河流带来的泥沙所填满呢？照我计算，以尼罗河冲积而成的陆地大小来看，一万年的时间就可以填满了。因此可以得出推论，在我出生之前，这条急流的大河已经把一个比现在这个海湾大得多的海湾变成了陆地。

我相信那些告诉我这些事情的祭司们所说的话，也完全信服他们所说的一切。我看到，尼罗河是从很远的地方流到海里去的，但是却在山上可以看到贝壳，地面上到处都有一层薄薄的盐，使得附近的金字塔都受到了侵蚀，而孟斐斯上方的那座山是埃及唯一的砂山。此外，埃及的土地与周围的土地都不相同，既不像与之相邻的阿拉伯的土地，又不像利比亚的土地，也不像叙利亚的土地（因为在阿拉伯的沿海地区住着的是叙利亚人）。它的土壤主要是黑色的碎土，仿佛是河流从埃塞俄比亚带下来的泥土和冲积土。我们知道，利比亚的土壤略带红色并且多沙，而阿拉伯和叙利亚的土地却主要是黏土和岩石。

从祭司们那里听来的另一件事，对我来说，是关于这个国家的一个有力证据。

根据他们的说法，当莫伊利斯国王统治的时候，无论什么时候，河水只要上升8库比特[1]，就会把埃及位于孟斐斯以下的土地全部淹没。当祭司们向我讲述这件事的时候，离莫伊利斯去世还不到900年。不过现在，除非河水上升16库比特或至少15库比特，否则它不可能淹没这块土地。因此，根据我的看法，如果陆地按着这样的速度不断增高，而面积也同样在不断扩大，那么，居住在莫伊利斯湖下方其他地区的埃及人，尤其是在所谓的三角洲上的居民，总有一天会因尼罗河中止泛滥而永久地遭到类似于他们常提到的希腊人曾经经历过的那些苦难。

以前，当埃及人听说希腊人的全部土地都是用天上的雨水来灌溉，而不是像他们那样，是因为河水的泛滥而得到灌溉时，他们说，总有那么一天，希腊人会对自己对上天巨大的期待感到失望，并且会遭受到饥荒的不幸。这个话的意思就是，如果什么时候神不再给希腊人送来雨水了，而使他们长期遭受干旱的话，希腊人就会被饥荒所毁灭，因为他们除了从宙斯那里得到水源之外，实际上是没有其他水源。这就是当时埃及人谈到关于希腊人的情况。

现在再让我谈谈埃及人本身的情况。如我刚才所说，如果孟斐斯下方的陆地（这是一块在不断扩大的土地）的高度继续同以往一样的速度上升的话，如果那个地方没有雨水而河水又不能泛滥到他们的田地里的情况下，当地的居民怎么可能不遭受饥荒呢？然而，现在可以确信的是，他们在收获大地的出产物方面，比世界上其他民族所花费的力气都要少，也比其他的埃及人要少。因为他们不需要花费力气用犁开垦土地，不需要锄地，也不需要付出其他人种庄稼所必须付出的劳动。在当地，当河水自己泛滥开来，灌溉了他们的土地置换，又退回到河里，然后农夫们就在自己的土地上开始播种，播种完了又让猪上去，利用猪把这些种子踩进土里，最后就等着收割了。他们同样也是用猪来打谷的，然后把粮食收集保存起来。

爱奥尼亚人认为只有三角洲那块地方才是埃及，如果我们采用他们的观点，那么从被称为帕尔西斯的瞭望塔到佩鲁希昂的腌鱼场有40司科伊诺

---

① 埃及长度单位，相当于4.57米。

斯的距离，再向内地延伸到凯尔卡索洛斯城，在那里尼罗河分成了两条，分别流到佩鲁希和卡诺波斯两个地方。至于埃及的其余部分，他们认为部分是属于阿拉伯的，部分是属于利比亚的。

我认为如果我们接受这种看法，那就可以在此宣称，以前埃及人没有自己的土地。因为正如我们所看到的，三角洲是冲积而形成的，可以说是近来才出现的，埃及人自己的说法和我的观点也是如此。如果他们最初连居住的国土都没有的话，他们为什么要浪费精力去证明他们比其他民族产生得早呢？也就更不必用婴儿来试验，看看婴儿一开始会说出什么样的语言了。

然而，我不认为埃及人的产生与爱奥尼亚人称为三角洲的地方的形成是在同一时期。他们应该是自人类形成以来就存在了的，而且随着他们的土地不断向前推进而增加，他们中的很多人留在了最早的土地上，另外，也有很多人逐渐迁移到地势更低的地方。但至少有一点是可以确定的，那就是在古代，底比斯那个地方就叫埃及，其周长大约为6120弗隆。

如果我们对这些事情判断正确的话，爱奥尼亚人关于埃及的看法是不合理的。但是如果他们判断正确，那么我就可以说，古代希腊人和爱奥尼亚人都不懂怎样测算，因为他们声称整个陆地分为三部分：欧洲、亚洲和利比亚。因此，他们应该另外加上埃及的三角洲这个部分，因为这块地方既不属于亚洲，也不属于利比亚。因为按照这种划分方法，至少不是尼罗河把亚洲和利比亚分开的。然而尼罗河在三角洲的一个端点处分成众多支流，然后围绕着三角洲流过，结果就在亚洲和利比亚之间形成了这块土地。

我们把爱奥尼亚人的看法抛开不管，就此事也来表达一下我们自己的判断。我们认为埃及人居住的全部地方就是埃及，同理，基利基亚人居住之处就是基利基亚，亚述人居住的地方就是亚述。准确地说，除去埃及的边界之外，我们对于利比亚和亚述的边界知之甚少。然而，如果我们接受古希腊人通常所持有的看法，那我们就会认为从大瀑布和埃勒凡泰尼城开始，整个埃及被分成两个部分，一部分属于亚洲，另一部分属于利比亚，因此也就带有了各个部分的名称。原因就在于当尼罗河从大瀑布向前流到大海时，就把埃及从中间分开了，它直到凯尔卡索洛斯城时都是单独的一条河流，但就从那里开始，它分散开，成为了三条；其中一条流向东方，叫佩鲁希河口；另一条流向西方，叫卡诺包斯河口；而一直流下来的那一条，到达三角洲的顶点后，继续向前，把三角洲从中间切开，然后流入了大海，这条河的水量跟其他两条的同样多，也同样有名，被称作赛本尼提克河口。然后又有两个另外的两个河口从赛本努铁斯分出去流到大海，一个叫作赛第河口；另一个叫作门提西亚河口。另外，博尔比提涅河口和田园河口都不是天然形成的，而是人工挖掘而成的。

阿蒙神殿的一次神谕证明了我提出的关于埃及领土面积计算的看法，而我是在形成了关于埃及的看法以后，才听到这个神谕的。

当时在埃及与利比亚接壤那部分领土上有两个城市，分别叫作玛列阿和阿庇斯，这两个城市的居民认为他们自己是利比亚人而非埃及人，而且认为埃及人的宗教习俗是他们的负累，因为这些习俗禁止他们食用牛肉。他们派人到阿蒙神那里，说他们与埃及人没有共同之处：因为他们住在三角洲之外，与埃及人观念也不一样，他们就希望能够不受限制地吃任何东西。然而阿蒙神没有允许他们这样做，而是告诉他们，凡是尼罗河流过和灌溉过的土地就是埃及的区域，而凡是住在埃勒凡泰尼城的以下地区并饮用尼罗河河水的人就是埃及人。因此，这就是神对于此事给他们的答复。当尼罗河处于泛滥的时候，不但泛滥到三角洲地区，而且还泛滥到被称之为利比亚以及阿拉伯的土地上去。有时泛滥到离两岸达两天行程之远的地方，有时甚至还要远一些，但有时会近一些。

关于这个河的特性，我都得不到有关的信息，无论是祭司们那里，还是其他人那里。我特别想从他们那里知道这样一些事情，比如，为什么尼罗河的流量从夏至起会一直增大，这个时间长达100大左右，当达到这个时间点之后，水位就会很快回落，水流也随之而减弱了，然后整个冬天水位都持续保持在底位，一直到第二年夏至。我曾询问过埃及人，是什么样的力量使得尼罗河具有与其他所有河流相反的特性。但我从埃及人那里没有得到关于此事的任何解释。我也查询过有关资料，想要知道我所说的关于尼罗河的这些情况，还有为什么与其他所有河流不同，尼罗河上没有微风吹出来。

然而，有些希腊人为了获取多智的美名，就对于河水的这些现象给出了三种解释，其中有两种我认为都没有什么价值，只是谈一下它们的情况就行了。

其中第一种解释说，是季风阻碍了尼罗河流入海，这就是引起河水高涨的原因。但是在还没有起季风的时节，尼罗河如往常一样出现同样的情况。而且，如果这种因素存在的话，那么其他与季风风向相反流向的河流也应该受到与尼罗河相同的，甚至更大的影响，因为那些河流相比而言都更小，水流也更弱。在叙利亚和利比亚都有很多这样的河流，但它们都没有受到像尼罗河这样的影响。

相比上面提到的解释而言，第二种解释显得更加无知，甚至让人匪夷所思。按照这种解释，尼罗河产生这样的情况是因为它是从大海中流出来的，而大海又是流遍整个大地的。

第三种解释最不符合实际，也最错误百出，与其他两个说法相比更加的荒诞无稽。该解释宣称，尼罗河水来自融化的雪水。然而尼罗河从利比亚流出来，流经埃塞俄比亚的中部，然后进入埃及。而这条河是从世界上最热的地方流到较冷的地方的，怎么可能是因融化的雪形成的呢？的确，大多数这样的事实都可以让任何一个人（只要这个人能够对这样的事进行推理）确信，尼罗河水根本不可能来自融化的雪水。第一个最有力的证据就是：从这些地区吹出来的都是热风。第二个证据是：这块土地一直都降水不足，并且全年无雪。第三个证据是，由当地的居民身上得来的，因为他们黑色的皮肤就是炽烈的太阳照射的结果；此外，鸢和燕子终年都留在这块土地上，没有飞到别处，并且每到天气转冷的时候，鹤都会有规律地从赛西亚飞过来避寒。因此，如果在尼罗河流经之处以及其发源地会下雪的话，我们就不得不承认任何这类情况都是绝对不可能发生的。

至于用海洋来解释这些的人，简直就是无中生有地编造神话了，完全没有必要予以驳斥。因为就我而言，从来不知道有叫作海洋的河流存在。我想是荷马或在他之前的某位诗人杜撰了这个名字，并把其用在了他的诗篇里面了。

既然我发现上面所提出的观点存在错误和缺陷，对于这些存在疑问的事情，现在我有责任提出我个人的意见来了。我按照我的观点来解释一下尼罗河水在夏季上涨的原因。在冬季，暴风把太阳吹出它在太空中原来的轨道，来到了利比亚的上方。如果要用最简洁的方式来做结论的话，现在就可以这样解释了：因为无论什么地方，只要是太阳神接近最多的地方，以及其直接从上方通过的地方，就会被认为是最缺水的，当地的河流也最容易干涸。

如果再详细一点解释的话，就是这样：在太阳经过利比亚上空的过程当中，对其产生了如此的作用——那里的天气，终年都是晴朗而温暖的，没有寒风吹拂，当太阳经过那里时，就像夏天所起的作用一样，它先吸收了水汽，并驱使这些水汽来到了内陆的上空，风把这些水承接过来，然后再把这些水汽散布开来并融入雨水之中。因此，理所当然地，从这个地区吹出的风（也就是南风和西南风）应该是一年里所有风当中水分含量最多的。

然而我认为，太阳并没有把每年从尼罗河吸上来的水全部发送出去，而是保留了一些在身旁。在冬日里，暖和一些的时候，太阳重新回到它在天空正中的轨道上面去，并开始同样地从所有的河流中吸收水气。到那时，其他的河流会因大量流入的雨水而流量大增，变成了汹涌的激流，所有流经的土地，也因此被冲出沟壑。但到了夏天，因为缺少雨水补充，而太阳又吸取了它们的水分，这些河的水流因此而减弱了。然而，与所有的河流都不同的是，尼罗河不但没有得到雨水的供应，还被太阳吸收了水分。因此自然而然地，它冬天的水量比正常的水量少得多，也就比夏天水量要少得多。因为在夏天，如同其他河流一样，它也被太阳吸收了水分，但在冬天，唯独只有它的水分被太阳吸收。因此，我认为引起这些现象产生的原因就是太阳。而且我觉得，也正是因为当太阳经过天空时，使得途经之处变得非常灼热，所以也就使这些地区的空气变得非常干燥，同时使利比亚的上部地区变得常年如夏。然而，如果把季节交换一下，北风和冬天所占的位置，由南风和夏天所取代，这样的话，太阳就会被冬天和北方从天空中央驱赶到欧洲内部去，就和目前其来到利比亚的内陆一样，并且按照其轨迹会穿越整个欧洲。如果这样，我估计在这个过程中，太阳对伊斯特河所起的作用，就如同现在对尼罗河的作用一样。

至于为什么没有微风从尼罗河上吹出来，我的看法是这样：从炎热的地方当然不会有任何风吹出来，而微风总是从寒冷的地方吹向热一些的地方。

事情就是这样了，它原本也就是这样的。至于尼罗河的来源，和我谈过话的埃及人、利比亚人或希腊人几乎没有一个对此有所了解。只有埃及撒伊司城雅典娜圣库的抄写员是个例外。当他告诉我说，对于尼罗河的水源了解得非常清楚时，我觉得他的语气不是很严肃。他的说法是这样的：在底比斯地区的西奈城和埃勒凡泰尼城之间，有两座顶很尖的山，分别叫作克罗披山和摩披山。据他所说，尼罗河的源头就是从这两座山之间流出来的，那里有一个深不可测的水源，其一半的水向北流入埃及，另一半的水向南流入埃塞俄比亚。关于这个深不可测的水源，他还说，埃及国王普撒美提科斯曾经尝试探测过它的深度，他命人制造了一根长达几千英寻的绳子，把它放入水源，却发现深不见底。

如果这个抄写员所说的话是真的，那么在水源里应该有一些很强的涡漩和一股逆流，这样当水流冒出来冲向山壁时，放下来的探测绳就根本不可能达到水源的底部。对于此事，我再也没办法从其他人那里得到任何信息了。

最终，我到埃勒凡泰尼城亲自视察了一番，又在往上的地区听到很多传闻，综合起来后，我所能知道的全部情况是这样的：

当从埃勒凡泰尼城沿河而上时，由于土地逐渐升高了，人们需要溯河行进，就好像人拉着牛那样，要抬着船的每个边，还要系上一根绳子拉着船。如果绳子断了，船立刻就会被水流冲走。在这样的河道上要航行四天，这里的尼罗河与迈安德罗司河一样曲折，这样的距离有12司科伊诺斯。在这之后你便会踏上一块平坦的原野，尼罗河在这里被河流中间一个叫作塔孔普索的岛分成两支。

埃勒凡泰尼城以上的地方住着埃塞俄比亚人，他们占据着该岛的一半，而埃及人占据着另一半。在岛的附近有一个大湖，埃塞俄比亚的游牧部落在这个大湖的周围环湖而居。经过这个大湖之后，就又进入到流入该湖的尼罗河中。这之后，你就得上岸，并在陆地上行进40天，因为在尼罗河水中有伸出水面的尖锐的礁石，而水下还有许多暗礁，因此船只不可能通过。在经过40天的沿河跋涉之后，你就又能够再乘船沿水路前行12天的航程，这之后，你就会来到了一个叫作麦罗埃的大城市。

这座城市据说是埃塞俄比亚人的母亲城。居住在该城的人们只崇拜宙斯和狄厄尼索斯两个神。他们对这些神都非常尊崇。他们还建立了一个宙斯神的神谕所，无论在何时，无论向任何地方，只要神谕命令他们进军，他们就进军。

从这座城市河上行，花费从埃勒凡泰尼城到埃塞俄比亚人的母亲城同样的时间，你会来到一个叫作“逃亡者”的地方。现在“逃亡者”又被叫作阿斯玛克，如果翻译成希腊语，意思就是“站在国王左手边的人”。

这些人总数达到24万之多，属于埃及人中的武士阶层，他们是由于以下原因反叛而来到埃塞俄比亚人这里的：普撒美提科斯当政时，建立了一些卫戍部队：一支驻扎在埃勒凡泰尼城来防备埃塞俄比亚人；另一支驻扎在佩鲁希的达普奈防备阿拉伯人和亚述人；还有一支驻扎在马力昂防备利比亚人。甚至到我的时代，波斯人的卫戍部队按照与普撒美提科斯的时代同样的方式，在埃勒凡泰尼城和达普奈都有卫戍部队进行防守。

我所谈到这些埃及人的卫戍部队在前哨守卫了三年，却没有人来替换他们。因此，他们就共同商议了一下，采取了共同的行动，全体反叛普撒美提科斯，前往埃塞俄比亚。普撒美提科斯知道这事后，就在后面追赶他们，当追上时，他反复地恳求他们，尽力劝说他们不要放弃他们故乡的神灵，以及他们的妻儿及家人。对此，据说其中一个逃亡者指着自己的阳物回答说，无论他们到哪里，都会有自己的妻子儿女的。当到达埃塞俄比亚之后，他们把自己交给埃塞俄比亚的国王来处置。埃塞俄比亚国王奖赏他们的方式是这样的：因为某些埃塞俄比亚人与他有矛盾，不服从管辖，他就命令他们把这些埃塞俄比亚人赶走，就居住在这块土地上。自从埃及人在这块埃塞俄比亚土地上定居以后，埃塞俄比亚人学会了一些埃及人的风俗习惯，使得他们的性情比先前更加温和了。

尼罗河除了在埃及境内的部分地区以外，就是远至陆路与水路四个月行程的地方了。也就是从埃勒凡泰尼城到上述的“逃走者”的土地所要花费的时间。在那里，河水是从西方日落的地方向东流的，然后再往上流到什么地方去，就没有人知道了。当地太热，因此也就成了一片沙漠。

然而，我从库列涅的一些居民中听到一些说法，他们告诉我说，有一次他们到阿蒙的神谕所去，并且与阿蒙人的国王埃铁阿尔科斯交谈过，在谈论了其他事情之后，他们偶然谈到了尼罗河，以及怎么会没有人知道它的源头所在。对此事埃铁阿尔科斯说，曾经有一些纳撒蒙人（利比亚人的一个部族，居住在塞耳底以及以东不太远的地区）曾到他的宫殿来，他曾问到，他们能否告诉他关于利比亚的荒漠地区更多的、他所不知道的情况时，他们回答他说：在他们中间有一些酋长的儿子性情狂放不羁，在长大成年之后，他们就去干各种荒诞而放纵的事，而且他们还派出五个抽签选出的人到利比亚的荒漠地带去看看，试一试他们能否深入到比前人到过的最远的地方还要远的地方去探查。

利比亚的邻近北海的地区，也就是从埃及一直延伸到利比亚另一端的索洛埃司岬的全部地区，由许多不同部落的利比亚人沿着海岸居住着，只有部分地区由希腊人和腓尼基人所拥有。但位于海岸以及沿海居民的居住地以上的地区，是利比亚野兽经常出没的地方。从这个地区再往上，是一片沙漠，那里极度缺水，是完全的荒漠。

有一年，一些被挑选出来的年轻人，带着充足的水和粮食出发了。开始他们还行进在有人居住的地区，这之后，他们就来到了野兽出没的地区，然后又进入一片沙漠。他们从东到西在沙漠上行进，走了许多天后，他们终于到达了一块从没有人到过的平原。这平原上长着一些树木，上面还结着果实。他们就开始采摘这些果实。这个时候，一些比普通人矮小的侏儒过来把他们抓住，并把他们带走了。

纳撒蒙人与这些侏儒们相互之间语言不通，无法交流。他们被挟持着穿过一片沼泽地带，最后来到一座城镇，那里的人都和挟持着他们的侏儒一样高，肤色黝黑。一条大河由东向西流过这个城镇，河里还有着鳄鱼。

现在，我不再转述阿蒙国王埃铁阿尔科斯所说的故事了，我大致讲一下后面的事情。根据库列涅人所说，最后纳撒蒙人安全地回到了自己的土地上，而他们所见到的那些侏儒，是一个以巫师为职业的民族。至于那条流过他们城镇的河，埃铁阿尔科斯猜测应该是尼罗河。

另一个的原因也使得我们认可这个看法，因为尼罗河从利比亚流出，并从它的中部流过。按照我根据已知来判断未知的方法推测，它应该是发源于和伊斯特河相同距离的某个地方。

伊斯特河发源于凯尔特人居住的地方和披列涅城附近，把欧洲从中部分开（凯尔特人居住在赫拉克勒斯柱之外，毗邻居住在欧洲最西端的库涅西欧伊人），之后流经整个欧洲，最后汇入黑海，位于河口的伊斯特里亚半岛是米利都人的一个殖民地。因为这条河流过的地方都是有人居住的，所以它的情况就众所周知了。但是尼罗河的源头却无人知晓，因为它所经过的利比亚是一片人迹罕至的沙漠。

然而，关于这条河的河道的情况，是我尽最大所能探查到的了。然后它从利比亚流入了埃及。在埃及的位置上是对着基利基亚山区的，从那里到黑海的锡诺普，对于一个负担不太重的人来说，大约需要五天的直线行程。而锡诺普又与伊斯特河流入黑海处的地方相对着。因此，我认为尼罗河流过了整个利比亚，并且其长度与伊斯特河的长度相当。

就尼罗河而言，所谈的这些已经足够了。然而关于埃及，我将更加详细地介绍。因为这块土地上拥有比任何一个地方都要多的令人惊异的事物，这块土地可以和任何一块土地相媲美，这是难以用言语表达的。为此，在下文中要更详细地谈谈这个地方。

埃及的气候、土地与河流的性质以及大部分的风俗习惯都与世界上其他国家和地区截然不同。他们的女人在市场上谈生意，坐在家里纺线的却是男人；织布时，世界上其他地方的人把纬线往上推，但埃及人却往下拉；埃及女人用肩担东西，男子用头顶东西，而其他地方的人却常常男人挑担，女人顶东西；埃及的女人站着小便，男人却蹲着小便；他们在大街上吃东西，却在自己的家里大小便。他们宣称这样做的理由是，那些不体面然而却是必要的事情要秘密地做，而那些得体的事情应该公开来做；女人不可以担任男神或是女神的仆人，但男人可以；儿子如果不愿意的话，没有义务赡养他们的父母，但是女儿即使不情愿，她们也必须赡养父母。

在其他地区，神的祭司们都留着长发，但是在埃及，他们却是把头发剃光的；按照其他地方的风俗，当对死者表示哀悼时，死者最亲近的人要剃发，但在埃及，人们在平时剃发，而当他们有亲人死去的时候，他们反而把须发留长；别的地方的人的起居是与牲畜分开的，而埃及人却和牲畜混杂在一起居住；其他地方的人靠小麦和大麦为生，但对于任何埃及人来说，靠这些东西过活是极大的耻辱，他们用玉米（有些地方的人称为斯佩尔特小麦）做面包。他们用脚和面，却用手和泥，以及收集粪便；埃及人是实行割礼的，而其他民族，除了那些向他们学习的之外，把他们的成员都当作上天造就的。至于服装方面，每个埃及男人有两件衣服，而每个埃及妇女却只有一件；别的地方的人把帆的系环和帆索系在船的外侧，而埃及人却在内侧。在用皮革书写文字和运算的时候，希腊人是用手从左往右书写，但埃及人是从右往左书写的；尽管如此，他们还是说，他们是向右，而希腊人是向左的。他们还使用两种完全不同的文字，一种叫作圣体文，另一种叫作普通体文。

他们对宗教的虔诚程度远远超过其他民族。关于这一点他们有着如下一些风俗：他们用铜杯饮水，他们每天都要把这些铜杯清洗干净：不是仅仅只有一部分人这样做，而是所有人都如此。他们穿着总是洗涤一新的麻布衣服。关于这方面比较特别的是，他们行割礼是为了干净；他们认为干净比漂亮更重要。

祭司们每两天就要把全身的毛发剃一遍，以便在他们在主持祭祀神灵的时候，没有虱子或其他污秽之物沾到他们身上。祭司们只穿麻制的服饰和纸莎草做的便鞋。他们不许穿其他材料制成的衣服或鞋子的。他们每天白日里用冷水沐浴两次，夜里再洗两次。除此之外，他们还要遵守无数的教规和礼仪。然而他们也得到很多好处。因为他们既不用消耗也无须花费自己的任何物品或金钱，而且每天还有专门烤好的面包供奉给他们，他们还得到大量新鲜的牛肉和鹅肉以及葡萄酒。但是他们不可以吃鱼，此外，埃及人根本不种蚕豆，即使是天然长出来的，埃及人不管生熟都不会吃。祭司们甚至连看它一眼都无法忍受，因为在他们眼中中，蚕豆是一种不洁净的豆类。

每个神都有不止一个祭司，而是有很多祭司来祭祀，其中有一个人是主祭司。只要有祭司去世，那么他的儿子就会被委派来接替他的职务。

他们认为公牛是属于埃帕波司神[①]的，因此他们检验公牛时，会专门任命一个祭司来进行检查，看这头牛身上有没有黑毛，哪怕只有一根，这头牲畜就是不洁净的。这个祭司会检查它的全身，先叫它站着，然后再叫它仰卧下来。在这之后，他又把牛的舌头拉出来，根据一些规定的特征（我将在其他的地方谈到这些规定）来看看它是否洁净。他还要检查牛尾巴上的毛，看它是否是自然生长的。如果这头牛在通过了所有这些检查，并被宣布为洁净的话，祭司就在它的角上用纸莎草卷起来做个记号，抹上封泥，再用他的指环在上面按一个印记，然后让人把它牵走。如果有人把没有经祭司盖上印鉴的牛用作祭品的话，会被处死。供奉的畜类就是这样检查的。

他们认定的祭祀供奉方式如下：他们把按了印的牲畜领到用来奉献的祭坛那里，点上火，然后在祭品前面的祭坛上撒上奠酒，呼唤神的名字，然后割断祭品的咽喉，把它的头切下来，再把它全身的皮剥下来。最后祭司就会拿着这个祭品的头来念一阵咒语；如果当地有市场，并且那里又有希腊人做贸易的话，他们就把这头带到市场卖掉，如果没有希腊人的话，他们就把头扔到河里去。他们对着祭品的头念一阵咒语的目的是这样：如果有任何不幸将要降临到供奉祭品的人，或者全埃及的话，他们祈祷这不幸会转移到牛头上面来。对祭品的头念咒以及用酒来祭奠，这些习俗在埃及人所有的祭祀中都是一样的。

而给祭品剖腹和烧烤祭品的方法，每一种祭品却是不相同的。我来谈一下在埃及人崇敬的所有神灵中，他们视为最伟大的女神的祭祀情况，这个祭祀他们也作为最隆重的节日来庆祝的。具体过程是这样的：把公牛剥了皮之后，他们开始祈祷，祈祷完之后，他们就把这头牛的腹部切开，除了保留上半部的内脏和脂肪以外，把其余的都取出来，然后切掉它的四条

① 宙斯和伊俄的儿子。

腿、臀部、肩部和颈部。这些完成之后，接下来他们用供奉用的面包、蜂蜜、葡萄干、无花果、乳香以及各种其他香料把牛体内的空隙填满，把这些填满之后，他们用大量的油淋遍祭品的全身，然后用火烤它。他们是禁食之后才来献祭的，当祭品被烤燃时，他们就会捶胸哀悼，最后把祭品没有烧掉的部分拿来举行宴会。

所有的埃及人都是使用洁净的公牛和发育完全的牛或其他动物来当做祭品的。他们从不用母牛当做祭品，因为母牛是奉献给伊西司神的。伊西司是埃及人敬畏的女神，这个女神的外形像一个妇女，但有一对母牛的角，在形象上与希腊人的伊奥神[①]相似。所有埃及人对于牛的崇敬都相似，都远超过其他牲畜。

正是因为这个原因，埃及人无论男女，都不会与任何希腊人接吻，也不会使用任何希腊人的刀子、烤叉或者锅，或是尝一下任何用希腊人的刀子切过的肉，即使这个肉是来自一头洁净的动物也不行。

对于死掉的牛，他们用如下的方式处理：他们把母牛扔到河里，把公牛埋在城郊，把一只角有时是两只角，露在外面作为标记。等牛的身体腐烂，指定的时期到来时，会有一艘来自普洛索披提斯岛上来的船到每个城市来收集牛骨。

普洛索披提斯岛是尼罗河三角洲地带的一个岛，周长为9司科伊诺斯。普洛索披提斯岛上还有许多城市，其中只有一个是派船来收集牛骨的，那个城市叫做阿塔尔倍奇斯。在城中有一座神圣的阿普洛狄特[②]的神殿。很多人从这座城市出发前往各个方向，有的到这个城市，有的到那个城市。当他们把牛骨挖出来之后，就把这些牛骨汇集起来，埋在了同一个地方。他们也用与埋牛相同的办法来埋葬其他死去的牲畜。对于这些家畜他们制定了同样的规定，并且他们也不屠宰这些家畜。

底比斯人的宙斯神殿或者底比斯地区的埃及人都只用山羊当做祭品，不用绵羊。除了对于伊西司和对他们来说相当于狄厄尼索斯的奥西里斯

① 伊奥，宙斯的情人之一，为了避免被王后赫拉发现，宙斯将伊奥变成母牛。

② 阿普洛狄特主管爱与美的女神。

（狄厄尼索斯——希腊神话中的酒神）这两个神他们崇拜相似以外，不是所有的埃及人都同样地崇拜相同的一些神。恰恰相反，那些有着孟迭司神殿的人们，或是属于孟迭司人地区的人们却都放弃山羊，而是用绵羊来祭祀。现在，底比斯人和那些效仿他们不用绵羊的人们说，他们中间所建立的这个风俗习惯是由于如下的原因而来的：赫拉克勒斯非常诚挚地希望见到宙斯，但是宙斯不愿意被他看到。最后，在赫拉克勒斯非常迫切的恳求之下，宙斯想出了一个办法：他剥了一只公羊的皮，把它的头割掉，并把它的头举在自己的前面，身上就披着剥下来的羊皮。在经过这样的伪装之后，赫拉克勒斯见到了他。因此，埃及人制作的宙斯神的神像就有了一个公羊的头，阿蒙人就传承了这一做法。作为埃及人和埃塞俄比亚人的移民的后裔，阿蒙人用的语言也是两种语言的混合。因此，按照我的看法，阿蒙人的得名是来自宙斯神，因为埃及人就是把宙斯叫做阿蒙。底比斯人不用公羊用来做祭品，而把它们看得很神圣，就是这个原因。然而，在每年宙斯的祭日，他们宰掉一只公羊，把它的皮剥去，然后披到神像上面，就像宙斯自己披上羊皮一样。然后，他们又一起把赫拉克勒斯神像抬到宙斯神像的面前来。当这些完成之后，神殿里的所有人就为这只公羊捶胸哀悼，然后就把它埋到圣墓里去了。

根据埃及人的说法，赫拉克勒斯是十二个神之一。但在埃及的任何地方我都没有听说过希腊人所了解的另一个赫拉克勒斯。而且有证据表明，赫拉克勒斯这个名字不是埃及人从希腊人那里传承过来的，相反地是希腊人从埃及人那里得到的，也就是那些希腊人把赫拉克勒斯这个名字给了底比斯王安菲特律翁的儿子。对此，我可以提出许多其他的证据，在这些证据中，有一点要特别提到，也就是赫拉克勒斯的父母是底比斯王安菲特律翁和阿尔克墨涅，他们都出生在埃及。他们首先就会自然而然地保留对这些名字的记忆。根据我的推断，和现在一样，当时一些希腊人经常进行航海，并且是航海的民族，因此埃及人会对这些神的名字会比赫拉克勒斯的名字更为了解。然而，事实上赫拉克勒斯是埃及一位古老的神。据他们说，在阿玛西斯当政之前的17000年前，神的数目就由八位变成了十二位，其中一位就是赫拉克勒斯。

然而，为了尽可能地确定这些事情，我亲自到腓尼基的推罗旅行了一次，因为我听说，那里有一座备受尊崇的赫拉克勒斯神殿。我拜访了这座神殿，发现里面的陈列非常丰富，有很多贵重的供奉品，尤其是有两根柱子：一根由纯金制成，另一根是由巨大的祖母绿石制成的，而且会在夜里发光。在与神殿的祭司交谈时，我问到了这座神殿修建的历史。我发现他们的说法与希腊人的说法大相径庭。因为他们说，在建这座城市的时候，就同时修建了这座神殿，而他们在这里居住的时间已经有2300年了。在推罗我还看到另一座以萨索斯为姓的赫拉克勒斯神殿。因此我又到萨索斯去，我在那里看到了赫拉克勒斯的另一座神殿，这座神殿是出海寻找欧洲时在这个岛上殖民的腓尼基人修建的。他们修建这座神殿的时间比底比斯王安菲特律翁的儿子在希腊出生的时间还要早五代。通过我的这些考察，可以很清楚地看出，赫拉克勒斯是一位古老的神。在我看来，希腊人修建两种赫拉克勒斯神殿的做法非常妥当。其中一位赫拉克勒斯是奥林匹亚之神，他们把他作为不死之神而向他献祭，而他们把另一位作为已故的英雄来献祭。

此外，在希腊人讲过的许多未经考虑的众多故事当中，关于赫拉克勒斯的一个传说是特别的荒谬。据他们说，当赫拉克勒斯来到埃及时，埃及人给他戴上一个花环，然后把他带到一个队伍当中，打算把他作为祭品献给宙斯。他一直保持着沉默，但当他们在祭坛前面开始举行祭祀时，他突然展现了他的神勇，把他们全都杀死了。我认为这个传说恰好证明了希腊人根本不了解埃及人的本性和风俗习惯。埃及人祭祀的时候，除了用清净的猪、公牛以及鹅之外，甚至都不用家畜作祭品的，他们又怎么可能用人来做祭品呢？此外，如果像他们所说的那样，赫拉克勒斯作为一个凡人，又怎么可能杀死众多参加祭祀的人呢？对这些事我谈了这么多，我祈求神和英雄会宽恕我言语方面的不敬吧！

我前面所提到的埃及人是不用公山羊或是母山羊作祭品的。原因是这样的：三角洲的埃及人认为潘恩是属于在十二神之先的八神之一。在埃及，画家和雕刻家呈现的潘恩神的形象与如同希腊的一样，他长着山羊的脸和腿。但实际上他们不认为潘恩神真的就是这个样子，或者像其他的神。然而为什么他们把他呈现成这副模样，原因我还是不说了。尼罗河三角洲的埃及人对所有的山羊都非常尊崇，对公山羊的尊崇程度比对母山羊更高（牧羊人也比其他牧人得到更大的尊敬）。所有公山羊中有一只特别受到尊崇，当这只山羊死去时，整个尼罗河三角洲地区都要举行大型的哀悼。在埃及语中，山羊和潘恩都叫作曼德斯。此外，在我的一生当中，那里还发生了一件令人惊讶的事，据说一个女人公然与一只公山羊进行了性交，对于这件事，当地的所有人都可以证明。

埃及人把猪看作一种不洁净的牲畜。有这样一些事例可以证明，首先，如果一个埃及人在路过时偶然碰触了一只猪的话，他就会立刻到河里，穿着衣服浸入河里以洗涤污秽。其次，即使养猪人是埃及本地人，也不能像其他所有人那样，不得进入埃及范围内的任何庙宇，也没有任何人愿意把自己家的女儿嫁给任何养猪人，或是从养猪人中娶妻，因此养猪人就只有在他们之间相互通婚。埃及人认为猪不能够作为献给神的祭品，只有对狄厄尼索斯和月亮是例外。在满月的时候，他们用猪作祭品同时向狄厄尼索斯和月亮献祭，随后就把这只猪吃掉。至于为什么他们在别的祭祀中很厌恶猪，而在这个祭典中却用猪作祭品，其原因我知道，但我认为不适合说出来。他们用猪当作祭品祭祀月亮的情形是这样的：当祭司把祭品宰杀后，把它的尾巴尖、脾脏和胎膜放在一起，并盖上从祭品的腹部掏出来的全部脂肪，然后用火把它烧尽。而其余的肉，他们就在祭祀当天（也就是满月的那天）吃掉。这之后在一年当中的任何一天，他们根本不会再尝一下的。而穷人因为穷困，就用面做了一只猪，用火烤好之后再作为祭品奉献给神。

至于对狄厄尼索斯的祭祀是这样的：在其祭日的前一天晚上，人们在他们自己家门口用割喉的方式宰杀一只猪来献祭，祭祀完之后，他们就把祭品交回给卖猪给他们的养猪人，让他带走。在祭祀狄厄尼索斯的其他方面，除了埃及人没有伴有合唱的舞蹈以外，埃及人的庆祝方式与希腊人对狄厄尼索斯的祭祀方式在各个方面几乎完全相同，另外，埃及人还创造了另外一个物件来代替男性生殖器，也就是一个约有一库比特高的人像，人像的男性生殖器可以动，和人像本身的大小差不多。人像是由绳子来操纵的，妇女们带着它到各个村庄去巡游。一个吹笛的人在前面走，妇女们唱着狄厄尼索斯神的赞美诗，跟在后面。至于为什么人像拥有一个比正常的要大的多的男性生殖器，而且全身只有那一部分能动，对此他们有一个宗教方面的理由来解释。

然而，我觉得阿米铁昂的儿子墨兰波斯对此不会不知道，而且他应该非常熟悉这个仪式。是墨兰波斯把狄厄尼索斯的名字、其祭祀礼仪以及带着男性生殖器巡游的风俗介绍给希腊人的。当然，严格地说，他并不是全部都懂，因此他没能把所有的东西都介绍过来，不过从他以后，许多智者已经把他所介绍过来的东西补充得更为充分了。但不管怎样，是墨兰波斯教会希腊人在祭祀狄厄尼索斯的游行队列中使用男性生殖器的，从他那里他们也学会了现在所做的事情。因此，我认为，墨兰波斯富有才干，并且懂得预言术，他在埃及学到了许多东西，包括有关于狄厄尼索斯的祭祀礼仪，他把这些加以轻微的改变之后教给了希腊人。

因为我不认为埃及的狄厄尼索斯祭祀仪式是碰巧与希腊的祭典十分相似，如果是那样的话，希腊的仪式就应该具有希腊的特色，也不会是最近才引进过来的了。我也可以确定地说埃及人不可能是从希腊人那里学到了这些风俗习惯或任何其他的东西的。我认为最可能是墨兰波斯从推罗人卡德莫斯以及那些随卡德莫斯从腓尼基来到现在被称为贝奥提亚的地方的人们那里学到了有关狄厄尼索斯祭典的事情。

此外，我通过调查发现，几乎所有神的名字都是从埃及传入希腊的，它们起源于外邦人那里，而且我认为其中很大一部分起源于埃及。除去波赛东和狄奥司科洛伊（与我前面所提到的一致），以及赫拉、赫斯提亚、忒弥斯、卡里忒斯和涅瑞伊得斯这些名字之外，其他的神名都是埃及人一直以来就知道的。我在这里所说的也就是埃及人自己所说的。至于他们声称不知道名字的那些神，除波赛东之外，我认为是希腊人从佩拉斯基人那里获知的。而他们又是从利比亚人那里知道波赛东这个名字的。而且波塞东的名字最初就出现在这个民族。利比亚人一直崇拜这个神。

需要补充一点，埃及人没有任何崇拜英雄的习俗。人们当时所遵守的这些习俗和我要谈到的其他习俗都是希腊人从埃及人那里吸取的。但是带有男性生殖器的那些赫尔墨斯的神像是他们从佩拉斯基人那里学到的，雅典人是希腊人中首先接受这一习俗的，其他希腊人又是从雅典人那里学到它的。当雅典人跻身于希腊人的行列时，佩拉斯基人就与他们杂居在一起，正是由于这个原因，佩拉斯基人也开始被看作希腊人了。不知道是什么人创造了神秘的卡倍洛伊的仪式，萨莫色雷斯人是从佩拉斯基人那里学到了这个仪式，现在还实行着，他们懂得我所表达的意思。正是由于那些与雅典人住在一起的佩拉斯基人以前住在萨莫色雷斯岛，萨莫色雷斯人就获知了他们的秘密。因此，雅典人便从佩拉斯基人那里学会了这一习俗之后，雅典人就成为希腊人当中第一个制作了带有男性生殖器的赫尔墨斯神像。

关于此事，佩拉斯基人曾讲过一个宗教故事，这个故事在萨莫色雷斯的秘密宗教仪式中曾经进行过说明，我是从多多那听到这件事的。先前佩拉斯基人在所有献祭过程中都习惯于祷告时向神呼号，但是他们并不具体呼叫任何一位神的头衔或名字；因为他们还不知道任何神的名字。他们把它们统称为神，以便安排好所有的东西，以及分配好这些东西。很久以后，他们从埃及学到了除狄厄尼索斯之外的诸神的名字，又过了很久，才学到了狄厄尼索斯的名字。于是佩拉斯基人就到多多那的神谕所去咨询请示关于神的名字的事。因为这个神谕所被看作希腊最古老的一个神谕所，在当时也是唯一的神谕所。佩拉斯基人在多多那的神谕所请示，他们是否应该采用来自蛮人的名字时，神谕命令他们采纳这些名字。从此之后，在祭祀时他们就开始使用这些神的名字了；后来，希腊人又从佩拉斯基人那里学到了这些名字。但是，这些神诞生于何处？或者他们是否从天地之初就存在了？他们的形象是什么样的？希腊人也是最近才知道了这些。

按照我的观点，赫西奥德与荷马的时代也就比我的时代早400年，不会更多了；是他们为希腊人编撰了众神的系谱，赋予了诸神的名号、荣誉和排名，并且说明了他们的形象。然而，在我看来，那些据说比赫西奥德与荷马更早的诗人实际上在他们之后。这些事情当中，开头部分是多多那的女祭司们所说的；后面的关于赫西奥德和荷马的部分是我的看法。

有关希腊人中的神谕以及利比亚中的神谕，埃及人讲了下面的传闻。

在底比斯的宙斯的祭司们告诉我说，有两个为神庙服务的女人曾被腓尼基人从底比斯带走，后来听说，其中的一个被卖到了利比亚，另一个被卖到了希腊。他们说，这两个女人在那两个地方第一次建立了神谕所。当我问他们从何处知道这些确切情况时，他们回答说：祭司们曾努力地搜寻过这两个女人，却没能找到她们，是到后来才听到他们所告诉我的这个故事的。

这些是我从底比斯的祭司们那里听来的，下面是多多那的女先知们所说的：据她们说，有两只黑鸽子从埃及的底比斯飞了出来：一只到了利比亚，一只到了多多那；多多那的那只落到一株橡树上，并且用人语说那里必须建一座宙斯的神谕所，当地人认为这是神的旨意，他们就照办了。到利比亚的那只鸽子命令利比亚人建一座阿蒙神（也就是宙斯）的神谕所。多多那的女祭司们给我讲述了这些，她们当中，年纪最大的是普洛美涅亚，其次是提玛列捷，最年轻的是尼坎德拉；其他多多那神殿的有关人员也证实了她们所说的。但对于此事，我是这样认为的：如果腓尼基人确实带走了这两个奉献给了神的女人，把她们一个卖到了利比亚，一个卖到了希腊，那么，我认为这个女人被卖到了现在希腊（以前称为佩拉斯基亚）的铁斯普洛托伊人居住的地方了；并且在那里成为了奴隶，她在一棵橡树下建立了一座宙斯的神殿。因为她本来就是底比斯宙斯神殿的一名侍女，她对那里的事物都有着清晰的记忆。这之后，当她会说希腊语之后，她就说了一个神谕，她说她的姊妹也被同样把她卖过来的腓尼基人卖到了利比亚。

我认为就是多多那的当地人把这些女人称为鸽子的，因为她们发出来的声音像鸟叫一样；被认为是蛮夷之人，但过了一阵之后，当地人说这个鸽子开始说人话了，实际上就是那些女人说出的话他们可以听懂了。但只要她讲原来的话，他们就会认为她是在像鸟一样叫了。如果真的是一只鸽子的话，又怎么可能讲人话呢？传闻中说鸽子是黑色的，他们就是指那个女人是埃及人。埃及的底比斯与多多那发布神谕的方式极其相似；而且用祭品来占卜的方法也来自埃及。

此外，埃及人也确实是最先在祭日进行庄严集会、游行和举行宗教活动的民族。希腊人从他们那里学到了这些，我的理由是，埃及的庆祝仪式很久以来就有了，而希腊的是最近才被介绍过来的。在一年之中埃及人经常举行庄严的集会。其中最特别的，也是最热情的是在布巴斯提斯市为阿耳特弥斯举行的集会；其次是布希里斯为伊西斯举行的集会。因为位于埃及三角洲的中央的布希里斯城里有一座宏大的伊西斯神殿，在希腊语中伊西斯叫作得墨忒耳[①]。第三是在撒伊司为雅典娜举行的隆重集会；第四是黑里欧波里斯的太阳集会，第五是布托的列托集会，第六是帕普雷米斯市的阿瑞斯集会。当人们到布巴斯提斯市去参加集会时，他们是这样做的：他们用船把男人和女人一起送来，每只船上都乘坐着许多的男女，一些女人打着手里的鼓，一些男人在整个行程中吹奏着笛子。其余的人不分男女，就唱歌和鼓掌。途中经过两岸的市镇时，他们都把船靠岸；一些女人继续打鼓，而另一些女人大喊大叫地戏弄当地的女人，还有一些女人在跳舞，甚至有一些女人还站起来掀起自己的衣服来。这就是他们在经过沿岸的各个城镇的情况。来到布巴斯提斯后，他们举行活动并用丰富的祭品来庆祝。这个祭日里消耗的葡萄酒比一年中其余的全部时间里消耗都要多。根据当地人所说，参加祭日活动的人数，除小孩以外的成年男女，就有七十万人。这就是他们在那里所做的。

至于布希里斯城的伊西祭司祀的仪式，我已经谈过了。在当地，无数男女在祭祀仪式结束后捶胸哀悼。我于宗教的原因，我不能说明他们所哀悼的是谁。住在埃及的卡里亚人在这件事上比埃及本地人做得更甚，因为他们还用小刀切开自己的前额，以此来证明他们是外来者而不是埃及人。在撒伊司城集会奉献祭品期间，在某个晚上，埃及人都在自己房子外面的周围点上许多油灯。这种油灯是一个盛满油与盐的混合物的碟状器皿，灯心浮在上面。整夜这些油灯都点着，这个祭祀因此就被称为灯祭。在祭日的那天夜里，那些不参加祭典的埃及人，也要和其他人一样小心守夜，不能让油灯熄灭。不仅撒伊司这一个地方，全埃及都盛行这种点灯的习俗。为什么要点灯并且对于这一夜给予特别的重视和荣耀，对此是有一个宗教的传说的。

---

① 希腊神话中主管农业和丰产的女神，婚姻、女性和家庭、社会秩序的庇护者。

埃及人每年到黑里欧波里斯城和布托城只是为了奉献祭品：但是在帕普雷米斯，人们像别的地方一样奉献祭品和进行拜神仪式。除此之外，当太阳落山时，只留下几个祭司照看神像，大多数祭司手里拿着木棍，站在神殿入口。另外有上千人，手里拿着木棍，站在祭司们的对面，在那里许愿。在祭日的前一天，祭司们就把保存在包着金箔的一个小木质神龛里的神像拿到另一个圣堂去了。负责照料神像的几个祭司拉着一辆四轮马车，马车上放着那个神像和小木质神龛。另外那些守在神殿门口的祭司不许马车进去。于是许愿的那些人就前来协助神像并且冲击他们，另一方就会进行防卫。结果就进行了用木棍为武器的猛烈争斗，他们打破了一个又一个人的脑袋，虽然，埃及人说在械斗中没有发生过死亡，但我认为应该有人会因为所受的伤而毙命的。

关于这个祭日的起源，当地的人有这样一个说法。他们说，战神阿瑞斯的母亲曾住在这个神殿里，而阿瑞斯不是被自己的母亲养大的，但是他长大成人后却想见到自己的母亲。但当他来见他的母亲时，因为之前从来没有见过他，侍者拒绝他进去，结果他没能如愿。因此，阿瑞斯就到另一个市镇纠集了一批人，并且凭着这些人的帮助惩罚了侍卫，最终进了神殿，得以见到了自己的母亲。因此，就有了在这个祭日里进行一场木棍争斗来祭祀战神阿瑞斯的风俗。

埃及人最先在宗教规则方面规定：禁止在神庙的范围内与女人交媾，并且在与女人交媾后没有沐浴者也不得进入神庙。但除希腊人和埃及人外，几乎其他民族，都有在神庙内与女人交媾，而且在与女人交媾后没有沐浴就进入神庙的事情发生，因为他们认为在这件事上人和野兽一样没有什么分别。他们说，人们可以看到各种野兽和鸟类在神庙和圣域之内交配，如果这样会令神不快的话，野兽是不会这样做的。

他们为其行为的这种辩护，我是不同意的。而埃及人在这一方面，以及在关于神圣仪式的所有其他方面一样，都特别小心，注意不破坏神庙的宗教习俗。虽然和利比亚接壤，但埃及的野生动物并不多。埃及人把这里所有的野生动物都看作神圣的。如果要解释一下为什么这些神圣的动物会奉献给神的话，那我就可能要谈到有关于神的事情了，我特别不愿意谈到这些。实际上我所说的只是大约涉及他们，因为不可避免，所以不得不勉强这样说的。关于这些动物有一个这样的习惯。一些埃及人（男女都有）被指定来分别喂养各种动物，并且这个职务是代代相传的。每个城市的居民在对神许愿时，都要向属于这个神的动物奉献一些东西，具体是这样：他们许愿之后，就给自己的孩子剃发，要么全剃，要么剃一半，要么剃三分之一，然后把这头发放在天秤上来称。不管头发的重量多少，都要把同等分量的银子交给这些动物的喂养人，喂养人就把同等价值的鱼切碎来喂它，因为这些鱼就是用来喂养它们的食物。假如有人杀死了一只圣兽，如果是故意的，就要被处以死刑；如果是误杀，就要按照祭司所规定的数量付出罚金。如果有谁杀死了朱鹭或鹰，无论是故意的还是误杀，一律处以死刑。

在埃及，生活在人类身边的动物非常多，如果不是因为发生了有关猫的意外事件，数量还要多得多。原来当母猫生了小猫之后，便就不再和公猫交配在一起，但是公猫想和母猫住到一处交配却又得不到母猫的同意，于是最后公猫们便想出一种办法，这就是它们要么用暴力，要么偷偷地把小猫从母猫那里偷出来，然后杀死，但是不吃掉它们；因为母猫们非常喜欢小猫，失去了小猫之后就想再有小猫，因此它们就愿意与公猫交配了。此外，每当火灾发生时，猫身上似乎就会发生神奇的事情。埃及人隔着一定的距离站着，关注着那些猫，却不去扑灭燃烧的大火，猫就会悄悄地溜过人群中间或是从他们身上跳过，跳到了火里面。当这种事情发生后，埃及人就要进行大型的哀悼。无论在什么人的家里，如果一只猫自然死亡，那么住在这所房子里的所有人都只把眉毛剃去；如果死的是一条狗，他们就要剃头。死猫都要送到布巴斯提斯城的灵庙去，在那里制成木乃伊，然后埋起来。狗是各自埋在他们原来城市的圣墓里。猫鼬埋葬的情况和狗一样。但是，鹰和鼩鼱要送到布托城去，朱鹭要送到海尔摩波里斯去。在埃及不常见到的熊以及比狐狸大不了多少的狼，尸体在什么地方被发现就在原地掩埋。

鳄鱼的特性是这样的：在冬天最寒冷的四个月里，这种动物什么都不吃；它有四只脚，是水陆两栖的动物。母鳄在岸上产卵和孵化，一天当中它们大部分时间是生活在干燥的陆地上，但是它们整夜都待在河里，因为在夜里，河里的水比空气和露水温暖。在我们所知道的世间所有的生物中，这是一种在体积上能够从开始最小的长成最大物体的动物。因为鳄鱼蛋比鹅蛋大不了许多，而刚孵化的小鳄鱼和蛋的大小差不多。可是当它长大后，可以达到17库比特或者更长。它的眼睛和猪的眼睛很相像，它有与其身体成正比的巨大牙齿。与其他所有动物不同，它没有舌头。它的下颚不能动，只能上颚动。它还有强大而有力的爪，背上有穿不透的鳞。在水里鳄鱼看不见任何东西，但是在陆地上时，它的目光变得非常敏锐。由于住在水里，它的口腔里一直充满了水蛭。所有的鸟兽都会避开它，只有蜂鸟能与它和平相处，因为蜂鸟对它是有益的。当鳄鱼从水里上岸的时候，它就张开大嘴躺在那里（多半是向着西面张着），然后，蜂鸟就到它的嘴里去吞食水蛭。鳄鱼对这个益处非常受用，因此它就不去伤害这种小鸟。有一些埃及人把鳄鱼看成圣兽，而另一些埃及人却把它看成是敌人。住在底比斯附近的人们和在莫伊利斯湖周边居住的人们把鳄鱼看作最神圣的动物。在这两个地方，都专门养了一只从所有鳄鱼中精心挑选出来的鳄鱼，训练它听从使唤。他们把熔石或是黄金的吊饰戴在鳄鱼的耳朵上，在它的前脚上套上脚环，每天给它吃一定数量的食物和一些活的东西；他们在它活着的时候尽最大的可能好好对待它，在其死后把它制成木乃伊，然后埋到圣墓里面。但那些居住在埃勒凡泰尼城市的人们却不把鳄鱼看作神圣的动物，他们甚至吃鳄鱼的肉。他们不称它们为鳄鱼，而称之为卡姆普撒。爱奥尼亚人称它们为鳄鱼，把它们的形状比作是出现在他们国家的石墙上面的称为克罗科戴奥的蜥蜴。有很多种方法捕捉鳄鱼。现在只谈谈在我看来值得介绍的那一种。首先，把一块猪脊骨肉放在钩上作饵，然后让这块肉漂到河的中间，这时猎人带着一只活的小猪在岸上，并且打它。听见猪的叫声，鳄鱼就会顺着叫声过来，当它碰到这块猪脊骨肉便把它吞了下去。这时岸上的人们就会拉动钓绳。当他们把鳄鱼拉上岸时，猎人们首先要做的就是用泥把它的眼睛糊上。做好这件事之后，这个猎物就很容易控制了，如果没能做到这一点，就很麻烦了。

河马在帕普雷米斯地区是神圣的，但在埃及的其他地方却不是。河马的形状是这样：有四条腿，有像公牛一样的偶蹄，鼻子是塌的，鬃毛像马，獠牙是外露的，叫声也像马叫。它的体型和最大的牛相同。皮非常粗糙且厚实，干燥后可以做成投枪的柄。尼罗河里也有水獭，埃及人认为这种动物也很神圣。在所有的鱼当中，一种叫列披多托斯的鱼和鳗鱼，以及禽类当中的狐鹅，都被当着尼罗河的圣物看待。

还有一种被称为凤凰的圣鸟，除了在画上，我没有亲眼见过它。事实上，这种鸟非常罕见。根据黑里欧波里斯人的说法，每隔五百年，当它的父鸟死亡的时候，它才在这里出现一次。如果凤凰与画中一样的话，其大小和特点就是这样的：它的一些羽毛是金色的，其余的是红色的，它的外形轮廓、大小与鹰相似。关于这种鸟，他们的说法（但我不能相信这个故事）如下：它从阿拉伯出发，带着全身涂着没药的父鸟，它把父鸟带到太阳神的神殿，把父鸟埋葬在那里。据埃及人说，为了带上父鸟，凤凰用没药先做了一个可以携带的卵形物体，而且尝试着把这个物体带起来飞行，试试它能否经得住这样的重量，然后它把这个卵形物掏空，把父鸟放进去，再用没药填满卵中的空隙。这样这个卵就与开始的重量完全相同了。包完以后，它就把父鸟带到埃及，将它安葬在太阳神的神殿里。关于这个鸟的故事，他们所传说的就是这样。

在底比斯的附近，有一些圣蛇，它们对人完全无害。它们的个头很小，头顶上长着两只角。这些蛇死后，被埋在宙斯的神殿里，因为据说这些蛇都是宙斯的圣兽。此外，在阿拉伯有一个地区位于布托城的对面，我曾经到过那里，打听关于带翼的蛇的事情。当我到达那里时，我看到了蛇骨和脊椎，数量如此之大以至于根本难以计数：脊椎有许多堆，大小不一。在山间狭窄的山路进入平原的入口处到处都散布着蛇骨，峡谷的出口在一片广阔的平原处，这片平原与埃及的大平原相连。传说春天来临之际，翼蛇就从阿拉伯飞到埃及来，但是在这个峡谷有一种叫伊比斯的鸟不准它们进入峡谷，还把它们全部杀死。根据阿拉伯人的说法，埃及人是因为伊比斯鸟所做的事情而对它非常崇敬，埃及人自己也承认这一点。伊比斯鸟全身漆黑，两只腿和仙鹤的腿相似，喙部弯曲度很大。其大小与秧鸡相仿。这就是与翼蛇相斗的伊比斯鸟的外形。伊比斯鸟其实有两种，人们比较常见的一种是这样的，它的头部和整个颈部是裸露的；它的毛在头、颈、翅膀尖端和尾巴是漆黑的，而其余部分是白色的；鸟的腿和头部的外形与其他伊比斯鸟相似。翼蛇的样子和水蛇一样，其两翼没有羽毛，而是像蝙蝠的两翼。关于圣兽这个话题，就到此为止吧。

就埃及人本身来说，那些居住在埃及耕作区的人们保存的记忆超过任何其他民族，而且是在迄今为止所有我接触过的人当中历史知识最为丰富的。他们的生活方式是这样的：在每一个月里，他们会连续三天服用泻药，他们用呕吐和灌肠的办法来达到保健的目的。因为根据他们的观点，人得病全都是由他们所吃的东西造成的。甚至即使没有这个办法，埃及人在健康方面也是在世界上仅次于利比亚人的（我认为是由于这些原因：那里一年四季的气候都没有什么变化；因为天气的变化，特别是季节的变化，人类就非常容易生病），他们吃一种用小麦制造的，他们称为库列斯提斯的面包。在酒类方面，他们喝一种大麦做酒；因为埃及不出产葡萄。他们吃生鱼，或晒干的鱼，或盐腌的鱼。他们把鹌鹑、鸭子和比较小的禽类腌了生吃，除去埃及人认为是圣物的动物以外，其他各种禽类以及鱼类都会烤好或煮熟之后才吃。

当富人举行酒宴时，用完餐之后，会有人呈上一个模型，是一具有大约一库比特或两库比特长，做得和原物很相似的棺材和尸体。这个东西会给赴宴的每一个人看，看过后会说："请大家及时行乐吧，不然看看这个，你们死后就是这个样子的啊。"这就是他们大摆宴席时的风俗。他们遵守着祖辈的风俗习惯，并且不增添任何其他的东西。

在他们的风俗习惯当中，有这样一个风俗也值得一提：他们传唱着一首歌，就是在腓尼基、塞浦路斯以及其他地方所唱的利诺斯歌。每个民族对这首歌都有不同的名字，但这就是与希腊人唱的叫作利诺斯相同的那首歌。但埃及人如何得知这首歌的，在我看来应该算是埃及众多怪事之一。然而很显然，从远古时起他们就在传唱这首歌了。而在埃及语当中，玛涅洛司就相当于希腊语的利诺斯。埃及人说，他们第一个国王的独生子就叫玛涅洛司，但他早逝了，因此埃及人便为他唱这首歌来哀悼他。他们说，这是他们最早的，也是唯一的一首歌。埃及人还有一种风俗与希腊人中的拉凯戴孟人的风俗相同，也就是当年轻人遇到年长者时，要到在路旁避让，而当年长者走近年轻人时，他们要站起来。但是他们还有另一种任何希腊人都没有的习惯，那就是在路上相遇时，行人是不会开口相互打招呼的，他们只把手伸到膝盖行礼示意。埃及人穿一种称为卡拉西里司的内衣，这种内衣用麻布制成的，内衣的边垂在腿的四周，内衣外面罩着白色的羊毛外衣。但是毛织品不能带入神殿或与逝者一同埋葬。因为这是他们所信仰的宗教不允许的。在这一点上，他们是遵从着与被称为俄尔普斯和巴科司的一致的教仪，并且也与那些毕达哥拉斯教的教义一致；因为凡是参加过这些秘密的宗教仪式的人，去世时都不能穿着羊毛的衣服下葬。关于这件事，是记述在一个宗教的故事里。

除此之外，埃及人还算出每一个月和每一天分别是属于哪一位神；他们可以根据一个人的具体的生日算出这个人将来的命运，他将如何死去，他将是一个什么样的人。这些被那些作诗的希腊人加以利用。他们所找出的预兆比所有其他民族的都要多：当发生一件他们认为是预兆的事情后，他们就会关注发生的后果并记载下来；如果再次发生同类的事情，他们就认为会有相似的后果产生。至于埃及人的预言术，那是与神有关的事情，绝不是任何凡人的事情；在当地有赫拉克勒斯、阿波罗、雅典娜、阿耳特弥斯、阿瑞斯和宙斯的神谕所，而其中最受尊崇的是布托城勒托的神谕所。然而，占卜的方式各地有所不同。他们那里的医术是有分工的，每一个医生只治一种病，不治其他的病。整个国家有很多医生，有治眼的，有治头的，有治牙的，有治肚子的，还有治各种小病的。

他们哀悼和埋葬死者的风俗是这样的：无论何时，当某个家庭中有一个有名的人物去世时，家中所有的妇女在她们的面部或是头部抹上泥土。然后，她们就离开家中的尸体，到城中的各处来来回回地捶胸哀悼，她们用带子把外衣束起来，却把胸部坦露出来，与死者有亲缘关系的其他妇女也和她们一起行动。另一方面，家中的男子也要那样捶胸哀悼，也同样要把衣服束上带子。做完这些之后，死者的遗体就被他们送去做木乃伊。有一些专门做这种事的人成为这一行的手艺人。当别人送来尸体时，这些人拿出描绘得非常形象的木制的尸体模型给送尸体的人看。并告诉他们说，有一种最高明的制作木乃伊的手艺（掌握这门手艺的人的名字，我不能讲出来），但价钱比较贵。第二个办法不如第一个好，价钱也比较便宜，第三个办法是最便宜的。告诉他们这些之后，就问尸体的主人希望用什么办法处理尸体。和他把价钱谈妥之后，尸体的主人就走开了，然后工人们开始把尸体制成木乃伊。如果使用最好的办法来加工，他们会先把部分脑髓用铁钩从鼻孔中掏出，然后把一些药物注入脑子里去清洗其他部位。然后，他们用埃塞俄比亚的石头制成的锋利的刀在腹部的侧面切一个口子，把内脏全部取出，他们把腹部掏空之后，用椰子酒和捣碎的香料来进行清理，然后再把纯的没药、肉桂及除乳香以外的其他香料捣碎填到里面，照原样缝好。完成这一步之后，把尸体在硝石中放七十天。

七十天之后，他们就把这具尸体清洗干净，然后用细麻布做的绷带把尸体从头到脚包裹起来，然后再用在埃及代替普通胶水使用的树胶涂在外面，最后就把尸体送回给他的亲属，取回这个尸体之后，亲属们就把它放到特制的人形木盒子里去。他们把木盒子关上，就把它放入墓室靠墙而立。这就是处理尸体费用最贵的方法。

如果人们想避免成本太高，就会选择中等程度的处理方法。这种方法是这样的：将注射器装满用杉木做的油，把它注射到尸体的腹部，既不切开尸体，也不把内脏取出，而是从肛门进行注射，注射后堵上肛门以防流出。然后在规定的时间里用香料对尸体进行防腐处理，而规定的时间到了之后，就让先前灌入的杉树油再流出来。经过杉树油的作用，全部内脏都被溶化成了液体。这时泡碱已经分解了肌肉，这样这个尸体就只剩下皮子和骨头了。然后尸体就还给死者的亲属，不再加工了。

对于财产更少一些的人去世时的尸体，一般是用第三种办法来处理的。也就是先用泻剂把腹部清洗一下，然后把尸体用香料或药材做防腐处理达到七十天，再把尸体交给亲属带回去。但是有些人死后并不是立即送去制作木乃伊的，特别是有身份的人物的妻子，还有那些非常美丽和尊贵的女人，这些人通常是在她们死后三四天（不早于此）再送去制作木乃伊的。其目的是防止木乃伊制作人猥亵她们。据说有一次有人发现一个木乃伊制作人猥亵了一个新死的女人，同行的工匠揭发了他。

不管是埃及人还是外地人，无论何时，只要他是被鳄鱼咬死或是在河里淹死的，任何城市的居民，如果在岸上发现这个尸体，就必须把这个尸体制成木乃伊并用尽可能隆重的方式把他葬入圣墓。除了尼罗河的祭司本人，他的任何亲戚和朋友都不能触摸他的尸体。因为祭司们认为这具尸体是超越人类的，他们就会亲自处理这个人的丧事并且埋葬他。

埃及人没有遵循希腊人的风俗习惯，而且他们一般不会采用其他民族的任何风俗习惯。大多数埃及人都遵守这一条规则，但有一个列外，具体情形是这样：有一个叫作凯姆来斯的大城市位于靠近阿波利斯附近的底比斯地区，在这座城市里有一座祭祀达纳厄的儿子帕尔修斯的方形庙宇，庙宇的四周长着枣椰树。这座庙宇前面有宏大的石柱廊；在入口处立着两座巨大的石像。在它的围墙里有一座神殿，神殿里有帕尔修斯的神像。根据凯姆来斯人的说法，帕尔修斯常在他们面前显灵，有时在他们的地里，有时在这个庙宇里。人们还找到他穿的鞋子，长度达到两库比特。自从这只鞋出现以后，全埃及就繁荣起来了。他们的说法就是这样的，并且他们的确在祭祀帕尔修斯的时候仿效了希腊的模式，也就是举行包括各种比赛在内的运动会，并以家畜、斗篷和皮囊为奖品。当我问为什么帕尔修斯不在埃及的其他地方显灵，只是对他们显灵？为什么他们与其他所有埃及人在举行运动会这件事上都不同时，他们说，帕尔修斯出身在他们的城市，达那奥斯和利安凯乌斯就是凯姆来斯人，他们曾渡海到希腊去，帕尔修斯就是可以从他们那里追溯血统而传下来的后代。他们告诉我帕尔修斯来到埃及的原因与希腊人所说的原因相同，也就是他从利比亚带着蛇头女怪戈尔工的头来到凯姆来斯拜访了他们，并跟他们认了亲，并且他们说他在来埃及之前就已经熟知了凯姆来斯这个名字，因为他从母亲那里就听到过这个名字，而且说他们举行一个运动会为他进行庆祝。

所有这些都是居住在沼泽区上部的埃及人施行的风俗习惯，那些居住在沼泽地区的居民，在大多数情况下与其他埃及人具有相同的风俗习惯，既包括其他事宜方面，也包括他们每人都只有一个妻子，这一点与希腊人相同。但是为了节约食物，他们想出了这些办法：当尼罗河上涨，平原被河水淹没的时候，水中生长着大量百合，埃及人称之为埃及白睡莲，他们用镰刀把这些百合割下来放在太阳下晒干，然后他们从百合的中央取出像罂粟籽的东西来捣烂，并将它们做成面包，然后用火来烤了吃。这种埃及白睡莲的根也可以吃，并且味道甜美；它是圆形的，大小和苹果相似。还有另外一种百合，其花与玫瑰相似，也是生长在河里的。它的果实长在另一株从根部长出来的茎上的花萼当中，具有几乎和蜂巢完全相似的外形。它的里面生长着大量可食用的种子，大小与橄榄核相似，新鲜的和干的都可以吃。除此之外，他们还从沼泽中拔出每年都要生长的纸莎草，切掉它的上部作为其他用途，吃掉或卖掉下面剩下的大约一库比特长的部分。如果想享受一下纸莎草的绝佳美味，那就把它放到烧红了的烤炉里烘烤一下，然后再吃。这些人当中也有一些仅仅只靠鱼类生活。他们捉到鱼后，把它们的内脏取出来，然后把它们放在太阳下晒干作为食物。

浅滩上的鱼并不是常常在河里生产的，而是出生在湖中，它们生长的情况是这样：当它们要产卵的时候，它们便成群地游过浅水区向大海游去，雄鱼在前面带路，在行进的途中释放出它们的精子，跟在后面的雌鱼通过吞下这些精子而受精。当雌鱼在海里面，肚子里装满了受精卵时，所有的鱼就往自己的老家游回去。但这一次是雌鱼领先，它们成群地游在前面，并且像雄鱼当初那样，一点点地放出如米粒般大小的卵，而跟在后面的雄鱼便吞食了这些卵。这些像米粒般的卵，实际上就是鱼。鱼就是那些没有被吞食而留下来的卵长大的。当那些鱼在游向大海被捉时，它们的伤痕在头部的左方，而当它们从大海洄游被捉住时，它们的伤痕就会在头部右方。之所以发生这样的情况，是因为在游向大海时，鱼儿们会紧挨着河的左岸，而在洄游时，它们仍然尽量紧挨着原来的河岸；我认为这是因为它们害怕水流会把它们冲出它们的道路。当尼罗河开始上涨时，从河里缓缓流出的水，就首先会在河流附近低洼地区和沼泽地带开始积聚，当这些地方被水完全淹没的时候，里面就满是小鱼了。我认为我可以估计到它们来自何方。当尼罗河水水位下降时，鱼儿会在最后的水流离开之前把卵产在泥里，到第二年的这个时候，河水又开始上涨了，这些鱼卵很快就生长成了鱼。

因此，关于鱼的情况就讲到这里了。那些居住在沼泽地带的埃及人使用的油是用蓖麻子做的，这种油被他们称为奇奇。这种植物在希腊是野生的；而在埃及人把它种在河岸上和水池边；埃及人种的蓖麻结很多籽，但气味难闻，人们把这种蓖麻籽收集起来，捣碎并且从中榨油，要么烘焙之后再煮开，把从里面流出的液体收集起来。这种油油质很丰富，用做灯油不比橄榄油差，但会散发出令人厌恶的气味。

为了防备众多的蚊虫，埃及人的办法是这样的：那些住的地方比沼泽地带高的人，当他们要休息时，可以爬上塔顶睡觉，由于风比较大，蚊子飞不到塔楼上去，而住在沼泽地带周围的人就采取了另外一种办法。因为他们每人都有一个网，所以白天就用这个网打鱼，晚上就在床的四周把这个网撑起来，然后在里面睡觉。如果没有网，即使睡觉时他们穿着外衣或裹着亚麻布，蚊子也会把它咬穿的，但是它们根本没办有法穿过网去咬里面的人。

他们使用一种外形很像库列涅的莲花的橡胶树来制造运货的船，这种树的汁液就是树胶。他们从这种树上切下长度约为两库比特的木板，像砌砖那样把它们码放整齐；然后把这些木板牢牢系在长而又紧密排好的木柱之上，这样就把船身固定了。然后，他们把大梁横放到木板上，再用纸莎草来把里面结合部的缝隙填满。他们将船舵从船的底部穿过，并用橡胶树做成船的桅杆，用纸莎草做帆。这种船除非遇到连续强风，否则就没有办法逆流而上，因此，就需要由人在岸上拉纤。但在顺流而下时，船夫用一个柽柳木制造的筏，系着两塔兰特[①]重穿孔的石头和草席，然后将木筏漂在船的前面，用一根绳子把它和船系在一起，用一根绳子把石头也系在船的后部。这样，在水流的推动下，木筏便迅速地顺流而下，并拖着这个“巴里斯”[②]，而垂到后面的河水里的石头，是为了使船能够按直线航行。这种船很多，运载了大量的货物。

当尼罗河泛滥到岸上时，城镇露在水面之上，很像爱琴海上的岛屿。埃及其余的地方成了一片汪洋，只剩下这些露在水面之上的城镇。因此，

① 塔兰特（Talent），古代重量单位，1塔兰特约相当于今日的26千克。

② 这船的叫法。

每当发生这种情况时，埃及人就不再经过河道往来，而是从平原的中间往来了。例如，当人们从瑙克拉提斯航行到孟斐斯，所经过的航道实际上就是经过金字塔附近的，而通常的航道却不是这样的，是经过三角洲的顶点和凯尔卡索洛斯城的，但如果你从海边和卡诺包斯城穿过平原到瑙克拉提斯去的话，你就会经过安提拉市和被称为阿尔康德洛斯的城市。安提拉城之所以有名，是因为它是专门指定为埃及的国王的妻子供应鞋子的城市（自从埃及被波斯人征服以来，事情一直就是这样的）。我认为，另一个城市是因阿凯亚和普提奥斯的儿子、达纳奥斯的女婿——阿尔康德而得名的，因此它被称为阿尔康德之城。当然，也可能有另一个阿尔康德，但无论如何这个名字不是埃及的名字。

以上这些都是迄今为止由我个人亲自观察、判断和探索的结果。下面我讲述一下我所听到的埃及历史，再加上一些我自己亲眼所见的东西。

祭司们告诉我，作为埃及的第一位国王，米恩先是修筑了一道堤坝把孟斐斯和尼罗河隔了开来。这整条河原来是从利比亚那一面的砂山下流过去的，但是米恩却在河上筑了一道堤坝，使它在孟斐斯上方大约100弗隆远的地方折向南方流去了。这样他就使旧河道干涸了，并且引导这条河在山脉之间流过。直到今天，波斯人都对尼罗河的这个弯曲的部分保持了高度的关注，每年都要加固堤坝，以确保河水在河道里流淌。否则，如果尼罗河冲毁了堤坝并淹没了这里的话，整个孟斐斯也将面临被淹没的状况。国王米恩修建了堤坝使得这个地方成为了陆地，并在那里建立了现在被称为孟斐斯的城市[①]。其次，他在那里修建了一个伟大的工程——赫菲斯托斯神殿，这非常值得一提。在他之后埃及有330个国王，祭司们拿出一卷纸草将把他们的名字念给我听。在所有这些国王中，有18位埃塞俄比亚的国王和一位埃及本地的女国王，其他的便都是男性的埃及国王了。这位女国王的名字和巴比伦女王的名字一样，也叫作尼托克里司。他们说，她是继承了她哥哥的王位，她的哥哥曾是埃及的国王并且被他的臣民杀死，然后臣民

① 孟斐斯也位于埃及的狭窄部分，围绕着这座城市的外面，米恩国王在它的北部和西部挖掘了一个与尼罗河相通的湖，而尼罗河本身就是这个湖的东部边界。

们推举她登上了王位。但是她却想出了一个狡诈的计划给她的哥哥复仇，用这个计划她杀死了许多埃及人。具体情况是这样的：她先是修建了一间宏大的地下室，然后借口庆祝这间地下室的落成，她把所知道的曾主谋杀害她哥哥的那些埃及人邀请来赴宴，但当这些人正在宴饮时，她把早就在他们头上秘密修建的水道里的河水突然放了进来，把这些人全部淹死了。当她做完了这些事情之后，就跳进了一间正在燃烧的屋子里自杀了。他们说，其他的国王都没有什么功绩可言，他们都没有留下什么可值得纪念的东西，是不值一提的人物。只有最后的一个叫作莫伊利斯的国王是个例外。这个莫伊利斯在位的时候，留下了一些纪念物，包括：赫菲斯托斯神殿的北门；他下令挖掘的湖（下面我将谈谈这个湖的周长的具体长度）；此外还有他在湖中修建的金字塔（在我谈到那个湖的时候会提一下这些金字塔的大小）。这便是莫伊利斯留下的功绩，其他的国王都没有留下任何东西。

这些国王先放在一边，现在我谈谈他们之后名叫塞索斯特里斯的国王。祭司们说，他首先率领舰队从阿拉伯湾沿着红海海岸前进，把他所经过的沿岸的各个民族都征服了，最后到达了一片浅滩而无法航行。根据祭司们所说，接下来，他回到了埃及，然后又集结了一支庞大的军队，从陆地上进军，同样征服了在他前进道路上遇到的每一个民族。凡是遭到当地原居民英勇的地方，他便在那里建立一个石柱，刻上他的名字和他的国名，并在上面说明他是如何用武力使当地居民屈服的。但如果是在未经抵抗就被征服的地方，他除了在石柱上刻上和在奋勇抵抗的民族那里所刻的一样的铭文之外，还加上一个女人阴部的图像，以此表明这个民族的胆怯懦弱和女人气。他以这种方式横扫了亚细亚大陆，直到最后进入了欧洲，征服了斯基泰人和色雷斯人。我认为这就是埃及军队所到达的最远的国家了。因为在当地还可以看得到他竖立的石柱，但是在更远的地方就没有这样的石柱了。从色雷斯返回埃及的时候，他在途中到达了帕希斯河，在这里发生了一些事，但我不能确定到底是怎么回事。可能是国王塞索斯特里斯从他的主力部队中分出一部分来，把他们留在那里作殖民统治，也可能是一部分士兵对他的远征感到厌倦而在这条河边安顿下来。科尔奇斯人很明显是埃及人。在听别人说起这个事前，我就已经注意到这件事情了。当想到这一点时，我询问了两个当地人，结果发现科尔奇斯人对于埃及人的记忆比较多，相对而言，埃及人对科尔奇斯人的记忆就比较少。然而埃及人认为科尔奇斯人是塞索斯特里斯的军队的一部分。我做出这样判断的依据，不仅因为他们的肤色是黑的，毛发是卷曲的（但他们之外的其他民族也有这样的外貌特征，因此单是这一件事实不足以说明问题），更为重要的是因为科尔奇斯人、埃及人和埃塞俄比亚人是从远古以来仅有的几个实行割礼的民族。腓尼基人和巴勒斯坦的叙利亚人自己也承认，他们割礼的习俗是从埃及人那里学到的。而据居住在铁尔莫东河与帕炽特尼欧斯河沿岸地带的叙利亚人和与他们相邻的玛克罗涅斯人说，他们是最近从科尔奇斯人那里学到这种风俗的。总之，这些人就是世界上仅有的施行割礼的民族，而且显而易见，他们在这方面都是模仿埃及人的。至于埃塞俄比亚人，我还不能说他们与埃及人之间到底谁向谁学到了割礼。无疑，这是一个十分古老的风俗了。然而与埃及人有交往的民族从埃及人那里学到了这一风俗的说法，我却发现了另外一种情况：也就是那些与希腊人有交往的腓尼基人，他们在这件事上却没有遵循埃及人的风俗，没有给自己的孩子施行割礼。

关于科尔奇斯人与埃及人如何相似这一点，我需要讲述另外一件事情。在织造亚麻的方法上，这两个民族是完全一样的，而世界上其他的民族却完全不知道这种方法。他们之间在所有的生活方式以及语言上都非常的相似。希腊人把科尔奇斯的亚麻叫作萨地尼亚亚麻，但把从埃及来的亚麻叫作埃及亚麻。

那些埃及国王塞索斯特里斯在他征服的各地所竖立的石柱，大部分都不复存在了。但是在叙利亚及巴勒斯坦的那些地方，我亲眼看到它们仍然耸立在那里，石柱上面刻着我上面所说的语句和妇女的阴部。在爱奥尼亚也有两个地方刻有这位国王的图像：一个位于从以弗所到波凯亚的路上，另一个位于从萨迪斯到士麦拿的路上。每个地方的图像所画的都是一个四腕尺[1]又一拃[2]高的男子，右手持枪，左手持弓，一部分装束像埃及人，一部分像埃塞俄比亚人。有一行用埃及的圣体文字写的铭文从肩到肩穿过胸部，大意是说："我用肩部的力量征服了这片国土。"铭文并没有说明这位征服者到底是谁，他到底是从什么地方来的。虽然在其他地方对于塞索斯特里斯的这些事情是有记载的。但是有一些看到这些图像的人却猜测说这是门农[3]的像，不过这样的话，就与真相相去甚远了。

这个塞索斯特里斯在带着他从被征服的各国得来的大批俘虏回国时（祭司们说），他的弟弟（也就是他离开时被他任命为埃及总督的那位弟弟）在佩鲁希昂的达普纳伊迎接他，并且设宴款待，他带上他所有的儿子参加了这个宴会。于是他的弟弟就在举行宴会的地方的四周堆放了大量柴火，然后就把它点着了。当塞索斯特里斯知道所发生的事情时，他马上与一起赴宴的妻子商量，他的妻子劝告他，把六个儿子中的两个投到火中作为桥梁，这样就可以使他们其余的人踏过这两个人而逃跑。塞索斯特里斯照着他妻子的话做了，因此他本人和他其余的孩子便得救了，但他的两个儿子却被活活烧死了。然后，塞索斯特里斯返回了埃及并对他的弟弟进行了报复，这之后，他就利用被他征服的从各国带回来的大批俘虏来把他领土上的岩石搬运到赫菲斯托斯神殿去，这些岩石巨大。他还迫使这些俘虏挖掘了我们现在在埃及看到的许多河渠。因此（虽然是无意的），他们使得埃及的面貌改观了。以前埃及是一个适合骑马和驾车行走的地区，从此之后，它变得都不再适合了。

虽然这时埃及全境仍然是一片平原，但现在它却既不适于骑马，又不适于马车行走，因为它的全境布满了流向四面八方的河渠。国王这样做的原因，是因为一些埃及人的城市不在河流的附近，而是在内陆，当河水退下去之后，就会因缺水而不得不饮用从井里取出的咸水。由于这个原因，埃及就被所修建的河渠所分割了。他们还说，国王塞索斯特里斯在全体埃

① 一腕尺，指人的手臂从肘到指尖的长度，为17.5 ~ 20.6英寸或44.4 ~ 52.3厘米。

② 一拃，通常为9英寸或23厘米。

③ 古埃及阿孟霍特普三世。

及居民中重新把埃及的土地分配了一次。他先把土地分成大小相同的正方形，然后平均分配给全部埃及人，并要求分到土地的人每年向他缴纳租金作为他的主要收入。如果河水冲毁了任何人所分得的土地，这个人就可以向国王报告具体的情况，国王就会派人前来调查并丈量所损失的土地的情况。这样今后他的租金就要按减少后的土地的面积来征收了。我想，正是由于有了这样的做法，埃及才有了几何学，然后传到了希腊。但希腊人却是从巴比伦人那里学到日钟、日晷以及把一天分成十二个时段的方法的，此外，塞索斯特里斯也是所有埃及国王中唯一统治过埃塞俄比亚的一位。他留下了耸立在赫菲斯托斯神殿前面的那些石像作为他统治过的纪念物，其中他和他的王后的两座石像都是30库比特高，他的四个儿子的石像各有20库比特高。在很多年之后，赫菲斯托斯神殿的祭司都不许波斯的国王大流士在这些石像的前面放上自己的石像，他们说，大流士的功绩是不能够和埃及的塞索斯特里斯国王的功绩相比的。因为他们说，塞索斯特里斯不单是与大流士完全征服的民族同样多，他还征服了斯基泰人，大流士却没能征服他们。因此，如果就功绩而论，把他自己石像竖立在不能相比的国王的奉献物面前，那是不公平的。据说，大流士接受了他们的意见。

祭司们还说，塞索斯特里斯的儿子培罗斯在他去世后继承了王位。他并没有进行征战，而且他由于一次偶然的事件失明了。当时尼罗河的河水涨到了18库比特的高度，超过了以往任何时候，淹没了全部的田地，一阵风刮来，河水翻滚起了大浪。据说，这位国王很放肆而愚蠢地拿起一支矛来，把它投到了水里的旋涡中。之后他很快就得了眼病，并且变成瞎子了。有整整十年他一直都没法看到东西。终于在第十一年的时候，从布托城传来一个神谕，说他受惩罚的期限就要结束了，他要用尿清洗眼睛才能恢复的视力。但必须是一个忠于她的丈夫，而且从来没有和其他男人发生过关系的女人的尿才行。因此培罗斯首先用他的妻子的尿来洗，但是没有效果，他仍然看不到东西。于是他就一个接一个地尝试用别的女人的尿来洗，最后他恢复了视力。于是，他把除去最后使他恢复视力的这个妇女之外所有他试过尿的其他女人聚集在一起，把她们带到一个现在叫作艾瑞斯拉波罗斯的城市，将她们与那个城市一起烧掉了。而用尿给他治好了眼睛的女人成为了他的王后。而且在完全恢复视力之后，他就开始奉献礼物给所有有名的神殿，其中，他送给太阳神神殿的两个石头的方尖碑最值得一提。这两件杰出的石碑都是用整块石头制造的，每一个石碑都长100库比特、宽8库比特。

祭司们说，培罗斯之后一个孟斐斯人继承了王位，按照希腊语他的名字叫作普洛透斯。在孟斐斯的赫菲斯托斯神殿的南面，他拥有一个环境优美而井然有序的圣地，提尔的腓尼基人就住在这个圣域的四周，而这整个地方就叫提尔人营地。在普洛透斯的圣地里，有一座称为外国人阿弗洛狄忒的神殿。我估计这座神殿应该是为廷达瑞俄斯的女儿海伦建造的。不仅因为我听说她曾与普洛透斯共同生活过一段时间；而且因为这个神殿被称为外国人阿弗洛狄忒的神殿，而在其他所有的阿弗洛狄忒的神殿的名字中，都没有带有“外国人”这个词的。

当我询问关于海伦的问题时，祭司们向我讲述了下面所发生的情况。亚历山大把海伦掠走之后，就从斯巴达扬帆起航，返回自己的国家了。当经过爱琴海时，一阵逆风把他的船吹离了原来的航线，来到了埃及海域。由于风势未减，无法返航，他就只有在埃及登陆了，他是在一个叫作塔里凯伊阿伊的地方登陆的，这个地方位于尼罗河现在被称为卡诺包斯河口。那里直到今天仍然有一座献给赫拉克勒斯的神殿，而且如果任何奴隶逃到这个神殿里来避难，并且在身上打上神的印记把自己奉献给神，那么任何人都不能处置这个奴隶了。

从一开始到我这个时代，这条法律仍旧一样有效。因此，听到这个神殿的有关习俗后，亚历山大的侍从们便逃离了他那里，到神殿去恳求神收留他们。为了加害亚历山大，他们控诉了他，把他掠夺海伦的全部情况以及他对墨涅拉俄斯所行的不义之举都向埃及人讲了出来。他们同时向祭司和尼罗河口的看守托尼司控诉了他。得知这个情况后，托尼司立刻给正在孟斐斯的普洛透斯报信说：“这里有一个外地来的特洛伊人，他在希腊干了一件不道德的事。他不但欺骗了他主人的妻子，而且把她和主人的大笔财富拐带跑了。但是他却被大风吹离了航道流落到这里。我们是让他毫发无损地离开呢，还是该首先把他所带的东西全部没收呢？”普洛透斯派了一个信使回复说："把这个人抓起来，无论他是谁，只要对自己的主人有不义之行，把他带到我面前来，这样我可以知道他会怎样为自己辩解。"收到这个命令，托尼司逮捕了亚历山大并且扣押了他的船。然后他就把亚历山大、海伦和全部财宝以及那些请求神庇护的人都带到了孟斐斯。当所有的人都来到那里后，普洛透斯就开始问亚历山大，他是谁？来自哪里？

亚历山大述说了他的身世、家乡的名字，以及有关航行的情况，从什么地方开始起航的。然后，普洛透斯又问他是从哪里掠夺海伦的。回答这个问题时，亚历山大就开始含糊其词了，他没有说实话。那些逃跑而请求庇护的侍从们就马上证明他说了谎，并且讲述了他的全部罪行。最后，普洛透斯审判说："如果我不是把这件事看得极其重要，不想杀害在旅途中被风吹到我的领土上来的任何异邦人的话，我是一定会代表那个希腊人杀死你来报仇的，因为你这个最卑鄙的人，在得到了他的款待以后，居然会对他做出这种最不道德的事情。你诱惑了自己主人的妻子，可是你还不满足，你还挑起她的情欲并把她拐走。不仅如此，你仍然不满足，离开时你还掠夺了你主人的财物。现在，既然我极其慎重地对待这事，而我又不杀害任何外地人，那就让你离开吧。但不许你把这个女人和这些财富带走。我要帮他们的希腊主人安全地保管好，等他亲自来把这个女人和财富带回去。然而，你和你的伙伴，我命令你们三天之内从抛锚之处离开我的国土。否则，你就会被当作敌人了。"

这就是祭司们告诉我的海伦来到普洛透斯的方式。而我认为，荷马也听说过这个故事。但因为这个故事不如他使用的另一个故事那样适合他的诗歌创作，他最终放弃了这样的说法，但也表明他知道这个故事。从史诗《伊利亚特》中他描述亚历山大游历的方式上，可以很明显地看出（他在诗中别的地方都没有再提到他所说的这一点）:亚历山大带走海伦时，被吹出了航道，在不同的地方游荡，他们还到达了腓尼基的西顿。这在这首诗里的"狄俄莫德斯的英勇"这部分还提到了这些，原诗是这样描写的：

"他的家里有五颜六色的长袍，这些是西顿妇女们的作品。她们当中的一位的儿子是像天神一样的亚历山大，他从西顿越过广大的海洋航行到这里，还把出身高贵的海伦带回了家。"

《奥德赛》中也在诗句里提到了这一点：

宙斯有这样的女儿，有这样精确巧妙的草药，好的，就给索恩的妻子——珀莉达姆娜，在埃及，在那里肥沃的土地上，生长着许多草药，超过所有别的土地，这些草药配起来成为能够治病或是害人的药草。

而美涅劳司也向马酋斯说：

众神仍然把我留在埃及，而我却渴望返回家乡。

因为我没有供奉他们，就阻止我回家的旅程。

从这些诗句来看，荷马清楚亚历山大流浪到埃及去的情况，因为叙利亚与埃及接壤，而腓尼基人之中的西顿人又是住在叙利亚的。这些诗句以及这一篇非常清楚地表明：《塞浦路斯史诗》是由别人写的，而并非荷马所写。因为《塞浦路斯史诗》中谈到，在亚历山大带着海伦离开斯巴达前往伊里翁（即特洛伊），一路之上都是和风顺水，海面也很平静。但是根据《伊利亚特》中的说法，他带走她的时候，是迷失了道路的。

现在让我们先把荷马和《塞浦路斯史诗》放在一边。但是当我问祭司们，希腊人所叙述的发生在伊里翁的事情是否只是无聊的传说时，他们回答说他们从美涅劳司本人那里打听过，有他们自己的认识，也就是在海伦被诱拐之后，为援助美涅劳司，希腊人派遣了一支强大的军队来到特洛伊人的土地上。希腊人在岸上安营扎寨后，就派遣包括美涅劳司本人在内的使者到伊里翁去。使者进城之后，要求放回海伦，并交出亚历山大从美涅劳司那里偷走的财宝，另外还要求对亚历山大的错误行为索要赔偿，但是特洛伊人却一直发誓或坚持宣称，他们那里确确实实没有他们所要求的海伦和财宝，人和财宝都在埃及国王普洛透斯手里。他们没有义务赔偿这些东西。但是希腊人认为特洛伊人是在欺骗他们，于是就包围了这座城市，最后攻下了这座城市。当他们攻占城市之后，发现那里的确没有海伦，听到的说法也和先前一致，他们才相信了特洛伊人当初没有说谎，然后就派美涅劳司到普洛透斯那里去了。于是美涅劳司率领船只来到了埃及，并沿河而上到达孟斐斯，当它们把这些事情的真相如实讲述之后，他得到了隆重的招待，接回了完好无损的海伦，还包括所有丢失的财富，但是，尽管他受到这样盛情的款待，美涅劳司却对埃及人忘恩负义。在他要乘船离开的时候，逆风使他不得不停留下来。由于这种状况持续了比较长的时间，他便做了一件不敬的事情：他抓了两个当地孩子作祭品来祭祀神。当埃及人知道了这样的事情后，非常愤怒，并且来追赶他，看到这个情况，他马上乘船逃往了利比亚。然后他又从那里去了什么地方，埃及人就不知道了。祭司们告诉我说，他们是向别人打听到这些事情的，但是对在他们自己国内发生的事情，他们却说得非常确定。

这些就是埃及祭司们告诉我的一切了。我本人也相信他们关于海伦的说法。理由是这样：如果海伦是在伊里翁城里，那么无论亚历山大同意与否，她都要被送回到希腊人那边。可以肯定，特洛伊国王普利亚莫斯和他的家人都不会如此疯狂，而愿意让他们自己、他们的儿子以及他们的城市冒着灭亡的危险，来让亚历山大能够娶海伦为妻。甚至即使在最初时他们有这样的打算的话，也会让许多其他的特洛伊人在与希腊人交战时会失去他们的性命，而且在每次战斗中，普利亚莫斯自己的儿子们也会有两三个、甚至更多的被杀掉（如果可以完全相信这首史诗的话）。在这样的情况之下，即使海伦是普利亚莫斯自己的妻子，如果把她送回到希腊人那里去可以让他免去当前灾祸的话，他也要这样做的。但尽管普利亚莫斯年纪大了，亚历山大继承王位的可能性也不大。但赫克托比亚历山大年长，而且比他更勇敢，他很可能在普利亚莫斯去世时得到王位。赫克托绝不会容忍他兄弟的不道德行为，尤其是当他的行为将带给赫克托本人以及整个特洛伊巨大的灾难时。然而事实上特洛伊人并没有海伦可以交回，而且尽管他们说了实话，但希腊人却不相信他们。因此，按照我的观点，是上天注定要把特洛伊完全毁灭，这件事将向所有世人证明，严重的恶行的确是受到了来自诸神的严厉惩罚。关于这件事我表达了我自己的观点。

之后，拉姆普西尼托司继承了普洛透斯的王位。他留下来的纪念物是赫菲斯托斯神殿西面的门廊，这使人联想到他的名字，他在门廊前面建立了两座有25库比特高的像。埃及人把其中靠北面的一座称为夏，靠南面的一座称为冬。他们崇拜并且善待称之为夏的那座像，却以相反的方式对待称为冬的那座像。他们告诉我说，这个国王拥有的白银是如此之多，以至于没有一个后来的国王能超过他或与之相比。为了能够保证这些财富的安全，他命人用石头建造了一间密室来放置这些白银。而这间密室有一面墙是朝向他的宫殿。于是修建这间密室的工匠就专门针对性地做了一个设计，使得密室外墙上的一块石头可以由两个人，甚至一个人轻易地抽出来。因此当密室完工之后，国王就把他的财富储存在里面了。过了一段时间之后，这个修建的工匠临死的时候，他把自己的两个儿子叫到自己面前，讲述了他在建造国王的宝库时是怎样精心设计的，这一切都是为他们的将来能够有足够的财富来生活而预先考虑的。他把关于取出这块石头的所有办法都告诉了他们，还告诉了他们这块石头的准确位置，并且说如果他们记住了这件事的话，他们就可以帮国王管理他的财富了。因此，在他死去后，他的儿子们就开始下手了。在夜里，他们来到王宫，很轻易地在密室的外墙上找到了那块石头，把它抽了出来，他们就这样从密室中为获取了大量的财富。

国王有一天偶然打开了密室，当看到那些原来盛满财宝的容器现在却不满了，他非常吃惊。但是密室外面的封印完好，石室也紧闭着，他不知道应该追究谁的责任。但当他第二次、第三次再打开石室时，这些财富每次看起来都在减少，看来盗贼们一直没有停息他们的偷窃。于是，他便命令在装财宝的容器四周设下陷阱。像先前那样，盗贼们又来了，其中一个先进来，当他一靠近其中一个容器时，立刻就被陷阱困住了。看到自己不幸出事了，他立刻喊来他的兄弟，让他明白了目前的状况，命令他尽快地进来割掉他的头，以免他被看到并且认出来，也就会给他的兄弟带来牵连。他的兄弟认为他说得很对，也同意就这样做了。于是他把石头又放回了原来的位置，然后带着他兄弟的头颅回家了。等到天亮之后，国王来到密室来，当看到陷阱里有一具窃贼的尸体，却没有头，他非常震惊，因为密室仍然是封闭的，没有进出的途径。他感到非常困惑不解，于是他下令把窃贼的尸体悬挂在城墙上，派卫兵守卫着，并且命令这些卫兵，如果看到任何人哭泣或哀悼，就把这个人抓住并带到国王面前来。

当这具尸体被悬挂起来之后，窃贼的母亲感到非常伤心，她要另一个活着的儿子不管怎样，要想方设法把他兄弟的尸体放下来并且带回来，她还威胁说，如果他不听话的话，她就会向国王揭发是他偷了那些财宝。

因此当这位母亲严厉地要求了他之后，尽管他说了很多，也没能说服她。于是，为了达到目的，他就便想出了一个计策：他带上驴子，把一些盛满酒的皮囊装在驴背上，然后他赶着这些驴子，来到看守悬挂的尸体的士兵旁，于是他便把系在两三只皮囊上的结拉出来，把先前系好的口子拆开。当皮囊里的酒流出来时，他就开始大喊大叫，还拍打着自己的头，装出好像不知道先处理哪只驴子的样子。卫兵们看到酒像水一样白白地流出来，认为自己运气太好了，就拿起容器跑到路边去装流出来的酒。这个人假装很生气，愤怒地辱骂着卫兵们。过了一会儿，但当卫兵们试图安抚他时，他又假装得到了宽慰，怒气也减轻了下来。最后，他把驴子赶到路边，开始把货物重新整理好。然后，他们之间就谈到了更多的话题。有一两个卫兵甚至嘲笑他，他和他们一起笑了，最后他又把其中一个皮囊的酒送给了他们。于是卫兵们就坐下来开始喝酒，他们让他留下来和他们一起喝酒。他又假装被说服留了下来，陪他们一起喝了起来，然后他又送了他们一皮囊酒，最终士兵们喝得太多而大醉，就在他们喝酒的地方睡着了。夜深时，这个贼把他兄弟的尸体放了下来，为了愚弄国王，他还把这些卫兵的右颊的须发剃掉了。把尸体放到驴背上后，他就赶着驴回家了，这样他就完成了母亲吩咐的事。

当有人向国王报告说窃贼的尸体又被盗走时，国王极为愤怒。要求无论用什么方式都要查出是谁筹划了这些事情，他是这样做的（至少他们是这么说的，但我不相信这种说法）：他把自己的女儿送到妓院，要像别的妓女一样接待所有的人，但在跟任何人交易前，他必须告诉她，他在自己一生中所做的最狡猾的事和最大的罪恶是什么。如果有人回答这个问题时讲到有关这个贼的事，她就一定要立刻抓住他，不能让他跑掉。于是，国王的女儿就按照她父亲的命令做了，然而，这个窃贼听到了国王这样做的目的，他就想证明自己的智谋胜过国王。因此他就这样做：他从一具刚死的尸体上面切下一只手臂，藏在斗篷下面，然后来到国王的女儿那里。当被问到与别人同样的问题时，他告诉她说，他所做的最罪恶的事是当他的兄弟在国王的宝库中被陷阱困住时，他割下了他兄弟的脑袋，而他所做的最聪明的事情是灌醉了守卫的士兵，然后带走了尸体。当他说到这些时，公主就试图抓住他，但是贼却在黑暗中让公主抓到了尸体的手臂。而公主却以为抓住了窃贼本人的胳膊。而窃贼就趁机从门口逃跑了。当国王得知这个消息之后，他对这个窃贼的智慧和胆量感到非常震惊，然后派人到所有的城镇去宣布说，如果这个人来面见国王，将赦免他的罪行，并承诺给他重赏。窃贼因此相信了这个公告，来见了国王。拉姆普西尼托司国王非常欣赏他，把公主许配给他做妻子，并认为他是所有人当中最有智慧的。

这些事情之后，祭司们还告诉我，这位国王后来活着下到希腊人称为哈戴司的冥府去，在那里和得墨忒耳玩骰子，他时胜时负。后来，他带着得墨忒耳送给他的礼物——黄金做的餐巾回到了大地上。因此，根据他们的所说，因为拉姆普西尼托司去过冥府，在他回来之后，埃及人以此为节日来庆祝，据我所知，直到现在他们仍然遵循着这个习俗。至于他们是为了这个原因还是为了其他的原因保留了这个节日，我就不确定了。在节日当天，祭司们要正好织出一件长袍，并把他们其中一人的眼睛用一条布带蒙上，然后把这件长袍披在蒙上眼睛的人身上，领着他走到通向得墨忒耳神殿的大道上。这时他们便把他一个人留在那里了。然后，就会有两只狼出现，把蒙上了眼睛的祭司领到离城20弗隆远的得墨忒耳神殿去，之后狼又把他从神殿领回到原来的地方。埃及的这些故事就是给那些相信这种故事的人讲述的。至于我个人的看法，从整个《历史》这部书里，大家都知道，不管人们告诉我什么，我都会把它记录下来。埃及人相信地下世界的统治者是得墨忒耳和狄厄尼索斯。此外，埃及人还是第一个相信人的灵魂不灭信条的民族，他们认为当肉体死亡时，人的灵魂就会进入到当时刚好出生的其他的生物体里了，在经历过陆、海、空三界的所有生物的轮回之后，这个灵魂会再一次投胎到人类身上。需要3000年才能完成一个完整的循环。有些希腊人从最早到现在也都一直采用这个说法，就好像是他们自己想出来的一样。我知道这些人的名字，但没有在这里把他们记录下来。

祭司们还说，直到拉姆普西尼托司的时候，埃及的一切都井然有序，且十分繁荣，但随后基奥普斯成为国王，开始当政，却给人们带来了种种不幸。因为他首先关闭了所有的寺庙，人们不能够在那里奉献祭品；然后，他强迫所有的埃及人为他做工，让人把阿拉伯山中的石头采送到尼罗河岸。这些石头要装在船上运过去，另一些人的任务就是再把它们拉到利比亚山的那边去。他们按照10万人的规模被分成大群来工作，每个大群每年的工作时间是三个月。十年之中，全体埃及人民都深受筑路之苦，在我看来，修这种路的过程同样浩大，不过是比修金字塔的工程要略轻一些而已，因为道路的长度是5弗隆，宽度是10英寻，最高的地方有8英寻，它全部采用的是被磨光并且雕刻有图像的石头修建的。

开始的十年主要是修筑这条运送石头的道路，以及修建金字塔所在的那个山头的地下室。修建这些地方就是为了将来用来作国王的陵墓，并且修建了水渠把水从尼罗河引过来。用水把这些陵墓围起来，而建造金字塔身还用了20年，它的底座是方形的，每一面有800英尺长，高也同样是800英尺。金字塔是采用磨光的石块，极为精确地堆砌而成。每块石头的长度都超过30英尺。这个金字塔是效仿有些人称为“连排”，另一些人称为“碑座”的台阶样式修建的。这个工程初步完工时，工人们就开始用一个短木块制成的装置把其他的石块搬运上去，他们首先把石头从地面搬到第一层。当石头被抬上去之后，再搭建另一个装置在第一层，又从这一层用这个杠杆将石头弄到第二层。经历的过程跟金字塔的层数一样多，所使用的装置也一样多。或者他们把杠杆依次往上传，以便他们能够把石头不断往上传送。

我听到的有这两种说法，但我无法确定究竟会用哪一种。但能够确定的是，最先完工的是金字塔最上面的部分，然后是其下的部分，最后才是底座和最下面的部分。在金字塔上面，有埃及字母写成的文字，记录了曾花了多少钱给工人买萝卜、洋葱、蒜。而我十分清楚地记得，翻译人员当时把上面的铭文读给我听时说：花费了1600塔兰特的银子。如果记录的确实是这样的话，那么他们工作时所耗费的铁以及在工人的食品和衣物上的花费可能会更多。上面还提到建造金字塔本身所花费的时间，我估计在开采和运送石头、挖掘地下部分这些工程上面花费的时间也不会少。他们说，基奥普斯是个无耻的人，因为缺钱，他竟然让自己的女儿去卖淫来获取报酬（但他们没有告诉我多少钱）。她在收取父亲所要求的金额以外，也要求每一个和她交媾的男人给她的建筑物上提供一块石头。这些石头被用来修建了对着大金字塔的另外三座金字塔中间的一座。这个金字塔的每一面都有150英尺长。

基奥普斯统治了埃及50年。他死后，由他的弟弟凯普伦继承了王位。凯普伦的所有行为都和基奥普斯相似。凯普伦也给自己修筑了一座比他哥哥的那座要小一些的金字塔。我曾亲自测量过这座金字塔。它没有地下室，也没有像另一座金字塔那样有河渠把尼罗河的河水引过来，只是通过人工修建的一条水道引进河水。河水绕着一个岛流过，据埃及人说基奥普斯本人就埋在这个岛上。这座金字塔位于大金字塔附近，和另一座金字塔只是高度相差40英尺，其余部分大小相似；它的最下面一层是用彩色的埃塞俄比亚石修筑而成的。两座金字塔都耸立在同一个山丘上，山丘大约有100英尺高。他们说，凯普伦统治了56年。因此他们便认为，埃及人曾在水深火热之中过了106年，其间庙宇也长久关闭，从来没有打开过。人们对这两个国王是恨之入骨，以至于他们根本不愿意提及他们的名字，以至于对这些金字塔都用牧羊人皮里提斯的名字来称呼，因为这个牧羊人当时曾在这里放牧过他的牲畜。

他们说，接下来的埃及国王就是基奥普斯的儿子米凯里诺斯了。因为不喜欢他父亲的所作所为，他打开了庙宇，让那些已经穷途末路的人们恢复自己的本行，并且奉献他们的祭品。他的裁决是所有国王中最公正的。正是因为这样，他得到了比埃及所有统治者都更高的赞扬。不仅仅是因为他公正的裁决，而且当有人对他的裁决不满意时，米凯里诺斯还会从自己的财产中拿出一份礼物来给那些对其裁决不满的人予以补偿。他的所作所为就是这样的，他以仁政来治理他的国家和子民，不过他仍遭到了灾难。第一个灾难是他唯一的孩子，也就是他的独生女儿夭折了。这个不幸遭遇让他悲痛万分，因此他想给她举行一个比较不同寻常的葬礼。于是他用木头做了一头空心的牛，在外面包上黄金，把他女儿的尸体放到里面去。这只牛没有埋在土里，而是被安放在宫殿里的一间华美的房间里，现在人们仍然可以在撒伊司城看到它。人们每天都会给它烧各种各样的香，每夜都会在它旁边点上一盏灯。撒伊司的祭司们告诉我，这个牛像旁边另有一个房间里面有米凯里诺斯侍妾的像，一共大约有20座，都是木制的巨大的裸体女人像。我只听说过她们，但很难确定她们的身份。有人还说过关于牛和木像的事情，说是米凯里诺斯爱上了自己的女儿并把她奸污了，结果她女儿因悲痛而自缢了。他便把她埋葬在这个牛像里。他女儿的母亲把引诱女儿跟父亲通奸的那些侍女的手都砍掉了，所以现在这些裸女的像跟当时的那些妇女的遭遇一样，都没有了手。而我认为这是一种无稽之谈，特别是关于人像手的说法。根据我自己的看法，人像的手是因为岁月流逝、年深日久，自己脱落的。甚至在我的时代，我还看见过这些手摆放在这些人像前面的地上。

说到这个牛，它被一件紫色的袍子所包裹着，只有头部和颈部露了出来，全都包着很厚的一层黄金。一个黄金制的日轮一样的东西安放在它的两角之间。牛不是站着，而是跪着的。它和一头真牛大小差不多。每年在埃及人为那些我叫不出名字的神捶胸哀悼时，这个牛像就会从房间里被抬出来。在这个时候，就让这个母牛像见到了太阳，据他们说，这个仪式的由来是由于米凯里诺斯的女儿在临死时，恳求她父亲让她每年能够见一次太阳。

在他女儿的不幸发生以后，米凯里诺斯又遇到一件不幸的事情。有一个神谕从布托头城送到他这里来，说他只剩下六年的寿命，到第七年一定会死。国王认为这太不公平了，于是就派了一名使者到神谕所去谴责神，说他的父亲和叔父不敬神明、封闭神殿并蹂躏世人，简直是恶迹斑斑，却活得很长久，而他这样一个对神明十分虔诚的人却如此短命，非常不公平。于是，另外一个神谕又从神谕所传了出来，这个神谕告诉他，他短命的原因就在于他所做的善事，因为他逆天而行。他前面的两个国王知道埃及注定要经受150年的苦难，然而他自己却不知道。听到这话之后，他知道自己的命运是不可挽回的了。于是他就命人制造了许多灯烛，每到夜里就让人把这些灯烛点亮，开始饮酒作乐。从此以后，他就昼夜不停地饮酒作乐，不管是在沼泽还是在森林，只要是他听说什么地方能够极尽欢乐，他就要到那里去。他这样做，就是要把黑夜也变成白天，把他的6年时间变为12年，而证明神谕是不可靠的。

这个国王也建造了一座金字塔，但这座金字塔比他父亲的也要小得多，它的正方形的底座的每一面是280英尺，用埃塞俄比亚石修建起来的部分占到一半的高度。但有一些希腊人认为是妓女洛多庇斯修建了这座金字塔，不过这个说法不对。对我来说很明显，这样说的人本身并不知道洛多庇斯是谁，否则他们绝不会认为是她修建的金字塔，因为要修建一座金字塔，是要花费无数的金钱的。还有一件事可以证明他们的错误，即洛多庇斯活跃于阿玛西斯时代，而不是在米凯里诺斯当政的时候，因此她生活的年代是在这些修建金字塔的国王很多年之后。她本人是色雷斯人，最初是萨摩司人海帕伊斯托波里斯的儿子雅德蒙的女奴。写作寓言的奴隶伊索同属于一个主人，也就是雅德蒙。对此，最主要的证据是：当德尔菲人遵照神谕，多次声明，要找到任何对伊索的死要求赔偿的人时，除了雅德蒙的孙子（也叫雅德蒙）之外，再没有任何人出现。因此，这就表明了伊索也是雅德蒙的奴隶了。

洛多庇斯是萨摩司人赞茜带到埃及来的。最初她到这里来是想做妓女的，但她来了之后，为了给她赎身，司卡芒德洛尼莫司的儿子、抒情诗人莎孚的兄弟、米提利尼人卡拉克索斯花费了一大笔钱。洛多庇斯就这样获得了自由，并在埃及定居下来，她的魅力一开始便名闻遐迩，也使她获得了对于她来说巨大的财富，但这些财富还不足以满足修建这样一座金字塔的需要。即使在今天，任何人只要愿意的话，都可以看到她十分之一的财富，事实证明她根本不可能拥有如此巨大的财富，以至于可以自己修建金字塔。由于洛多庇斯想在希腊留下一件纪念品，她便定制了一件独一无二的东西，然后把它献到神庙去，以之作为她自己在德尔菲的纪念物。因此，她便花了十分之一的财产，定制了很多大到可以穿一整头牛的烤肉铁叉，然后把这些铁叉送到德尔菲去。今天，这些东西还堆放在神庙的前面，也是基奥斯人所奉献的祭坛的后面。现在在瑙克拉提斯，妓女们相当会迷惑人，首先，我们上面谈到的那个洛多庇斯就是一位知名的人物，甚至洛多庇斯的名字在全希腊是家喻户晓、无人不知的。在她之后的阿尔启迪克，尽管其名声不如洛多庇斯大，但也成了全希腊传颂的主角。卡拉克索斯在给洛多庇斯赎身之后便回到米提利尼去了，但在一首诗里莎孚却就此嘲骂了他。关于洛多庇斯的事情，就讲到这里了。

根据祭司们所说，阿苏启司继米凯里诺斯之后成为了埃及国王，他给赫菲斯托斯神殿修建了向着东方的门，这是迄今为止最大、最美丽的门。所有的这些门上都有雕刻的图案和无数的装饰，但在这道门上，雕刻和装饰却比其余的门都更多。他们告诉我说，这位国王当政的时期，埃及的货币流通非常缓慢，因此为埃及人制定了一条法律：人们可以用自己父亲的尸体作抵押品来借钱，还规定债主对于债务人的所有墓地有财产扣押权，如果债务人拒绝偿还债务，那么他死的时候不许埋入他家族的墓地或其他任何墓地，也不许把任何死亡的亲属埋入其家族的墓地或其他任何墓地。此外，为了能够超过埃及历代国王，这个国王也建造了一座砖砌的金字塔纪念自己，在金字塔的石头上面还刻有铭文。“不要因为我的金字塔不是石头建的而小看我。因为我比它们优秀得多，就好像宙斯与其他诸神相比一样。因为我的金字塔是人们把竿子戳到湖里面去，把附着在竿子上的泥土一点点收集起来，然后做成砖的方式修筑起来的。”这些所有便是阿苏启司所做的事情。

继阿苏启司之后统治埃及的是一个叫作阿努西司的盲人，他出身的城市也叫作阿努西司。在他统治的期间，埃及曾受到埃塞俄比亚的国王撒巴科斯所率领的一支埃塞俄比亚大军的进攻。盲人国王就逃到沼泽地带去，埃塞俄比亚人就在埃及统治了50年。历史上记载关于撒巴科斯统治时期的情况说，无论何时任何埃及人犯下了任何罪行，他绝不会把他们判处死刑，而是根据其犯罪程度的大小，判处犯人在犯罪当地的城镇修筑一定时间的堤坝。所以这些城镇的地势比以前更高了。我想：其他的埃及城镇也因此升高了，只是布巴斯提斯升高的程度超过其他任何地方。在这个城市里有一座庙宇非常值得一提。其他庙宇尽管比较大或花费更多，却没有一座庙宇比这座更加赏心悦目。希腊语称布巴斯提斯为阿尔特弥斯。我现在来谈谈这座庙宇的外形：除去入口之外，它的其余部分是在一个岛上。有两条来自尼罗河的互不交叉的河流经附近，这两条河互相都不汇合，但都一直流到庙宇入口处，然后一条河从一方，另一条河从另一方绕过去。每一条河都有100英尺宽，两岸树木成荫，笼罩在水面上。外殿有10英寻高，安放着6库比特高的精美人像。这座庙宇位于城市的正中，一个人可以从城市的四周俯视这座庙宇，这是因为当城市的地面升高以后，庙宇的地面还与先前一样，因此人们可以从外面看到庙宇的里面。它四周的石墙上刻着图像，里面有一座巨大神殿，四周长着一丛非常高大的树木。神殿里安放的是女神的神像。神殿整体呈方形，每一面有1弗隆长。有一条大约3弗隆长的石路一直通到入口，然后转向东方，通往市集，这条路大约有400英尺宽，两旁长着参天的树木，道路通向赫耳墨斯神殿。这就是神殿的情况。

他们说，埃及最终从埃塞俄比亚人那里解脱出来，具体情况是这样的：撒巴科斯曾经梦到一个幻象，他看到一个人站在自己面前，劝他把埃及的全体祭司们合到一起，将他们腰斩。做了这样的梦之后，他认为这可能是神给他的暗示，表示他可以做对神明不敬的事，而这样就会受到诸神或是人们的惩罚。然而他不愿这样做，再加上曾有神谕预言他统治埃及期满之后是要离开的，现在时间已经到了，他也该离开了。因为当他还在埃塞俄比亚的时候，当地的人们曾请示过神谕，神谕宣布说，他命中注定要再统治埃及50年。既然这个时期已经满了，而且他又为他在梦中看到的而感到烦恼，于是撒巴科斯就离开了埃及。

当这个埃塞俄比亚人离开了埃及之后，那位盲人便从沼泽地带回来，重新进行统治。他在沼泽地带住了50年，住在一个他用灰和土筑成的岛上。因为有些埃及人背着埃塞俄比亚人给他送来食物，盲人国王就请他们每次都带些着灰来作为礼物。在阿米尔塔伊俄斯的时期之前，从未有人发现过这个岛，而且所有在他之前的国王找了700多年，都没有找到它。这个岛现在叫作伊尔波，有10弗隆长，10弗隆宽。

盲人国王之后的一个国王是一个名字叫作索斯的赫菲斯托斯祭司。他看不起埃及的战士阶级，并且毫不重视他们，他觉得根本不需要他们。他不仅侮辱他们，而且还收回了以前的国王作为特殊礼物送给他们的良田。发生这样的事后，阿拉伯人和亚述人的国王撒那卡里波司率领一支大军前来攻打埃及，但这时埃及的战士都不愿为他作战。这个穷途末路的祭司只得跑到神殿的圣地，在那里的神像面前哀叹即将降临的危险。悲伤过后，他睡着了，在梦中他看到神就站在他的面前，鼓励他，因为在和阿拉伯人的大军对垒时，会毫发无损。神说将亲自派援军给他。他很信这个梦，便率领着还剩下的那些埃及人在佩鲁西昂驻扎下来，因为这里是埃及的入口，除了一些行商、工匠和小贩以外，没有战士愿意跟着他去。这时敌人也到达了这里，一天夜里，一大群田鼠涌入亚述人的营地把他们的箭筒、弓和他们盾牌上的把手都咬坏了，第二天，亚述人竟然全部空手而逃。现在，在赫菲斯托斯神殿里却立了一位埃及国王的石像，石像手拿一只老鼠，还刻有一句铭文，大意是："让看到我的人敬畏神明吧。"

这就是到目前为止埃及人和祭司们告诉我的这些故事。他们声称，从第一个国王到最近统治埃及的那个赫菲斯托斯的祭司，中间经历了341世，而他们当中，也就有同样数量的大祭司和国王。300世是10000年，3世等于100年。除了300世以外，剩下的41世大约是1340年。据他们说，在整个11340年期间，没有出现一位人形的神，甚至在这段时期之前或之后其余的埃及国王当中，也没有这样的事情发生。他们还说，在这一段时期里，太阳从它惯常出现的地方不同寻常地移动了四次。它从平常下落的地方升起了两次，又从平常升起的地方落下了两次。尽管如此，在此期间埃及的惯常状态，不管是在山川河流方面，还是土地方面，或是在人们的生老病死方面，都没有发生任何变化。历史学家海卡泰欧斯曾有一次来到底比斯，在那里他回顾了一下自己的血统，把16代之前他的家族和神联系到了一起。虽然我没有追溯自己的身世，宙斯的祭司们却对我和他一视同仁。他们把我带到神殿里一处及其宏大的圣地，把那里的许多木像数给我看，那些巨大的木像的数目跟他们所说的数目完全一致，因为每一个大祭司生前都在那里立了一座自己的像。祭司们一边数一边指给我看这些像，并且声称，每一尊木像都是儿子从他的父亲那里继承来的。从最近去世的那个大祭司算起，他们得出了全部的数目。因此，当海卡泰欧斯回顾他的身世并把他第16代的祖先与神联系到一起的时候，祭司们也回顾了他们全部的身世，他们宣布说每一个像都是披罗米司，都是另一个披罗米司的儿子，全部有345个像，都是以披罗米司为姓氏，他们的血统没有一个与任何一位神或英雄有联系。在希腊语中，披罗米司是指"值得尊敬和善良的好人"按照他们所说，那些有像在那里的人都属于这样的好人，但他们与神之间却相去甚远。他们说，在这些人之前，神才是埃及的统治者，他们没有与人类混合在一起，在每一个时代他们当中总会有一位神掌握着权力。他们当中最后统治埃及的是奥西里斯的儿子奥罗斯，他被希腊人称为阿波罗。他废黜了堤丰[1]而成了埃及最后一代神的国王。在希腊语中奥西里斯称之为狄厄尼索斯。

按照希腊人的看法，赫拉克勒斯、狄厄尼索斯和潘恩是众神当中最年轻的。但埃及人却认为潘恩是诸神中最古老的，并且据说是最早的八神之一，赫拉克勒斯是第二代的神，也就是十二神之一，而狄厄尼索斯被认为是第三代的神，也就是十二神的后代。关于我已经提到的赫拉克勒斯的年龄，根据埃及人自己的说法，要计算到阿玛西斯统治时期。据说潘恩存在的时间还要长一些；与其他的神相比，狄厄尼索斯的年代最短，即使从这个最近的神算起到阿玛西斯统治时期，也有15000年。因为埃及人总是把每年进行计算并记载下来，他们宣称对此了解得非常清楚的。狄厄尼索斯据说是卡德莫斯的女儿塞默勒所生，他大约诞生于我的时代之前1600年，赫拉克勒斯是阿尔克美涅的儿子，诞生于大约900年前。而据希腊人所说，潘恩是佩奈洛普和赫尔墨斯的儿子，诞生于800年前左右，晚于特洛伊战争。对于这两种说法，每个人都可以采用他自己认为更可信的任何一种说法。然而，就我而言，我已经表明了对此的看法。如果塞默勒的儿子狄厄尼索斯和佩奈洛普的儿子潘恩像安菲特利翁的儿子赫拉克勒斯那样，曾是万人瞩目的人物，并且一直在希腊活到老的话，那么他们和赫拉克勒斯一样，也只是个普通人而已，只不过拥有这些很久以前就出名的神的名字罢了。但尽管如此，希腊人却说，当狄厄尼索斯一出生，宙斯就把他缝在自己的大腿里，把他带到位于埃及之外的埃塞俄比亚的尼萨去了。至于潘恩，希腊人就不知道他降生以后到哪里去了。因此，很明显，希腊人知道这两个神的名字比知道其他神的名字都要晚。

到目前为止，这些都是埃及人自己述说的历史。下面我还要讲述一下在这块土地上发生的，埃及人和外国人看法一致的事情，加上一些我亲眼

① 希腊神话中的巨人，百头巨怪堤福俄斯的一个儿子。

所见的东西。

在赫菲斯托斯祭司统治埃及之后，埃及人获得了自由。但是他们需要有国王才能生活下去，于是他们把埃及分成了十二个部分，并立了十二位国王。这些国王都同意结为亲密的朋友并且相互结亲，他们之间不应相互陷害，也不比其他人获取更多的东西。他们缔结并且都努力地遵守这一协定是有原因的。在他们最初分王而治的时候，有神谕说，在他们之中，在赫菲斯托斯神殿中进行奠酒祭神仪式时，用青铜杯的人将会成为全埃及的国王。他们常常在这个神殿中集会，就和在所有其他的神殿集会一样。除此之外，他们还决定共同做一番事业以便让后人记住他们的名字。做出这样的决定后，他们就在莫伊利斯湖附近不远，一个人们称为鳄鱼城的地方修建了一座迷宫。我亲自见过它，它的设计之巧妙是无法用言语来形容的。尽管希腊人所建造的以弗所和萨摩司的神殿也都是引人注目的建筑物，但是加起来也无法与之相提并论，因为无论在所花费的劳动力还是在金钱上，都是微不足道的。虽然金字塔大得无法形容，而其中的每一座都能够顶得上希腊人修建的许多巨大纪念物，这座错综复杂的迷宫却超过了所有的金字塔。它建有十二所有顶子的方庭，方庭的门是相对的，六个朝北，六个朝南，连续排为两列，又都在一道外墙之内。总共有3000个房间，分为两种，一种在地下，另一种在地上，各1500间。我们亲眼见到了地面上的，所以现在只说说看到的部分。地面下的部分只听别人谈到过。埃及的看门人无论如何也不肯让我们看。在他们看来，这是最初修建这一迷宫的神圣的国王们和圣鳄的坟墓，所以不能让我们看。因此谈起地下室的种种，也不过是听说的传闻而已。地上的部分我亲眼所见，它们大得让人难以置信，而这是由人工修造的。穿过各个房间和穿越各个庭院的通道都经过精心装饰，我们从方庭进到内室，从内室到柱廊，又从柱廊又到更多的房间，再进入更多的方庭，对我来说，这一切都给我带来了无数的惊叹和震撼。在这一切之上是一个屋顶，屋顶和墙都是石造的。墙上刻着图像，每一座庭院的四周极其精确的拼砌着的是白石柱廊。在迷宫的尽头，一个角落的附近，有一座40英寻高的金字塔，上面刻着巨大的图像，并修建了一条地下通道到那里。

迷宫的情况就是这样了。它旁边的莫伊利斯湖更值得人们为之惊叹。这个湖的周边长达3600弗隆或60司科伊诺斯，这个长度相当于全埃及海岸线的长度。这是它从北到南的总长度。它最深的地方是50英寻。这个湖能够看出是人工挖掘而成的。在它的正中有两座金字塔，它们的水上和水下部分各有50英寻，在两座金字塔的塔顶上，各有一个巨大的石像坐在王座上。这些金字塔因此就达到100英寻高。100英寻等于1弗隆即600英尺，1英寻等于6英尺或4库比特，1尺等于4掌尺，1库比特等于6掌尺。因为这一带非常缺水，湖里的水也不是天然形成的，而是从尼罗河通过河道引过来的；全年有六个月的时间河水流入湖里，另外六个月里湖水倒流入河里。在流向河里的六个月期间，每天捕获的鱼可以让王室的国库收入1塔兰特的白银，而在流向湖里时，每天的收入达到20镑。另外，当地的人还说，另外还有一个地下河道从这个湖里通往利比亚的塞尔堤，河道是沿着孟斐斯上方的山脉向西方的内地流去。我在任何地方都没有看到从这个湖里挖出来的土（对此我比较关注），因此，我又去问那些住在离湖最近的人们，想从他们那里了解到从湖中挖出来的东西都到哪里去了。他们告诉我这些东西运到了某一个地方，我立刻便相信了他们的话，原因在于我在亚述的尼尼维城听到发生过一件类似的事情。尼尼维城的国王撒尔丹那帕洛司（尼诺斯的儿子）拥有大量的财富，他把这些财富收藏在地下的宝库里。一些窃贼想从这个宝库里偷取这些财富，于是他们就设计了一条地道，并从他们所居住的房子下面向到皇宫挖掘，挖出来的土则在夜里抛进流经尼尼维的底格里斯河，最后，他们最终如愿以偿。我听说，挖掘埃及湖的时候，也是运用的这一方法，所不同的就是工程是在白天进行的，而不是在夜里。埃及人把挖出来的泥土带到尼罗河去，是要河水把这些泥土冲走和散开。这样湖就挖成了。

这十二个国王一直公正地统治着埃及，有一次，在赫菲斯托斯神殿献祭之后，在宴会最后一天，他们正要举行奠酒祭神仪式时，大祭司拿出了他们通常用来行祭酒仪式的金杯，但他把人数算错了，只拿了十一个杯子给十二个人。因此他们中间最后的一个普撒美提科斯便没有拿到杯子。于是他就摘下他的青铜头盔，拿它当杯子盛酒来行祭酒礼。其他国王通常也戴头盔，所以当时也是戴着头盔的，普撒美提科斯拿出他的头盔来并没有什么不轨的企图，但当其他的人看到普撒美提科斯的做法时，却想起神谕中所说的，谁用青铜器举行祭酒之礼，他就会成为全埃及的国王的这句话。因此，尽管他们认为普撒美提科斯罪不至死，因为他们经过调查，发现他这样做完全是无心的。但他们仍然决定剥夺他大部分的权力，并且把他赶到沼泽地带去，不允许他和埃及的其他部分有任何联系。

在这之前，普撒美提科斯的父亲涅科斯被埃塞俄比亚人沙巴卡杀死了，他本人从埃塞俄比亚逃到了叙利亚，成为一个逃亡者。那时，当这个埃塞俄比亚人因为这个梦境而被迫离开的时候，撒伊司地区的埃及人带他回到了自己的家乡。后来，当普撒美提科斯被其余十一个国王赶到沼泽地带去的时候，他已经是第二次由于头盔的缘故成为流亡者了，这也是他的命运。因此他认为自己被他们极不公正地冤枉了，想对那些赶他出来的人进行报复，他派人到布托城去请示列托的神谕，那是埃及最可靠的一处神谕所。神谕说，如果他看到有“青铜人”从大海那边来的时候，那么他就可以对那些人进行报复了。普撒美提科斯并不相信“青铜人”会来帮助自己。不久之后，在海上四处劫掠的某些爱奥尼亚人和卡里亚人被迫在埃及的海岸停靠，并在那里登陆，他们就穿着青铜的铠甲。于是一个埃及人便把这个消息带给沼泽地带的普撒美提科斯说，“青铜人”从海的那面来了，并且正在平原上抢劫。因为以前从没见过穿着铠甲的人，因此普撒美提科斯认为神谕的话已经应验了，于是他便与爱奥尼亚人及卡里亚人结为朋友，并许以重大的酬金要与他们联合起来。最终他争取到了他们的支持，依靠这些支持他的埃及人和这些外国雇佣军，他推翻了其他的十一个国王。控制了全埃及之后，普撒美提科斯就在孟斐斯的赫菲斯托斯的神殿修建了的一个朝南的门廊，又在门廊对面为阿庇斯修建了一个庭院，因而阿庇斯无论什么时候出现，都会在那里流连。庭院内部四周都是廊柱，还有许多雕刻的图像，有12库比特高的巨大的人形石柱支撑着屋顶。阿庇斯在希腊语里面就是厄帕福斯。普撒美提科斯让那些帮助他取得了胜利的爱奥尼亚人和卡里亚人在尼罗河两岸相望的土地上居住，把那里称为“营地”。他还把以前承诺过的一切都兑现给他们。除此之外，他还让埃及的小孩跟随他们学习希腊语，这些学会了希腊语的埃及人，也就是今天埃及通译们的祖先。爱奥尼亚人和卡里亚人在这一带居住了很长的时间。这些地方靠近海，在布巴斯提斯下方附近，尼罗河所谓的佩鲁希昂河口上面。又过了很久以后，国王阿玛西斯又把他们从那里迁移到孟斐斯定居，作为他对付埃及人的护卫部队。对于从普撒美提科斯的统治时期以后的埃及历史，由于他们居住在埃及，希腊人和他们交往多了之后，便对其有了精确的认识，他们是第一批定居在埃及并讲外语的人。在爱奥尼亚人和卡里亚人迁走的地方，仍然可以看到他们从前维修船舶的棚子和房屋的废墟。

这就是普撒美提科斯成为埃及国王的经过了。前面我常常谈到埃及的神谕所，在这里我要对它加以说明，因为它还是值得一提的。这个神谕所就是埃及的勒托，它位于尼罗河从海边沿河而上的赛本努铁斯河口附近的一座大城市。这个大城市的名字叫作布托。我在前面已经提到过这个名字。在布托有一个阿波罗和阿耳特弥斯的神殿。神谕所所在的这个勒托神殿本身非常宏大，仅外门就有10英寻高。现在我要说的是在这里看到的一切东西当中最值得惊叹的。勒托圣堂在圣域之内，它的墙是用一块石头建成的。每一面墙的高和宽都相等，各40库比特。再用另一块石头用来做屋顶，它的房檐有4库比特宽。这个圣堂便是我在这座神殿里面见到的所有东西当中最值得惊叹的了。其次，更值得惊叹的就要算称为凯姆米司的岛了。凯姆米司岛位于布托神殿附近的一个宽而深的大湖上面，据说它是一座浮岛。我根本从来也没有看到它移动过，或是浮起来。我以为如果这个岛真的能浮起来，或者可以算是一件奇闻了。不管传闻是怎样，巨大的阿波罗神殿就建在那座岛上，另外还有三座祭坛。岛上有很多的树，其中椰子树更多一些，有的树会结果。关于这个岛会移动的说法，埃及人讲过一个故事，说当堤丰紧跟着奥西里斯的儿子到处寻找他的时候，勒托作为最初的八神之一，住在布托，那里有她的神谕所。后来，受到伊希斯的委托而收留了阿波罗，并把他隐藏在这座以前不动但现在却浮了起来的岛上。他们说，阿波罗和阿耳特弥斯是狄厄尼索斯和伊希斯的孩子，列托是他们的乳母和保护人。在埃及语中阿波罗是奥罗斯，得墨忒耳是伊西司，阿耳特弥斯是布巴斯提斯。欧福里翁的儿子埃司库洛斯正是从这个故事中，而非其他的埃及传说中，获得了与先前其他诗人不同的认识，他声称阿耳特弥斯是得墨忒耳的女儿。他们说岛就是由于这个原因浮起来的。

这个故事便是这样的了。普撒美提科斯统治了埃及54年。其中29年间，他都是在叙利亚的阿佐托司度过的，阿佐托司是一座大城，他一直在围攻这座城市，直到攻克下来。在我们所知的被围困的城市中，阿佐托司城抗击围攻的时间是最长的。

涅科斯是普撒美提科斯的一个儿子，他后来也成为了埃及的国王。涅科斯第一个着手修筑运河到红海，只不过最终完成这道运河的却是波斯人大流士。这条运河有四天的航程那么长，宽度可以让两艘三桡战船并排行进。它的水是从尼罗河引来的，然后又从布巴斯提斯稍上方的阿拉伯的帕托莫司城附近流入红海。河道是在埃及平原离阿拉伯最近的那一部分开始挖掘的。采石场所在的那个山脉，也就是向孟斐斯方面延展的山脉，离这个平原很近。河道沿着这条山脉低缓的山坡由西向东延伸了很长的一段，进入峡谷后，又折向南流出山区，然后流往阿拉伯湾。埃及和叙利亚的边界的卡西欧斯山到阿拉伯湾，是从北方到南方的海或红海的最短的和最便捷的道路，这段路程正好是1000弗隆，是最直接的道路，河道则比它要长的多。之所以长，因为河道比较曲折。在涅科斯统治期间，有大约12万埃及人死于挖掘工程。是一次预言让涅科斯停止这项工作的，那是因为预言指出，他所做的一切都只不过是为一个异邦人而操劳。异邦人是埃及人对所有使用其他语言的人称呼。涅科斯停止了挖掘河道而开始为战争做准备。他在北海边、阿拉伯湾、红海的海岸上修造战船。现在都还可以看到这些船的卷扬机。他在需要的时候使用这些战船，他率领着自己的陆军在玛格多洛斯迎击叙利亚人，并最终击败了他们，此后更攻占了叙利亚的大城市卡杜提司。他把在取得这些次胜利时所穿的袍子派人到米利都的布朗奇达伊去，献给了那里的阿波罗。他统治了埃及16年，他死后，他的儿子普撒米司继承了他的王位。

在普撒米司统治埃及的时候，埃里司来了一些使节见他。埃里司人夸口说他们在人类当中组织了最公正、最合理、最出色的奥林匹亚比赛会，他们表示尽管埃及人是人类中最有智慧的人，但对比赛会也不能再有更好的改进了。当埃里司人到埃及来说明了他们此行的目的时，普撒米司便召集了据说是埃及最有智慧的人在一起商议。这些人聚集在一起并向埃里司人进行询问，埃里司人告诉他们那些比赛规则他们也必须遵从，并说他们这次来的目的是：如果埃及人能够发明更加公正的比赛规则，他们也愿意学习。埃及人在一起商量，又问埃里司人，他们当地的人也会参加比赛吗？埃里司人肯定地回答说：从埃里司和其他地方来的所有希腊人都可以参加比赛。于是埃及人就说，这个规则完全不符合公正的标准。因为，如果在比赛中有他们自己一方的人参加比赛，他们可能会偏袒当地人和不公正地对待异邦人。而如果他们真的制定了公正的规则而来到埃及，那比赛应只允许异邦人参加，而不应有埃里司人参加了。这便是埃及人对埃里司人比赛规则的意见。

普撒米司在埃及只统治了六年。然后他对埃塞俄比亚发起了进攻，不久之后就死在了那里，由他的儿子阿普里埃司继承了王位。除去他的曾祖父普撒美提科斯以外，他是埃及最幸运的国王了，在统治的25年中，他曾派遣一支军队去攻打西顿，并和推罗的国王进行过海战。但他注定是要遭受不幸的，现在我想简略地谈一下这个原因，而后在谈到利比亚历史的那部分时再详细地说明。阿普里埃司曾派一支大军去攻打库列涅，但却一败涂地。埃及人的士兵们认为阿普里埃司是故意叫他们去送死的，他们这样一死，阿普里埃司便可以更加安稳地统治其他的埃及人了，因此他们责怪他，那些对此事极其恼怒的人们回来之后，就联合战死者的亲朋好友们起来公然反抗他。在得知这一情况之后，阿普里埃司便派阿玛西斯到他们那里去，想要劝他们回心转意。当阿玛西斯到这些人这里来的时候，他劝告他们不要做这样的事情。当他讲这些话的时候，一个人从他后面走过来，把一顶头盔戴到他的头上，并说这就是王权的标志。而阿玛西斯没有反对这种做法，他就被反叛的埃及人拥立为国王，新立国王的他开始准备向阿普里埃司进军了。当阿普里埃司听到这件事之后，他就从宫中派遣了一名很受尊重的埃及人——帕塔尔贝米司去对付阿玛西斯。他命令帕塔尔贝米司要生擒这个叛徒，并捉来见自己。当帕塔尔贝米司见到阿玛西斯时，阿玛西斯正骑在马背上，抬起腿，以很不逊的态度命令使臣把那个头盔拿回给阿普里埃司。虽然帕塔尔贝米司迫切地想要阿玛西斯听从国王的召唤去见他，但故事说，阿玛西斯说他很早就准备这样做了，而且阿普里埃司对此会非常满意他的，他说他除了自己会来还要把别人也一起带来。帕塔尔贝米司听到阿玛西斯的这些话，便明白了他的意思。同时他也看到了阿玛西斯所做的准备，为了使国王尽快了解这里所发生的事情，于是，帕塔尔贝米司急忙离开了。而当阿普里埃司看到他没有带回来阿玛西斯时，并没有认真考虑，盛怒之下下令割掉帕塔尔贝米司的耳朵和鼻子。那些原本拥护阿普里埃司的其他埃及人看到他们最尊敬的帕塔尔贝米司都受到了这样不道德的侮辱，便毫不迟疑地改变了自己的立场转而投到阿玛西斯的阵营去了。这件事情被阿普里埃司知道了，他把卫队武装起来，去攻打那些埃及人。他有一支三万人的近卫军，由卡里亚人和爱奥尼亚人组成，他的宫殿在撒伊司城，这座宫殿极其豪华壮丽。阿普里埃司的军队准备攻打那些埃及人，阿玛西斯的军队也开始向异邦人进攻。两军在莫美姆披司相遇，他们双方都希望能在那里大展身手。

埃及人被分成七个等级：其中第一等级的是祭司，其次是武士，然后其他分别是牧牛人、牧猪人、商贩、通译和船夫。每个等级又是以它自己的职业命名的。武士阶层又分成卡拉西里埃司和海尔摩吐比埃司两类，因为全埃及都被划分成不同的区域，他们分别属于以下谈到的区域。海尔摩提比恩司包括以下部分：布希里斯、撒伊司、凯姆米司和帕普雷米斯区域，以及一个称为普洛索披提斯的岛和那托的一半。这些地方都是属于这个区域的。他们的人口最多的时候达到了16万人。他们都没有学过任何手艺，他们只能从事军务。卡拉西里埃司包括：底比斯、布巴斯提斯、阿普提斯、塔尼司、孟迭司、塞本努铁斯、阿特里比司、帕尔巴伊托司、特姆易斯、欧努披司、阿努提司、米埃克波里司。米埃克波里司就在布巴斯提斯城对岸的一个岛上。这就是他们的全部地方。他们最多时有25万人。这些人只能打仗而不能从事其他职业，打仗就是他们的世袭职业。是否希腊人也是从埃及学到了这个传统，我不能确定。因为我看到在色雷斯人、西塞亚人、波斯人和吕底亚人，以及在几乎所有的蛮人当中，那些手艺人和他们的后代，不如其他人那样受尊重，而那些和手艺无关的人，特别是那些职业战士被认为是最高贵的人。可以肯定的是，所有的希腊人，特别是在拉凯戴孟人中，这种看法是外来的。但科林斯人是所有这些人类当中最不蔑视手艺人的。

在埃及人中，祭司是享有特权的，除此之外，唯有武士享有以下特权，他们每一个人都被授予了12阿路拉①的不上税的土地，每阿路拉等于100埃及平方库比特，而埃及的库比特与萨摩司的库比特相等。这些土地是专为武士们而准备的，但这些土地不是由相同的人连续种下去，而是依次交替耕种。每年国王的卫队由1000名卡拉西里埃司和同样数目的海尔摩吐比埃司组成的。除了土地之外，这些人每天还得到5磅重的面包，2磅的牛肉和4.5品脱②的酒。这是每一个卫队士兵都可以得到的东西。

当阿普里埃司率领着他的外国雇佣军，阿玛西斯率领着埃及人的全部军队在莫美姆披司城相遇的时候，战争开始了。由于异邦人在人数上要少得多，尽管他们比较善战，但还是战败了。他们说，阿普里埃司认为即使是神也不能让他退位，他深信他的地位是不可动摇的。如今在战败和被俘以后，他就被带到撒伊司——那个曾经一度属于他的地方，但现在已经属于阿玛西斯的宫殿里。他被拘禁在宫殿中，最初他受到了阿玛西斯的优待。然而不久埃及人就开始抱怨说，让他们的国王最痛恨的敌人活着是一件很不恰当的事情。于是阿玛西斯把阿普里埃司交给了他们；他们把他绞死了，然后埋在了他历代祖先的墓地里。这块墓地位于圣堂附近的雅典娜神殿入口左手边。撒伊司地方的人民把所有本诺姆出身的国王都埋在神殿的圣域之内。尽管阿玛西斯的墓离圣堂的位置比阿普里埃司及其祖先们的墓离圣堂远一些，但它也还是在神殿范围内。那是一个装饰得富丽堂皇的巨大的石制柱廊，那里的柱子被修成椰子树的形状。柱廊有两扇门，里面是停放棺木之处。在撒伊司雅典娜神殿的圣域之内，还有一个特别的人的墓地，我觉得不便说出他的名字来。这块墓地位于神殿之后，紧挨着圣堂的后墙。在圣域之内还有一些巨大的石制方尖碑。附近还有一个湖，沿湖

---

① 埃及的土地面积单位，12阿路拉约合3.3万平方米，49亩。

② 容量单位，1品脱约为568.26 毫升。

的四周砌着一道石头的边，整个形状呈圆形，说起它的大小，大约等于狄罗斯被称为环形池的那个湖。埃及人夜里就在这个湖上表演那位神受难的故事，这种仪式被埃及人称为秘仪。我知道关于这些事情的全部内容的，本来可以讲得更确切些，但是我不准备细谈了。关于希腊人称之为铁司莫波里亚的得墨忒耳的秘仪，不允许我讲的部分，我也不准备谈了。据说，是达纳乌司的女儿们把这种秘仪传出埃及，并把它教给了佩拉斯基亚的妇女。可是后来，多里斯人赶走了伯罗奔尼撒人，这种密仪也就随之失传了，只有阿尔卡地亚人还被它传承了下来，因为他们留在了他们的家乡而没有被驱逐。

自从阿普里埃司像上述所讲的那样被废黜之后，阿玛西斯便统治了全埃及。他出生于撒伊司诺姆西乌铺城。起初，由于他只是一个普通人，而并非贵族出身，所以埃及人蔑视他，一点儿也不尊敬他。但是经过了一些事后，他不是用暴力，而是用他的智慧，赢得了他们对他的拥戴。他有无数的财宝，他常常和所有共同饮宴的客人们一起用一个金盆来洗脚。他把这个器皿改铸成一个神像，放到城内一个最适当的场所。埃及人经常来参观这个神像，对神像极度地尊敬。当阿玛西斯知道了人们的做法以后，他便把埃及人召集到一起，告诉他们说这神像是用洗脚盆的金子铸造的。埃及人以前曾用它来盛装呕吐物或是小便，以及洗脚，但是现在他们却很尊敬它。他想向人们说明，他的现状便和这个洗脚盆类似，他的出生很平常，但现在却是他们的国王，因此他命令人们要尊敬和重视他。他用这样的方式赢得了埃及人的信任，并使得埃及人愿意臣服于他。

他平日是这样生活的：早上，等到市场上挤满了人的时候，他会善意地处理送到他面前来的事务。处理完之后，其余全天的时间便和他的好友一起饮酒作乐，既随心所欲又漫不经心地消磨时光。他的朋友都为他的行为担心，好心劝谏他说："国王啊，你的这种行为过于轻佻，有损你的尊严。大家希望你能一整天都严阵以待坐在威严的宝座之上处理国家大事。这样人们就会认为，统治他们的是一个伟大的人物，你身份在他们心中的名声也就更好，然而你现在的行为举止却和一个国王的完全不符。"阿玛西斯回答他们说："你们有所不知，弓只有在需要的时候才拉开，如果一个人总是拉着他的弓，那弓是会被毁坏的，等你真正需要它的时候，它可能已经没有任何用处了。人也和这个弓的道理一样。如果他们一天到晚都从事严肃的工作，而不知道有一部分时间可以用来享受，他们便会在不知不觉中变得疯狂起来或是变成傻子。正因为我清楚地知道这一点，所以我能够很好地分配这两种时间，让它们交替进行。”

据说在有人说在阿玛西斯还没有做国王的时候，他做事就不是很严谨，经常喜欢饮酒作乐。而饮酒作乐又时常让他变得很贫穷，这时他就会整天东游西荡，不得已时还会去偷别人的东西。当他不承认偷了别人的财物的时候，人们会把他带到距离最近的任意一个神谕所去，神谕常常会宣布他犯了偷窃罪，但又常常赦免他。阿玛西斯做了国王以后，他认为那些曾开脱了他的盗窃罪的神殿毫无价值，因为它们的神谕都是虚假的，他根本不去照顾那些神殿，不去修缮那些神殿，也不到那里去奉献祭品。但是对那些曾经宣布他有罪的神殿，他认为他们是真正的神，他们的神谕是真实可靠的，他小心谨慎地奉祀着。

阿玛西斯给撒伊司的雅典娜神殿修造了一座外殿，这座外殿的规模超过以前的所有其他同类建筑，它动用了从来没有人用过的巨大而雄伟的石块来修筑。除此之外，他还奉献了巨大的人像和巨大的狮身人面像，还搬了许多十分巨大的石块到附近来，供修缮之用。有些石块是从孟斐斯的采石场运送到这里来的，更大的一些石块则是从埃勒凡泰尼城运送到这里来的，这个地方和撒伊司相隔有20天的水路。我现在最想说的是这个工程中使我最感到惊讶的东西。他从埃勒凡泰尼城运来一座用一整块巨大的石头建成的圣堂，仅仅是运送这座圣堂，就有2000人来搬运它，这些人都是舵手，他们用了三年的时间。这座用一整块石头建成的圣堂外部长21库比特，宽是14库比特，高是8库比特：它内部的尺寸长18又5/6库比特，宽12库比特，高5库比特。圣堂位于神殿入口附近，没有被拉到神殿里面去的。究其原因，说这座圣堂的石匠在运送这块石头的过程中，由于这件事耗时太长，并对这份苦役感到十分厌倦，就曾大声地呻吟叹气。这叹气声恰好被阿玛西斯听到了，他认为这是不祥之兆，因此下令不许这座石造的圣堂再往前拖了。不过又有一些人说，由于有一个掌管杠杆的工匠被这座石造的圣堂给压死了，因此这座圣堂就被命令放置在那里，不再往前拖了。阿玛西斯在所有有名的神殿都奉献了蔚为壮观的贡品。例如，在孟斐斯，在赫菲斯托斯神殿前面他就奉献了一座长达75尺的卧像。在同一个台基上还有两个巨大的像，每一座各有20尺高，它们是用一样的石块雕成的，分别陈列在巨像的两旁。在撒伊司也有一座同样很大的石像，石像的姿态都和孟斐斯的那座一样。阿玛西斯最后还在孟斐斯还建造了一座伊西司神殿，这也堪称为一座极为精彩宏伟的巨大神殿。

据说阿玛西斯的统治时代是埃及历史上最为繁荣的时代，无论是河水带给土地的恩赐，还是土地带给居民的收获都是如此。当时的埃及，有人居住的城镇达到两万座。阿玛西斯还制定了一条法律，法律规定，每一个埃及人每年要到他的区域主管者那里去报告自己的生活情况，以此来证明他在过着忠诚老实的生活，否则，他将会被处以死刑。雅典人梭伦从埃及那里学到了这条法律，并将这条法律在自己的国家实施，并且沿用至今，他们认为这的确是一条很好的法律。

阿玛西斯对希腊人非常友好。他给予希腊人很多优惠，其中一项就是他专门把瑙克拉提斯城划出来给愿意在埃及定居的希腊人。对那些愿意在沿海进行贸易，但又不想在埃及定居的人们，他同样给他们一些土地，使他们可以用来安设祭坛和修建神殿。在有希腊人在埃及地域里，有一处最大最有名的圣地，也是参拜者最多的要属，被称为海列尼昂。那里是由爱奥尼亚人、多里斯人和爱奥里斯人共同修建的。修建的城市中属于爱奥尼亚人的有基奥斯、提奥斯、波凯亚和克拉佐美纳伊；属于多里斯人的有罗德斯、克尼多斯、哈立卡尔那索斯和帕赛利斯；属于爱奥里斯人的只有一个米提列奈。圣地就是属于这些城市的，同时，也是由这些城市来任命港口监管人员的。如果有任何其他城市也声明圣地有它们一份的话，那就是在无中生有了。此外，埃吉纳人修建了专属他们的宙斯神殿，萨摩司人修建了赫拉神殿，米利都人修建了阿波罗神殿。纳乌克拉提斯古时是全埃及唯一的一个商业港口。假如说一个人要想进入尼罗河其他河口之一的时候，那他必须发誓说他不是故意到这里来的。像这样发了誓之后，他就一定要乘船到卡诺包斯河口去。若是遇到逆风而不能到达那里的话，他就必须把他的货物装到船上绕行三角洲了，最后才能来到纳乌克拉提斯。纳乌克拉提斯就是这样一个赋有很大特权的地方。阿姆披克图欧涅斯把现在戴尔波伊神殿包给人修建，许以300塔兰特（那里的神殿可能是由于事故被烧毁了），戴尔波伊人则要担负全部造价的四分之一。他们到各个城市去募集捐赠品，在埃及时得到捐赠品最多的地方。因为阿玛西斯赠给他们1000塔兰特重的明凡，住在那里的希腊居民捐献了20磅的白银。

阿玛西斯和库列涅人缔结了同盟，增进了友谊。除此之外，阿玛西斯认为还应当从那个城市娶一个妻子，他的这一做法也说不清是他想表示自己对这个城市的友情，还是只为了想娶一个希腊妇女作为妻子。总之，他娶了一个名叫拉狄凯的库列涅城的女子为妻。有人说拉狄凯是巴托司的女儿，也有人说她是阿尔凯西拉欧司的女儿，还有人说她是当地一位很有名气的叫克利托布罗斯的人的女儿。每当阿玛西斯与她同床共寝时，却不能与她交欢，尽管他和其他的妻子在这方面都一切如常。当这种情况一直持续不变的时候，阿玛西斯就对拉狄凯说："女人啊，你一定对我下了迷药，如果是这样，你一定会死得比任何人都惨。"拉狄凯极力否认这件事，可是无论如何都不能平息阿玛西斯的怒气。于是她便在心中向阿弗洛狄忒许了一个愿：如果在当天夜里能让她与他交欢的话（因为这是挽救她的危难的唯一办法），她就献一座女神的像给库列涅的阿弗洛狄忒神殿。刚一发完誓，她就如愿以偿了，国王每次都能够如愿以偿与她交欢。从此阿玛西斯非常宠爱她。拉狄凯就制作了一座神像送到库列涅去，向女神还了愿。到我的时代，这座神像还安全无恙地立在那里，从城里向外望着。冈比西斯在征服了埃及时，当知道拉狄凯是阿玛西斯的妻子之后，便安然无恙地把她送还了库列涅。

此外，阿玛西斯还给希腊的神庙奉献了很多的贡品。首先，他奉献给昔兰尼一座镀金的雅典娜神像和一幅自己绘制的肖像。送给林德斯的雅典娜神庙两座石像和一副看起来很好的亚麻铠甲。送给萨摩司的赫拉两座他自己的木像，这两座木像到现在还立在大殿的门后。他是因为自己和阿伊阿凯司的儿子波利克拉特斯之间的友谊献给萨摩司这些馈赠的，但却不是为了友谊献给林德斯礼物的，而是因为有这样一个说法，当达那奥斯的女儿们从埃吉普托司的儿子们手里逃脱时，曾到过林德斯并建立了雅典娜神殿。以上便是阿玛西斯所奉献的礼品，他还是第一个征服塞浦路斯并迫使他向他纳贡的国王。

德国记

Tacitus On Germany

〔古罗马〕塔西佗

主编序言

塔西佗出生和去世的日期到现在都不确定，他可能出生于公元54年，于公元117年后去世。他和比他稍微年轻一点儿的蒲林尼是朋友，蒲林尼寄给他一些他最著名的诗篇（这些诗篇可以在《哈佛百年经典》的其他卷中找到）。塔西佗显然属于骑士阶层，是一位受过训练的辩论家，尽管他的演讲没有一篇幸存下来，但他拥有演说家的名声。他曾担任很多的官职，娶了不列颠的征服者阿格里科拉的女儿，并且为他写了传记。

塔西佗的两部主要作品《年鉴》和《历史》，涵盖了从奥古斯都去世到公元96年的罗马的历史，但《历史》的大部分都已经遗失了，保留下来的片段仅仅包括公元69年和公元70年的一部分。在《年鉴》中，有几处遗漏，但遗留下来的内容涵盖了提比略、克劳狄一世和尼禄统治时期的绝大部分。在他较少的作品中，除了已经提到的《阿格里科拉传记》以外，还有《关于演说家的对话》和《德国记》，内容包括当地居民情况和风俗习惯，这些作品都已经出版。

塔西佗以他学术的准确，判断的公允，知识的丰富、专注以及严谨的风格，站在了古代史研究的前沿。他伟大的继承者吉本，称他为“哲学的历史学家，其作品将指引后代的人类”。蒙田认为没有一位作家“在一部历史作品中对人类历史具有如此宽广的视野或能够对于特定的人物给予更为公正的分析”。

《德国记》是一部最有趣和最重要的文献，因为迄今为止它给予了我们关于现代日耳曼国家的祖先部落在他们第一次接触到地中海文明时，其文化状态最为详尽的记录。

查尔斯·艾略特

整个德国的边界情况是这样的：莱茵河和多瑙河将德国与高卢、瑞提亚和潘诺尼亚分开；与萨尔马提亚和达契亚之间隔着绵延的高山，或者是对彼此的畏惧，德国的各个部分相互隔离。其他地方，被海洋所围绕，从而形成了一个巨大的半岛，环抱了许多庞大的岛屿。直到最近由于战争的缘故，我们才对这一带的一些民族和国家有所了解。莱茵河就发源于瑞提亚境内的阿尔卑斯山陡峭的山峰之上，向西蜿蜒流动了一段路程以后，汇入了北海。多瑙河发源于阿卜诺巴山，从那高而平缓的山顶上缓缓流下，流经了几个国家，其中六条支流最后汇入了黑海，而其第七条支流则消失在了沼泽之中。

谈到德国人（日耳曼人）的起源，我更倾向于认为他们是从未和外来异族混杂过的原住民。因为在古代，那些寻找新的定居地的人们，都是乘船由海路往来，不走陆路。而德国所濒临的大洋，无边无际，令人望而生畏，因而很少有船只往那儿去。何况即便没有波涛汹涌的陌生的大海，又有谁愿意离开亚细亚、阿非利加或者意大利而去到那荒凉、未开化、天气严酷的蛮荒之地呢？除非那是他的故乡。他们在自古相传的歌谣中(歌谣是他们当中传述历史和记录唯一的方式），赞颂着一位出生于大地的神灵忒士妥和他的儿子曼奴斯，他们被奉为整个民族的始祖。很多部族的名字都是根据曼奴斯三个儿子的名字起的，比如沿海的印盖窝内斯人、中部地区的厄尔密诺内斯人和余下的伊斯泰窝内斯人。有一些人利用古代事迹的模糊不清而任意附会，说曼奴斯的儿子不止三个，认为马昔人、甘卜累人、斯韦威尔人和汪底利人的族名便是由这些多出来的儿子们的名字来的，在他们看来，这些名字才是真正的旧名，而至于其他，他们能肯定的是“日耳曼”这个名字是最近才有的。真正最先越过莱茵河而驱逐高卢人的那一个部族人，虽然现在被称为佟古瑞人，但在当时却被称为日耳曼人，只是一个打了胜仗的部族的名字，而不是对整个民族的称呼。后来渐渐地，人们用这个名字来恐吓和征服高卢人，这一名字就被传播开来，以至于整个民族都被称为“日耳曼人”了。

此外，他们还传说赫拉克勒斯（Hercules）曾经降临到日耳曼人中，因此，当他们走向战场之时，首先吟唱的便是颂扬赫拉克勒斯的诗歌。此外，他们还常常诵读一种诗歌（他们称为“巴丁”barding），以此来鼓舞士气，甚至通过诵唱来预测这场即将开始的战斗的胜负。如果诵唱声整齐，就表示士气如虹，必能所向披靡；如果诵唱声比较杂乱，就表示士气不振，心生退意。对他们来说，诵唱所表达的内容并不重要，真正起作用的是声音的大小和体现出来的勇气。他们力求发出一种粗狂而凶猛的声音，在这一主旋律之间又偶尔夹杂着断断续续长短不一的低唱，然后他们将盾举到唇边，使呼啸声产生更加有力的回响。除此之外，有些人认为，乌利克塞斯在他那漫长而传奇的旅行中，曾来过这片海域，也到过日耳曼的境内。据说，乌利克塞斯在莱茵河畔建立了阿喜布尔基乌姆城，并为其命名，至今还有人居住在这一城市。在这里还曾经发现了一个祭奠乌利克塞斯的祭坛，乌利克塞斯和他父亲赖尔特斯的名字被并排刻在上面。在日耳曼和瑞提亚之间的边界上，还留有一些刻着希腊文字的纪念碑和陵墓。我无意去证实，也不想反驳这些传统说法，至于这些说法中有多少是可以相信的，让每个人根据自己的喜好来判断吧。

就我自己而言，我赞成把日耳曼人看成是从未通过通婚而与其他民族杂交的民族，日耳曼人是一个有着独立、纯净血统的民族，和其他人种毫无相似之处。他们人口众多，但都具有整齐划一的特征：金发碧眼、身材高大；他们只是在开始的时候精力旺盛，在辛苦和劳作中却缺乏耐心，也不能忍受节俭和炎热；由于气候和土壤的缘故，他们对于寒冷和饥饿倒能处之泰然。

他们的土地虽然地貌不尽相同，但总的来说遍布浓密的森林或泥泞的沼泽。朝着高卢的一边，地势低洼，潮湿多雨；朝着诺利古姆（Noricum）和潘诺尼亚的一边，地势多山，常年多风。这一地带适宜栽种谷物，而不宜种植果木。这儿盛产牛羊，但普遍比较瘦小，就是当地的牛也不如寻常牛壮硕。只要牛羊成群，他们便心满意足，这是他们唯一希望得到的财富。诸神没有赐予他们金银，究竟这是怜悯还是惩罚呢，我难以判断。我并不是断言日耳曼没有金矿或者银矿，因为，谁曾在那里勘察过呢？但对于使用和拥有金银，他们肯定不太在意。他们那里确实也可以看到一些银瓶，那是送给他们君王和大使的礼物，但他们并没有觉得银瓶比陶器更为珍贵。不过靠近边境上的日耳曼人，由于通商的缘故，比较看重金银，他们还认识我们的货币，并且偏爱比较旧或者使用较久的钱币，而铸有两辆马车图案的有锯边的旧币是他们的最爱。相对于金子来说，他们更看重银子，并非他们对于两者有所偏好，而是因为购买便宜的普通物品，用容易切割的银子更加方便。至于住得更远一些的日耳曼人，仍然保持着以物易物的简单的交易方式。

实际上，他们也比较缺铁，这从他们兵器的种类上可以看出来。他们很少使用剑或者长矛。他们使用一种较短的投枪，这种投枪用他们的话说叫“夫拉矛”（framms），它带有一个短而窄的铁尖，非常锐利而且易于掌控，因此，这种武器即适合于远距离的战斗，又可用于近身肉搏，都能随需而用。不仅如此，骑兵的装备就是一面盾牌和一支刺枪。步兵也有同样的武器，并且每人还专门配备很多可以投掷很远的标枪。他们全都赤裸着，或仅着一件轻便的外袍。

在装备方面，他们不讲究虚有其表的装饰，只是他们的盾牌样式很多，并且都涂上奇怪的颜色。他们很少佩戴铠甲，也很少戴头巾或头盔。他们的马匹既不好看，跑得也不快。他们也不按照罗马帝国的做法，训练马匹转圈和跳跃，他们只知道纵马直线前进，或向右转弯。不过他们的队列紧密整齐，没有一个人在行进中落后。总的看来，他们的步兵较强，这很明显，所以步兵和骑兵配合作战。他们从年轻人中挑选出最强壮的步兵，把他们安排在最前排。步兵的数量是固定不变的：每个村出100人，因此他们被称为“佰”，这原先只是一个数字，后来就变成了一个头衔和一种荣耀了。在排列部队时，他们把整个部队分为不同的分队，在前部形成尖端。在交战时，先退却一下，再度向前进攻，这是他们的一种策略，而不是畏惧的表现。即使是当胜负未分时，他们也要将阵亡者的尸体夺回。对他们来说最丢脸的事就是失去了自己的盾，遭遇这种耻辱的人不能参加祭祀仪式，也不能在集会上露面。许多从战争中逃命回来的人，都以上吊自杀来结束他们不光彩的生命。

在选择国王时，他们是按照门第的显赫程度来决定的，而将军的选拔却是以勇敢为标准。国王的权力是有限制的，他不能任意妄为，而将军们驾驭士兵更多的是依赖自己的以身作则，而不是强权压迫。他们凭借作战的骁勇、显赫的战功和身先士卒的精神赢得支持和拥护。但死刑、囚禁甚至鞭笞等事务归祭司们掌管，因为在他们看来，这些并非刑罚或是将军的军令，而是直接来自神灵的命令。他们相信这位神灵常在战争中护佑着他们，因此在即将参加战斗时，他们会把从神圣的树林中取出来的代表神灵的图腾戴在身上，跟他们一同作战。他们队形的编制和尖锐的阵营的形成，并非临时随意排列或偶然的组合，而是按照各个家庭和部落的关系编制的，这也是激发将士勇气的最重要的一个因素。因为当自己最亲近的人倒在自己身旁的时候，他们可以听到妻儿悲哀的号哭，这里有着他们最敬畏的特别的见证人；这里有着他们最迫切想要赢得的赞誉。他们把自己的伤痛展露于母亲和妻子们面前，而她们也坦然地查看或者吮吸流血的伤口，没有丝毫畏惧。不仅如此，当丈夫和儿子们在战场上浴血拼杀时，她们为战士们做饭并给他们以鼓励。

在历史上，妇女们曾一次又一次地挽回过败局。这些妇女们坚定执着，不断祈祷，她们袒露着胸部，使人感到她们即将成为俘虏，这样的事情降临到他们的妇女身上是最让他们痛苦的。因此，如果得到出身高贵的少女作为人质，这些部落便会更加忠心耿耿。他们甚至相信女人身上天生具有某些神奇的东西和预见未来的能力。他们从不轻视女人的意见也不忽略她们的反应。在维斯帕先（罗马皇帝）统治时期，我们可以看到许多民族多年以来一直将魏勒妲奉为神明。在古代，奥累尼雅和其他的很多女性神祇也都得到尊崇，但是，其中既没有过分的殷勤和奉承，也没有随意编造神明。诸神之中，他们最为尊崇墨丘里，在某些特定的日子里，哪怕是用人来祭祀她也是合法的。对于赫拉克勒斯和马尔斯是用通常许可的牲畜祭品来祭祀他们的。某些斯韦威尔人同样也有祭祀伊西斯的习惯。关于这个外国传来的祭祀的来源，我没有什么发现，只是从那帆船形状的图形可以推断这种崇拜源于国外。

另外，他们认为把神明们都封闭在围墙内或将诸神用任何人类的形象呈现出来，都是对神明的不敬。他们将整个森林和丛林都奉为神明。他们以诸神的名字称呼这些地方，他们只在沉思默想或内心之中敬畏着这些神明。他们对于抽签和占卜的入迷程度超过其他所有的民族。他们占卜的方法非常简单：把从核桃树上折下的一条树枝折成许多签，在上面标注各种符号，然后再撒在一块白布上。祭司主持公事的占卜；一家之父主持家事的占卜。主持者先祈祷，然后仰视天空，将签抽出，连抽三次，再按照签上预先标好的符号得到占卜结果：如果所得的卦象是禁止的，那么当天就不能再对同一件事占卜；如果得到的卦象是允许，为了确认，还需要进行占卜。他们当中也有根据鸟类的叫声来占卜的方法，但这个民族还有一种不同于其他任何民族的占卜方法，那就是从马的身上获悉预兆和警示。他们在献给神灵的丛林中饲养一些白马，这些白马不用干活。人们把它们系在一辆神车之上，祭司、国王或部落的酋长们站在一旁，小心翼翼地观察这些白马的呼吸和嘶鸣。不论平民大众和贵族，还是祭司，都认为这是最可信的一种占卜方式。祭司们只算是诸神的仆人，而这些马却知悉神灵的意图。在重大战役之前，他们还有另一种方法来预测战争的结局。那就是想办法从敌人中抓一个俘虏，让他与一位本族勇士搏斗，两人各持本族的兵器。从这两人的胜负来占卜战争的胜败。

在日耳曼人中，无关紧要的小事由酋长们来商议，大事由整个部族来定夺。虽然民众有最后的决定权，但具体事务仍然先由酋长们研究和商讨。如果没有意外事件或紧急的事情发生，他们会在固定的时候集会，比如新月初上或是月圆的时候，因为他们相信在这些时候是适宜处理事务的吉时。他们对时间的计算方式与我们大不相同，不以日而是按照夜来计算。他们的法令是按这种方式制定的，他们的起居饮食也是按照这种方式安排的。他们认为夜在昼前，而且支配着昼。由于他们自由散漫的缺点和四处游动的习惯，当召集会议时，他们无法立刻集合，也不敢违抗命令，往往成员们要花费两天，甚至三天的时间才能慢慢聚集起来。人到得差不多了之后，会议便开始了，到场的人个个全副武装。接下来祭司们宣布肃静，此时他们有权维护秩序。先是国王或者酋长出来讲话，接着便是根据年龄、出身或战争中的声望、口才推选出来的人发言，人们倾听着他们的声音，这是因为他们的话有说服力，而不是因为他们有发号施令的权力。如果人们不满意他们的提议，就会在下面低声议论，以此表示反对；如果大家满意他们的意见，则会挥舞着手中的矛。他们用武器发出的声音来表示赞同，这是对对方最大的尊敬。

这种会议同时也是提出指控或执行死刑的场合。刑罚的方式根据罪行的性质而不同：叛徒和逃兵被吊死在树上；懦夫、懒汉和妓女，则投入沼泽中闷死。之所以有这样的区别，是因为他们认为：对罪恶昭彰之恶行理所应当明正典刑，以儆效尤；而对于堕落可耻的丑行，却应当深埋隐藏。对较轻罪行的处罚也要根据其过错来衡量，被定罪为行为不端的人将被罚支付一定数量的马或牛作为罚金。罚金的一半归受害人或其近亲所有，其另一半则归国王或部族所有。酋长和官员也是在这种会议上选举产生，他们负责在各部落和村庄处理诉讼事件。每一个官员都会有一百个从民众中选出来的人来协助，并且为他提供咨询和建议。

没有武器在手，他们不会处理任何事情，无论是公事还是私事。但是，与他们的风俗有点矛盾的是，只有在得到国家认可以后，他才能合法持有兵器。当一个人到了能使用兵器的年龄，就在大会上举行一个仪式，由一位酋长或本人的父亲或亲属颁给这个青年一面盾和一支矛。这在他们看来是标志着他已经具有了男子气概的仪式，这是授予年轻人的第一等的荣耀。在此之前，他只是家庭中的一员，而此后他则是国家的一员了。有些年轻人或因为家世显赫，或因父辈对国家有过重大和显著的贡献，在尚未成年以前就被赋予了参加此类集会的尊荣。其他的与会者都是经过长期选拔而产生的身强力壮的人，他们不会认为作侍从是一种耻辱。侍从的级别也有高低之分，这由他们的主人来判断。侍从之间为了决定第一侍从的归属时常引起激烈的竞争；酋长们为了决定谁拥有最多的和最勇敢的侍从也有竞争。时常被一群挑选出来的年轻人簇拥着，这既是一种荣耀，同时也显示出一种力量。在和平的时候，既可以作装饰和荣耀；在战争中，又可以作为安全和防护。如果一个酋长能够在拥有随从的数量和体魄方面超过别人，那他不仅在本部落中，并且在周围的部落中都会拥有很高的名望。外族会派来使臣献上礼物，而且仅仅依靠他的威名就足以震慑敌人，消除战争。在战场上，如果君王不如他人英勇，是他的耻辱；侍从们的英勇不能与君王相称，也是他们的耻辱。假使自己的君王战死，而自己得以苟且，这会成为毕生都难以磨灭的耻辱。忠诚意味着保卫君王，甚至将自己的功劳献归君王的名下。君王们战斗是为了赢得胜利；而侍从们则为君王而战。当他们的部族长年平安无事，很多年轻的贵族就自己去寻找那些有战事的部落。一是因为他们的天性好动不喜欢安静；其次是因为他们在危机之中能够更快地挣得名望；三是因为只有在暴力和战争之中才能保持众多的侍从。侍从从慷慨的君王那儿可以得到战马和染上敌人鲜血的标枪。作为报酬，他们得到每天的餐饮供应和享受宴席的待遇，吃的东西虽然不精细，却十分丰富。为了维持这样慷慨大方的生活和丰厚的日子，就得依靠不断的战争和掠夺。要想让他们放弃向敌人挑战和冒着受伤甚至死亡的危险作战，转而去耕种土地并等待一年的收成，那是很困难的。而且，他们还觉得用流汗的方式去获得本来可以用流血的方式获取的东西，这显得愚蠢而无能了。

在休战的时候，他们并没有花很多的时光去狩猎，更多的时间是在游手好闲中度过，整天除了吃喝就是睡觉。勇敢善战的武士们现在却无所事事，把所有有关生计的家务以及土地和财产方面的事都交给家中的妇女和老人处理，自己却悠闲自在地享受生活。他们有着令人惊讶的多样的性情：同一个人既安于懒散，同时又如此地憎恨安宁。按照他们自己的习俗，每人自愿把自己的一部分牲畜或谷物献给君王，这既是臣民们对君王表达敬仰的贡献，也为他们提供了日常生活的必需品。君王们特别喜欢来自邻近国家的礼物，这些礼物不仅有个人送来的，还有以国家的名义送来的：礼品包括精心挑选的骏马、耀眼夺目的盔甲、马饰以及金银项圈等。现在我们这群外来的人还教会了他们使用钱币。

众所周知，没有多少日耳曼人居住在城市中，他们的住宅也不会连成一片。他们都住得比较分散并且相隔一定距离，喜欢在水泉边、原野或树林中安营扎寨。他们的村落布局是各自相对地排列，和我们这种屋舍一所接一所的村落形式不一样，或者是出于预防火灾的目的，或者是因为不擅长建造房屋，他们在房前屋后都留有空地。他们甚至不会使用砂浆和砖瓦，他们所有建造的东西都相当粗陋并且未曾加工，缺乏时尚和美感。有些房屋涂上一层纯净而有光泽的黏土，像是上了色的绘画。他们还喜欢挖掘地窖，上面覆盖一层粪土，用作冬天储藏粮食，也可用来躲避极度的严寒。除此之外，每当敌人来犯时，他们只能毁坏暴露在外的东西，地下的窖藏可能不会被敌人发现，就算是发现了也可以因为敌人疏懒不去搜寻而幸免。

在衣服方面，他们身上披的斗篷是他们所有的衣物了，用钩子或者荆棘束缚着。如果没有衣服穿，他们就光着身体，整天就围在火炉边。最富有的人与众不同之处就在于穿了一件内衣。那内衣束得紧紧的，显出肢体的各个部分，不像萨尔马提亚人和帕提亚人所穿的那么宽大。他们同样也穿兽皮。沿莱茵河居住的各部落的人穿着都比较随意，没有任何讲究和装饰，而内地居住的各部落的人因为他们没办法从商人那里买到衣服，因此衣着比较奇特。他们会选择某些动物，剥下他们的皮，然后把从海外得来的一些动物的皮和这些兽皮混合在一起。妇女和男子穿得差不多，不过她们经常穿一种缀紫色边的亚麻布的衣服，没有袖子，所以她们的胳臂、肩膀和胸部的上半部都裸露在外面。

他们遵守着严格的婚姻制度，这是他们风俗习惯中最值得称赞的地方。他们大概是野蛮人中唯一满足于一个妻子的，除了极个别例外，但那些例外者并非出于放纵或者情欲的要求，而是为了家族的荣耀而进行联姻的。

对于丈夫来说，不是妻子带来嫁妆，而是夫家向女方交纳彩礼。由父母和亲戚出面接受彩礼，但这些彩礼并不具备女性所喜爱的精致华丽，也不适合用作新妇的装饰，只是一头驾辕的牛、一匹配了缰绳的马、一面盾、一支矛或一把剑。凭借这些礼物，便把妻子给娶回家去了，妻子也带来一些武器送给自己的丈夫。他们认为这便是婚姻最大的约束，是奥秘的圣事、婚姻的保障。因为对女人婚后会放弃吃苦耐劳的品质和畏惧战争的心理怀有担忧，因此，在婚礼之初，就告诫她与她的丈夫是危难困苦之中的伙伴，无论是在太平时期还是战争期间，都要与他同甘苦、共患难。驾辕的牛、配了缰绳的马以及那些作为礼物的兵器也都是为了表明此意。做妻子的无论生死都应该抱有这样的想法，那就是：她要将自己所接受的结婚信物完好地传给她的儿子，再由儿子送给儿媳，再传给孙辈。

因此他们生活在坚贞纯洁的氛围之中，不受食色之诱惑。无论男女，都不懂得写情书来幽会。像这样一个人口如此众多的民族，却极少发生通奸的事。对于奸淫，他们毫不留情，经常是由丈夫亲自来处罚犯错的妻子。如果妻子与人通奸，丈夫就剃光她的头发，剥去她的衣服，在众目睽睽之下将她赶出家门，鞭打着她穿过全村。对一个女人来说，不守贞节是永远不可宽恕的，无论她多么年轻、多么貌美或者多么富有，也绝不可能再找到丈夫。事实上，没人会悦纳罪恶，也没有人将堕落的恶习或屈服于堕落称为时代的风尚。有些部落只有处女可以结婚，这样的风俗尤其值得称道，当一个女人嫁作他人妇，她所有的心思都只能放在自己丈夫身上，不会有其他的妄想。正如她们只有一个身体、一次生命一样，她们也只能有一个丈夫，除了这个人，她们不会再去思慕其他人。与其说她们爱的是自己的丈夫，不如说她们爱的是自己的婚姻。抑制生育和想要少生孩子以及杀害新生婴儿都被视为令人发指的罪行。这儿优良的风俗习惯，比别的地方优良的法律更有效力。

每家每户的孩子都是衣不蔽体而且稀脏邋遢，但即便是这样，他们也能长得高大健壮，让人十分羡慕。母亲们都是亲自为自己的婴孩哺乳，从不假手于保姆和乳娘。主人的孩子不会比奴仆的孩子得到更精细的照顾。他们同样混在畜群中嬉戏玩闹，同样在泥地上打滚，直到他们长到适当的年龄，自由人才把他们与其他人分离开来，他们的勇敢使得他们引起人们的关注。他们结婚很晚，所以可以长期保持着旺盛的精力。女孩子结婚的时间也不早，男女需要达到同样的年龄，身体同样强壮的情况下才结为夫妻，因而子女长大后也继承了父母健壮的体魄。甥舅的关系等同于父子的关系。的确，这种血缘关系在很多部族看来是最紧密和神圣的，在接受人质时对此也最为看重，认为这样可以在他们的家族中有最不可分离的影响和牵连最广的利益。但是，子女才能成为继承者。他们不立遗嘱。如果身后没有子女，遗产则依次归兄弟和叔伯娘舅所有。一个人的亲属和姻戚愈多，那么他就能够获得更多的益处和尊敬。至于老而无子的人，就得不到什么好处和尊重了。

无论是父辈和亲属的仇敌还是他们的朋友，你都有必要接纳过来。仇敌并非不能和解，也并非永久，甚至大到杀了人的仇恨，也可以用一定数目的牛羊来补偿，这样不仅可以使仇家全族感到满足，而且对于整个部落更为有利，因为对于一个自由的民族，仇恨和内讧总是更令人感到有威胁和非常危险的。在社交宴请和好客方面，在整个世界上没有哪个民族比他们更慷慨好客的了。闭门拒客被认为是不道德的和缺乏人情味的。每一个人都会接待来访者，并尽其所能款待客人。如果主人家里的储藏消耗光了，他会带客人到另一位东道主家，并不需要另一家主人的邀请。另一家也不以此为怪，会同样热情地款待他们。作为主人，他们在对待熟人和陌生人时是没有差别的。每当客人离开的时候，他们对客人的要求有求必应。同样地，主人也会大大方方地向客人索取礼物。他们十分喜爱礼物，但他们既没有因礼物而希望得到回报，也不会因任何所得而感到有负担。他们招待他们的客人的方式是亲切而友好的。

他们白天时常起得比较晚，起床后习惯洗个澡，多数时候是用温水，因为他们生活在一个寒冬漫长而严酷的土地上。洗浴以后，他们就分别到各自特定的席位上进餐，然后带着武器去处理事务。虽然带着武器，他们仍然经常去参加宴会。任何人没日没夜地酗酒都不会受到斥责。喝醉了的人之间发生争吵是司空见惯的事，这种争吵不是互相怒骂就能了结的，双方经常会打得头破血流。然而，同样也是在这样的宴请中，敌对双方得以和解、男女缔结连理、人们推举出了酋长，甚至和平与战争的决策也都在这种饮宴中进行磋商，因为他们认为只有在这个时候这一场合，人的内心才最朴实自然、最坦白诚实、最能激起高贵的信念。他们天性淳朴，不狡诈也不精明，他们在无拘无束的饮宴中袒露个人内心的秘密和心中的目标。大家的情绪意识就这样暴露出来，到了第二天再重新仔细考虑。这样的安排倒有各自不同的好处：在无法掩饰自己的时候进行磋商，而在头脑清醒不容易犯错的时候才做出决定。

他们的饮料是一种用大麦或其他谷物酿造的液体，经过发酵以后，喝起来很像酒。离河不远的部落也经常酿酒。他们吃得很简单，就是一些野果、新鲜的野味和奶酪。他们吃东西仅仅只是为了充饥而已，既不讲究礼仪，也不讲究是否美味可口。但在饮酒方面他们并没有表现出同样的节制。如果让他们放开了喝，想喝多少，就给他们多少。那么，用这种恶习使他们自动屈服比用武力征服他们更加有效。

他们只有一种大众娱乐活动，在任何集会中都是同样的表演：赤身露体的青年在锋利的剑丛枪林中跳着舞。他们时常练习这种舞蹈，已经成了习惯，所以跳得很熟练，姿态也很优美。这种非常危险的游戏完全是为了让观众们感到愉快而表演，从来没听说过有什么人想从中获利。令人惊讶的是：他们居然也认真地进行掷骰子赌博，对行赌博之事十分地郑重其事。他们在输赢方面也非常冒险，甚至当赌本输光了的时候，把自己身体的自由拿来孤注之一掷。输家甘心情愿去做奴隶。无论他比对方如何年轻力壮，也顺从地被赢家绑了去拍卖。这说明他们对这种恶习不知悔改，而他们自己却把这看成是重信守诺。

这种靠赌博赚来的奴隶，赢家也觉得是不光彩的，他们总是将他们转卖出去的，以使自己得以解脱。至于一般的奴隶，我们的做法是分配给他们不同的家务，但他们的奴隶却不同，这些奴隶每人都有自己的居所和家庭。他们就像我们这里的佃农一样，奴隶主只从奴隶那儿收取一定数量的粮食、牛和布匹。奴隶的属从关系仅此而已。奴隶主家中的一切家务都由其妻子和儿女来打理。很少有人鞭打、囚禁奴隶或是罚他们做苦工。他们可能会杀死奴隶，但这并不是为了惩罚，他们杀死奴隶就像杀死一个敌人一样，是出于一时的愤怒，只是不会受到处罚或被人报复而已。解除奴隶关系的人地位并不比奴隶高多少，在民间也没有什么地位，在部族里更是如此。只有在专制统治占优势的部落里，情况才就有所不同，在那里他们享有更高的地位，往往可以比自由民，甚至贵族还要高。其他部落中被解放的奴隶其低下的地位，正好衬托出他们的自由。

他们对于高利贷和靠利息生钱的事情一无所知，这是比严令禁止更好的保障。他们从一块土地轮换到另一块土地，并且仍然可以占用适用其人口的部分，并根据各自的条件和特性来分配土地。土地平坦广阔，因此很好分配。他们每年都更换新的土地来耕种，但他们的土地还是有很多富余，因为他们并不把劳动力均衡地用于种植果园、围建草场和灌溉菜园，将土地的潜力用到极限。他们在土地上只种植谷物，因此，他们没有把一年分为四季，而是认为只有冬季、春季和夏季，而且各自都有一个恰当的名称。对于秋季的名称和秋季丰收的意义，他们同样不曾有所认识。

在进行葬礼时，他们既不注重地位也不在乎虚荣。唯一比较注重的是对于有名望的人，用某些木材来焚化他们的遗体。在火葬的柴堆上，没有成堆的服饰和香料，人们只是将死者的武器，有时连同他的坐骑，投入火中。坟墓就是一块被草地覆盖的小土坡。他们看不起繁复而又费事的墓碑，认为那对死者来说是痛苦的负担。他们会痛哭流涕，但很快就停止了，而痛苦和悲哀却久而不衰。他们认为：女人应该为逝者哭泣，男人应该为其纪念。

这些就是我们对于日耳曼人的起源和风俗习惯所了解的情况，现在我要谈谈几个部落的构成体系和风俗习惯，以及他们相互之间的差异，还有从此地迁到高卢定居的那些部落。根据我国君主尤利乌斯的讲述，高卢人曾比日耳曼人强大，因此，很可能高卢人曾经进入过日耳曼的境内。当任何一个部落强盛起来，希望去占有一些新的、还没有被强大的王国所占据的共有土地时，河流不过是最小的障碍。因此，在黑希尼亚森林与美努斯河、莱茵河之间的地区曾为赫尔维西亚人（Helvetians）所占有，其他地方曾为波依斯人所占有，而这两支部落都是高卢人。虽然现在居民已经变了，而那里仍叫波依埃姆，这也就证明了原来的名称和这个国家的历史。然而，究竟是阿拉威喜人起源于俄昔人（一个进入潘诺尼亚的日耳曼部族），还是俄昔人从阿拉威喜人那儿迁到日耳曼呢？这是一件难以考证的事。因为他们使用同样的语言，拥有同样的风俗习惯和法律法规。事实上，当初他们曾同样贫穷也同样自由，而这正好证明了大河两岸的民族有着同样的优点和缺点。特瑞维累人和纳尔威夷人则十分热切地想表明自己是日耳曼人的后裔，因为有了这份荣耀，就不会有人再说他们像高卢人一样柔弱了。而居住在莱茵河两岸的人：如汪基纳内斯人、特利波契人和纳美特斯人，无疑都是日耳曼人。乌比夷人对他们的起源感到羞耻，尽管他们有特别的荣耀可以夸耀他们是罗马的居民，并且按他们最早在罗马境内定居者的名字而被称为阿古利庇嫩塞斯人，以示有别于其他的日耳曼部落。早先他们来自莱茵河以外的远方，表示了对罗马帝国的效忠，得以定居在莱茵河两岸，既不需要监督也不需要防范他们，反而可以让他们来保卫边境以防范日耳曼人。

巴达维亚人是所有这些部落之中最为勇敢的，他们主要居住在莱茵河中一个岛屿，在河畔并没有多少他们的地盘。他们本是卡狄人的一个部族，后因内乱才被迫迁到此处，成为了罗马帝国的一部分。他们今天仍然享受着在古代与我们结为盟友的荣光——不用屈辱地向人纳贡，也不受包税人的压迫。为了为战争储备力量，我们免除了他们的赋税和劳役，让他们独处一方，他们就如同是我们的兵器库。与巴达维亚人一样，马提雅契人也臣属于我们。罗马人民的伟大使帝国的声威跨越了莱茵河，远扬于异域。因此，这一部落虽位于莱茵河的彼岸，但他们的心却是向着我们的，他们在各方面都与巴达维亚人相似，不同之处仅仅在于，他们仍旧呼吸着自己家乡的空气，占据着自己祖先的土地，因此保留了更充沛的精力。

我不想把那些缴纳什一税(农产品的十分之一缴税)的部落算作日耳曼人，尽管他们也远居在莱茵河和多瑙河以外。那是一群从高卢去的无德的流浪者，他们因为贫穷才冒险去占据了这块所有权不明的土地。不久以后，随着帝国的版图的扩大和边疆要塞向外扩展，这块地方被纳入罗马行省之内，成为帝国中一个边远的角落。

卡狄人住地更远一些，他们的领地起自黑希尼亚森林，这一带不像日耳曼其他各地多由宽广和多沼泽平原组成，它的大部分地方都是山区，但地势是逐渐下降的，因此，将卡狄人团团围住的黑希尼亚森林也就延伸到了平原之上。卡狄人特别的健壮结实，五官冷硬，但特别勇敢。他们在日耳曼人中算相当聪明而且善于言谈的部族。他们推选出领袖，并听命于领袖们，知道如何保持自己的位置；他们善于见机行事，也能抑制自己的激情和急躁；他们把白天的时间利用得很好，夜间挖掘壕沟作为防卫；他们认为运气是偶然而不确定的，勇敢才是可靠而保障的；尤其不平凡的是，他们依靠将领的品行多过依靠军队的力量，这只有靠严明的纪律才能做到的。他们只有步兵，步兵除了携带兵器而外，还负荷着铁制的工具和辎重。其他的日耳曼部落可能只参加小规模的战斗，但卡狄人却只进行大规模的战争。他们很少进行突袭和偶然的遭遇战。大凡骑兵的特点就是胜得轻松、败得突然，这样的匆忙迅捷更像是胆怯，而步兵的耐心和从容更近似于勇敢无畏。卡狄人中盛行着这样一种专门用来表示个人勇气的风俗，这在其他的日耳曼人中很少见到。男子一成年就把头发和胡须都蓄起来，直到他杀死一个敌人，表明自己的勇敢后，才能站在敌人的尸首上将脸上的胡须剃光。到此才算报答了国家和父母生养自己的恩情。而怯懦者和畏战者则一直保留着这样的面貌，无法以真面目示人。一般情况下，戴铁戒指是一种耻辱的标记，但是，所有最勇敢的人往往也戴上一个铁戒指，作为对自己的约束，直到他杀死了一个敌人以后，誓言才得以实现，他才能把手上的铁戒指取下来。很多卡狄人十分崇尚这样的风俗。有些男人，到了头发斑白，还带有这种标记，对敌人和本族人来说都非常醒目。每逢交战之际，这些人总是被排在前列，冲锋陷阵，因为他们的气质就有特殊的威慑力。即使在和平时期，他们面容上的严峻和恐怖也不会减弱。他们居无定所，没有田地，也没有职业；他们走到哪里，就由哪里的主人招待他们。他们大肆挥霍别人的财产，也不爱惜自己的钱财。到了年老体衰之时，再不复当年的豪气。

靠近卡狄人的有乌昔鄙夷人和邓克特累人，莱茵河的河道现在已经稳定下来，并成为了边界。邓克特累人战功赫赫，他们拥有特别优秀的骑兵，其威名不在卡狄人的步兵之下。他们的祖先树立了这种优秀的传统，其后世子孙将其保持了下来。对这个部族来说，骑马和驯马是孩童们的消遣，青年人也以此作为争胜逞强的方式，甚至老年人也对这项运动乐此不疲。马匹作为财产的一部分由父辈传给儿辈，但是不同的是，继承马匹的不一定是长子，而是在战斗中表现得最勇敢突出的那个儿子。

原先是卜茹克特累人居住在邓克特累人的旁边，但据说卡马维人和安古利瓦累夷人后来迁移到了这里，可能是因为卜茹克特累人的专横引起了他们的憎恨，也可能是因为卜茹克特累人的财产引起了他们的贪欲，或者是因为上天对我们罗马人的赐福。他们将卜茹克特累人的一部分赶走，然后借助于邻近部落的帮助将其余部分歼灭了，上天甚至还纵容我们目睹这场激战。六万多人为此丧命，尽管不是死在罗马人的刀下，却比死在罗马人刀下更荣耀，因为我们可以坐享其成。但愿上天永远存在，如果这些部落对我们不友好，一定要让他们彼此仇视起来。因为当帝国的运数已尽，对我们最有利的莫过于在敌对部落之间出现不和。

对于安古利瓦累夷人和卡马维人而言，背面被杜尔古比尼人和卡斯瓦累夷人以及其他一些不知名的部落围着，而前面则有弗累昔夷人。弗累昔夷人根据实力被分为两部分：强大的一支被称为大弗累昔夷人；弱小的一支被称为小弗累昔夷人。这两支部落都是沿莱茵河一直延伸到大海，并且包括了罗马舰队曾巡游过的那些湖泊。我们甚至还探寻过这一带深海的地方，沿岸都在传说赫丘利斯之柱任就伫立于此。无论赫丘利斯是否曾在这里游历，我们都自然而然地把各地宏伟壮观的景象归之于他的神力。德鲁苏斯·日耳曼尼库司企图去探寻赫丘利斯的遗迹，可是汹涌的大海阻断了他的道路。在他以后，更没人敢去冒险。与其去探个究竟，还不如相信这些神力，更能显出虔诚和敬意。到目前为止，我们已经描述了日耳曼西部的情形。往北，还有一片广阔无边的土地。最先遇到的是考契部落，他们紧邻弗累昔夷人住所的边境，并占据沿海一带，延伸至我之前叙述过的几个部落的边界，最后，环绕而行，到达卡狄人的边界。考契人不仅占有这一大片地区，而且还聚居在这里。他们是日耳曼人各个部落中最高贵的一族。比如：他们用正义而不是暴力的行为来维护自己的崇高地位。他们生活平静，不参与其他部落的争端，没有贪婪的野心，也没有专横的暴行。他们从不挑起战争，也从不劫掠别的部族。他们的勇猛在于不靠欺压别人来保持自己崇高的地位。然而，他们的兵器是不离手的，一旦发生紧急情况，部队很快就可以召集起来，并且人强马壮。即使在太平时期，他们的武器搁置了起来，他们的声威也同样不减。

在考契人和卡狄人的一侧是车茹喜人，他们没有受到过敌人侵略，因为长期的太平和统一而变得衰弱，这也就使得他们没能壮大。因为处在强邻的环伺之下，时刻都处于不安全之中。当强权决定一切的时候，弱者只能哀求公道和仁义。因此，车茹喜人本该有善良正直的美名，现在却被称为懦夫和傻瓜。压制着车茹喜人的卡狄人日渐聪明起来，他们认为成功与深谋远虑是分不开的。车茹喜人的没落让他们的邻居——福昔人也没能幸免。虽然在繁盛时期不曾和车茹喜人有福同享，但后来倒和他们有难同当了。

在日耳曼一个遥远的地方，沿海居住着青布累人。这个部落现在虽然很小，过去却很有名望。关于他们以前的声望，现在还到处保留了不少遗迹。在莱茵河的两岸都有他们的堑壕遗址，范围极广，当你现在巡视这些堑壕遗址的时候，还可以想象当年军队的强大以及不计其数的人群居于此的情形。罗马纪元640年，当车契利乌·麦特兽斯和巴庇累乌·卡尔波任执政官的时候，我们初次听说青布累人的侵略。从那时起，直到皇帝图拉真第二次任职为止，共约有210年，我们（指罗马帝国）致力于征服日耳曼竟达如此之久。在这段漫长的岁月中，双方都损失惨重。无论萨姆尼特人、迦太基人、西班牙人、高卢人乃至帕提人，谁也不曾使我们受到这样经常的挫败和警戒。日耳曼人的自由独立真比阿萨色斯的专制还要可怕得多。东方人除了杀死我们的克拉苏以外，他们还有什么能耐羞辱我们呢？他们也曾被文提狄斯打败过，失去了伟大的国王帕科鲁。但是，日耳曼人曾使罗马丧失了五支由执政官指挥的军队，曾经打败或生擒了卡尔波、卡修斯、斯考茹斯·奥瑞利乌斯、塞尔威里乌·车比约和马古斯·曼里乌斯这些军队的指挥官，曾经从皇帝奥古斯都手中掳走了瓦茹斯和三个罗马军团。在这些战役中，他们并不是没有损失，他们也曾被马利乌击败于意大利，被神明般的尤利乌斯击败于高卢，被德鲁苏、提比略和日耳曼尼库司击败于其本土之上。不久以后，卡利古拉对他们的武力威吓最终以徒劳无功而被嘲笑。此后，彼此一度相安无事。直到我们发生内战的时候，他们又乘机袭击并占领了我们军队冬天的防御工事，并且还意图征服高卢。虽然他们曾被我们驱逐，但近几年，我们都只是听过军队凯旋的消息，并没有真正战胜过他们。

接下来，我要继续谈论斯韦威尔人了。他们不像卡狄人和邓克特累人那样只集中在一个部落，而是分成许多有自己独特名字的部落，而总称为斯韦威尔人，并且占据了日耳曼的大部分地区。斯韦威尔人有一个独特的风俗，就是将头发盘在脑后，捆成一个发髻。这是他们不同于日耳曼人其他部落的标志，也是他们部落中的自由人不同于奴隶的标志。在其他部落中也可以看到这种打扮，要么是由于他们和斯韦威尔人有血缘关系，要么由于平常喜欢模仿他人的习惯，但这种例子也只是偶然可见，也只限于年轻人。即便因为年龄增长而头发斑白，斯韦威尔人还是捆一个蓬松的发髻，也往往盘在头顶上。酋长们会更仔细地打理头发，他们一直在学习如何使自己显得清秀可人，但这完全没有任何不良企图。他们这样做不是为了吸引别人，而是在交战的时候，将头发这样装束，可以让敌人觉得他们高大可怕。在所有斯韦威尔人当中，塞姆诺内斯人认为他们自己是最古老和最高贵的。他们宗教的神秘可以证明他们的古老。在一年中的一个特定时间，源于共同先祖的各个部落的人都由他们的代表在一个丛林中集会，他们在丛林里供奉，一方面出于对祖先的崇拜，另一方面出于对古代迷信的敬畏。在这里，当众杀一个人作为祭品，这就是举行他们野蛮祭拜的恐怖开端。对于这个丛林的崇敬还不止于此。他们进入丛林的时候，必须绑上绳索，以表示对此地神力的服从和皈依。如果不幸跌倒了的话，不得站起或由人扶起，而只许匍匐爬行出来。所有这些迷信都源于他们相信自己的种族就起源于此，并且相信主宰世界的天神就住在这里，万物皆属于他并一定服从于他。塞姆诺内斯人的强盛更提升了他们的影响力和威信，他们分成100个分部，随着部落的强大，他们自认为是斯韦威尔人的领袖。

与塞姆诺内斯人相反，郎哥巴底人却是因人口稀少而显得尊贵。他们被众多强大的部族环绕着，但并没有屈从逢迎他人，而是凭借英勇善战来保障他们的安全。接下来就是柔底尼人、阿威构内斯人、盎格利夷人、瓦累尼人欧多色斯人、斯瓦多年斯人和努伊托内斯人，河流与森林保护着他们。这些部族当中没有一个发生过值得一提的事，只不过他们都崇拜大地之母赫耳瑟姆，他们相信她巡游于各部落之间，干预人间的事。在大洋中的一个岛上，有一处森林，在其中有一辆奉献给女神的战车，覆盖着一块帷幔。除了一位祭司，其他人不允许接触这辆车子。每当女神降临到这辆神圣的马车里时，只有这个祭司能够感觉出来，于是他带着深深的敬畏之心跟在这辆战车的后面，牛就拉着车上的女神前行。女神光临到哪里，哪里就设宴庆贺，女神降临的日子就是欢乐的日子。在这期间，他们不打仗，不带兵器，所有的兵器都藏起来，只有在这个时候，他们才知道和平与安宁，然后钟情于这样的日子。等到女神厌倦了凡间的交往之后，再由这位祭司将她送回她的庙宇。据说不久之后，这车、车上的帷幔和女神自己都要在一个神秘的湖中沐浴，洗去尘埃。这时，送去服侍女神的奴隶们立刻就被湖水吞没了。因此，人们心里都充满了一种神秘的恐怖和愚昧的虔诚，认为只有注定快死的人才能见到女神的沐浴。后来，这支斯韦威尔人扩展到了日耳曼中部。

接下来毗邻的是厄尔门杜累人。（我们现在再沿着多瑙河叙述，一如我们前面沿着莱茵河叙述一样）他们是效忠于罗马的一个部落。因此，在日耳曼人之中，唯独他们除了可以在莱茵河岸边经商外，还可以到更加广阔的地区，甚至可以深入到瑞提亚行省最繁荣的殖民城做买卖。他们可以随意地到处行走，没有任何阻碍。对于其他部落我们只有陈兵列阵以对，而对他们却可以开门相迎。因为他们毫无贪婪之心。易北河就发源于厄尔门杜累人的境内，这条河流很有名，我们曾对它非常熟悉，但现在我们只是听说过它而已。

靠近厄尔门杜累人居住的是纳累喜人，紧挨着他们的是马可曼尼人和夸地人。他们当中马可曼尼人最强大、最有威望。他们现在的聚居地，就是他们在以前凭借勇猛赶走了波依夷人而获得的。纳累喜人和夸地人也不比马可曼尼人弱。如果就多瑙河所流经的日耳曼地区而言，这三个部落的地区可以称为日耳曼的边疆了。直到我们这个时代，马可曼尼人和夸地人仍由他们部族的国王统治着，这两族的国王是马罗波杜乌斯和土德茹斯两家贵族的后裔。但他们现在也臣服于外人了。不过，国王的势力和影响力是来自罗马帝国的权威。他们很少借助于我们的武力，更多的时候是依靠我们财力的帮助。围绕在马可曼尼人和夸地人后面的是马昔尼人、哥梯尼人、俄昔人和布累人，他们的都没有马可曼尼人和夸地人强大。其中，马昔尼人和布累人在语言和服饰方面类似斯韦威尔人。但哥梯尼人说高卢语，俄昔人说潘诺尼亚语，显然，他们都不是日耳曼人。从他们向别人进贡也可见一斑。由于他们是异族，所以被迫一面向萨尔马泰人进贡，一面向夸地人纳贡。让哥梯尼人更为羞耻的是他们要被迫开采铁矿。所有这些部落所处的地区都少有平原，他们大多住在森林里或是山坡上。斯韦威尔人被一条连绵的山脉隔成两半，在山外还住着许多部落。在这些部落中，鲁给夷人这个称呼是使用人数最多最广泛的，好几个部族都使用这个名字。在鲁给夷人之中，值得一提的最强大的部族只有阿累夷人、厄尔维科内斯人、马尼密人、厄利昔夷人和纳阿纳瓦利人。在纳阿纳瓦利人中，有一片在远古时代就献给神灵的丛林。这片丛林，由一个衣着像女人的祭司主持着，而且，只有根据罗马人对于卡斯托神和坡鲁克斯神的解释才能理解这些神的意义。这位神灵就是阿尔契。他们没有神像，也没有外来迷信的痕迹，却要求年轻人和亲朋好友们都来供奉。现在，阿累夷人不仅比其他部族实力强大，是天性最强悍野蛮的一支，而且他们还借助于技巧和时机来增加自己的凶残恐怖的形象。他们用黑色的盾，身体也都涂黑，他们专门趁着黑夜交战。通过他们的可怕形象和恐怖的色彩，使得敌人感到心惊胆寒，没人能够承受面对这样一群如此可怕如地狱恶魔般的军队。因为在任何一场战争里，人的目光是最先被震慑住的。

在利津人的后面住着哥特人，他们由一个国王统治着，因此，比其他日耳曼的部族的管治要严格一些，但并没有严格到遏制了他们的一切自由的地步。毗邻着的是如姬人和雷默维恩人，他们住在靠近海岸的地方。这几个部族的共同的特点是都喜用圆盾、短剑并受国王的统治。在这些部落之外则有瑞典人，他们住在海中，不仅人多兵强，而且在海上也很强大。他们船只的形状与我们的大相径庭，每一端都有一个船头，不用掉头就可以准备随时靠岸。他们的船不靠帆来航行，两边也没有给桨手坐的长凳，桨手的位置是不固定的，像一些内河中的船一样，桨手可以从一个位置换到另一个位置，就像他们可以随着变换行进的方向一样。他们对财富也非常看重，正因为如此，他们才被一位唯一的统治者管治着，这位统治者拥有无限的权利并要求人们对他绝对的服从。在日耳曼人的其他部落，大家都可以拥有兵器，可是这里不同，兵器都被统一锁上并有一个专人保管，这个人通常都是一个奴隶。一方面是因为大海的保护，阻隔了敌人的侵袭和进攻，所以一般不需要武器；另一方面也是为了避免一些无所事事的人拿着武器就很容易胡作非为、制造骚乱。一位专制的国王也不会将兵器交给一个贵族、自由人或任何不是奴隶的人来保管，因为这不符合他的利益。

在瑞典之外，是另外一片海域，一片非常深邃并且海水流动极其缓慢的海。这片海可以让我们认为整个地球是有边界的，并且被海包围着。因为落日的余光在海上一直延续到日出，其光线如此之亮，以至于使星辰都黯然失色。此外，有民间传说这里可以听到太阳从海上升起的声音，并且神的模样和他头顶的光晕都可以看到。又有传说天地尽头就在此处，这个传说倒好像是真的。

在斯韦威尔海的右边住着伊斯替夷人，他们有着与斯韦威尔人相同的风俗习惯和服饰，可他们的语言却非常像不列颠语。他们崇拜诸神之母，他们民族迷信的特征就是佩戴有野猪形象的饰品。他们把这个形象用做护身符，可以用来保佑一切，每一位女神的崇拜者都依靠它，即使在敌人包围之中也可以保证安全。他们很少用铁制的武器，普遍使用木棒。在种植粮食和其他水果方面，他们比懒惰成性的日耳曼人更能吃苦耐劳。此外，他们还到深海中去搜寻东西。在所有部族当中，只有他们收集琥珀并称其为“格拉森”，他们通常会在浅滩中或海岸上寻找琥珀的踪迹。但是，毕竟他们是野蛮人，一般也缺乏好奇心，并且比较愚昧，他们也就没有去了解，也没有探寻过琥珀的本质和产生的原因。确实，一直以来，琥珀被认为是海中的杂物，备受忽略，奢侈的罗马人赋予了它名称和价值。对于伊斯替夷人来说，它是毫无用处的。他们只将琥珀搜集起来，根本不加以磨光和加工就拿出来交易，他们反而因为可以得到一个好价钱而感到惊讶。琥珀其实是树木溢出的一种油脂，因为其透明，就可以从中看到一些幼禽和昆虫。最初，这些虫类被软软的油脂粘住，当油脂硬化的时候，昆虫就被包裹在里面了。我便在想：如同在东方遥远偏僻的地方会找到滴着树脂和油脂的丛林一样，西方的岛屿和陆地上也有富含树脂的小丛林，那些树脂受到日光的暴晒，化成黏液而渐渐流入海中，被海浪冲到对岸来了。如果你试着将琥珀置于火上，它会像火把一样燃烧起来，火光灼灼，香气扑鼻，而且立刻软得像沥青或松脂一样。

在瑞典人的旁边，居住着斯通人。这个部族在其他所有方面都与瑞典人基本上一致，唯独有一点不同的就是，这个部族是由一位女性当权。因此，众所周知，他们不仅退化得不再是一个自由的国家，甚至连一个奴隶制的国家都不如。斯维尔人（即古日耳曼人）的疆界就到此为止了。

是否应该把波斯尼亚人、维尼蒂亚人和芬尼亚人看作萨尔玛提亚人或者日耳曼人的一部分，这不是我能够决定的。尽管波斯尼亚人（有些叫作巴斯塔米亚人）与日耳曼人讲同样的语言，穿同样的服装，建设同样的房屋，像他们那样生活，肮脏和懒惰同样如此普遍。但通过其部族上层与萨尔玛提亚人之间相互通婚，他们在一定程度上形成了萨尔玛提亚人的风气：因为他们在波斯尼亚人和芬尼亚人之间的森林和山脉之间频繁地穿越和大肆抢劫，维尼蒂亚人由此衍生形成了许多他们的风俗习惯和大量的相似之处。他们仍然被认为是日耳曼人的一支，因为他们有固定的居所，随身携带盾牌，并且喜欢步行，以行动敏捷而著称。这些都与常年骑马并且居住在马车上的萨尔玛提亚人有比较明显的区别。芬尼亚人这个部落相当野蛮，他们的生活极其贫困，缺乏武器、马匹和房屋；就连食物、一般的药草、衣服、兽皮、床、土地都一样缺乏。他们唯一的希望是他们的箭，因为缺乏铁器，他们用骨头做箭头。他们日常的供给来源于狩猎，妇女与男子一样。为了这些，妇女们上下忙碌，渴望得到一部分猎物。除了用一些编织在一起的树枝来覆盖以外，他们也没有其他的庇护场所来保护他们的婴儿免遭狂风暴雨的侵袭和野兽的掠食。对老年人的看护也要求助于年轻人。即使是这样的条件，他们也认为这种生活比起在土地上痛苦地耕种、劳苦地修建房屋、在期待和担心中为保卫自己的财产或掠夺别人的财产而焦虑不安要幸福。要保护自己免遭别人的算计，免遭诸神的憎恨，他们需要完成无比困难的事情，对他们来说，没有什么是可以渴望的。

在进一步的探究之后，我们简直难以置信，因为赫鲁斯人和欧松勒人具有人类的表情和容貌，却有着野兽般的身体和四肢。对于这样一件不确定的事情，我会把它留在一边，不予置评。

法兰西斯·德瑞克爵士的复起

Sir Francis Drake Revived

〔英〕法兰西斯·德瑞克爵士

菲利普·尼克尔斯　编辑兼 陈述

主编序言

法兰西斯·德瑞克爵士，英国伊丽莎白年代最著名的航海探险家，于1540年在德文郡出生。他很年轻的时候就开始出去航行，1565年航行到西班牙大陆，可是他的霍金斯船舰却于1567年在该次探险途中被西班牙人击溃。为了弥补在这次灾难中的损失，他于1572年再次武装，远征到西班牙宝岛迪奥斯港，其详细经过在下一章有所描述。也是在这次航行中，他到达了达连湾（加勒比海最南部的海湾），也因此成了英国第一个探险家。他看着太平洋，恳求万能的上帝，以他无尽的仁慈，给予他生命，让他能够驾驶英国船舰再次在该海上航行。

这个愿望的实现过程在他对第二次航海的描述中有所阐述：1578年，德瑞克通过英国人从未航行过的麦哲伦海峡。他用的那艘船是从居住在南美洲海岸线的西班牙定居者那里掠夺的西班牙宝船。考虑到在回国途中敌人可能会复仇，他首先到最北部的金门海峡，然后穿越太平洋，绕过好望角，最后回国，也因此成为第一个英国环球航海家。可是他的唯一战利品——“麦哲伦”号却在这次远征中损失了。女王亲自登上“金鹿”号授予其皇家爵士头衔。

德瑞克最远的一次航行极具趣味性。1586年，在遭到西班牙居民袭击后，他占领了弗吉尼亚殖民地。据说也是在同一时间，他引进了美国的西红柿和土豆。两年后，他带领英国舰队决战无敌战舰。1595年，他起航到达西班牙大陆。在第二年一月，他在拜尔罗港逝世，国家授予其“最伟大的海员”称号。

查尔斯·艾略特

致君主[1]

尊敬的陛下：

这是作者和船员对本论著的简要概述。因为表彰女主人或仆人，可能会遭到奎斯特的责难。

先前的探险可能对以后的工作有较大的帮助。恺撒为本篇论著作了评论。杜尔是编者。

这里还没有有力的证据证明它的真实性。

一定要珍惜好的事物。我也会尽可能地找出其中的错误。你善意的认可可能会鼓励我找出更多遗漏和不足。然而，美德是不可以集成的。他的名字被人们所铭记，他认为自己已证明他是值得让人愉悦的。

谦虚和忠实的人

法兰西斯·德瑞克

① 指查理一世。当时他是英国、法国及爱尔兰的国王。

致威严的女王陛下

女王陛下：

看到对我的远航的各种报道，然而他们所写的都是对我的猜测和揣摩。发表了很多不真实的报道，很多真实的事实却被隐瞒了，所以我认为有必要将我与西班牙抗争的主要事实挑选出来，自己进行评论。这样做并不是想维护我的名誉，我只是想坐在领导的位置上进行以下的行动。我的职责是将该论著呈交给您，您也可以理解成是您的仆人给您的第一份成果书，或是您的下属为您效力，而去反抗敌人。在那时，对那些不知内情的人来说可能会感觉非常奇怪，但是您那高大、无所不能的本能对于我来说才是最有力的武器。

希望您能够对我的论著指点迷津。后人肯定得不到这种帮助，可是在我们这个年代，这点还是让人感到非常满意的。您仆人的劳动果实没有被丢弃，我不仅仅是指我的探险，还包括我对探险所进行的论述。我所做的一切都得到了您的认可，我愿意为您奉献我的一生。

法兰西斯·德瑞克爵士

致虔诚的读者

尊敬的读者:

不用道歉，我希望在该论述中你能够和我一起注意到上帝之耶和华的力量与正义，他能够使一个非常普通的人成为一个强健的国王，加之上帝的仁慈与深谋远虑，培育这个普通的人是非常让人快乐的，这不仅使他摆脱了困境，也将他从被迫害的境遇中挽救出来。他的父亲就是这次事故中的受害者，他被迫从他位于德文郡南泰维斯托克的家园离开，逃离到肯特。他只能居住在一个船上，他的几个儿子就是在船上出生的。他一共有12个孩子。可是上帝给了他们太多的水，导致他的大部分孩子因此而死亡。最小的一个也在家中死去了。

我非常熟悉他，这是他第三次远航到西印度群岛。在这次远航后，他通过海路和陆路同瓦尔特和埃塞克斯伯爵到达了爱尔兰。他的下一个目标是周游世界。另外，他又带领圣·加戈、卡塔赫纳、圣·多明戈和圣·奥古斯迪诺到达了加的斯。他驾驶着大帆船航行到英格兰。由于他的死亡，使他成立的葡萄牙公司成为他的最后一个公司。他为普利茅斯注入了新鲜的活力，可是这些都已经逝去。

我并不是表扬他。我只是非常崇拜他和我们慈善的上帝，是他们使他走向了正义，也给予了他保护。在最后，我想唤起你们对上帝的尊敬，且能够为我们的国王和国家服务。如果有什么事情是值得考虑和要做的，请将它做好。

法兰西斯·德瑞克爵士

这里有一个复仇计划，惩治那些破坏者，是他们阻碍了国家的繁荣昌盛。无形的愤怒致使我们毫不懈怠地用尽各种方法去寻找那些破坏者，进而弥补那些恶行给我们带来的损失。由于这些强壮的人过于自信，他们不认为自己是有错误的，即使他们受伤了，也是通过一个不合适的方法寻找安全地点，进而导致他们越来越离谱。

通过各种各样的例子，使我们知道了以前所发生的事情是值得记忆的，现在所发生的还有待了解。我认为没有任何事情比现在正在发生的事情值得注意，无论是从他勇于第一个承担痛苦的方面来说，还是从他敢于伸张正义的方面来说。一个人敢于幻想成为全世界最高的统治者；另一个英国首领是她的一个子民[①]。当他通过女王的信函和他自己的探听得知未得到西班牙人的任何赔偿时，他已两次远航到西印度群岛[②]。

① 这位英国首领不仅于1565—1566年与首领约翰·洛弗尔在德哈卡河遭到袭击，而且于1567—1568年与首领约翰·霍金斯在墨西哥湾德乌卢阿也受到严重的损害，损失了很多有价值的物品，他的亲戚和朋友也受到了连累。

② 第一次远航是于1570年驾驶两艘轮船：一个命名为“龙”，另一个命名为“天鹅”；第二次远航是于1571年，只驾驶“天鹅”号，这次航行为他挽回了一点儿损失。

通过这两次远航，他了解了人们的想法以及目的所在。他认为还有必要进行第三次远航（此次远航的叙述我们正在整理）。于是他开始准备船只、寻找陪同人员，然后选择风向最好的一天出发了，这次远航也是成功的（在下面我们会有所阐述）。

1572年5月24日，圣灵降临节前夕，德瑞克船长和他的海军上校驾驶载重70吨的普利茅斯复活节舰艇，副海军上校和他的兄弟约翰·德瑞克驾驶载重25吨的“天鹅”号（此次航行一共有73人，他们都是自愿加入的。其中最年长的是50岁，其余的都在30岁以下，其中一艘船上有47人，另一艘船上有26人，两艘船上都储备有一年的食物和服装，还有必备的军火、火炮、技工、填充物和工具，这些都是军舰必需品，还特别备有在普利茅斯制造的三个华丽的舰载艇，它们被拆卸后装上船，打算在需要时再重新组装使用）从普利茅斯的南面一同出发了，目的地是迪奥斯港。

东南风向一直持续着，对我们来说太棒了，我们不需要做任何改变，所以我们于6月3日就看到了马德拉群岛的波尔图桑托岛，而且在我们航行了12天的时候，看到了金丝雀。我们一直航行着，未遭到任何袭击，也从未停泊过。直到第25天（6月29日），我们看到了西印度群岛的瓜德罗普岛，一座风景宜人的高耸的岛屿。

第二天一早（6月30日），我们进入了多米尼加岛和瓜德罗普岛交界处，在那里我们发现两只独木舟从岩石岛方向驶来，距离多米尼加岛三里格[①]。通常这些人是来岸边钓鱼的，所以经常被看到。

我们在南面着陆，在这里我们逗留了三天，以消除我们的疲劳。用从山上流淌下来的河水清洗我们的船舰。在这里，我们看到一个无人居住的由棕榈笋枝建成的破旧小屋。这个小屋（我们认为没有必要在这里隐居）不是用于居住的，它仅有的用途，即在钓鱼季节为那些钓鱼人提供短暂的休憩之所，是为那些钓鱼人准备的。

第三天（7月1日）的下午3点左右，我们从那里出发，驶向陆地。

第五天（7月3日），我们看到了高耸的圣玛尔塔，但是距离海岸大约

① 1里格约为3海里。

10海里远。

但是从那里我们可以到达雉港——我们船长在先前的一次远航中命名的，因为这儿的海岸有漂亮的家禽，那时他和他的同伴在那里每天都捕杀它们充饥。在过了两天平静的日子后，我们用六天的时间（7月12日）到达了雉港。这里是一个美丽至极的海湾，有避风港和两个制高点，每个都有8个或10个电缆长，10英寻或12英寻的水流长度，各式各样的鱼群，物产丰富。大约在1年前（1571年7月），我们船长到达这里，将这里很多的大街小巷和道路都封死了，可是现在却都重新蔓生开来。在一开始，我们还在怀疑这里是否是船长命名的雉港。

西班牙军队距离这里大约35海里。当我们进入海湾后，船长就告诉他的兄弟怎么做。如果在他不在的时候发生险情，就带着他的同伴立刻离开。向东是托罗，向西是迪奥斯港，这两个地方都有士兵驻扎。

当我们向岸边划行的时候，看到树林里有烟火，离我们船长先前经常出入的地方非常近，因此他让另一只船多加些人手，甚至带上滑膛枪和其他武器，他怀疑有敌人驻扎在岸边。

当我们着陆的时候，我们找到了一些线索，这里刚刚有一个名叫约翰·盖瑞特的普利茅斯人来过。他和我们的船长以及一些英国水手在以前的远航中到过这里。他留下来一盘子的铅，被牢固地钉在了一棵大树上（这棵大树的直径四个男人手拉手都抱不上），他在这棵树上刻了很多字，是写给船长的。

德瑞克船长：

如果你到达这个港口，请快速离开。你去年遇到的那些西班牙人在这里出没过，而且将你所留下来的东西全部带走了。

我也是从这里出发的，1572年7月7日。

你的朋友

约翰·盖瑞特

我们看到的烟火，据说是盖瑞特和他的同伴们在离开之前放的。在火堆旁的不远处，我们看到了钉着铅的树。这个火堆在我们到达前，至少已经燃烧了五天。

虽然看到这些，但是船长还是打算在舰载艇重新组装上之前，先不离开这里。这些舰载艇在上船前，都被拆卸了。因为船长认为这里非常便于组装这些舰载艇。因此，我们尽快将船停放好。船长命令技术工人将舰载艇组装配件搬到岸上组装。船长和其他的人员对一块四分之三英亩的土地构筑要塞，策划防御方法，他竭尽全力保证我们现在尽可能安全。他们将大树砍倒，用滑轮和系船索吊捆在一起，直到大树能够将这里的水域全部包围住。然后让其他人上去，直至将大树和树枝搭到30英尺高。他们在附近留了一个门用于出入。每天晚上，他们睡觉的时候，都将这个门用树挡上，这样比较安全。这里整个布局是一个五边形，即五个相等的面和角，其中有两个角对着大海，这两个角所夹面是敞开的，舰载艇从这里下水。其他四面都完全地封闭，除了刚才所提到的大门部位。

他们在离大门约50英尺的地方建了一个战壕。剩下的区域全都由绿油油的树木掩盖着，这些树木的叶子一直是绿色的，直到根部死去。但是其中有一种树比较特殊，很像我国的白蜡树，当太阳从它们上方升起来的时候，这种树木的叶子也会随之纷纷脱落，然后三天或是六天内，这些叶子还会重新绿起来。其他树木的叶子也会脱落一部分。只要这些树一直为绿色，且有一定的高度，我们就可以把它们当成五六个桥墩，每个桥墩下面可以隐藏3个人，而且不被发现。

我们来到这个海湾的第二天（7月13日），一艘属于英国人爱德华·霍尔西的三桅帆船从怀特岛驶入了这个海湾。船上有詹姆斯·雷塞船长、约翰·欧沃瑞师傅、30个船员，其中一些成员一年前曾和我们的船长到达过这里。那时他们乘坐着前一天在对岸缴获的西班牙塞维利亚帆船和一艘在凯普勃朗缴获的带桨帆船向目的地迪奥斯港驶去。雷塞明白船长当时的用意，极力要求和船长同行，并且他们达成了共识。

在雷塞到来的第七天，我们已经将舰载艇全部组装完毕，且将我们船上的东西都转移到了舰载艇上。我们于7月20日的早晨离开这里，向迪奥斯港驶去。三天后（7月22日）我们到达了松树岛，在这里我们发现了两艘装有厚木板和木材的迪奥斯港护卫舰。

该护卫舰上的黑人告诉我们这里的现况，还提醒我们说很快就会有一些士兵在对岸驻扎，这些士兵来自巴拿马，他们会天天巡逻，目的是保护这里不受西玛隆人①的袭击。

船长非常希望能够利用这些黑人（并不伤害他们）。船长让这些黑人上岸，如果他们愿意，他们可以回到自己的同胞——西玛隆人那里并且有可能获得自由；如果他们不愿意回去，船长要求他们不要把我们到来的消息传播出去，这样可以避免在去往迪奥斯港的途中遇到一系列的麻烦。船长在这里花费了很多钱来阻止他到来的消息被传播开去（他知道这是必须的），然后他就秘密地、快速地朝对面驶去。

最后，船长进行了人员配置。他留给雷塞船长3艘船和轻快帆船以及20多名船员，他自己选择了4艘舰载艇（第四艘舰载艇是由雷塞船长的帆船改装的）和54名船员。然后他又将武器进行了分配，其中包括 6个枪靶、6个火焰战矛、12个战矛、24个滑膛枪和火绳枪、16个战弓、6名游击队、2个战鼓以及2个喇叭。

我们于7月23日分开。我们到达了堪迪瓦斯岛，其余25名队员于五天（7月28日）后到达。我们都是在早上到达的。船长在这里开始训练他们，并给他们配备了一些武器，这些武器迄今还安全地保存在木桶里。船长宣布："希望就在这里，我们能把我们所损失的弥补回来，特别值得一提的是，我的队员都与我心灵相通，所以直到现在我们也没有被敌人发现。"

下午，船长命令我们向迪奥斯港出发。可是在日落前，我们离迪奥斯港还很远，因此，他让我们靠岸，这样我们就不能被发现。直到距离海湾两海里远的时候，他让我们击打船体和抛掷抓钩，直至到深夜。

我们再次考虑尽可能毫无声息地靠岸，直到我们找到了一个在高原附

① 黑人中的一类，大约80年前（1512年）从西班牙人手里逃脱，然后组成了一个国家。这个国家由两个元首统治：一个负责西部居民的生活；一个负责从迪奥斯港到巴拿马等东部居民的生活。

近的海港，我们在那里停留下来。为了能够在黎明前到达目的地，我们休息了一会儿。

船长和其他几个比较有实力的船员发现我们正在谈论目的地是多么壮观和那里的优势是什么，特别是在听到黑人的介绍后我们更是充满幻想。船长和其余几个人认为应该打消我们这些想入非非的想法，他告诉我们说现在月亮已经升起来了，黎明马上就要到来了。我们预计用一个小时的时间到达目的地。凌晨3点时，我们到达了目的地。在那里我们偶然遇到一艘承载有加那利群岛葡萄酒和其他商品的西班牙轮船，这艘轮船的载重量大约为60吨，应该是在不久前到达这里的，还没有卷起斜撑帆杆，看到我们有4艘舰载艇，队伍庞大，还有很多桨手，就急忙向着迪奥斯港方向逃离了，想去通风报信。船长看出了他们的用意，半路拦截住他们，强迫他们到达海湾的另一边。虽然发现船的甲板上有一个枪手，可我们还是毫不费力地登上了他们的轮船。这里是沙滩地，没有码头，只是在20英尺外有一些房屋。

我们发现这艘船上还装有6个黄铜大炮，和一些印刷纸。

不一会儿，我们将船上的东西卸了下来。枪手乘机逃跑了。不久后，迪奥斯港拉起了作战的警报（他们的反应迅速，因为这里经常受到西玛隆人的骚扰）就像我们所想的，港口周围到处充斥着人们的哭喊声，而且还伴有铃声和鼓声。

船长不得不停止先前的计划。如果发生险情，他就留下12个人负责保护舰载艇，其余人都需要安全地撤离。他认为最好应该到达东面的山峰，一年前他就是这么做的。

因此，船长留下一半的人在山脚下。他带领一些人向最高点驶去，目的是看看黑人所说的是否属实。到达最高点后，我们并没有发现一挺大炮，只是有些地方是为放置大炮而准备的。于是，我们立即回到了山脚下。

船长命令他的兄弟和约翰·沃克斯兰姆以及16个船员到国王宝库后面探路，然后从东面进入市场，船长和剩下的人会穿过充满鼓声和喇叭声的街道进入市场。火焰战矛被分成两部分：一部分分给了那一伙人；另一部分留给了船长的队伍，主要是用来照明，这样也可以恐吓一下敌人。因为鼓声和喇叭声好像是从四面八方传过来的，可是当我们到达这里后，却只发现一支庞大的队伍。

在我们行进的过程中，这里的士兵和居民已经在市场的东南面全副武装，随时待命，那里离政府部门比较近，且离城门也不远，这里还是到达巴拿马的唯一路径。他们全部集合在这里，或是想让政府官员看到这些士兵的勇猛，或是在城门口，他们可以随时准备好逃跑。

为了展示他们庞大的队伍和他们的习俗，或是通过武器恐吓西玛隆人，他们点亮火绳，拉成一条线，横跨市场的西面，制造成这里驻扎了很多士兵的假象，实际上这里不过只有两三个人在点火绳。当他们意识到自己被发现的时候，就可以立刻逃跑。

这些士兵在我们行进街道的出口一同向我们发射子弹，由于瞄准的位置比较低，他们的子弹时常都打在沙子上。

在抵御第一轮的子弹时，我们用的是箭（这是船长在英格兰时用的箭，并非为一捆捆的箭，而是一排排的杆，非常有用武之地）。我们拔出矛，以便火焰战矛能够很好地为我们所用。

我们的船员拿着矛和短兵器，在很短的时间内，就制伏了那些勇士（一些人用的是枪托，而没用别的武器）。之所以如此快地制服了敌人，一部分原因是我们的箭立了汗马功劳，再就是因为他们没有料到我们会以这种意想不到的方式突然靠近他们。更值得一提的是，船长的兄弟和其带领的船员利用火焰战矛突然从东面进入了市场，敌人见状立即扔掉了武器，从城门逃跑了。这个城门处有个建筑，以防经常袭击这里的西玛隆人进入，可是现在这个建筑却阻滞了西班牙人向外逃窜。

我们前进的速度很慢，因为敌人逃跑时用武器打伤了我们很多回程的潜水员，但更重要的原因是我们要从倒下的敌人身边穿过。

回来后，我们在市场里休息，在十字架旁边有一棵树。船长命令几个船员把一直响着的铃声停下来，可是教堂建得太结实且大门紧闭，船员们无法到达响着铃声的尖塔。

同时，船长逮捕了两三个西班牙士兵，让士兵告诉他总督府的位置，因为船长知道国王命人从巴拿马运来的宝藏都储存在那里。然而，总督府只保存银子，那些金子、珍珠和珠宝都被运往了不远处的国王宝库。这个宝库是用石灰和石头砌成的，以确保宝藏的安全。

当我们到达总督府的时候，那些仆人正在门口卸货，大门也是敞开的，楼梯上点着一根蜡烛。一只麝猫趴在马鞍上，这只猫或许是贡献给国王的宠物，也有可能是献给国王家人的。从这依稀的微光中，我们看到地下室里堆满了银子。我们猜这个房间至少有79英尺长、10英尺宽和12英尺高。每块银条都有35～40磅重，靠墙堆得满满的。

看到这一切，船长立即命令我们不准拿银条，提醒我们拿着武器随时待命。因为这里到处都是人，而且国王的宝库就在附近，金银珠宝太多了，我们四艘舰载艇根本放不下。我们只能稍微拿一点，尽管西班牙士兵现在占有优势。不一会儿，我们的机会来了，可是船员却上报说我们的舰载艇正处于危险中。如果在天黑前我们不能上岸，就会遭到士兵和城镇居民的袭击。提供该消息的人是一个叫迪亚戈的黑人。他在第一次冲突的时候对着我们的船舰喊道：“是否是德瑞克船长的队伍？”当得到肯定的回答后，他仍恳求一同前行。在第一次冲突中，他就打死了三四个敌人，最终，我们同意带着他。从他那里得知，在我们到达这的八天前，国王已经向对岸派遣了150名士兵，用来防止西玛隆人入侵。而且，现在城镇里到处都是人。这个消息是可信的，因为这和我在松树岛那里得到的消息是一致的。因此，船长命令他的兄弟和约翰·沃克斯兰姆前去了解情况。

他们发现舰载艇上的船员时，都非常惊恐，因为他们看到庞大的军队来来去去，一些人拿着火把，一些人拿着武器，还不时地呐喊。这支军队不是在第一次交战中遇到的，而是来自这个城镇（至少和普利茅斯一样大），有很多次都离我们很近，也知道我们是英国人，所以卸下武器，离开了。

在这之后，下起了暴雨，雷电交加。在我们找到避雨的地方之前，我们的弓都被浇湿了，火柴和火药也都弄湿了，我们不得不小心翼翼地重新装备。有很多船员开始喋喋不休地谈论我们的消息是否可靠，还在嘀咕这个城镇的军事力量。船长意识到后，对他们说：“我已经把你们带到了宝藏的入口，如果想得到这些宝藏，只能靠你们自己。”

一场风暴平息了船长的怒火（风暴大约持续了半个小时），他希望船员们不要心存疑虑，也不要在这期间给敌人提供缓解的机会。于是船长走上前，命令他的兄弟和约翰·沃克斯兰姆带领一些船员去打开国王的宝库。其余人留下来和船长一起留守市场，直到他们达到目的。

在船长向前行进的过程中，因为失血过多，他的体力、视力和说话声音都在减弱，而且他感觉浑身无力，因为在第一次交战中，船长腿部受伤了。虽然他感到疼痛，可是他没有让任何人发现，直到他晕倒了。船员们都非常惊慌，一个人流了这么多血还能存活，真是让人难以置信。

取得任何战利品都没有挽救船长的生命重要，船员给船长喝了点水，让他清醒过来，然后用围巾将腿上的伤口绑住，防止血再流出。船员恳求船长和他们一同上船，只有在那里才能找到伤口的具体位置并进行包扎。如果处理完伤口后，船长感觉还行的话再上岸。

开始时，船员们并没能劝服船长（他们知道劝说是一点用也没有的。此时船长已经略微恢复过来，船员们不禁肃然起敬）。于是，他们一起恳求船长上船，因为此时他们都想挽留船长的生命。最后船长同意了，船员们都非常高兴，因为只有船长才能指导他们缴获足够多的宝物。如果船长死去了，船员可能连回家的路都找不到了。

就这样，船长和很多伤员在船上一直待到了天明（7月29日），这次交战，我们仅仅牺牲了一个士兵。虽然我们聘请的医生一直在忙着给伤员上药，但主要还是治疗船长。在离开港口前，我们轻松地缴获了前文提到的装有葡萄酒的船只。

但是在放走他们之前，我们将他们带来的重炮卸下来，以免他们袭击我们。可是这个东西却成了我们到达巴斯提门托斯群岛或维托斯群岛的障碍物，因为这里的岛屿没有向西的海湾，我们在这里停留了两天，在此期间，伤员可以得到休养，其余船员也可养精蓄锐。我们发现这里的庭院里有一家商店，里面有各种各样的日用品和水果，还有很多家禽，毫无疑问，这些家禽肯定是非常美味的。

我们是第一次到达这个岛屿。我们一到达，政府官员和他的助手们就派了一位长官来慰问我们的船长，看看我们现在的境况。这位长官是一名绅士，中等身材，气色很好，极其有礼貌，他现在是卫戍部队的首领。他说道："我来这里，只不过是出于善意，因为我们不敢相信这么点儿人就能做出这么伟大的事情来。起初，我们还以为你们是法国人，因为法国人是不会手下留情的。可是过后，我们发现你们用的剑是英国的，你们应该是英国人，我们就不怎么紧张了。因为我们知道你们是冲着宝物来的，不会残忍地对待这里的居民。"虽然他们对我们非常仰慕，也非常尊敬我们，可是这名长官断言："我们认识你们的船长，他两年前曾经来过这里，而且也很会用人。我想知道你们的船长是德瑞克船长吗？"接下来，这位长官还询问他们是否会中毒，用什么方法能治好他们，因为他们很多的士兵都被我们用剑刺伤了。最后，他问我们想要些什么或是需要什么必需品。这名长官许诺会在他的职权范围内，尽可能地为我们提供物品。

虽然船长认为这个长官是一个间谍，但是他还是对其非常有礼貌，告诉他："我就是你所说的德瑞克船长。"在剑上下毒，不是船长的处事方式。通过正常的治疗方法，他们就可以痊愈了。至于想要什么，船长知道巴斯提门托斯岛屿物产丰富，只要他需要，这位长官肯定就能满足他。可是船长只要了一些这个国家的特产，其他什么也没要，而这些东西就足够让他和船员们感到满足。船长对这位长官说："你看着吧！在我离开前，如果上帝让我活下来并安全离开，我会拿走西班牙人的财富。"

对于这个意想不到的答复，这位长官回答道："请船长不要见怪，我能否问一个问题：是什么原因让你离开迪奥斯港，那里的国王宝库至少有360吨的银子和更多的金子。"

当船长向他表明我们不愿意撤退的时候，长官意识到"你们没有离开那里的理由，只有进攻那里的勇气"。毫无疑问，这个岛屿装备的护卫舰和船只并不是来向我们复仇的，只是为了满足自己以及进行基本的防御。

在得到船长的盛情款待和礼物后，这位长官说在他的一生中，从未受到过如此殊荣。

他离开后，前面所提及的黑人在经过彻底调查后，确认了关于金子和银子的报告，同时他还带来了其他重要情报，特别是我们怎样才能获得更多的金子和银子。如果我们通过西玛隆人获得了更多的宝物，西玛隆人会认为这个黑人背叛了他们，这个黑人也知道，如果西玛隆人抓到他，肯定会杀了他。如果船长为他做掩护，他就敢于去冒险，因为他知道船长深受西玛隆人尊敬。

这个黑人带来的信息还须进一步商讨，因为这里看起来不够安全，也不够安静。第二天早上，我们向松树岛或普伦提岛驶去（我们以前曾在那里留下了船只），一直行驶了两天一夜，我们才找到这些船只。

我们这次行驶的时间比较长，所以船长命令他的兄弟和埃利斯·西克桑姆向西驶去，寻找巴拿马河流。船长一年前到达过那里，并在那里获得了很多的消息。这是一条河流，向南流淌，距离巴拿马六海里。在那附近，有一个名叫文塔克鲁兹的小镇，那里充满了宝藏。这些宝藏通常都是用骡子从巴拿马河流运到对岸，然后驶向北海，最后到达迪奥斯港。

这里离陆地不远，需要花费三天的时间从入口到文塔克鲁兹，还需要一天一夜的时间沿着河流回来。

8月1日，我们回到船上开会商量对策，这时，雷塞船长（他估计我们留在这里不安全）希望离开这里，可德瑞克船长不想让他离开。当我们的另一支舰队从巴拿马河流返回的时候（8月7日），雷塞船长离开了我们，将我们留到前面所提及的岛屿（松树岛）上，在那里我们停留了五天或六天。

在这期间，船长决定命令他的两艘船和三只舰载艇前往卡塔赫纳，一路上都张着帆。因为海面风平浪静，我们花了六天时间就到达了卡塔赫纳。但是这一路我们却什么也没做，不管是在（圣地亚哥）托罗，还是在其他地方，因为这样我们才不会被发现。

在8月13日晚上，我们的两艘船停泊在察赫纳岛（也叫卡塔赫纳岛）和圣·伯纳德岛屿（圣博尔那多山）之间。

船长让三艘舰载艇进入卡塔赫纳港口。在那里他发现一艘护卫舰抛锚了，上面只有一个老人。船长问道："你的同伴都到哪里去了？"老人回答道："他们都乘着船上岸了。两个小时前，有一艘舰载艇经过这里，他们问我最近这里是不是有英国人和法国人啊。我说这里没有那些人。舰载艇上的人叫我自己小心。没到一个小时，那艘舰载艇就驶出了卡塔赫纳港。那里有很多枪声，有个人爬到船的最高处瞭望，想知道发生了什么事情。看见在陆地上，那些人乘着各式各样的护卫舰和小船进入了城堡。”

尽管没有再进一步调查这名老水手，但是船长相信了那个老人的话，因为他也感觉到自己已经被发现。老人还说有一艘塞维利亚的船只已经卸下货物，甩掉我们数码远，并且打算在第二天早上向圣多明哥驶去。船长将这名老人带进舰载艇，以证实老人所说的话。船长让船员驶向老人刚才提及的船只。当我们离那只船很近的时候，船上的人向我们打招呼，问道：“你们从哪里来啊？”

我们回答：“从迪奥斯港来。”

他们立刻就责骂起来。我们根本就没注意他们说些什么，但是根据船长的指令，我们将一艘舰载艇向右转舵，另一艘向右斜尾方向转舵，船长所在的舰载艇在中间向左转舵，目的是登上那只船。那只船很高，有240吨重，虽然很难上去，但是我们很快就站到了甲板上。我们将壁炉和轻甲板扔掉，防止西班牙人骚扰我们。很快，他们就发现我们已经上船了，他们立刻全副武装。当我们的舰载艇轻轻离去的时候，我们知道剩下的敌人已经不能再威胁到我们。我们把他们的电缆切断，用舰载艇拖拽着这只船朝前面的城镇方向驶去，这样他们就无法用枪射击我们。

与此同时，这个城镇通过情报站或情报员的侦查发现了我们，镇里立刻鸣起警报，拉响铃声，发射了大约30枚炮弹，所有步兵和骑兵都装备好了刺刀或火枪，一切准备就绪，要将我们驱离。

第二天早上（8月14日），我们的船队带着一艘名为卡塔赫纳的护卫艇和一艘名为贝拉瓜的护卫艇以及7名水手和两个黑人出发了。这两个黑人之前在迪奥斯港，现在他们向卡塔赫纳出发了，德瑞克船长还在卡塔赫纳海岸，因此他们要为船长登陆做精心的准备。

之后，船长将所有舰队集中到一起后，在斯科维瓦诺思的恳求下，船长同意帮他们上岸，后来我们到达了圣·伯纳德岛屿。这个岛屿太荒凉了，只有一个卖鱼的店铺。

在这儿，船长认为他找到了最好的地方，他决定在找到西玛隆人之前不会离开这里。寻找西玛隆人需要花费一定的时间，还需要一定的人员配置，所以他决定烧毁一艘舰载艇，再用一艘舰载艇做仓库，这样的话，他的舰载艇上就会有足够的人员，他也可以随时停留。

船员们都非常喜欢这些船，丢弃这两艘船令他们非常不情愿，因为这两艘船非常好，而且配置齐全。船长这么做有自己的想法，也向船员解释了其用意。船长让“天鹅”号上的工匠托马斯·摩亚进入船舱，非常严肃地命令他秘密地为他做一件事，也就是说，让他在第二次巡视的时候，带着带钉的螺丝锥秘密地溜到船底部，尽可能地在龙骨部位凿开三个洞，然后用东西堵住这些洞，以免水进入，但是这个过程不能产生任何动静，以免被发现。

托马斯·摩亚听到这些，非常害怕，想知道为什么要这样做。如果船长的兄弟、师傅和其他船员知道了这件事，他认为他们肯定会杀了他。

当船长告知其原因后，要求他保证肯定不会让别人发现，直到他们对此事感到高兴为止。工匠明白了，按照船长的指示行事了。

第二天早上（8月15日），船长很早就启动了舰载艇去钓鱼，因为这里的岸边有很多鱼。船长上了“天鹅”号，让他的兄弟跟随他。他的兄弟立即起床了，回答道：“我现在就和你一起去，虽然让我再睡一小会儿我会非常高兴的。”

船长知道托马斯·摩亚的任务是精细活，就并没有催促他。在划船的时候，他问道：“为什么这艘船吃水这么深呢？”没有人知晓。于是，他的兄弟派史都华德去看看船里是否进水了，或是有其他原因。

史都华德立刻快速地下到船底，腰部立刻就都湿透了，他马上浮到水面，喊道：“船里已经都是水了。”有的船员立即用泵抽水，有的寻找漏点。船长欣然地看着船员们忙前忙后。船长跟着他的兄弟，想让自己的兄弟相信：这件怪事是在那天晚上发生的，即六周前没有抽水的那晚，所以现在船里进了六英尺的水。听了这话，船长的兄弟不打算和船长一起去钓鱼了，他打算亲自去寻找和修复漏点。船长和船员准备要帮他时，他回答道：“我们人手已经够了，你们可以继续去钓鱼，我们晚餐就有鱼吃了。”当船长钓鱼回来的时候，发现船员们都非常疲惫，可是水却没有抽出多少。船长知道他们不竭尽全力是不会停下来的，下午3点时船员们已精疲力竭。此时，船员们意识到（尽管他们得到了船长的安慰）他们还是不能将水除尽，也没有能力找到漏点，他们现在非常想知道补救的办法。

此时，船长发现船员们更想知道他的补救措施是什么，而不是自己去想修复的办法。因此，船长提议自己驾驶这艘舰载艇，直至他为船员带回一些好的护卫舰。他任命自己的兄弟暂代船长一职。如果这艘舰载艇没法挽救，他会烧毁船只，避免敌人得到而修复好它。

虽然一开始船员们都很震惊，但是当天晚上他们就按照船长的意思行事了。

船长有自己的想法，且其舰载艇上的人数已经足够。

船长决定第二天早上（8月16日）在达连湾找一个合适的地方停船，以免我们被敌人发现，因为敌人以为我们已经离开海港了。同时，船长亲自带了两艘舰载艇去格兰德河（马格达莱纳河），第三艘舰载艇留给他的兄弟去寻找西玛隆人。

按照这个决议，我们起航驶往达连湾。我们用了五天（8月21日）的时间找到了那里。

当我们到达了船长指定的地点，就找了一条比较便捷的道路去往商业中心。我们在那条路上隐藏了大约十五天，我想我们已经上岸的谣言可能已经销声匿迹了。

但是，我们丝毫不敢放松警惕。除了日常的工作，我们还得按照船长的指示，每个月定期整理一下舰载艇，保证它们能够更好地航行。船长让我们将地上的树木和障碍物清理掉，打算建几座供我们寄宿用的房屋，还特别建了一座供我们开会用的房子。那个以前投靠我们的黑人给了我们一些建议，因为他非常熟悉这个国家以及这个国家的建筑风格。我们用手拉紧弓箭开始射击，因为我们在这次活动中太高兴了，所以即使是弗莱彻也控制不了我们手中的弓和箭。其余的船员都高兴地拿着他们喜欢的东西。船长允许一半的船员先娱乐，然后替另一半船员的班；另一半人则要负责船上的必要工作，还要负责提供新鲜的食物，如鱼、鸟、猪、兔子等。我们的铁匠架起熔炉，什么铁砧、烙铁、煤块等一系列必需品应有尽有，为我们所用。

在这15天（9月5日）即将结束的时候，船长离开了，委托他的兄弟负责这里的事情，确保日常工作都井然有序。按照先前的决定，他自己驾驶两艘舰载艇驶向格兰德河，在卡塔赫纳处离开了我们的视线。9月8日，当我们在格兰德河和船长相遇之后，便在美因河的西面上岸了，在那儿，我们看到了许多牛群。我们还看到一些印第安人，他们友好地用蹩脚的西班牙语问道："你们想做什么？"我们回答说想运走一些新鲜的食物。他们熟练地为我们准备所需要的牛肉，就好像受过训练一样，但是他们不允许我们接近他们。他们欣然地做着一切，因为我们的船长能给予他们足够的回报。

当天下午3点左右，我们离开这里，向格兰德河（马格达莱纳河）驶去。共有两个入口可以进入这里，我们从西面的博卡·奇卡入口进去。这里的淡水太好了，其中有一半的船员都把它当作饮料喝。

从下午3点到晚上，我们一直向下游行驶，可是这里的水势太猛了，只行使了两海里远。到了晚上，我们只好将舰载艇靠树停下来，可是在天刚蒙蒙亮的时候，却奇怪地下起雨来，并伴随着可怕的雷声和刺眼的闪电，可是我们并不感到惊讶。因为船长比较熟悉这个国家，告诉我们这种雨很少会持续下45分钟。

这场暴风雨很快就停了，可是飞来了大量的类似苍蝇的东西，这里叫作蚊子，它们咬起人来非常凶猛，导致我们整个晚上都没有休息好，也找不到方法制伏它们。出现这些蚊子的原因是这个国家太热了，后来我们找到制伏蚊虫的最好方法，那就是用柠檬汁驱赶它们。

9月9日凌晨，我们离开了。我们在涡流中划行，当涡流减弱的时候，就借助木头改变航向避开它们。我们轮班用力划行，没有停止。每个船员都必须划行半个小时，直到下午3点钟，我们才向前划行了五里格（15海里）。

之后，我们发现了一艘独木舟，上面有两个印第安人在钓鱼。我们没有和他们说话，不想过多引起他们的注意。那两个人也没有和我们说话，可能是把我们当成西班牙人了。但是一个小时后，在河的另一边我们发现了几座房子。那时河水的深度是25英寻深，而且特别宽，几乎从一边看不到另一边。一个看守房子的西班牙人发现了我们的舰载艇，以为我们是同胞，点起烟火来，意思是让我们朝这边走。我们看到了他放的烟火，也朝那边行去。当我们行驶到一半的时候，他用他的帽子和长长的袖子向我们挥舞，想让我们上岸。

但是当我们靠近他的时候，他发现我们并不是他想看到的人。于是他拿起鞋逃跑了。我们发现这里一共有五间房子，里面装满了白色的面包干、干的腌肉、国产奶酪（类似于荷兰奶酪，非常美味，是荷兰人送给西班牙人的礼物），很多种类的糖果和蜜饯，是为回到西班牙的舰队准备的。

我们把这些食物装上舰载艇。天快黑了，我们准备离开。我们必须尽快离开这里，因为我们怕看到我们的那些印第安人回去报信。当通知护卫舰（这些舰船通常是30只或以上，一般用于运输货物。它们从西班牙出发到达卡塔赫纳，然后从卡塔赫纳到达这里）我们在这里的第一次警报响起时，它们还没有从卡塔赫纳回来。

当我们登上自己的舰载艇（9月10日）时，看到有几个来自维拉德雷的印第安人被西班牙人押着进了灌木丛。我们沿着河流一直往下划行（因为风向为反向），只划了1里格的距离。又因为晚上行动不便，我们就停了下来，准备第二天早上再出发。当我们到达河口的时候，我们遵照船长的命令将舰载艇上的所有食物都卸了下来，然后清洗我们的舰载艇，之后又把食物装船向西驶去。

在此期间，我们看到一艘轮船、一艘三桅帆船和一艘护卫舰，其中，轮船和护卫舰是驶向卡塔赫纳的，三桅帆船正在向北行使。此时的风向为东风。我们以为他们是往西班牙输送金子或宝藏的船只，所以一路追赶，等抓到他们一看，船上什么值钱的东西都没有，只有一些糖和兽皮。我们放了他们，继续上路。

在去往卡塔赫纳和托罗的路上（9月11日），我们缴获了五六艘护卫舰，护卫舰装满了活猪、母鸡和玉米（我们叫几内亚小麦）。当然，我们也从这些人口中得到了一些信息。我们放掉了护卫舰上所有的人，只是留下了两艘护卫舰，因为上面装满了丰盛的食物。

三天后，我们到达了船长选择停靠的地方，也就是他所说的普伦提港。我们需要将食物运到对岸，这些食物是去卡塔赫纳和迪奥斯港的途中食用的。如果我们有2000人，不，是3000人，我们需要在舰载艇上储存大量的水、肉、甜面包干、木薯面包（一种用木薯根做的面包，木薯的汁有毒，但加工成粉状后就成了非常有益于健康的食物）、牛肉干、鱼肉干、活羊、活猪、母鸡和大量美味的新鲜鱼肉，这些都是容易携带的食物。我们也不得不建造一些弹药库或储藏库，每隔10或20里格就建一个。一些建在岛屿上，一些建在中心地点。也许敌人会感到奇怪，但是我们必须装备齐全，直到我们的远航能够达到我们的预期值。在建这些库房的时候，投靠我们的黑人给了我们很大的帮助，因为他在建这样的库房方面有着独特的技能。

我们储备了很多食物，这些不仅足以满足我们和投靠我们的黑人的需求，也能满足我们想缴获的两艘法国船的需要。

约翰·德瑞克按命令驾驶一艘舰载艇到美因河寻找西玛隆人。他划着桨，黑人迪亚戈为他指路，他们离海岸越来越远。迪亚戈发现了一些西玛隆人，约翰·德瑞克果断决定让我们的两名船员和西玛隆人的首领在一起，然后自己带着两名西玛隆人上船，他向西玛隆人保证第二天在卡维萨斯港[①]（西班牙人称为卡维萨海岬）和我们的船队所在地之间会面，西玛隆人把那个地方叫作里约·迪亚戈。

这两名西玛隆人都是由他们首领挑选的非常明智的人，对我们船长都极度敬仰，说对我们的到来感到非常高兴。因为他们知道我们的敌人也是西班牙人，因此已经准备好尽最大的努力来帮助我们。他们的首领和船员正停留在迪亚戈河口等待命令。他们准备由陆路向前行进，但是道路太长了，也困难重重，因为一路上有很多陡峭的山峰、深水和很多阻碍，能够得到我们船长的指示，他们非常高兴。

我们船长根据他以往的经验斟酌了这两个西玛隆人所说的话，不管是黑人还是西班牙人，船长都会小心对待。加之他的兄弟告诉船长西玛隆人

---

① 卡维萨是西班牙的一处海岬。

友善的态度和西玛隆人为其提供的服务，船长决定听取西玛隆人的安排。他和他的兄弟以及那两名西玛隆人乘坐他的两艘舰载艇向迪亚戈河驶去。在同一天晚上，船长命令那艘轮船和其余舰队在第二天晚上跟上他，因为现在所处的位置非常安全，这是船长兄弟在那条河附近找到的。从托罗到迪奥斯港，途中60多里格的路程也非常安全，这里没有西班牙人居住，而且这里的岛屿长满树木。虽然这里有很多的隧道，可是这里也有很多的岩石和浅滩。没有人能够在晚上进入这里，因为晚上航行非常危险；就算是白天也不容易被发现，我们可以隐藏在树后面。

第二天（9月14日），我们到达了指定地点，在那里我们看到了向我们许诺的西玛隆人，有一些人在河流另一边的树丛里，离我们有1英里①远。在我们热情款待他们后，他们也相应地对我们表达了喜悦之情。我们带了两名以上的西玛隆人上了我们的舰载艇，并留下两名船员和剩下的西玛隆人在一起，由陆路行进，向里约·瓜那河驶去，目的是会见正在山里的另一批西玛隆人。

我们在当天就乘着舰载艇离开了迪亚戈河，朝我们的轮船驶去，可却惊讶地发现它没有按命令跟着我们。

但是两天后（9月16日），我们发现了轮船，它也是另一种状态。因为受到了暴风雨的袭击，它处于危险中，破损极其严重。

我们立即开始修理这艘轮船。两天后（9月18日），船长派出了一艘舰载艇，驶向处于浅滩和沙地岛屿之间的海湾，探明之前西玛隆人带我们走过的通道，目的是想把我们的船只带到梅恩附近。

第二天（9月19日）,我们跟着小心翼翼地行进，直接安全进入了之前走过的通道入口，我们竭尽全力在低沼泽和浅滩之间寻找道路。我们把船停在了距堪迪瓦斯5里格处的地方，这里位丁一座岛屿和梅恩地区之间。岛屿到梅恩的距离不足四根电缆长，那里大约有三英亩的土地，地势非常平坦，由树木和灌木丛包围着。

在探明道路之前（这条小路在迪亚戈河畔），我们被迫在那里度过了

① 1英里=1609.344米。

三天（9月22日）。我们不久前才走过，可现在却要重新寻找它。9月23日之前被派到山里找西玛隆人的两名船员和12名西玛隆人发现了我们的船。当他们登上我们的船只的时候，他们非常高兴，我们也非常欣慰：他们为能够找到向西班牙人复仇的机会而高兴，而我们希望这次航程在他们的帮助下会越来越顺利。

第一次开会商讨的时候，船长走向那些西玛隆人，对他们之前帮助我们获得金子和银子的事情表示感谢。西玛隆人坦率地回答："我们知道你们的目标就是金子，我们本来能够给你们大量的金子，可是现在却不能了，因为我们存储的金子都沉到水里了（这些金子是从西班牙人那里夺来的，为的是侮辱西班牙人，而不是出于对金子的热爱）。现在水位太高了，我们没办法将金子从深水中捞出来。还有一点就是由于这几个月一直在下雨，西班牙人不再由陆路运送他们的宝藏了。"

尽管这个回答有点让人意想不到，可我们依然很满意，毕竟我们从这个回答中了解了他们对我们的诚恳和忠实。船长对这5个月的航行感到非常愉悦，因此他命令将所有大炮和火炮以及食品运上岸。他把舰载艇派往梅恩，目的是从那里运一些树木回来，在岛屿上建一座堡垒，这样可以安置我们的大炮。如果碰巧有敌人出现，我们也可以隐蔽在堡垒中。

9月24日，西玛隆人砍掉棕榈笋的枝杈和树杆，用极快的速度为我们建了两栋大房子。然后，我们开始搭建堡垒。因为这里位于三角地段，被树木覆盖，我们就在地上挖了一条13英尺深的沟渠，用来储存大量的物品。

我们在这个岛屿上待到第14天（10月7日）的时候，船长决定带领3艘舰载艇去卡塔赫纳，他的兄弟约翰·德瑞克负责与西玛隆人共同完成堡垒的搭建。船长先命令他的兄弟往舰载艇上装尽可能多的船舷板和厚板条，这些木板是我们在格兰德河收获的战利品，再把木板运往堪迪瓦斯。我们的一艘轮船曾在堪迪瓦斯搁浅，现在它却成为方便我们放置军火的地方。于是，船长和他兄弟分头出发，一个向东行驶，一个向堪迪瓦斯行驶。

那天晚上，我们到了一个我们称为踢马刺风筝的岛上，因为那里有大量像踢马刺风筝的小鸟，非常小巧。可是我们却把它们屠杀了，用来烤着吃。我们在这里一直待到第二天中午（10月8日）才离开。下午4点，我们在路上发现一个大岛屿，并在那里待了一晚上，因为那里有大量的鱼，还有一种一英尺长的贝壳类的鱼，我们管它叫作海螺鱼。

第二天早上（10月9日），我们离开了这些岛屿和浅滩，向海洋进军。大约四天后（10月13日），在圣·伯纳德附近，我们追捕到两艘护卫舰。在这里，我们停留了两天（10月14日到10月15日），清洗我们的舰载艇和捕鱼。

我们从那里驶向托罗。 10月16日，我们在一个城镇附近上岸了，在那里我们发现了一些印第安人。他们给了我们一些弓、箭和水果，我们也给了他们一些食物。船长打算到其他地方走走，没有特别的原因，只是想了解这个国家和其舰队。

我们很快就离开了那里，驶向卡塔赫纳的查瑞莎岛。在博卡·奇卡进入后，由于风大，我们向城市驶去，在岛屿和梅恩中间留下了抓钩。船长不会让我们在陆上遭受袭击，因为他知道这里肯定很危险，而且敌人习惯在岸上派遣士兵。三个小时后，当我们穿过岛屿的时候，遭到了敌人猛烈的射击，还好我们只有一人受伤。

10月16日晚，我们动身向大海驶去。第二天（10月17日）我们发现一艘船，上面有他们的船长，船长妻子和一些船员。虽然他们用宝剑和枪支向我们射击，但是我们毫不费劲地登上了这艘船。这艘船50吨重，有10个船员，其中有五六个黑人，船上储存了大量的肥皂和糖果糕点，他们打算从圣多明戈去卡塔赫纳。这艘船的船长扔下国旗，快速地逃走了。

第二天（10月18日），我们的船员都上岸打探消息。在此过程中，我们救了一个两三岁的黑人小孩，并把他一起带走了。我们在卡塔赫纳港口停了下来。

当天下午，一些骑士从树林那边过来，向我们挥着休战旗，希望船长能够保证他们的安全。得到允许后，他们加入了我们，对船长表示非常感谢，并保证在天黑前，会给我们大量的食物。但是很快就有了变化，他们极其不负责任。因为这一句话，我们发生了争吵，他们想借此拖延时间，直至他们有足够的力量诱骗我们。为了能够和我们持平，他们认为通过这种谈话的方式最合适不过了。所以在太阳升起来的时候（10月19日），我们领会了他们的意思，我们靠岸后，有三个人先离开了，剩下的人在我们的船上待了一天一宿。

第二天（10月20日）下午，我们走出卡塔赫纳，发现有两艘护卫舰去往圣多明戈：其中一艘的载重量为58吨；另一艘的载重量为12吨，护卫舰上装满了碎石。我们是在距离一个城镇1里格的地方追赶到它们的。在这两艘护卫舰中，共有十三四个水手，他们请求我们让他们上岸。船长对他们很仁慈，放了他们。

第二天（10月21日），当岸上的西班牙人挥着休战旗的时候，船长派了一艘舰载艇划上岸。因为害怕我们的大炮，当我们距岸边一电缆长的时候，这些西班牙人四处逃窜，藏到了树林里。看到这种情形，我们对上岸充满自信并估算着自己的实力。船长命令舰载艇从船尾放下抓钩，自己乘坐一只小艇上岸。小艇刚一靠岸，船长就一跃上了岸，他是在向西班牙人展示自己的胆量。可船长没有在岸上逗留，他只是想让那些人知道，虽然他现在没有足够的实力打败他们，可他会一直保持警惕。

因为了解他们的意图，所以船长一回到舰载艇上，我们就收起了抓钩划向岸边。

不久，他们从树林里出来，走到沙地上，他们的司令官派了一名年轻的士兵来舰载艇上打探我们停留在岸边的目的。

船长回答道："我想和你们做交易，我们有罐头、白蜡、衣物和其他你们所需要的东西。"

这名年轻的士兵带着这个回答游了回去，很快又回到舰载艇上，说道："除了军用品外，西班牙国王禁止我们为了任何商品和任何外国人交易。如果你们有军火的话，我们可以购买。"

船长回答道："我们是你们的同胞，目的是想将我们的物品转化成金银。我们只是想短暂地休息一下。如果你们不愿意，我们是不会与你们交易的。"

船长给了这名报信者一件衬衫作为酬劳。这名报信者在头上挥着衬衫，作为回应，然后快速地离开了。

一整天我们都没有得到答复，所以晚上我们登上护卫舰休息了。我们一整晚都井然有序，我们时刻观望。

第二天早上（10月22日），风向从晚上的西风转变成了东风。

大约在黎明的时候，我们发现两艘帆船向我们驶来，于是船长命令舰载艇起锚出发，留下两艘未配置装备的护卫舰。但是当我们接近他们的时候，风停了，我们欣然地划向他们。我们看见有很多个脑袋越过木板在看着我们。我们了解到这两艘船是从卡塔赫纳那里过来的，且装备精良，目的是与我们抗争。他们要通过各种方式夺回失去的舰载艇。

船长阻止这两艘船转头，命令约翰·沃克斯兰姆指挥一艘舰载艇去抗击这两艘兵船。船长自己坐上另一艘舰载艇快速地回到护卫舰停泊的地方，这引起西班牙人（他们趁船长准备离开时偷偷坐上了舰载艇后面的独木舟）的惊慌。

船长发现在舰载艇行驶的过程中，独木舟上有的西班牙人不得不自己游泳（独木舟不能够将他们全部装下），他们还需要扔下自己的衣服、剑、枪靶，有些人还扔掉了火药和火枪。

考虑到我们没有对他们施以援手，所以只好将他们的一艘帆船弄沉在水中，将另一艘烧毁了，我们只是想让他们明白我们已经识破他们的阴谋。

完事后，船长驾着舰载艇驶向约翰·沃克斯兰姆（他刚才一直没有参战）。船长刚取回我们自己的舰载艇，就刮起风来，我们被夹在海岸和这些西班牙人之间。我们不得不在他们之前到达岸上。西班牙人看到这种情况非常高兴。也在猜想我们有可能会逃走。可是当我们一上岸，感觉水流平稳。我们利用我们的优势寻找他们，一阵射击过后，天空下起了暴风雨。他们对我们不能够接近他们感到窃喜。因此当他们放下武器的时候，我们也放下了抓钩。西班牙士兵看到这些，认为风向对他们不利，而且暴风雨还在继续，也不能做些什么，就退到了城镇里。

由于这恶劣的天气，我们漂流了四天，感觉非常冷，舰载艇上的救援物品也开始稀缺。

第五天（10月27日），我们看到了一艘护卫舰。他们看到我们向他们驶去，马上向岸边划去，并卸下船舵和船帆，这样船就不容易被我们控制。当我们接近他们的时候，我们看到护卫舰上大约有100名骑士和步兵，还载有大量物资。在梅恩附近，我们互相射击。我们击中了一名勇敢的骑士，他们立即撤离到了树林里。如果我们为了他们停留太长时间的话，他们在那里可能比较安全，也有利于他们从我们手中夺回护卫舰，还可以对我们进行侵扰。

因此，我们决定再次出航，通过博卡·奇卡时，我们将桅杆撤下，希望能够出现好天气。我们在名叫拉塞雷纳岩礁的附近漂流，派了两名船员在海上放哨，以防敌人发现我们。可是海水又涨了起来，我们不得不再次回到岸上。我们在那里待了六天，尽管这六天西班牙士兵会比较苦恼我们停留在这里。

11月2日，他们派了另外一艘船来威胁我们。

除此之外，他们还派出了一艘结实的小型战船、一只小艇和独木舟，上面的西班牙士兵向我们射击，印第安人向我们放带毒的箭，就好像要发动战争。刚开始我们划向他们并向他们射击的时候，他们就很快地退到岸上的树林里。在那里埋伏着60个射击手向我们射击，还有两艘舰载艇和一艘护卫舰正在包围我们。他们得到伏兵（他们已经登上小艇和独木舟）援助后，便大胆地向我们进攻。看到我们遭到伏兵的袭击，他们士气猛增，而且信心十足。

船长仔细考虑后，认为我不能够在陆地上脱离危险，于是立即命令另一艘舰载艇冲到他的前面，放下抓钩，用辅助帆围住敌人的两艘舰载艇。

敌人很快就耗尽了火药。战争持续了两三个小时。在这场战争中，我们只有一个战士受了伤。我们不清楚敌人有多少人受伤，但是我们看到他们的舰载艇千疮百孔，他们的一包火药还着了火。我们打算乘胜追击，他们发觉了，以为我们想上他们的船，所以就快速地离开，躲到树林里。敌人本想从伏兵那里得到援助，结果却让他们非常失望。由于风太大了，想要包围我们的护卫舰很难向我们进攻，也无法救助他们。

尽管这样，我们仍被侵扰，在这里也不能购买物品，因为我们现在太显眼了。我们的食物越来越少了，所以11月3日天气一见好转（风向一直向西，我们不能回到船上），船长便决定向东航行，我们沿着海岸线，向玛格达莱纳驶去。我们以前去过那里，发现那里有很多的食物。

但是行驶了两天后，11月5日，我们到达了先前为我们提供大量的鸡、羊、小牛和猪的村庄。我们发现这里很空旷，也没有什么人了。因为西班牙人命令村民逃到山上，当然也把自己饲养的家畜带走了，所以我们不能再在这里获得援助。由于恶劣的天气和暴风雨，我们舰载艇里的食物都被损坏了。在海上，我们发现了一艘护卫舰，这成了我们的救命草，给了我们一线希望，希望这艘护卫舰上有大量的食物。可是当我们上了这艘护卫舰后，发现上面既没有肉，也没有钱。原来它是想上格兰德河要账。我们的希望就这样破灭了，当时我们都非常悲伤。

我们剩下的食物只能够维持七八天。我们继续向东行驶，想在圣玛尔塔落脚，希望能在路上发现一些船只。我们到了指定地点，却发现没有任何船只。我们停留在西面高原上，因为我们认为这里比较自由和安全。我们不能在陆地上停留，因为我们知道那里已经戒备森严，敌人肯定得到了我们回到这里的情报。

西班牙士兵在峭壁那边向我们射击，把我们给惹怒了。可是他们藏在岩石后面，而我们却在明处。我们到达海港后本来就很疲倦，现在又被迫离开。敌人看到我们的境遇，非常高兴，还为我们送别。当我们到达空旷的城镇时，敌人又给了我们重重的一击，我们真是九死一生啊，因为炮弹正好落在我们的舰载艇中间，那时我们正在协商怎么办。

有人建议应该着陆，然后向东去寻找食物，宁可希望能得到那里居民的援助，也不想再待在海上，海上太冷了，还有暴风雨，都漏到舰载艇里了，但是船长却不接受这个意见。他认为应该向德哈卡河或科拉索（库拉索岛）行驶，希望那边不会遇到太多阻力。因为他知道这两个岛屿上的人口都不怎么稠密，也很有可能随时都能发现载有物品的船只。

另一艘舰载艇上的船员说道："我们愿意同您周游世界，但是现在我们不知道应该如何在海上生存。在这暴风雨中，我们没有吃的。或许我们能撑一段时间。可是现在只剩下一个腌猪后腿和30磅的小点心，怎么能够我们18个人吃呢。"

船长回答道："你们现在的境况比我以前遇到的好多了，曾经我们24个人吃一个腌猪后腿和40磅的小点心，因此请大家放心。我相信上帝会帮助我们的，他不会使信任他的人失望的。”

船长升起前帆，起程向科拉索驶去。其余人看到这破损的舰载艇都非常伤心，但仍希望能跟随船长，就与其一起上路了。

我们还未行驶三海里，便发现了一个向西行驶的帆船。我们非常高兴，也共同下定决心要打败它，否则我们会损失惨重。

与他们抗争一段时间后，我们发现这是一艘大约90吨的西班牙船，他们突然向我们驶来，尽管我们不断地向他们射击。

海水越来越高，不利于我们登上他们的船，因此，我们派了一艘小帆船去讨好他们，让他们有一点小满足，直至海上的天气变得好一点。上帝还是眷顾我们的，一阵雨后，海面非常平静，所以我们开始接近那艘船，在很短的时间内，我们就俘虏了这艘船。船上装有很多食物，包括盐和干果。此时此刻我们得到了上帝的怜悯。

整顿好一切后，晚上的时候起风了。我们断断续续地行驶着。直到11月13日，船长命令负责航行的埃利斯·西科姆沿岸航行，寻找海岸。他只找到一个距离圣玛尔塔10～12海里的海岸，那里是一个理想的地方，地势平稳，还有足够的水源。他很快就回来了，带着船长和我们向那里驶去。当地居民（印第安人）给了我们大量的食物。因为我们许诺如果他们能够为我们提供大量新鲜的食物，那么我们将会保证他们的自由，同时会将我们所抢到的衣服送给他们。这些印第安人受到住在下游城镇的西班牙人的掌控，而那些西班牙人距离这里不足一海里。我们在这里停留了一整天，印第安人让我们感到非常满意。快到晚上的时候，船长让我们全部上船（只留下西班牙人在这里。为了让他们满意，我们许诺保证让他们获得自由。他们知道我们船长为他们做的事情比抢夺他们船只更有意义）起程了。

我们中开始有人生病了。两三天前，我们中有一位叫查尔斯·格拉布的航海士官长死去了，他身材高大，是一名非常好的水手，船长和船员们感到非常伤心。是什么导致这种死亡呢？我们认为是感冒引起的，我们很多船员都感冒了，没有救援，我们只好躺在舰载艇里等待。上帝还是眷顾我们的，很快，其余的患病船员都恢复了健康。

第二天早上（11月15日），天气很好。虽然是逆风航行，但船长仍然命令他的小型舰载艇“英豪”号向留有我们船只的迪亚哥要塞驶去。目的是告诉那里的人，船长要来了，让他们为我们上岸做好准备。我们为“英豪”号敬酒后，对船上的人说要想得到好酒就得把圣·伯纳德带上，他知道有好酒埋藏在沙子里。

我们迎风航行。在“英豪”号离开的第七个晚上，我们找到了圣·伯纳德，发现我们留下来的12瓶装在陶器里的酒逃过了敌人的搜索，还在这里，因为它们被深深地埋在地下。

四五天后，我们（11月27日）找到了自己的船只，发现所有东西都井然有序，可是我们得知了船长的兄弟约翰·德瑞克和另一名叫理查德·艾伦的船员的死讯。他们是在10月9日那天同时被杀死的。在离开我们两天后，因为他们想登上一艘敌人的舰载艇，被杀害了。

我们从船员那里得知事情的经过是这样的：当我们用厚木板做平台登上我们的堡垒时，在海上看见一艘护卫舰。船员们都非常厌烦，就开始追赶这艘舰载艇护卫舰，而且认为这艘护卫舰肯定就是我们的战利品。但是船员说需要解决武器问题。我们不知道护卫舰上可以提供多少武器。我们按照船长兄弟的指令，用厚木板搭平台，让船靠岸。但是这些还不能满足大家，船长兄弟说：“如果你们需要，就说出来，我一定会满足你们，你们可千万不要和船长说你们不能够继续远航是因为我的懦弱导致的。”

于是船员们立即行动，将厚木板自船上扔下，抢下了护卫舰上的破武器，有箭头损坏的箭，旧的长枪，生锈的火绳枪等。约翰·德瑞克要了那把箭，理查德·艾伦拿了那把长枪。他们两个站在舰载艇头部。罗伯特拿了火绳枪上船了。这时，他们发现这艘护卫舰有很多隐蔽的机关，里面全都装上了矛和火绳枪。可突然，矛和火绳枪的子弹从这些机关里射向船头。约翰·德瑞克被射在腹部，理查德·艾伦被射在头部。虽然他们受伤了，但他们和水手摆脱了护卫舰的追逐。一个小时后，尽管他们充满了生的渴望，最终还是死去了，全体船员都非常悲哀。

我们很快将船停下，船长决定隐藏起来，直到有西班牙舰队经过。因此这段时间不再出海。需要为船员和西玛隆人提供必需品，如野猪、野鸭和巨蜥。上帝眷顾，我们都很健康，但只持续了一个月。在1月初，有10个船员生病了（1573年1月3日），其中几人两三天内就死去了。现在我们有30个船员同时得了热病，或是因为气候从冷到暖的突然转变，或是因为喝舰载艇上装的淡咸水。在河水口，要是我们再往前划点，就能找到更好的水源了，这都是因为我们的懒惰造成的。

船长的另一个兄弟约瑟夫·德瑞克也是因为同一种病死在了他的怀中。患病原因要是早点被察觉还是能补救的。为了令其他人安心，船长让外科医生将其兄弟的尸体解剖，发现他的肝脏有点水肿，心脏有点湿，其他内脏都完好。这是船长在这次航行中做的第一次也是最后一次尸体解剖。

做解剖的外科医生只比约瑟夫·德瑞克多活了4天。船长在一个月前患过这种病，后来康复了。这次他虽然没有直接接触过这种病，但他现在要做一个大胆的尝试，那就是竭尽全力清洗自己的用具，那些用具被拿走之后，他就再也没谈起过这件事，直到后来回到英国。

去年9月，船长款待了那些经常为我们修理船只的西玛隆人，在我们离开的时候，他们在迪奥斯港和我们之间来来往往，他们知道可以为我们提供什么，所以他们不时地会给船长提供消息。特别是现在，他们让船长知道舰队确实到了迪奥斯港。

因此，船长（1月30日）派“狮王”号到堪迪瓦斯探听消息的真实性。如果舰队确实在迪奥斯港，这个国家的所有护卫舰都会载有食物去那里给我们提供帮助。

莱恩出发几天后发现了一艘护卫舰，上面装有玉米、鸡和南瓜。莱恩确信有舰队到达这里了。这艘护卫舰上一共有1个女人和12个男人，其中一个是斯科维瓦诺。他们通过各种方式寻找船长，他们要让西班牙人付出惨重的代价。但是船长劝他们先不要惊动那艘护卫舰，让他们听从船长的指挥。船长现在想由陆路去巴拿马。船长让埃利斯·西克桑姆负责自己的船只及船员，特别是那些西班牙俘虏。我们上了岸，将那里称作屠杀岛（因为我们有很多船员都是在那里牺牲的）。我们为自己准备了一个仓库歇脚，为敌人准备了一个牢房。

一切安顿好以后，船长与船员和西玛隆人的首领商议这次远航都需要准备些什么，需要带什么样的武器、食物和衣物。有人特别提议要带尽可能多的鞋子，因为路上会经过大量的有石头和碎石的河流。我们决定于周二（2月3日）出发。在那时，我们已经牺牲了28个船员，还有一些健康的船员留下来和埃利斯·西克桑姆一同保护我们的船只、照顾病人和看管俘虏。

船长离开前告诉埃利斯·西克桑姆，在任何情况下都不要相信任何报信者所说的话，即使是以船长的名义过来的。只有报信者携带有船长亲笔写的书信才可以相信，因为船长知道西班牙人或西玛隆人是不能冒充他的笔迹的。

我们这次一行48人，其中只有18个英国人，剩下的都为西玛隆人。这些西玛隆人除了带有武器，还带有大量的食物和必需品，以及还为我们提供了一辆四轮马车，用来装运我们的设备。由于他们不能一次性携带大量的物资供应我们，所以（就像他们先前承诺的）他们不时地供应给我们食物。

他们每个人都带有两把剑：一把用来保护自己和防御敌人；一把用于杀戮野生动物。用于战争的剑是一种苏格兰剑，有点长，尖部有铁，手柄是木制的或是鱼骨头做的。用于屠戮野生动物的剑有三种：第一种是用来刺杀大的野兽，比如公牛、公鹿、野猪，它的尖部有铁，大约一磅半重，类似于标枪或猎猪标枪，像刀一样锋利，刺出的伤口既深又大；第二种用于刺杀小一点的野兽，有尖部，0.75磅重；第三种是用来刺杀各种鸟类，有尖部，大约一盎司重，尖部都是铁，极其好用，用很长时间都还能非常锋利。虽然有时会有点弯，但是几乎都不能够折断。

每天太阳一升起来我们就出发。我们一直行进到10点钟，然后休息到12点，接着我们继续行进到下午4点钟，最后我们在河边西玛隆人为我们事先准备好的房子中休息。

一到我们决定休息的地方，西玛隆人立即放下他们的东西，开始砍枝杈、杆子、椽、棕榈笋枝或车前草叶子，以最快的速度建了六间草屋。他们首先用三四个大杆子和枝杈在地上固定，其次，他们横放一根大约20英尺的横梁，接着，他们开始做房子的墙，最后他们用树叶做房顶，这样能防水很长时间。在地势低的地方，比较热，他们会留有三四英尺的开放空间，所以房子会高一些。在山顶上的时候，气温随时变化，到晚上比较冷，他们就会把房子建得矮一些，多放些树叶，只留一个门出进，在房顶中间留一个孔用于透气。在每个地方，他们都建四个屋子用于居住，三个火炉，以便屋子能够保持温暖，也不用受到烟的干扰，因为他们所烧的树木燃烧时，冒的烟比较少，或是因为人为原因，他们把燃烧的树木切成一定长度，紧紧地拢在一起，这样既没有火苗也看不到炉火，而且还会持续供热。

在停留的河流附近，我们发现了各种各样的果实，比如马米杏、番石榴、椰子、松子、橘子、柠檬等。我们尽情地享用，除非我们吃得不多，否则一旦食用过多，西玛隆人为了我们的身体健康着想都会阻止我们。有时我们开会烤大蕉、土豆之类的来吃。

在航行过程中，西玛隆人经常会发现野猪，这些野猪分布在山谷中或是丘陵上。一旦看到野猪，他们就会派6个人去捕杀，这6个人会将身上的东西交给其他同伴，然后去追赶、捕杀野猪并且给我们带回来。只要时间允许，他们会尽可能多地带回来。有一天，西玛隆人看到一只水獭，打算用水獭的皮做衣服。船长对此感到非常惊讶。西玛隆人首领佩德罗说："你是名战士，既然想要它的皮，还怕这带血的肉吗？"

船长暗自责备自己，他之前还真有点害怕。

远航第三天（2月6日），西玛隆人把我们带到了他们自己的城镇，坐落在山边的一条河流边，整个城镇被8英尺宽，10英尺高的土墙围了起来，以防止敌人的突然袭击。从东向西，有一条长而宽的街道，还有两条稍短的交叉路，这里有50多住户，房子和街道都非常干净，值得一看。我们感觉这个城镇的居民都非常谦恭和爱干净，我们一到那里，他们就跳进水里洗澡，换衣服。这里离迪奥斯港大约35海里，离巴拿马大约45海里。我们已经储存了很多的野兽和家禽，以及大量的玉米和果实。

谈到他们的宗教信仰，他们并没有信仰，只是崇拜十字架。但是在船长的劝说下，他们愿意丢掉十字架，去了解天主经，也开始崇拜上帝。他们去距离城镇三英里的地方观摩，为了防止西班牙人袭击，他们戴上了帽子，这都是西班牙人强调的。据我们了解，有时西班牙人经常欺负他们，这些西班牙人杀害西玛隆人就像杀野兽一样，他们经常把西玛隆人带到树林里进行杀戮。

1572年，一个由官员盛情款待的勇士带着150名士兵将这个城镇带到了枪口上。他们其中的一个人已经成为俘虏。在这次事件中，很多男人都逃脱了，但是很多妇女和孩子被屠杀了。但是第二天早上（他们的首领牺牲了，接着另一名士兵的妻子也牺牲了，西玛隆人开始全副武装），他们是这样行动的：他们把西班牙人带到树林里，在那里西班牙人不占优势，只有不到30人逃了出去。

他们的国王居住在距离巴拿马东南面16海里的城市，有1700名士兵保护着。

西玛隆人诚挚地恳求船长在这里再多待两三天，到那时，如果船长觉得有必要，他们可以让船长的兵力增加一倍。但是船长谢绝了他们的好意，告诉他们："我不能再待了，现在已经超出了预计的航行时间。至于兵力，尽管我希望比现在多20倍，可目前不能再多了。"西玛隆人出于善意和慷慨，决定与我们同行。因此，当天下午，他们也带着美好的愿望和我们一起向前行进。

我们井然有序地行进着。其中有4个比较熟悉道路的西玛隆人在前面带路，距离我们约一英里。他们把树枝折断，给后面的人留记号，但是他们要求我们保持安静。

此外，他们中还有12个人当我们的先锋，另外12个人当我们的后卫，我们和他们的两个首领在中间走。

穿过树林的时候，我们感到非常凉爽和愉悦。因为那里的树木都非常高，而且茂密，所以在热带地区，这样的树林就是清凉剂。这热带地区的温度，比英格兰夏季的温度还高。他们给予我们鼓励，告诉我们在中途还会有更高大的树木。

第四天（2月11日），我们到达了山峰的最高点，真高啊，自东向西延伸，就像在两个海洋中间横着一个山脉。大约10点，西玛隆人的首领用手拉着船长，希望船长能带他一起出去，因为他非常希望看到那两片海。

这里有很多高大的树木，他们砍下一些树做成了很多台阶，一直搭到接近最高点，然后他们又在最高点建了一个凉亭，可以容纳10～12个人休息，而且从那里我们会毫不费力地看到大西洋和南大西洋。他们砍掉了很多树，以便能够看得更清晰。在树木附近，是各式各样的房子，它们都已经建成了很长时间，也是由西玛隆人建的。他们经常从这里经过，且在这里休憩。

船长和西玛隆首领登上凉亭后，感到了上帝的眷顾，因为有微风袭来且天气晴好，非常适合看海。这时，船长听到西玛隆人的首领大声地祈祷："万能的上帝，请赐予我生命，让我乘坐英国船去海上航行吧。"然后，他又大声向其余17个英国船员呼喊："上帝啊，满足我的愿望吧！"首领尤其想让约翰·沃克斯兰姆了解他的请求和决心。约翰虽然理解首领的心情，可是却拒绝了他，约翰说："除非船长当着其他船员的面打我，我就带你去。"

这海景让我们感到太兴奋了。从凉亭上下来，吃完饭后，我们继续穿过树丛前行。之后2天时间的航行都很顺利。2月13日，我们来到了一个很棒的国家。在那里生长着很多草，这些草不仅像许多地方长的草那么长，还非常高，所以这里的居民不得不每年三次点燃它们，以防止它们长得过高。这样他们就可以用草来饲养家里成千上百的牛了。

这是一种带茎的草，就像芦苇一样大，它在顶部有一种可以喂牛的大叶子，可是每天这种草都会长高很多，直至牛无法够得到。居民们就放火烧它们，一次燃烧五六英里的范围。尽管它们被烧没了，可是3天内，就会长出新鲜的叶子，就像甜玉米。这是一块多产的土地，因为这里的白天和黑夜比较均衡。

在这个国家待的最后3天里，我们每天都会爬到山顶5次、6次，向巴拿马方向眺望。最后一天（2月14日），我们看到途中有船经过。

不久之后，我们开始了去往巴拿马的航行，船长（从西玛隆人那里得知巴拿马人习惯于让猎人和捕野兽者在这片多产的土地上猎捕各种各样美味的野禽。如果我们不多加小心的话，就会被发现）命令所有船员小心地、无声息地秘密前行到距离巴拿马1里格的小树林里（4天前大家就都同意了）。我们在那里停留会比较安全，在海运要道附近也不易被发现，而且这里直接通往迪奥斯港。

我们选了一名西玛隆人穿上巴拿马黑人经常穿的服饰作为我们的侦探，因为他曾在巴拿马任职。他进城后了解到搬运工会在某个晚上或者今晚的某个时候把国王宝库中的宝藏运往迪奥斯港。他们习惯于晚上从巴拿马到文塔·克鲁兹，大约六里格的行程，因为这个国家白天很热。但是从文塔·克鲁兹到迪奥斯港，他们总是在白天由陆路运送宝藏，因为途中都是树林，比较凉爽。西玛隆人很乐意遇到运送宝藏的人，这会让那些人吓出冷汗。所以，运输宝藏的人在通过这条道路时非常高兴能与士兵一起保护他们的车队[①]。

最后一天，船长对这个城市看了又看，发现有一条大街连接着海洋和大陆，自南向北延伸。

3点钟的时候，我们沿着几乎干涸的河流秘密地到达了小树林。

在小树林里安顿好后，我们在天黑前1小时派出我们的探子，这样，他晚上就能到达城镇里了。他回来的时候非常高兴，因为他从士兵那里得知利马的司库打算乘坐第一艘通信船（350吨重，是一艘非常好的船）到西班牙。这位司库打算当晚就带着女儿和家人向迪奥斯港出发。随行的还有14头骡子，其中八头驮着金子，其余的驮着珠宝。另外还有两个骡车队也在当晚出发，每个骡车队都有50只骡子，大部分都驮着食物，还有一些驮着少量的银子。

实际上一共有28支骡车队，其中最大的车队有70只骡子，最少的也有50只。船员自己租用的骡车队按照需要，可以配10只、20只或30只骡子。

得到这个消息，我们立刻向前行进了四海里，直至我们距离文塔·克鲁兹不到两海里。文塔·克鲁兹有两名我们以前派去的西玛隆人，他们带来了一名西班牙人，西班牙人被发现的时候正在睡觉，于是西玛隆人把他的嘴捂住防止他叫喊，就这样把那名西班牙人带到了我们面前。

审问西班牙人后，我们确认了探子打听到的消息都是属实的。这名西班牙人就是将宝藏从文塔·克鲁兹运往迪奥斯港的其中一员。

---

① Recuas，西班牙语的意思是追赶野兽；也就是说一个骡车队，由士兵保卫通过这里。

当这名西班牙士兵得知船长的身份后，鼓起勇气，向他说了两个请求：一个是他应该告诉那些憎恨西班牙人、特别是憎恨西班牙士兵的西玛隆人珍惜生命，否则他们会付出惨重的代价；另外一个是因为他是一名士兵，他会保证那些人在今晚运送大量的金子、珠宝和珍珠。如果船长能够得到的话，请船长分给他一些，足够让他和其妻子能够生活的金子。因为他知道船长以前这么做过，这样的话，船长的名字会更加有名。

到达指定地点后，船长和一半的船员（8名英国人和15名西玛隆人）埋伏在距离路边50步的草丛中。约翰·沃克斯兰姆和西玛隆人首领与另外一半人埋伏在道路的另一边，他们距离道路也差不多50步。我们两队人一队在路的前半段，一队在路的后半段。这样，前半段的人可以攻击最前面的骡子，后半段的人就对付后面的骡子，它们被系在一起，一只拽着一只。需要特别指出的是，如果我们当晚需要使用武器，必须要尽可能保证不伤害我们的同伴。我们在灌木丛中隐蔽了一个多小时。突然听到了骡队的声音，一支骡队是从这个城镇到文塔·克鲁兹的，另一支是从文塔·克鲁兹到这个城镇的，他们在谈论这一笔普通的买卖。我们能听到他们的谈话是因为在这样寂静的夜晚，他们高兴地大声谈论，在很远的地方都能听得清楚。

虽然船长下了重要命令，任何人都不能暴露自己，要让那些从文塔·克鲁兹过来的人静静地从这里经过，当然，也包括他们的骡队，因为我们知道他们运载的都是从那里运过来的货物，没有其他别的东西。可是我们的船员罗伯特·派克由于喝了太多没有加水的烈酒，醉醺醺地忘记了自己当时所处的环境，拉上一个西玛隆人就想冲到路上，急切地想去追那些最前面的骡子。当一个来自文塔·克鲁兹的骑士骑马经过的时候，罗伯特·派克轻率地站起来想看看究竟。西玛隆人发现后，立即把罗伯特·派克拽下来，趴在他身上，以免被发现。可是尽管这样做，那个骑士还是发现我们有一半人穿着白色衣服，于是我们只好把其他的衣服套在白衣服外面，这样，我们既不容易被发现，也能在黑暗中认出自己人。那个骑士看到我们后快马加鞭地跑了，一方面他怕我们对他不利，另一方面他可能要去给同伴报信。

船长在这宁静的夜晚，听到急切的马蹄声，怀疑自己已经被发现，但是不知道是谁泄露了风声，现在也没有时间调查这些。行人们都知道这里很危险，他们应该不会再来了，所以我们继续等待运送宝藏的车的到来。那名骑士自告奋勇地向我们走来，并且告诉船长一些今晚发生的事情，还说他在很早以前就知道我们的船长了，还向船长推测接下来会发生什么事情。船长回应说要把得到的宝藏分一些给这名骑士。这些从迪奥斯和其他地方运来的宝藏是通过各种方式运送过来的，还有的是从陆地转移到树林后才运到这里。为了能够尽快地使自己的目标实现，我们劝服骑士将他的骡队带出这条路，好让运送宝藏的车队通过。他一整队的骡子运载的都是食物，即使发生最坏的事情，损失也没有多少。

由于船员的鲁莽和运输人员的谨慎，我们错过了一次获得丰厚战利品的机会。可能是上帝不想让我们得到这笔财产吧。不过，我们获得这些就已经很不错了。

另外两队向我们走来的骡队被我们截获了。其中一个主要负责人告诉船长我们被发现的原因，而且劝告我们最好不时地转换地点，否则必须得在天亮之前能够拥有抵抗整个国家的力量。

船长知道现在悲伤已毫无用处，并且已经从失败中吸取了经验教训，现在还算很安全。船长与西玛隆人的首领经过长时间讨论后，认为现在有两条路可以选择：一条是秘密地从他们来时的路回去，大约距离小树林四里格；另一条是继续向前行进，从海上交通要道去文塔・克鲁兹，大约两里格，船长考虑到我们长期疲惫地行进，打算找一条最短的行程：宁愿选择与敌人抗衡的路，也不愿意选择疲惫不堪地被他人追击的路，最主要的是，我们还有一些骡子可以帮助我们。

因此，船长让我们吃现在存储的食物恢复精神。他向我们表明了决心，并说明了做出这一决定的理由。他喊着佩德罗的名字问道："你是否愿意帮助我，而不离开我？"因为船长知道剩下的西玛隆人是不会退步的，他们对首领非常忠诚。佩德罗非常高兴，把手递给船长，且发誓：他宁愿死去，也不愿意把船长独自扔给敌人。

我们感到自己的信念很坚定，于是开始向文塔・克鲁兹行进。在骡子的帮助下，我们一直走到了距离城镇不到一英里的地方，在那里我们命令骡队离开，不让他们跟着我们白白送命。

那里有条小路穿过树林，有10—12英尺宽，所以两支骡队可以同时通过。在这片富饶的土地上，树木长得枝繁叶茂。

树林里埋伏着一队士兵，他们一直在这里，为的是防御西玛隆人。如果我们继续前行，这些士兵一定会出来阻止我们。如果他们不出来阻止，也会退到他们的势力范围内，并在那里等着我们。他们的队长一定会尽忠职守。

两名西玛隆人告诉船长，在前行时，我们一定要谨慎和保持安静。我们应该带上武器，因为敌人通过判断气味和噪声随时都可能出现。船长告诉我们：任何人都不允许开枪，除非西班牙人齐射子弹。

我们马上就听到西班牙首领喊道："谁？"船长回答道："英国人。"西班牙首领命令道："以西班牙国王的名义，你们最好自己投降。如果你们这么做，我们就会对你们以礼相待。"船长靠近他们一点儿说："为了英国女皇的荣誉，我们必须完成我们的使命。"于是将手枪对准了他们。

看到这些，他们立即一同向我们射击。船长和一些船员受了点轻伤，其中一名叫约翰·哈里斯的船员牺牲了。我们不能挽救他的生命，尽管他的身影一直伴随着我们。

不久，船长感觉敌人的射击弱了下来，天空下起了小雨，船长吹起口哨发出信号，让我们向敌人放箭，进而冲向敌人，给敌人来了个措手不及。敌人想退到一个能暂时休整的地方，可是船长却加快脚步尽力阻止他们。尽管战斗很危险，但西玛隆人一听到继续前进的命令就一个接着一个往前冲并不断地放箭，直到我们抓住一些敌人。这些敌人一直隐蔽在树林里等待我们的到来。

现在西玛隆人士气大增。尽管我们的船员都受了不同程度的伤，但是西玛隆人看得出我们的决心，所以他们也不顾一切越过阻挡他们的丛林，继续杀敌。其中一个西玛隆人被矛彻底穿透了，可是他的勇气丝毫未减，他杀死了那个击中他的人，在死之前为自己报了仇。

我们加速追赶敌人，进入了文塔·克鲁兹。那里有四五十栋房子，是供统治者和其他官员居住的，还有几栋带有仓库的房子，可以用来装货物。这些货物是从迪奥斯港运来的，经过查格雷斯河，再用骡子运往巴拿马。

在这些房子里，我们发现了三个贵妇，她们刚刚生完孩子，可是她们的家都在迪奥斯港。这些妇女已经在这里有很长时间了，她们告诉我们说：西班牙妇女或者白皮肤的妇女都不能在迪奥斯港安全地生孩子，即使生下来，她们也会在两三天内死亡。所以，这些妇女就来到文塔·克鲁兹或巴拿马生孩子，然后再在这里抚养五六年，最后再把孩子们带回迪奥斯港。如果孩子能够在头一两个月不生病，他们在任何地方都会很健康的。若不是因为经历危险或重大疾病的困扰，没有一个外来人会在这里待太长时间的。

尽管我们带着武器突然出现在这个城镇让这些妇女非常害怕，因为船长以前就直接告诉过西玛隆人他的要求（即：他们是他的船员。不能伤害手无寸铁的妇女和男人。他们郑重地承诺过，也按照指示做了），所以西玛隆人没有对这些妇女做任何不好的事情，就连她们的一个吊袜带也没拿过。她们在船长和其船员的保护下非常安全，船长也经常安慰她们。虽然这些妇女没有极力恳求帮助，但船长向她们许诺一定会保护她们的安全。

我们上了城镇边缘的那个桥（通过陆路，我们不能进入这个城镇，我们只能用护卫舰装载大量的商品，通过水路才能进入这个城镇），这样会比较自由，能够静悄悄地进入城镇。我们在那里待了几个小时，不仅得到了休息，而且船员和西玛隆人还掠夺了很多好东西。船长同意将这些东西（不是船长所想要的）送人，因为带着这些东西太麻烦了。

我们在刚要离开的时候，看到十多个从巴拿马来的骑士。很可能是因为他们认为我们已经离开这个城镇了，所以他们很镇定地进入这里，充满自信。可是，当发现我们还在这里后，他们害怕得立刻往回跑走了。

我们离开了这个城镇。按照我们的计划向前行进。在我们看来，现在非常安全，仿佛我们周围都是围墙和沟渠，西班牙人根本不能对我们构成威胁。但是船长考虑到我们还有很长的路要走，同时，他离开自己的舰载艇已经2个星期了，船上还有生病的同伴，所以船长加快了行程。他还拒绝了去拜访其他城镇西玛隆人的邀请（他们很真诚地邀请船长去）。船长一路上都给我们讲故事并鼓励我们，使得路程仿佛变短了。船长非常高兴，并保证以前在岸上所损失的以及所遭受的痛苦一定会得到回报。由于走得比较匆忙，我们几乎在没吃饭的情况下行驶了好几天，靠着西玛隆人的决心支撑我们。西玛隆人规定：谁在旅程中停下来就把谁杀了作为粮食补给。我们只好坚持着继续前行。

我们不在的这段时间，剩下的西玛隆人在距离我们停留船只位置三里格处建了一个小城镇，西玛隆人说这是为船长而建的。船长在这里感到非常满意，由于他们真诚的恳求，我们在这里停留了一段时间。让船长更满意的是西玛隆人提供给船员大量的鞋子，这对于我们来说帮助太大了，因为很多人都在抱怨他们的脚太疼了，其实船长也在抱怨，有时候毫无理由，但有时确实情有可原，这就使得其他人更容易忍耐这种疼痛。

这些西玛隆人在我们正苦恼的时候，给我们提供了帮助。特别是在这次航行中，他们是我们的情报员，告诉我们最新的消息；是领路者，给我们指路；是食物提供者，给我们提供大量的食物；是房屋建造者，给我们建造住所；而且他们身强力壮，还为我们携带大量的必需品。如果我们船员由于疲劳昏厥过去，两名西玛隆人就会毫不费力地抬起他们继续前进。

我们于2月22日晚上到达这个城镇，船长派遣一名西玛隆人带着暗号和一些指令去找一位长官。他在这三周里，时刻观察敌人的动态，然后躲在树林中寻找新鲜的食物，提供给留在船上的病人，帮他们减轻痛苦，尽快恢复健康。

送信人一到海岸，就对着那位长官的船大喊，说是带来了一些消息。他立刻登上那艘船，船上的人都特别想得知船长的消息。可是当送信人将金箭头递给长官，说这是船长给埃利斯·西克桑姆的暗号，而船长打算在这条河上与其见面时，他吃惊地站在那里。因为船长在临走时提醒过他，不要轻信任何人，所以，这位长官不太信任这位送信的西玛隆人，他认为船长可能发生了什么事情。西玛隆人察觉了，告诉他：由于船长是在晚上让他出发的，所以船长不能写信，但是船长用刀在箭头上刻了一些字：

“请相信这个送信人。”

于是，长官看了看箭头，也看到了写的内容：跟我来，弗朗西斯·德瑞克。长官相信了这个送信人，并根据船长的要求准备一些必需品，还修好了托图加斯河的河口，这条河的名字是跟着这位长官的那些西玛隆人起的。

下午3点左右，我们到达了这条河。半小时前，我们看到一艘舰载艇来迎接我们，我们都非常高兴。起初是我们看到他们，然后他们才看到我们。船长和船员都诚心地感谢上帝，因为我们再次见到了我们的舰载艇和伙伴。

很多人都发生了变化（船长变化不多），我们感觉长期快速及空腹地行进其实是在浪费时间，因为我们没有拿到一点儿金子和宝藏，我们都因此感到非常沮丧。

有些船员失去信心了，不愿再和船长同行，所以船长就把他们留在了一个新的印第安人城镇。第二天（2月23日），船长带上剩下的船员划向另一条河流。从巴拿马回来后，船员们得以重聚都非常高兴。他们听到我们讲述路上发生的一切都精神大振。特别是当他们明白船长不想就此作罢，想再次尝试同样的旅程后，他们很愿意一起同行。

船长不想让他的船员变得无所事事。浪费时间和懒散才是让人堕落的要害。因此，船长考虑到了前些年去过的一些地方，特别是贝拉瓜斯，是一个非常富有的城镇，向西延伸，位于迪奥斯港和尼加拉瓜中间，贝拉瓜斯的北面有许多金矿。船长向船员询问他们的意见，接下来要做些什么。

有些人认为：“现在最重要的是寻找足够多的食物，这样我们才能稳定军心，等待时机来临。这点很容易达到，因为载有大量食物的护卫舰没有防御能力，然而在大多数情况下，装有财物的护卫舰和平底船会随大船及载有士兵的船一起在海上漂浮。”

还有人建议：“我们应该寻找时间拦截承载宝物的护卫舰，因为我们已经有足够的武器和食物，而且这个地方本身就很富有，即使发生最坏的事情，每个人都能得到一定的食物。以后也能够储存大量的食物。可是宝藏不可能随时出现，现在这里的舰队频繁出现，我们不应该浪费这样的时机。”

西玛隆人也表达了自己的想法（因为他们比较了解附近城镇的情况，有的人甚至曾在那些地方服务过）：裴泽罗先生居住在贝拉瓜斯附近。他为了防止遭到突然袭击，没有住在城里，而是居住在离城不远的地方。他在那儿的一座石头砌的房子里住了至少19年了，从未离开过家。只有当舰队到卡塔赫纳或迪奥斯港时候，他才每年去那里一次。他的矿山里有100个奴隶，每个奴隶每天都会替他挣钱。他会把所得净收入（除去所有费用）中的三比索黄金留给自己，两比索的黄金给他的女人们。总的来说，每天收入超过200英镑（等于现在的1600 英镑），所以他肯定有很多财富。他把这些财宝收藏在一个两英尺高、三英尺宽和四英尺长的大箱子里。由于他对奴隶和其他人都非常残忍，所以他几乎不离开家，还雇用了五六个保镖保护他。

我们可以从树林中穿过去，包围他的房子，还可以通过同样的方式逃跑。虽然他的房子都是用石头砌成的，没办法放火，可是如果船长想要试一试，我们可以挖掘房子的地基然后推翻它，这样的话，我们就有可能会得到他的所有宝藏。

船长听到这些话后，将船员分成了两组，决定立即付诸行动。

约翰·沃克斯兰姆被派遣驾驶“小熊”号船向东行驶去托罗，看看可以找到什么食物。另一半人和船长自己驾驶“英豪”号向西行进，停留在卡维萨斯，那里不仅经常进行大的交易，也是很多舰队将宝藏从贝拉瓜斯和尼加拉瓜运出的必经之路。现在没有时间可以浪费了，我们不要再让机会从我们手中溜走了。至于贝拉瓜斯和掠夺裴泽罗先生的宝藏，需要从树林中行进，这可能会让船员筋疲力尽，所以船长决定在行动前让船员们补充营养，增加体力。

西玛隆人太热情了，他们放弃了与妻子见面的机会，继续与我们同行。舰载艇按照原计划出发了：“英豪”号向西，“小熊”号向东。

“英豪”号在凯布卡斯遇到了一艘尼加拉瓜护卫舰，上面装了很多金子，还有一个热那亚舵手，他们是八天前到达的这里。那个舵手恳求船长放过他，他告诉了船长这个城镇的状况，还说几天后会有一艘护卫舰到达这里，上面会装有无数的金子。他会指导我们怎么做。因为他对这里的海峡比较熟悉，在晚上通过沙地和浅滩进入会非常安全，而且完全不会被发现，因为这个城镇距离海港不到五里格，即便我们偶然被发现，在城镇居民意识到我们到来前，我们也可以从海港快速逃脱。

他听说德瑞克船长在这里，非常害怕，其他地方的人也是如此（裴泽罗已经逃到南海），但是任何事情都不能阻止船长。

船长凭借他以往的经验，回到船中，让一些与裴泽罗一同居住过的西玛隆人去探听虚实。

这名热那亚舵手非常热心，告知船长要抓紧时间。按照这名舵手的意见，我们在晚上进入这个海港，因为考虑到可能会抢夺到这艘舰载艇，裴泽罗的宝藏只好以后再说。

但是当我们到达港口的时候，我们听到两声枪响，之后，在距海湾1里格处又响了两声，好像是对之前枪声的回应。热那亚舵手推测我们被发现了。他向我们保证：他最后一次出现在这里的时候，这里的士兵就是这样做的。由于惧怕我们船长的威名，巴拿马的司令官已经把士兵派往了所有海岸，很可能他们一直都很警惕，因为他们还负责保护裴泽罗的安全。

我们这个计划泡汤了。我们发现上帝不希望我们在那个时间进入海港，因为一直都刮的东风变成了西风，所以我们再次回到了船上。3月19日，星期四，按照约定，我们和“小熊”号会面了，发现他们的收获远远超过我们。

“小熊”号上一共有10个人，他们缴获了大量的玉米、28头肥猪和200只鸡。3月20日，船长将护卫舰上的东西卸下来。因为这艘护卫舰不但非常结实，而且还很新，所以第二天（3月21日），船长就把这艘护卫舰改成了战船，将我们所有的军火和必需品装上这艘舰载艇。我们听说西班牙人在迪奥斯港造了两艘小的帆船，但是还没有下水，船长打算去挑战这艘舰队。

为了使船员振奋精神，船长在复活节（3月22日）那天举办一个盛宴以慰劳他的船员，尽可能地让他们高兴，然后进行其计划。

第二天（3月23日），我们驾驶改造好的护卫舰和“小熊”号驶向堪迪瓦斯岛。大约两天后，我们登陆了，一直待到中午。我们看到一艘帆船向西行驶，我们拦住船上的人。他们看到我们后，认出我们不是西班牙人，猜测我们是英国人，他们早就听说过我们了。他们一直站在我们的背风处，为了表示友好，还向我们展示了他们船上的军火。

我们了解到他们的首领是一个法国船长，和我们一样，驾驶的也是一艘军舰，希望得到我们的保护。在我们第一次见面的时候，法国船长想让船长给他们一点水，因为他们船上只有酒和苹果汁，很多船员都生病了。自从他听说我们在岸上就一直在寻找他们，大约找了五周。船长派了一名船员给他们送了水，还说了一些安慰他的话。船长希望他们能跟随我们到下一个港口，那里能给我们提供水和食物。当我们停下来休息的时候，法国船长给了船长一只手枪和一把镀金短弯刀。船长作为回报给了法国人一串金币和一块他带的写字板。

法国船长首先向我们讲述了巴黎大屠杀。1572年8月24日，在纳瓦拉国王的婚礼上，法国海军上将在密室里被谋杀了，还有很多其他人也被谋杀了。所以他认为，从那以后法国人已经不那么快乐了，就好像高卢人突然变得很苦恼一样。法国船长经常听说我们多么富有，他希望知道我们的船长是如何进行航行的。

我们认为法国船长现在的能力远远超过他所说的，他在故意隐瞒自己的实力，所以我们对他还是有戒心的。尽管如此，我们还是在商议是否应该接纳他。最后，我们决定带上他和他挑选出的20个船员，到我们船上与船长共事一段时间。在这段时间内，我们没有必要担心他们的势力，因为他们仅仅是20人，也不会对我们产生伤害，他们的实力也不及我们。满足他们的请求也是为我们自己的目的服务，因为没有他们的帮助，我们就很难实现制定的目标。实际上，法国船长自己的船上有70个船员，我们只有31个；他们的船80多吨，而我们的护卫舰不足20吨，舰载艇也就接近10吨。船长主要考虑的不是他们的人数，而是他们所掌握的信息和判断力。双方约定了起航时间和碰面的地点——里约·范斯高。

与特图船长达成协议后，我们命令西玛隆人和法国船长同行。为了保证协议的实施，他们其中的两名船员上了我们的船只。

我们用了五六天的时间准备装备并使法国船员适应我们（带领他们去我们最近的军火库）。我们为舰载艇和护卫舰配置了20个法国人、15个我们自己的人和西玛隆人（我们的“狮王”号在我们从巴拿马回来后不久就下沉了，因为我们没有足够的人手保护它）向里约·范斯高驶去。由于没有足够的水加给护卫舰，我们不得不把它留在堪迪瓦斯，还留下了一些英国人和法国人看守护卫舰，由罗伯特·道博掌控，不能进行任何追捕行动，直至等到我们的舰载艇归来。

3月31日，在里约·范斯高，两个船长登陆了，四天后舰载艇也会到达这里。了解到每天都会有货物从巴拿马运往迪奥斯港，我们秘密地在树林中行进，走向位于巴拿马和迪奥斯港之间的要道。

从里约·范斯高到迪奥斯港，大约有五里格的水路行程，但是这段路我们走的是陆路，大约有七里格。我们的行进过程与去巴拿马相似，都是非常有秩序且时刻保持安静，这让法国船长和其船员非常惊讶。如果西玛隆人（他们不怎么尊重法国人，因为法国人不相信他们，可对他们而言船长的命令就是法律）离开我们，船长向法国船长保证，没有必要怀疑他们，因为在以前就已经考验过他们。

我们大约行驶了1英里，然后找到一个比较方便的地方，一晚上都在静静地待着，养精蓄锐。我们听到有很多木匠在船上干活的声音，因为迪奥斯港白天太热了。也可以听到从巴拿马过来的骡子驮运货物的声音，因为陆路比较方便。

第二天（4月1日），听到骡队的铃声后，西玛隆人异常高兴，好像任何事情都不能让他们像现在这么高兴。他们向我们保证：我们将会有大量的金子和银子，多得拿都拿不过来。

有三支骡队过来了，一支有50头骡子，另外两支上分别有70头骡子。每头骡子运载了300磅的银子，合计大约30吨。

我们准备就绪，走到路边听着铃铛的声音，没过多久，我们看到在最前面和最后面的骡子上都有金属制品。

这三支骡队由大约45个士兵保护着，每队有15个士兵，带着子弹和剑。在刚开始的冲突中，法国船长的腹部受伤了，一个西玛隆人牺牲了。最后，那些士兵认为最好的方式还是放弃这些骡子，然后去寻求帮助。

我们非常费劲地挪动着那些驮着沉重物品的骡子，因为我们都太疲倦了。我们非常满足能得到这么多的金子，都尽可能地拿。我们大约抢到了15吨的银子，一部分埋在了我们挖的地洞里，一部分埋在了老树下，还有一部分埋在了水中的沙地和碎石中，当然那里的水不是特别深。

我们用了大约两小时的时间才处理完这些事，然后准备回去。现在听到马和人的脚步声都觉得像骡子的声音。当我们进入树林后，法国船长由于伤口疼，无法走得太远，想休息一下。

但当我们又行进了2里格后，法国士兵抱怨说他们的一个士兵走丢了，想寻找一下，看看他是死是活。原来，他喝了太多的酒，拿了太多的宝物，所以快速地走在了我们前面，结果自己在树林里迷路了。后来我们得知，他已在当晚被西班牙人抓走了。他经不住严刑拷打，把我们藏宝藏的地方告诉了西班牙人。

我们继续向前行进。第二天（4月2日和4月3日）我们向里约·范斯高前行，希望能遇到我们的舰载艇。可是当我们到达里约·范斯高时，看见7艘西班牙舰载艇正在搜寻附近的海岸线。我们怀疑他们已经将我们的舰载艇抢走了或是破坏了，因为船长曾命令船员今天下午把我们的舰载艇停泊在这里等待我们。而此时，西班牙的舰载艇却出现在这里。

到了晚上，天空突然下起了雨，风向西刮着，这导致西班牙人不得不退回去。保护我们舰载艇的人员由于受到极猛的逆风的影响，结果整整一天他们只走了一半的路程。如果他们按照船长的指示，再加上风的帮助，肯定能够到达指定的地点，但是会非常危险。因为是在下午，这些小型战船都已全副武装，从迪奥斯港出发，向留有我们舰载艇的地方驶去。听说我们抢到很多宝藏后，他们认为我们应该在那里。

当船长看到这些小型战舰后，比较担心我们的舰载艇已经被他们抢走了，因为他们肯定对我们的人严刑拷打，得到了我们的护卫舰和船只的停放地点。现在船员们都非常困惑，怀疑我们回家的路都被切断了，这些宝藏还能给他们点慰藉。船长鼓励我们说："你们所经历的远远少于我。我们没有时间害怕，而是应该抓紧时间防止让我们害怕的事情发生。如果敌人已经打败我们的舰载艇，上帝一定会阻止的。我们需要时间寻找敌人、检验水手和实施决议。但是在实施这些事情前，我们需要夺回我们的船只。陆路是行不通了，因为有太多的山峰和河流，所以我们选择从水路出发，用树枝做成木筏，多亏了上一次的暴风雨，我们才能到达海上。我肯定是要去的，还有其他人要去吗？”

约翰·史密斯同意加入，还有两名法国人游泳游得非常好，也想和船长同行，西玛隆人也有同样的想法，特别是佩德罗更不愿意落在后面。

木筏很快就做好了，我们用一个树枝当船舵，还准备了很多小点心，然后就出发了。

离开的时候，船长安慰大家，并保证“在上帝的眷顾下，我们肯定能登上护卫舰，尽管所有的西班牙士兵都在西印度群岛”。

在大家共同的努力下，木筏到达了海上。船长航行了大约三里格，海水到达腰部，波浪不时地击打着肩膀。大家在木筏上待了足足6小时。太阳酷热，海水击打着木筏，我们一直在烦恼中度过。

最终，上帝还是眷顾我们的。我们看到有两艘舰载艇向我们驶来。我们现在的心情难以形容，船长高兴地对同行的3人说：“那是我们的舰载艇，它们都很安全，我们不用害怕了。”

可是那些舰载艇没有看到木筏，这也不用怀疑，因为风太大了，而且马上快天黑了。船长看到这些，将我们聚集到一起说他们可能要上岸。然后船长将木筏靠岸，到陆地上去追赶他们。当船长找到他们的时候，他们看到船长，非常震惊，快速地让船长和其同行的人上船。船长和其他三个人跑得极快，就好像他们被敌人追赶一样。

当船长上船后，船上的船员问道：“你们怎么样啊？”船长冷冷地答道：“很好。”船员们担心事情并不顺利。但是船长想要打消他们的疑虑，让他们高兴高兴，于是，他拿出放在怀里的金子说：“感谢上帝，我们的航行还有这点收获！”

法国人讲述了他们的船长和其余两个受伤士兵这些天是如何度过的，但这些经历对于他们来说并不算什么。

4月4日，船长和船员们带着苦恼的心情向里约·范斯高出发了。在那里，船长带着剩余的人和宝藏开始了这次征程：在黎明的时候，我们又返回护卫舰，然后去找我们的船只。当我们找到船只后，船长按重量将金子和银子分成两部分。

大约两周后，我们把所有东西都准备妥当。我们将护卫舰上的必需品都拿下来，留给了这段时间被我们扣留的西班牙人。随后，我们从这个港口乘坐法国船出发了，在凯布卡斯航行了几天。

同时，船长和西玛隆人秘密地达成协议，打算由12个英国人和16个西玛隆人组成一个小团队进行不同的航行，他们的目的是打探这个国家，如果有可能的话，还可能挽救法国船长特图，至少也可能将我们所藏的东西带回来。

约翰·沃克斯兰姆和托马斯·舍韦尔尽职尽能，使同行的人都感到非常满意，他们在构思船长会通过哪种方式再次去远征。船长自己划船，到达里约·范斯高后他让大家上岸，他的体力极好，而且还挽救了其中一个法国人，他一直想要陪伴受伤的法国船长。

一个绅士刚逃过西班牙人的追捕，向我们的舰载艇驶来。他跪着祈求上帝的保佑。让他没想到的是，我们的船长救了他。

他问道："船长和其他伙伴都发生了什么事情？"接着他对我们说，我们离开半个小时后，西班牙人突然袭击了他们，并带走了船长和其他伙伴。他飞一般逃跑了，丢下了全部的珠宝，从追捕者手中逃了出来，但是由于他的伙伴拿得太多了，根本跑不动，所以最后被抓了。如果他能够丢掉所有宝藏，丢弃他贪婪的心理，肯定不能被抓的。我们藏在土地里和沙地里的银子肯定也没有了，因为有2000多名西班牙人和黑人在那里连挖带找。

船长派我们的人到所说的地方看了看，他们发现距离每条路大约一英里的地方都被挖了，而且任何一处敌人认为能藏东西的地方都被翻遍了。

然而，经过我们仔细搜寻，我们所有人的劳动都没有白费。在敌人离开的第三天，我们又安全了，这让我们非常兴奋，因为我们找到了13根银条和很多金子。

现在是回家的最好时间了。我们加速前行。船长决定再去格兰德河（马格达莱河）一次，这样可能会遇到装有足够让我们在回国途中使用的物品的船只。

那些先前投靠我们的法国人，得到他们的份额后，急切地想回到他们的国家。船长也让他们离开了，因为船长知道即使他们跟着我们走，也有可能遇到西班牙人的袭击。如果他们能够应付军舰的话，这些法国人可能会到达岸上。根据情报，敌人的舰队准备起航去西班牙了，目前在卡塔赫纳的入口航行。

我们离开这里，在大风中艰难地行驶，经过卡塔赫纳，到达距离马格达莱纳河两里格的海域，那时天已经非常黑了，我们发现那里全是低地。午夜十分，风向转成了东风。深夜两点左右，一艘来自马格达莱纳河的护卫舰在我们附近通过。我们用放箭和射击的方式向他们打招呼。他们也用同样的方式回应了我们。但是当我们登上了他们的船，他们却说要把这艘护卫舰送给我们，这艘护卫舰重25吨，装有玉米、鸡、猪和一些蜂蜜，这对我们来说太重要了。尤其是蜂蜜，它对病人非常重要。

第二天，我们一到达西班牙人上岸的地方，就立即向凯布卡斯行进。大约五天后，我们把玉米都抛到地上，我们将装着食物的三个桶放在岸边，然后将两艘护卫舰倾斜，在上面涂脂。

我们在那里待了七个晚上，修理我们的护卫舰和储存食物。我们把舰载艇烧掉了，因为西玛隆人需要一些铁制品。

在我们离开的前两天，船长让佩德罗和三个西玛隆人首领仔细检查他们的护卫舰，并向他们保证会把护卫舰送给他们，因为我们回英格兰也用不着它。至于他们的妻子，船长说只要送给她们一些丝织品或亚麻布，就会令她们十分高兴。当船长在找他的运动裤的时候，法国船长特图送给他的短弯刀进入了佩德罗的视线。佩德罗非常喜欢这把短弯刀，希望船长能送给他。但是考虑到船长的感受，却不敢和船长说。弗朗西斯·塔克许诺给船长一些金子，加上船长自己藏的四串金子，他打算用它们再进行一次远征。

弗朗西斯·塔克的举动太令船长感动了，没有什么比这个更能让船长满意了。作为回报，船长给了他一些忠告。弗朗西斯·塔克得到这些忠告，并不是很高兴，他认为如果船长能够让他的妻子和孩子过上好的生活，他将无以为报。可是为了回报船长，他希望船长能够接受这些金子，以示对船长的感激之情，同时也可以表明自己的忠诚。

船长接受了他的礼物，但是船长将这算作所有船员的福利，他说：

“如果我们没有到达这个地方，也就不能得到这些东西，你们跟着我航海时一无所有，现在我们应该非共同分享这些财富。”

第二天，我们带着这些人对我们的爱，起航去了圣·安东尼奥海岬。由于风太大了，不久后我们被带到了哈瓦那。我们不得不在逆风中行驶了三四天。途中，我们幸运地截获了一支三桅帆船，船上有两三百张兽皮，还有一个对我们非常有用的东西——抽水泵。我们把抽水泵放到了护卫舰上。那艘帆船对我们来说作用不大，所以我们让船上的船员驾船回家了。

回到普圣·安东尼奥后，我们就好好地犒劳自己。白天我们在沙地上找到了很多的龟蛋，晚上我们抓了250只龟，加盐干烤它们，这真是太美味了。

在卡塔赫纳、迪奥斯港、格兰德河、圣玛尔塔、里奥阿查、文塔·克鲁兹、贝拉瓜斯、尼加拉瓜、洪都拉斯、牙买加共有200只护卫舰：有的是120吨，有的10～12吨，有的30～40吨，这些船大部分都是在卡塔赫纳和迪奥斯港获得的。我们掠夺的大部分船只都是由于我们在那里居住才获得的。除了将他们转换成战舰，我们从未燃烧和沉没过任何船只。

至于那些被我们俘虏的士兵，我们从未对他们施加过暴力。我们或是安全地放了他们，或是让他们和我们待上一段时间。我们给他们提供食物，保护他们不受到西玛隆人的袭击。最后，敌人发现了我们船只的位置，即便如此，我们也只是把他们当作人犯，最后还是把他们放了。

在我们远征的途中遇到了很多奇怪的鸟、野兽、鱼、水果、树木等植物，看到这些，我们都不愿意就此结束远征。但我们还是决定从圣·安东尼奥海岬回国了。

船长原本打算去水资源丰富的纽芬兰补充淡水，但上帝恩赐，带给我们许多雨水，让我们不必绕道远行。在短短的23天内，我们经过了佛罗里达海岬，到达了锡利群岛和普利茅斯。时间是1573年8月9日，星期日。

船长回来的消息很快传遍教堂，大家都很想看到他。女王和整个国家的人民都非常欢迎船长的归来，都想见见这位受到上帝庇佑的勇士，船长的努力和成功得到了回报。

法兰西斯·德瑞克爵士的著名环球旅行

Sir Francis Drake's Famous Voyage Round The World

〔英〕 法兰西斯·普瑞缇

由德瑞克的船员法兰西斯·普瑞缇　陈述

德瑞克船长于1577年开始了南太平洋的航海活动，乃至全球远航。

1577年11月15日，法兰西斯·德瑞克带领一支舰队出发了，这支舰队包括五艘舰船和几艘平底船[①]、164名绅士和士兵，他们从普利茅斯出发，打出假旗号说要去亚历山大港。可是那天风向却和他作对，于是，他不得不在第二天早上才进入普尔茅斯。可是那里的暴风雨更加恐怖，几乎没有人见过这样的暴风雨，简直太猛烈了，好像要把我们的船只摧毁一样。但是上帝还是把我们从绝境中挽救出来。为了维修被损坏了的船只，我们又回到了普利茅斯。修补好损坏之处，船只又恢复了以前的状态。12月13日，我们第二次从普利茅斯出发。

12月25日，我们到达了巴巴里。12月27日，我们发现了一个距离梅恩一英里远的莫加多尔岛。在梅恩和莫加多尔岛之间，我们找到了一个非常安全的海港可以停留船只，也可以避免发生危险。在这个岛上，上将[②]造了

① “派力肯”号，120吨，由德瑞克指挥；“伊丽莎白”号，德特福建造的80吨级船，由温特指挥，以及“伊丽莎白”号的舰载艇、“班尼迪克”号；“金盏花”号，30吨；“天鹅”号飞行船，50吨。

② 即为船长德瑞克。

一艘舰载艇。随着事情的进行，上将看到河岸那边的居民举起了休战旗，于是他派了一艘船过去打听情况。那些居民想上我们的船，所以我们留下一名船员作为保证人和他们在一起，然后带了两个他们的人上船。为了表示诚意，他们说第二天会给我们带来一些食物，比如羊、公鸡、母鸡等。上将给了他们一些亚麻布、鞋子和标枪作为回礼，他们都高兴地接受了，之后就离开了。可是第二天早上，他们并未出现在河岸的另一边。上将派了一艘船去查看。我们的一个船员上了岸后想给他们一个拥抱，可是他们却恶狠狠地用手抓住他，将匕首放在船员的喉咙上，令船员无法反抗，接着，他们把船员放在马背上带走了。因此每个人都不应该对恶棍掉以轻心。在舰载艇组装完成后，我们相继于12月30日和31日离开了那里。在岸边我们发现了西班牙渔夫。我们开始追击他们，并抓捕了三个西班牙渔夫。之后，我们又遇到了三艘小吨位的快帆船，我们也捕获了这三艘船。

1578年1月17日，我们到达了布兰高角。我们看到一艘船锚泊在那里，上面只有两名水手。我们截获了这艘船，并且把它带到了海港。我们在那里停留了四天。上将利用这段时间训练他的船员，以便让他们能够应对各种情况。在那里，我们抓了一些渔民并从他们那里获取必需品，这些渔民对我们很屈从。我们把一艘名为“本尼迪克特”号的小型三桅帆船留在了那里，将他们的船——“流浪”号带走了，这艘船的载重大约为40吨。当所有东西准备就绪后，我们于1月22日离开了那个海港。我们和一艘葡萄牙小吨位快帆船同行，他们打算去佛得角寻找盐。那艘小吨位快帆船上的首领告诉上将说那里有一个名叫梅奥的岛屿，岛上有大量的小山羊。那里的居民每年都会迎接国王的船只，那些船只打算去巴西或其他地方。我们于1月27日抵达了那个岛屿。那里的居民没有和我们进行买卖，因为国王禁止他们这么做。第二天，上将派了62个人在温特长官和道缇长官的带领下去打探情况，他猜想这里可能会有大量的食物。我们向居住中心行去（按照葡萄牙人所说的），大约行进了三英里，就到达了目的地，当时天还没有亮。我们发现那里的居民已经逃跑了。这里的土地太肥沃了，食物比任何地方的都多，尤其是山谷里。

在那里，我们吃到了非常美味的葡萄。非常奇怪的是，现在明明是冬天，可是这里的果实长得都非常好。有可能是因为这里位于热带和赤道中间，太阳一年直射两次，也就是说，这里一年有两个夏天，所以这里从不缺少光热。这个岛上还有很多山羊和野鸡，当然也有盐。不用费力，只要将很多人聚集在一起，通过流动的海水，他们就能得到大量的盐。所以他们经常用这些东西和邻近的国家进行买卖。

我们在这里看到一种名叫椰子的果实，这在英国很少见，所以我认为有必要描述一下。这种树没有叶子和枝杈，果实都长在最高处。每个果实都和人的头差不多大小。将最上面的树皮扒下来，你会看到很多的带状物，你还会看到一个坚硬的壳，你可以用它盛装一品脱的液体，或一夸脱或更少。在壳里面，大约半英寸[①]的地方，有一个坚硬的白色物质，比杏仁粉还甜，再往里，有很多的液体，可以喝，这种液体不仅非常美味可口，而且让人感觉到舒服和兴奋。

我们吃了很多水果，然后继续往岛屿深处走去。那里原本有许多壮实的山羊，但大部分已经被这里的居民捕杀了，所以也没给我们留下什么好的。剩下一些瘦小的山羊，它们好像生病了，又小又瘦。回到船上后，上将于1月31日离开了这个岛屿，驶向圣地亚哥岛。那里的居民从很远的地方就开始向我们射击，还好我们没有人受伤。这个岛屿太美了，而且非常大，看起来好像非常富饶和硕果累累，由葡萄牙人占据。可是这里的山峰和高地据说由摩尔人占据。以前摩尔人是葡萄牙人的奴隶，后来从葡萄牙人手中逃脱，逃到了这个岛屿的沙漠地带，在那里他们士气大增。在到达这个岛屿前，我们发现了两艘船，于是我们追赶其中一艘船。最后，我们毫不费力地登上了这艘船，在船上我们发现了好东西——美酒。上将让道缇船长保管这些美酒，并扣留了他们的舵手。上将给了其余的人一桶酒、一些食物和衣物，并让他们驾驶舰载艇离开了。当天晚上，我们到达了名叫葡萄牙火岛的岛屿，也就是火焰岛。这个火岛的北面是持续燃烧的强烈火焰，据说是这里富含硫酸的缘故。尽管如此，这里仍是一个好地方，因为葡萄牙人在这里定居、建屋。岛屿的南面，有一个非常美丽的小岛屿，

---

① 1英寸=0.0254米。

那里的树总是油绿油绿的，值得一看，所以人们称这个岛屿为布拉瓦岛。这里流淌着许多溪流，都是淡水，可是却没有合适的水路让我们的船只通过，因为这里的水深不适合放锚。据说这里从未找到过可以停船的地方。

离开那些岛屿后，我们平静地度过了三周，但是我们必须与暴风雨、可怕的闪电和雷对抗。但是在这艰难的日子里，我们抓到了很多鱼，比如海豚、狐鲣和飞鱼等。这些飞鱼自己就跳到我们船上了，由于缺水都不能再跳起来了，因为它们的翅膀都干了，不能再飞了。

我们离开佛得角岛屿后，连续航行了54天都没有看到陆地。终于在4月5日，我们看到了巴西的海岸。我们还没有靠近海岸就被这个国家的居民发现了，他们在岸上点起大火，（据我们了解）是为了献祭魔王；与此同时，他们念着咒语，堆起沙堆，还进行着其他仪式。他们认为只要这样做，但凡有船停留在他们的海岸上，每一个浅滩都会聚集大量的沙土，而且还会出现暴风雨和风暴，驱赶走船只。据说已经有很多先例了。

第七天，下起了暴风雨，电闪雷鸣，我们把从渔夫那里得到的“流浪”号弄丢了。但是在第11天的时候，在上将精心的安排下，我们又找到了它。我们遇到它的地方叫欢乐角，在那里，我们储存了很多淡水。那里的空气太好了，而且土地肥沃。那里有大量的鹿，可是我们没有看到一个人。但是再往前走，我们听到有脚步声，感觉这些人肯定都非常高大。回到船上后，我们又停了下来，因为又下起了雨。我们把船停在岩石和主河道中间，因为我们可以利用岩石阻挡海水的袭击。而且在岩石上，我们杀死了很多海狼，并用它们做食物，我们国家的人称它为海豹。我们进入了普拉特河流，上将发现没有地方可以停船。4月27日，我们找不到道缇船长驾驶的快艇了。我们继续航行，看到了一个非常好的海湾，那里有很多岛屿，其中一个岛屿上有很多的海豹，几乎和我们船上的一样多。其余的岛屿上有各类的鸟。这是一个有着很多食物的地方，也不需要水。上将在这个地方待了几天后，便上岸了。那个国家的人对他非常尊敬，跳着舞对其表示欢迎。可是他们不和任何人握手，而是要跪在地上行礼。这些人都很干净、标致和健康，脚步轻盈。

5月18日，上将认为我们有必要仔细检查一下船只，也鼓励我们寻找道缇的快船。我们在第二天发现了它。我们所有的船只都派出去寻找海岸。“金盏花”号和“流浪”号也加入了这个行列，他们找到了一个安全的海港。我们进入了那个海港，准备了新的食物，那里有海豹。我们大约用了一个小时的时间捕获了200—300只的海豹。上将登上快船，将上面所有的食物都卸了下来，然后让它靠岸，并点火烧毁了它。烧毁它是为了能够获得铁制品。烧完后，我们来到了一个国家，那里的人都是裸体的，只是在腰部围了一块兽皮，上面还有毛，有的甚至还用野兽的头包围着腰部。这些人的脸涂满了各种颜色，有些人的头上还有号角。每个人都拿着一把弓，大约有1厄尔[1]长，还有一对剑。这些人行动敏捷，好像对战争都不恐惧。这里的人们没有接受我们的任何东西。最终，上将上岸了，那些人用跳舞的方式表示欢迎。上将背朝着他们，有一个人突然跳过来，摘下上将的帽子，跑开了，然后和他的伙伴分享上将的帽子，帽子从一个人手中传到另一个人手中。我们在这里处理完事情后，起航离开了。当我们起航的时候，发现“流浪”号丢了。当上将再次找到它时，将它上面的所有必需品都卸了下来。 6月20日，我们在一个非常好的名叫圣·朱利安的海港停了下来，这个海港是由麦哲伦命名的。在那里，我们发现一个绞刑架，我们猜想这个肯定是麦哲伦用来惩罚那些不忠和反抗的船员的。

上将带着约翰·托马斯、罗伯特·温特瑞尔、奥利弗、约翰·布鲁尔、托马斯·胡德和托马斯·德瑞克上岸了。一上岸，他们就遇到三个人。罗伯特·温特瑞尔手里拿着一把弓和剑，他本打算射箭，寻求快乐。可是在他拉弓的时候，他的弓弦卡住了，这几个粗暴的人将这看作发动战争的信号。他们开始弄弯他们的弓箭向我们示威，然后撤走了。

在这个港口，上将开始调查托马斯·道缇船长的行踪，发现他已经叛乱。如果不重新调整路线，我们此次的远征可能会受到阻碍。因此所有人被叫到一起商议解决办法。我们发现，有些人相信道缇船长的忏悔，有些人相信事实。虽然上将本人对道缇船长非常喜爱，可是道缇船长经常反抗我们，同时考虑到他这次航行的状态和国人对其的尊重，个人的喜好远远

① 旧时量布的长度，1厄尔约等于1.143米。

不如上面那些重要。所以上将听取了意见，依据道缇船长情节的严重性对他进行了相应的惩罚。看到没有办法弥补，道缇船长要求在死之前与弗莱彻船长握握手，上将自己也随同弗莱彻船长一起去了。完事后，执行的地方已经准备好了，道缇船长拥抱了上将，随后将自己的头躺在轧板上，就这样结束了生命。道缇船长死后，上将对所有船员讲道："我们一定要团结友爱，尊重此次航行，我希望下周日，每个人都能进行一次演讲，像普利茅斯教友和朋友作的演讲一样。我们所做的事情都应该使每个人都感到满意。"

8月17日，我们离开了圣·朱利安港口。8月20日，我们到达麦哲伦海峡，进入南海。在海角，我们发现一具尸体，他身上的肉都已经没了。8月21日，我们进入了海峡。这里有很多转角，就好像走着走着前面的路就突然闭合了一样，给人的感觉像是突然没路可走了。由于我们经常是逆风行驶，所以有些船只不得不回来寻找一个海港抛下锚停船。这个海峡，有很多条件不错的海港，而且还有许多淡水。可这些海港最不好的地方就是水太深，没人能找到合适的地方下锚，除了在一些狭窄的小溪中、转角处或岩石之间外。可是要把船停在这种地方，如果发生海啸或者大风，就会很危险。海岸两边的陆地是无限的，而且多山。最低的山有点怪异，那些比它高的山峰也非常奇怪，在他们中间出现了三块云朵。这些山峰被雪覆盖着。海峡的南部和东部有岛屿，是海峡的主要入口。这个海峡太冷了，总是有霜和雪。树木在雪的重压下，已经弯曲，可是还是很绿。很多好看且甜的香草长势非常好。这个海峡的宽度有的地方是一里格，有的是两里格，还有的是三里格，甚至有的还是四里格，最狭窄的地方也有一里格。

8月24日，我们到达了海峡上的一个岛屿，在那里我们发现了很多不能飞的禽类，有鹅那么大。不到一天的时间就有3000只禽鸟被我们屠杀了，我们把它们作为食物储藏了起来。9月6日，我们进入了南海海岬。9月7日，由于遇到暴风雨，我们从南海海岬的入口进入了南海。9月15日，我们在晚上6点钟看到了月食。月食的出现并没有让我们沮丧，可是看着黑暗的海洋，我们的心情无比沉重。

我们从一个名叫朋友的分离海湾被迫回到海峡南部57度的地方。我们在那里找到一处停船的地方，附近有好的水源以及极具疗效的药草。我们又从这里进入不远处的另一个海湾，我们看到那里有男人和女人，他们裸体站在独木舟上，从一个岛到另一个岛寻找肉吃。他们过来和我们交换食物。我们向北驶去。10月3日，我们发现了三个岛屿，其中一个岛屿上有很多的鸟类。10月8日，我们有一个伙伴——温特船长走丢了。我们猜想由于暴风雨，他可能又回到海峡了。当我们回国的时候，这一猜想被证实是正确的，他没有被杀害。我们又来到海峡顶峰。我们原本认为智利海岸是从北向西延伸的，可是事实上我们发现它却是从北向东延伸。很明显，智利海岸并没有被完全找到，至少没有被真实报道过，因为报道的位置比实际位置偏离了至少12度，错误的报道可能源于无知的推测。

我们继续航行。11月29日，我们到达了名叫拉·摩卡的岛屿，我们在那里停下来。上将带上10名船员向海岸驶去。我们发现那里有很多人，他们都被西班牙人残忍地伤害过。为了安全和自由，他们逃了出来，且在这个岛上布置了防御工事。当我们登陆时，这些人从水岸的另一边向我们走过来，非常友好，给我们带来了土豆和两只肥羊，上将收下了礼物，然后也给了他们一些东西作为回谢，还说会和他们要一些水。第二天，上将再次来到岸上，派两名船员拿着桶去装水，可是那些人把取水的人看成了西班牙人，对他们下了毒手。我们认为他们杀害了我们的那两名船员。上将了解到这些，命令我们立刻起航，向智利海岸驶去。我们在岸边遇到一名坐着独木舟的印第安人，他原以为我们是西班牙人，过来告诉我们：这里有个地方叫圣地亚哥，那里有很多从秘鲁运送货物回来的西班牙船只。上将告诉了这个印第安人很多好消息，这个人很高兴，愿意和我们同行，把我们带到一个叫瓦尔帕莱索的港口。当我们到达那个港口时，看到有艘船停泊着，上面有八个西班牙人和三个黑人，他们也认为我们是西班牙人，是他们的朋友，于是，敲鼓欢迎我们并给我们准备了一罐酒。但是当我们一上船，我们的船员托马斯·穆恩开始骂他们，还打了一个西班牙人，并且对那人说：“下地狱去吧，卑鄙的人。”另一个西班牙人看到这种情景，马上在胸前画起十字架，祈求上帝保佑。但是，我们还是决定把这些人关到了甲板下，突然，一个西班牙人绝望地从船上跳入了海里，快速地向圣地亚哥游去，去那里通风报信，说我们来了。

圣地亚哥只有不到9户人家，不久之后，这里的人就都弃城逃走了。上将将我们的船只和缴获的西班牙船只配备齐船员后，便向这个城镇走去。快要进入这个城镇时，我们用步枪开了几枪，然后进到了一个小教堂，看到里面有一只银质的杯子、两个调味瓶和一块铺祭坛的布，上将把这些东西都给了弗莱彻船长。我们在这个城镇里还找到了一个装有酒和西洋杉木板的仓库，我们把酒都带走了，把木板当作柴火烧了。在我们登上船准备离开时，把所有西班牙人都放走了，只留下一个叫约翰·葛瑞戈的人，他出生在希腊。上将让他当舵手，带领我们去利马港口。

当我们在海上的时候，上将让我们用步枪射击一艘船只，登上那艘船后，我们发现上面有很多酒和25000比索的纯金，共计37000达克特[1]，甚至更多。我们继续前行，我们到达的下一个地点是科金博。上将派14名船员到陆地上取水，但是他们被西班牙人发现了。这批西班牙人一共有300名骑士和200名步兵，我们的一个船员被他们杀害了，其余人都安全上了船。西班牙人离开后，我们上了岸，将我们死去的船员火化了。后来西班牙人又来了，举着休战旗。我们根本不相信他们，继续起航。我们到了一个叫塔拉帕卡的港口。我们上岸后，发现海边有一个西班牙人正在躺着睡觉，在他的旁边有13根银条，价值4000达克特。我们把银子拿走了，留下了这个人。我们到这不远处的陆地上取水，遇到一个西班牙人和一个印第安人在驱赶8头美洲驼或秘鲁羊，这些动物和驴子一样大。每只羊背上都有两袋子皮革，每个袋子大约装着50磅的纯银。我们将羊和银子都装上了船。我们计算了一下所有袋子中的银子一共有800磅。

接下来，我们航行到一个名叫阿里卡的地方。进入港口后，我们发现有3艘小帆船，一顿射击后，我们在其中一条船上发现了57个银制的楔形物。每个楔形物都大约重20磅，它们工艺精湛，有砖块那么大。这三艘小帆船上没有人，因为他们都上岸了，去了一个大约有20间房子的城镇。如果我们的人员足够多，肯定把这里搜索一遍。能够掠夺到船只，上将就已经很满足了，所以就离开了这个城镇，再次起航去利马。在路上，我们

---

① 旧时流通于欧洲各国的金币。

遇到一艘小帆船，上将上船后，看到里面都是亚麻布。我们要了一些亚麻布，然后上将让他们走了。

我们于2月13日到达了利马。进入港口后，我们发现有12艘帆船停泊在那里。他们在那里非常安全，从未遭到过敌人袭击。他们看我们向这边驶来，非常害怕。上将向这些船只射击，发现上面的箱子里装的都是上好的丝绸和亚麻布。上将将这些箱子装上船。他还得知另一艘名叫“卡卡弗戈”号的船只向秘鲁西北部的城市派塔驶去，上面装着很多的宝藏。我们没有在此地停留，加速追赶那艘向派塔驶去的船只，认为一定能追上它。可是当我们到达派塔的时候，这艘船又向巴拿马驶去。上将让我们继续追，在路上，我们遇到一艘帆船，上面装有绳索和滑车。我们上船搜索，发现上面有80磅的金子，还有很多漂亮的翡翠。我们把这些东西和绳索都搬到了我们的船上。我们离开这里，继续追赶“卡卡弗戈”号。上将说不管谁先发现“卡卡弗戈”号，都会奖励他一串金子。约翰·德瑞克比较幸运，在3点钟的时候，他发现了“卡卡弗戈”号。大约在6点钟的时候，我们追上了它。我们用3种武器向他们射击，将它的帆扳倒，登上船，走进里面一看，果然有大量的宝藏，珍珠、宝石、13箱的碟子、80磅的金子和26吨的银子。我们追上“卡卡弗戈”号的地方叫作旧金山角，距离巴拿马大约150里格。“卡卡弗戈”号的舵手叫弗朗西斯科。上将发现他有两个漂亮的银杯，很是吸引人。上将对这名舵手说道：“你有两个银杯，但是我只想要一只。”舵手别无选择，只好同意把其中一只杯子给了上将的管家。当舵手要离开我们的时候，他的朋友对上将说：“船长，我们的船只不应该叫‘卡卡弗戈’号，应该叫‘卡卡普雷塔’，而你们的船只才应该叫‘卡卡弗戈’号。”说完后，那名舵手的朋友冲我们笑了笑，两个人一起离开了。上将处理完“卡卡弗戈”号的事情后，丢下了这只船。我们继续向西行驶。不久之后，我们遇到一只船，上面装有亚麻布和白色的瓷碟以及中国丝绸。这些东西正是我们需要的。船的主人是一名西班牙绅士[①]，上

① 弗朗西斯科·扎拉特。

将从他那里得到了一只黄金做的鹰，鹰的胸前镶嵌着一颗大翡翠[1]。上将把这艘船的舵手带走了，然后也把这艘船丢弃了。

这名舵手将我们带到了瓜图尔科港口。这里有一个城镇，他告诉我们这里只有17个西班牙人。我们进入港口，向城镇走去。我们看到一个法官坐在裁判席上，还有另外三个人和三个黑人正在协商烧掉这个城镇。我们把他们抓走并带上船，让那个主法官给城镇居民写封信，告诉他们不要伤害我们，我们只是想要点水。写完后，他们就离开了。我们把这个城镇搜了一遍，在一座房子里，我们看到一个盆里装满了蒲式耳，我们把这个拿上了船。我们的船员托马斯·穆恩抓到了一个正要逃跑的西班牙绅士，在他身上，找到了一串金子和其他珠宝，托马斯·穆恩把这些宝藏留了下来，然后让那个西班牙人走了。在这个地方，上将让其他西班牙人上岸，让从佛得角带来的葡萄牙舵手驾驶船只去葡萄牙的圣·玛丽港口。让那些西班牙人上岸后，我们离开了，驶向狮岭寒岛。在那里，上将将自己的船只停在岸边，卸下上面的东西，重新部署，又在上面装了足够的水和木头。

到达那里后，我们发现了一艘船，开始追击它。追到后，我们发现上面有两名舵手和一个西班牙官员，他们打算去菲律宾岛。我们把船搜了一遍，拿走了一些货物，然后放他们离开了。上将此时此刻感觉我们已经为国人出气了，猜想回国后，女王肯定对他的所作所为给予高度赞扬。于是，上将打算去西班牙大陆。

上将认为从海峡回去是不明智的选择，有两点原因：一是西班牙士兵可能在那里等候；二是南海海峡非常危险，那里总有暴风雨和狂风，凭借他的经验，走这条路会非常糟糕。因此，为了避免这些障碍，他决定去马鲁克斯岛，然后通过好望角去葡萄牙。有了这个决定后，上将开始考虑找一条去马鲁克斯最方便的路，他发现船队现在所处的地方风平浪静，只有向北航行一点才有风。于是，我们起航了，我们在顺风中行驶了至少600里格。从4月16日至6月3日我们一直在航行。

6月15日，我们到达了北极圈。这里太冷了，船员们都紧紧地抱在一起

① 德瑞克用短剑和银火盆作为回报。

抱怨这里的气候。我们越往前走，就越冷。我们认为现在是寻找陆地的最好时机。我们找到了一个低的平原。真是感谢上帝给予我们这么好的一个海湾，我们在这个海湾停了下来。这里的人把房子都建在了水边，看到我们到来，给上将送来了一个礼物。当他们接近我们的时候，对我们船上的东西都比较好奇。因为上将仁慈，给了他们一些必需品，让他们将裸露的地方包裹上。他们不但没有拒绝，而且还将我们当成了上帝。他们送给上将的礼物是羽毛和一些网状物。他们房子的屋顶是圆形的，上面用木头紧紧地连在一起，就像一个塔尖，因为挨得越紧越暖和。床是在地上的，上面铺满了羽毛。他们在房子里躺着的时候，会在房子中间点上一堆火。男人出去的时候，都是裸体的，女人采来芦苇，把它们编织在一起，制成宽松的衣服，这些衣物从腰部一直垂到臀部，她们的肩膀上披着鹿皮，头发也披在肩头。这里的女人对他们的丈夫都非常顺从。

他们离开我们后，又第二次拜访我们，这回他们带着羽毛和几袋烟草想作为礼物送给我们。当他们到达山顶的时候，我们正在山底支帐篷。他们留在山顶，安排了一个人作了很长的演说。演说完事后，他们把弓留在山上，然后才带着礼物下山来。可是那些女人还在山上，极其痛苦，她们把脸颊上的肉割下来，我们认为她们在用肉做祭祀品。上将和船员们过去祈祷和朗诵《圣经》，这引起了他们的注意，也深深地吸引了他们。但是当他们向我们走来的时候，却将以前我们送给他们的东西都收了起来。

我们到这里的消息很快传遍了全国，这里的居民都过来围观，其中也包括这里的国王，他由很多魁梧高大的战士保护着。在他们到来之前，国王派了两名大使告诉上将说国王将要过来。他们用了半个小时的时间将这个消息告知上将。报告完事后，他们要求上将给国王一些东西，作为已经将消息传达给我们的证明。上将满足了他们，他们高兴地回去复命。然后，国王威严地向我们这边走来，周围的人不断地呐喊。当他们离我们很近的时候，我们发现他们举止端庄。最前面的是一个容貌俊俏的人，他走在国王的前面，手里拿着一大一小两个王冠，王冠上还有三根长长的链条状的装饰物。这两个王冠是人工将各种颜色的羽毛编织在一起做成的，做工非常细腻。链条状的装饰物是由类似鱼骨的物质做成的。并不是每个人都被允许穿戴这个的，穿戴人数是有限制的，或10个，或12个。走在后面的就是国王，他穿着兔皮制的衣服，由战士保卫着。走在国王队伍后面的是一些裸体的居民，他们的脸上涂着各种颜色，有白色的、黑色的等，他们的手里拿着礼物。

同时，上将将我们的人员聚集在一起有序地结队前行，仿佛战争演习。他们走过来对我们进行寒暄问候，之后是一阵寂静。接下来，走在国王前面的人作了宣言，大约用了半个小时。最后以阿门结束。国王和其他人以及孩子没有带任何武器走到山脚下。在向我们的堡垒和帐篷走过来的途中，有人开始唱歌和跳舞，这是一次庄严的会面。国王带着他的护卫队，还有后面跟随的其他人也跟着唱歌和跳舞。上将同意让他们进入我们的堡垒。他们还在继续唱歌和跳舞。歌舞结束后，他们让上将坐下，国王和其他人向上将作了致辞，与其说致辞还不如说是恳求。他打算将所有食物和国土交给上将，让上将成为他们的国王，他们愿意放弃他们的职权，成为上将的下属。为了能够劝服我们，国王与其他人向上将深深地鞠了一躬，然后唱起歌来。国王将王冠戴在上将的头上，把所有链条状的装饰物都缠绕在上将颈部，还给了上将很多额外的东西，称上将为希欧（对国王的尊称），以示尊重。完成这一切后，他们欢声雀跃起来。看到这一切，上将没有拒绝，因为他知道这对我们国家来说是很荣耀的，也会给我们国家带来很多益处。上将得到了王位、王冠和这个国家的领土所有权，他希望能够把这里的所有财富都能够运回英国。

除了国王和护卫队的士兵，普通居民聚在一起把他们的祭祀品围起来，悲惨地哭泣着。随后，他们用指甲把脸上的肉刮下来，流了很多血。我们对此表示不喜欢，用手制止他们，告诉他们应该尊重上帝，上帝应该是他们唯一崇拜的神。他们看了看伤口，渴望得到我们的帮助。我们给了他们药水和药膏，同意帮他们祈求，承诺可以帮他们治好伤。每隔三天，他们就会给我们送祭祀品，直至他们了解我们希望他们不要总这么做。他们现在已经不能离开我们，可船员们每天都会告诉他们我们就要离开了，我们的离开好像会给他们带来极大的痛苦。他们恳求我们走后能够记住他们，并且暗自给了我们一个祭祀品，尽管我们不喜欢。

治疗好那些居民后，船长带我们游历了这个国家的村庄。在那里，我们发现数千只非常高大、肥壮的鹿。我们还发现这里养着一种很奇怪的兔子：它们的身体像巴巴里兔子一样大，头很像人的头，尾巴像老鼠的尾巴，非常长，它的下巴两边都有一个袋子，它们往这个袋子里放肉，然后食用。这里的人将这些兔子的肉吃掉，兔子的皮被视为很珍贵的东西，国王的帽子就是用兔皮做的。上将称这个国家为诺瓦·阿尔比恩，原因有两个：一是由于这些白色的堤岸和悬崖，它们向大海延伸；二是因为这与我们国家的名字有密切关系，我们国家有时候也被人叫这个名字。这里应该没有金子和银子，也就没有什么可以带走的了。

我们快要离开的时候，上将建了一个纪念碑，象征着我们来过这里。就是将一个金属牌定在一个标杆上，然后刻上女王陛下的名字和我们到达的日期。上将将图片、纹章和一张6便士的英国钱币放在金属板底下，当然，也写上了上将的名字。

好像西班牙人迄今为止都不知道这个地方，从这里向南几个纬度的地方也不曾被发现。

我们从这里再次起航了，一直到10月13日才看到陆地。那天早上，我们停留在了北纬8度的岛屿上。这里来了很多的独木舟，有的上面有4个人，有的有6个人，还有的有14个人。独木舟上装的都是椰子和其他水果。这些独木舟是中空的，样式及其独特。上面有一块玻璃，像一个号角一样闪闪发光，船头和船尾非常高，上面有很多白色的壳。船两边有两根一码半的木头。独木舟的大小和小船差不多。这些人在耳垂部位打了一个圆形的洞，挂了一些垂到肩部的装饰品。这些人的指甲有一英寸长，牙齿黑如沥青。他们经常吃药粉来恢复体力，他们常把这些药粉放在自己随身带着的一根手杖中。

我们离开这座岛屿，继续前行。10月18日，我们到了塔古兰达[①]、泽龙和热瓦拉，我们与葡萄牙人成为了朋友，葡萄牙有很多肉桂。11月14日，我们到达了马鲁克岛。当天晚上（把航向调向多雷岛），我们沿着穆塔尔岛[②]

① 塔古兰达：西里伯斯岛的东北面。

② 穆塔尔岛是德那第·摩鹿加群岛之一。

航行，这里属于德那第国王管辖。国王的副手看到我们在海上，毫不畏惧地驾驶独木舟向我们划过来，然后上了我们的船只。上将与他进行一段谈话后，希望能够拜访德那第。上将相信国王对他的到来一定会非常高兴，肯定也会准备好他所需要的物品。于是，上将打算今天晚上就和国王会面，告诉他一些消息。我们觉得因为他是国王，所以说的话肯定能站得住脚。更进一步说，如果上将先去多雷岛，然后再会见国王的话，国王就不会给我们什么好处了，因为国王将葡萄牙人视为敌人。所以上将决定先去拜访德那第。第二天，我们一早就停好船。上将派了一名信使去给国王报信。上将让信使带了一个天鹅绒的斗篷作为礼物，也表示上将的到来没有别的意思，只是想和国王买卖和交换商品。因为国王所储存的东西正好是上将需要的。

同时，国王的副手依照国王的旨意，表明了他们想从我们手中获得一些东西。国王给上将传信说他想要一些他需要的东西，而且他也会放弃对这片土地的管理权，表示很愿意为像我们这样的国君效劳，并给了上将一个印章，作为标志。不久，他就乘船亲自过来了。与此同时，上将也派遣了使者去他们的大殿。在那里，很多官员和贵族接见了他，我们的使者得到了友好的款待。

国王为了登上我们的船只，先派了四艘大的独木舟。每艘独木舟上都是国王非常器重的人[①]，他们穿着白色的平纹胚布衣服。每艘独木舟上都覆盖着带有香水味的薄垫子，上面铺有芦苇。为了能够得到太阳的光和热，每个士兵都坐在这些芦苇上。这些清秀的年轻人穿着白色的衣服，剩下的士兵也是如此。这些士兵安静地站在船的两边。每边都有三个水手，每艘船之间都有三四码的距离。这些船上装有军需用品，上面的人员都带有剑和靶子以及匕首，还有一些其他武器，如长矛、卡钳、镖、弓和箭。他们的队伍快接近我们的时候，按秩序一个一个划向我们，且向我们致敬。不一会儿，国王和其余六个重要人士就到来了。国王长得很高大，感觉他对我们的音乐非常感兴趣。上将给了国王礼物，他们都比较满意。

最后，国王向上将告别，说第二天还会来拜访，同时给我们带来一些

---

① 有财富和身份的人。

必需品。当天晚上，我们盛情款待了国王。我们给了他一些稻米、母鸡、糖、甘蔗和一种与丁香储存在一起的叫菲戈[①]的水果。

国王许诺第二天会亲自来，可是食言了，于是派了弟弟前来道歉，恳求上将能够到国王那边。上将并没有同意，他不喜欢国王没有遵守诺言。我们全体船员也都持拒绝的态度。但是为了不丢国王的脸面，上将派了一些下属去大殿，陪同国王弟弟回去。我们派去的人得到国王另一个弟弟的招待。他们把我们的人带到一个大且极其华丽的房子里，那里至少有数千名士兵把守。

国王还是没有出现。房子里坐着60个重要人士，据说是国王议会成员。其中有四个大臣穿着红色的衣服，衣服很长，一直拖到地面，看起来像是土耳其人。据说这里有罗马人[②]，还有使者[③]来维系与德那第人的联系。最后，国王在12个长矛战士的护卫下出现了，穿着镶有金丝的披风。我们的船员和莫罗长官站起来向他敬礼。国王给予他们热烈的欢迎和款待。国王的衣服从腰部一直到地面都是镶有金丝，看起来极其富有。他的腿是裸露的，脚上穿着一双鞋，是由马臀皮做的。他的头部戴有金环，脖子上也戴着纯金环。他坐在宝座上，右手边站着一个男侍者，手里拿着扇子为他扇风。我们的船员表达了我们的来意后，准备离开。为了安全起见，国王派一名大臣为我们护驾。这里最主要的岛屿为马鲁克。国王和其官民都是毛利人，喜欢欣赏新月、斋戒。在斋戒过程中，他们白天不吃不喝，只是在晚上用膳。

我们的船员带回了国王给我们的必需品。上将认为这里离英国还有很远的距离，现在不能再浪费时间了，便开始起航驶向南面的西里伯斯岛。到达西里伯斯岛后，我们用了26天处理事务。这个岛上的树木非常高大，笔直笔直的，只是在树顶有点枝杈。这些树的叶子和我们国家的金雀花有点相似。这里有一群的蠕虫在空中飞，它们的大小还没有我们国家的苍蝇

---

① 大蕉（香蕉的一种）。

② 很可能是希腊人（阿拉伯语 Rumi）。

③ 国外常驻代理人。

大，它们带着光，就好像树上点着蜡烛。这里蝙蝠也非常多，都和母鸡一样大小。这里的龙虾也非常大。一只龙虾足够四个人吃，极其美味，我们从未遇到过这样的好东西。这些龙虾和兔子一样，也习惯挖洞。

我们处理完事务后，起航到达了马鲁克斯。由于逆风，我们不能继续向西航行，不得不转换方向，向南面驶去，却发现前方对我们而言，还是非常危险。由于那里有太多的浅滩，我们不得不很小心地航行。1579年1月9日，我们的船突然撞到了岩石，从晚上8点一直到第二天下午四点才脱离危险，船员们差点绝望了。上将非常有胆量，相信上帝一定会保护我们，所以决定继续前行。上将和所有船员一同努力挽救自己。感谢上帝的眷顾，让我们最终从危险中再次逃生。

上帝慈悲，风向转了过来，我们扬起帆，顺着风驶向大海。这回我们的心总算落地了。谢谢上帝的眷顾。

2月8日，我们到达了富饶的班若提乌[1]。在那里我们又受到风和浅滩的阻碍。这里的人长相清秀，对陌生人也非常有礼貌。他们对于我们的到来表示非常高兴，也给了我们很多的礼物。这里的男人也是裸体的，头和腰部都盖着东西，每个人耳朵上都戴着饰品。女人们从腰部到脚底都盖着东西，手臂上还戴着很多镯子，每个人的手臂上大约有8个镯子，有的是用骨头做的，有的是用号角做的，还有的是用黄铜做的。我们估计最轻的镯子只有2盎司。亚麻布在这里非常受欢迎。他们把亚麻布系在头上。这个岛屿也非常富有，盛产水果。这里有很多金子、银子、铜和硫黄。人们都很能干，能够将这些金属做成很多形状。这里的水果多种多样，比如核仁、姜、荜拨、柠檬、黄瓜、椰子、无花果、沙谷等。其中有一种水果，很大，有壳，像一个浆果，非常坚硬但是味道可口。被水浸泡后，非常柔软，是种非常有益健康的食物。我们拿了很多。当我们起航回国时，没有别的地方可去，只想到了德那第，在那里我们可以修养身心。

我们离开班若提乌后，向爪哇岛驶去。到了爪哇岛，我们受到了热情的款待。这个岛屿由五个国王统治，人们称他们为王侯，如当诺、邙

① 峇漳岛。

邦戈、堪布卡波罗等。他们喜欢各种颜色的衣服，比如红色、绿色等。他们的上半身丝毫未挂，头部带着卷带。他们的腰部穿着一件用丝绸做的衣服，一直拖到地面，衣服的颜色都是他们喜欢的。这里的人讨厌他们的妻子被陌生人看到，可是他们却极其尊重自己的妻子，包括国王在内。这里的人身材高大，配有剑和枪靶以及匕首，这些武器都是他们自己动手做的，他们的性格好战勇猛。每个村子里都有一所房子用来聚会。每天男人、女人和孩子会见两次面，带着他们最喜欢的食物，包括水果、米饭、烤鸡和沙谷等。在房子里有一个3英尺高的桌子，他们把肉放在上面，然后围坐在桌子旁开始用餐，享受着有人陪伴的快乐。他们用砂锅将米煮熟。这个砂锅是塔糖的形状，全是小孔，而我们用带孔的壶浇灌花园。这个砂锅的末端是开口的，他们从这里把米放进去，米是干的，没有用水侵泡。同时，他们还准备了另一个大砂锅，放在火炉上，用来烧水，然后他们将之前那口装米的砂锅放到大砂锅里，通过这种方式，米会膨胀起来，一开始会变得非常软；随着米的膨胀，砂锅的小孔被堵上了，水不能再进去了。水烧得越热，米会变得越来越硬。最后，食物煮熟了，加上油、奶油、糖和其他香味料，就会做成非常美味的食物，极具营养。我们离开前，他们告诉我们离这里不远处有很多和我们船只差不多大的船只，希望我们能提高警惕。听到这些，上将认为我们不能在这里停留了。我们从爪哇岛出发，起航去好望角，我们既没有在好望角停留，也没有在其他的地方停留，直到我们到达塞拉利昂，它位于几内亚海岸。我们艰难地登上海角，发现葡萄牙人所说的消息是错误的，他们说这里是世界上最危险的海角，任何经过者都要遭受暴风雨的袭击。实际上，这个海角很大，是我们见过的最好的海角。我们于6月18日经过那里，然后继续向塞拉利昂驶去。7月22日，我们到达塞拉利昂，发现了很多食物，那里有大象及寄生在某种树上[①]的公蛎等。7月24日我们离开了那里。

1580年11月3日，在离开祖国远航的第三年，我们回到了祖国。

① 红树林。

德瑞克的伟大舰队

Drakd's Great Armada

〔英〕瓦尔特·比格斯船长

距离德瑞克的远征航行已经有五年了。在这几年里，远航事业的发展速度快得惊人。伊丽莎白女王授权吉尔伯特去寻找美国殖民地，然后向纽芬兰进军（1583年），可是在回来的路上他被杀害了。罗利继承了其同父异母的哥哥的公司，在阿玛达斯和巴罗的陪同下，于1584年被派遣去探索弗吉尼亚州。在第二年（1585年），弗吉尼亚州正式成为英国的殖民地。4月，理查德·格林维尔爵士从普利茅斯出发，在罗利的帮助下，在罗诺克岛捕获了100位殖民地居民。德瑞克的无敌舰队于同年9月份离开普利茅斯，这次远航是英国人与西班牙人关系变化的转折点。正在对付叛乱分子的伊丽莎白知道，荷兰的暴动必须由英国人来镇压。西班牙国王菲利普对女王所需要的一切物品实行禁运，其中包括船只和货物。随后，伊丽莎白女王立即下令对西班牙的船只和货物实施报复。一群冒险家很快被组织在一起，他们利用国家的资助开始了又一次航海探险。探险家们配备了一个无敌舰队，共计25艘船只和2300名船员，在德瑞克的带领下，去掠夺西属美洲国家。弗罗比舍为副指挥官，这些探险家缴获的战利品中三分之二将归他们自己，剩余的三分之一将分给此次探险中被雇用的船员。

德瑞克的军队是1585年横跨大西洋的军队中最大的一支。在比戈河掠获一些船只后，他通过佛得角群岛向西印度群岛航行。他在圣地亚哥将英国国旗升起，烧毁了那里的城镇。共用18天横跨了大西洋，然后到达了多米尼加岛。1586年元旦的时候，德瑞克的部队在西班牙登陆，登陆的地点距离西班牙首都的西面只有几英里远。在天黑前，卡莱尔和鲍威尔进入了城市，那里的居民只有支付大量的赎金才能防止被杀害。德瑞克计划在卡塞根纳和迪奥斯港也进行同样的行动，然后从那里穿过海峡掠夺巴拿马的财富。德瑞克在圣·多明戈待了一个月，在卡塞根纳驻扎了6个星期。可此时，他不得不放弃自己之前的计划，因为在圣地亚哥逗留期间，船员们都出现了发热症状，并且高烧持续不退。就现在的情形看，即使能成功攻破迪奥斯港，但是也不可能拿下巴拿马。与指挥官们商议后，德瑞克决定立刻经由佛罗里达回国。他还想把理查德·格林维尔爵士留在弗吉尼亚的殖民者一起带走。德瑞克给了那些殖民者两个选择：要么留给他们食物和一艘船让他们继续在这里生存，要么直接带他们回国。这些殖民者选择了前者，可在一场强烈的风暴后，他们改变了主意。他们意识到这是上帝的旨意，他们不应该再在美洲的荒野中逗留。弗吉尼亚州的第一块英国殖民地就这样被遗弃了。

10年后（1595年），德瑞克开始了第二次远征。这次的副指挥官是他的老伙伴霍金斯和弗罗比舍，因为在1585年的航行中，德瑞克的海军中将在卡松市受伤后牺牲了。在这次远征中，迪奥斯港被烧毁了。750名士兵在托马斯·巴斯卡比尔的带领下进军巴拿马，可是遇到了西班牙人建的堡垒，此次进军不得不被取消。在进军巴拿马的计划失败后，德瑞克没能活太长时间。因为在计划失败了2个星期后，他患上了痢疾，一个月后他就去世了。德瑞克感觉到死亡向他招手的时候，他努力站起来，打扮好自己，竭尽全力给周围人作了永别演讲。最后，他精疲力竭，被人抬到床上，一小时后，他永远地离开了我们。霍金斯也于六周前在波多黎各去世了。

下面的陈述主要由瓦尔特·比格斯船长编写。在卡莱尔的带领下，瓦尔特·比格斯作为指挥官，管理一队火枪手，但是由于发烧，不久后他也牺牲了。该陈述是由其伙伴完成的。此次远征给西班牙人以沉重的打击，也使那些在欧洲奋力抵抗的英国人信心倍增。凯特是卡莱尔的中尉，获得了这个原稿，准备印刷，可是由于西班牙无敌舰队的干涉，印刷事宜被耽搁了，但是复印件却在去荷兰的路上被找到。这些复印件也被翻译成拉丁文，出现在莱顿，但是少了很多章节。第二年，英文原稿出现在伦敦。原稿的名字为“船长们的决议”，由哈克卢特于1600年重新印刷。

瓦尔特·比格斯船长记述

法兰西斯·德瑞克爵士西印度群岛海航与旅行记的概述始于1585年，经过圣地亚哥、圣·多明戈、卡塞根纳以及佛罗里达的圣·奥古斯丁。由托马斯·凯特出版发行。

为了给国君和整个国家效力，这位著名的爵士的舰队已经在达德文郡的普利茅斯整装待发，一共有25艘船和舰载艇，以及2300名船员。1585年9月12日，他们于普利茅斯上船起航，还包括如下人员：克里斯多夫·卡莱尔，中尉，无论在海上还是陆上都身经百战，非常受尊重；安东尼·鲍威尔，军士；马修·摩根、约翰·桑普森。上面这些人负责指挥以下的人员：安东尼·普拉特、爱德华·温特、约翰·戈林、罗伯特·皮尤、乔治·巴顿、威廉·塞西尔、瓦尔特·比格斯[1]、约翰·韩南和理查德·斯坦顿。马丁·法贝瑟为海军中将，曾亲自领导过很多船只进行过多次远航。法兰西斯·科诺思为莱斯特号的海军上将，托马斯·文纳为“伊丽莎白·文德”号的船长，爱德华·温特为“救援”号的船长，中尉克里斯多夫·卡莱尔为“老虎”号的船长，亨利·怀特为“海龙”号的船长，托马斯·德

① 记述第一部分故事的作者。

瑞克[1]为“托马斯”号的船长，托马斯·西莱为“英豪”号船长，贝雷为“塔尔博特”号的船长，罗伯特·科诺思为“巴克·邦德”号的船长，乔治·弗特克斯为“巴克·邦纳”号的船长，爱德华·克尔里斯为“希望”号的船长，詹姆斯·伊里佐为“白狮”号的船长，詹姆斯·穆恩为“法兰西斯”号的船长，约翰·里弗斯为“华帝”号的船长，约翰·沃恩为“德瑞克”号的船长，约翰·瓦尼为“乔治”号的船长，约翰·马丁为“本杰明”号的船长，爱德华·吉尔曼为“侦察机”号的船长，理查德·霍金斯为“白鸭”号的船长，比特菲尔德为“燕子”号的船长。

我们于1585年9月14日起航前往西班牙。这几天几乎都是没有风的。到了西班牙附近的穆罗斯[2]后，我们偶然发现了几艘船，他们在海岸附近航行。天气非常好。德瑞克上将派海军中将带上舰队过去看看他们是做什么的。当对方看到有船只向他们靠近时，几乎都丢下了自己的船只逃走了。原来他们是法国人，船上装的都是盐，打算运回到法国。这些船载重量都很小，但是其中有一艘船我们最喜欢，而且里面还没有人。当我们把这艘船只带到德瑞克上将面前的时候，他认为这艘船应该能够为我们所使用，我们把这艘船只命名为“德瑞克”号。还剩下有八九艘船，我们把他们放走了。由于逆风，船队离海岸更远了，这时，我们偶然又遇见了一些其他的法国船只，上面装载的都是新大陆的鱼，从纽芬兰出发，打算回国。上将与这些船只上的人进行了一段谈话后，知道他们是法国人，就把他们放走了。

第二天，我们在海岸上又发现了一艘240吨的大船。卡莱尔驾驶“老虎”号进行追击。德瑞克上将的船只也紧追其后。“老虎”号将那艘奇怪的船只追到后，没有人登上那艘船，直到上将出现。上将[3]立刻派卡莱尔和其他主要船员上船仔细地检查。他们发现这艘船和上面的商品属于西班牙圣·塞巴斯蒂安居民的，但是上面的大部分水手都是圣·约翰德鲁兹及其

① 法兰西斯·德瑞克的兄弟。

② 穆罗斯，菲尼斯特雷角。

③ 法兰西斯·德瑞克。

航道[1]的人。这艘船上储存了大量的鱼干，我们将这些鱼干作为战利品分给了舰队的所有船只。这些鱼干在我们航行过程中发挥了很大作用。两天后由于风向不利，我们把这艘掠获来的船放在百因群岛[2]。我们将自己的船只停泊好后，上将命令我们将所有舰载艇和船舰都配备好人员，要求每名船员都要佩带武器，一切完成后，上将进入装备好的大帆船，驶向百因城。我们刚行驶了半海里，过来一名报信人。他是一个英国商人，认为我们的舰队比较奇怪，所以过来看看。和上将一阵寒暄后，上将叫来桑普森，想让他去见见百因城的地方官，问问以下两个问题：1.西班牙和英国之间是否在这里发生过战争？ 2.为什么我们的商人和货物被扣留了？桑普森和那名报信人一起离开，向百因城走去。到了那里后，桑普森发现那里的官员和其他人对他的到来都表示非常惊讶。上将听了卡莱尔中尉的建议和忠告后，认为不应该坐以待毙。应该在桑普森回来后，突然袭击那个城市。如果需要这么做的话，应该在天黑前进行。

桑普森回来后说道："就战争问题，地方官说这里还没有发生战争，他也不想开战；至于扣留商人和他们的货物，是国王命令这么做的，但是并没有要伤害他们的意思。国王的命令（七天前有的地方就已经接到这一命令）是英国商人和他们的货物必须从船上卸下来。"随着夜晚的到来，我们开始登陆了。上岸后，我们选择了有利地势驻扎，在每一个通道口都派人把守，这样，我们晚上就可以在这里安全地休息。那个城市的官员给了我们一些食物，比如面包、酒、油、苹果、葡萄、橘子等。在午夜，天变脸了。在我们将所有船只聚集到一起之前，就下起了暴风雨，所以我们有些船只，像"塔尔博特"号、"霍金斯"号、"舒比度"号不得不进入海里，这是极其危险的。 "舒比度"号被迫返回英国，其他船只与我们再次聚集。暴风雨整整持续了三天，天空才开始放晴。卡莱尔被指派带领他的船、其他三艘船、大帆船以及舰载艇去比戈，在那里，卡莱尔抢到了很多船舰和小吨位快帆船，但是上面装的东西价值都不高，只是一些家用

① 航道，特指圣·塞瓦斯蒂安。

② 属地小岛，在比戈河的入口。

器具。在这些船只当中，卡莱尔发现其中一艘船装载了比戈高教会派的用品，船上有一个很大的银制十字架，雕工精美，双层镀银，一定花了不少钱才做成。那些船上的人抱怨说在这里所丢失的物品价值有3万达克特。

第二天，上将和整个舰队从百因岛出发，打算到比戈停留，那里可以买到淡水。卡莱尔在船上静静地等待着上将的到来。同时，加利西亚官员带领大约有2000名步兵和300名骑兵从伯约那来到这里，看到我们舰队后，他们停了下来，想与上将进行谈判，上将同意在船上谈判。为了安全起见，双方许诺互派人员登上对方的船只。完事后，加利西亚官员带领两名士兵登上了上将的船只。同样地，上将也登上了自己的船只。双方达成的共识是我们出钱购买淡水，但必须由我们的人把淡水从陆地上带上船，其他的必需品也在支付了钱后得到补给。

当所有事情完成后，我们离开了，向加那利群岛驶去，那里距离西班牙大约300海里远。后来我们在帕尔马落脚了，想要在那里娱乐一下，因为现在我们有足够多的食物。我们遇到了海浪的袭击。海浪如同大炮一样向我们袭来。最厉害的一次海浪几乎要将我们的船只推翻了。

遇到这种情况后，我们想向耶劳岛驶去，看看在那里我们是否能够碰上好运气。到了那里后，船上有1000多人来到了高山下的一个山谷里，并在那里停留了两三个小时。这期间，有一个居民和一个英国年轻小伙向我们走过来，告诉我们说他们现在的境况非常可怜，就要被饿死了。因此，我们什么也没有拿走，向着巴巴利驶去。

11月13日早上，我们到达了布朗角。这里是一片低洼地和浅水域，我们在这里钓了很多鱼。我们把船只停在海湾，在那里我们看到了很多法国船只。我们盛情款待他们后，就离开了。当天下午，我们将舰队组织好，因为钓鱼的时候，都分散了，然后向佛得角驶去。直到11月16日早上，我们发现了圣地亚哥。那天晚上，我们将所有的船只停留在普雷亚或是帕纳亚和圣地亚哥之间。我们将1000多人停留在这里，由克里斯多夫·卡莱尔指挥，他就像一个明智的指挥官。我们第一次在这杂乱无章的地方行进，因为这里有很多的山、峡谷和石头。在他的指挥下，我们来到了一个平原，立即停下来休息。这里离城镇大约两英里，当我们在平原上把一切都准备好后，克里斯多夫·卡莱尔认为要到天亮才能进行攻击，因为没有人能够给我们做向导或对这个地段有些了解。因此，在我们休息完后，距离天亮还有半个小时，这时克里斯多夫·卡莱尔命令我们的舰队分成三部分。按照他的指令，我们在前面所提到的杂乱无章的地方开始行进。我们坚强地行驶着，天渐渐亮了起来。在行进过程中，我们没有看到一个敌人。克里斯多夫·卡莱尔命令桑普森和巴顿分别带30个射击手进入山谷下的城镇。我们将所有军火安放在整个城镇。为了纪念女王加冕，我们打算在11月17日发射这些军火。上将命令将大部分武器放在山顶，然后我们开始在这个城镇里休息。当一切都完事后，每一位船长都进入了自己的住处。今晚，每个地方都严加防护，所以没有理由害怕有敌人出现。我们在这个城镇待了14天，掠夺到了大量的食物，包括酒、油、醋、橄榄等。但是没有发现任何宝藏或者是值钱的东西。

圣地亚哥的地形比较特殊，看起来像一个三角形，东西两面是两个山峰，布满了岩石和山崖。我们在山顶上建了一些壁垒用来防御敌人的袭击。城镇的南面是海洋，北面是一个横跨两座山峰的峡谷，这个城镇就这样矗立在那里。两个山崖和这个城镇的末端之间的距离估计还不足200码或240码远。在山谷中部，有一条河流，河水非常清澈。我们将船只停在那里，船员们轻松愉悦地给船加水。在这个城镇的北面，即两个山峰之间，山谷看起来比城镇末端还要宽一些。这个山谷简直就是花园和果园，那里有大量的各种各样的果实、药草和树木，比如柠檬、橘子、甘蔗、可可、橄榄坚果、大蕉、马铃薯、黄瓜、洋葱、大蒜。还有很多我们不记得的食物。其中，橄榄坚果和大蕉是非常美味的水果。橄榄有一个坚硬的壳和皮，在皮里面有核，这个水果非常大，比男人的两个拳头还要大。英国很多酒杯都是用这种果实的壳制作的。将白色的核放到水里，水会变得非常清亮，喝起来也会感觉非常舒服。我听说这个果实也非常有益健康。大蕉看起来有点像豆子，但是比豆子大，当大蕉成熟的时候，里面的果肉会变成黄色，非常美味。

当我们到达这里的时候，遇到一个葡萄牙人，他举起休战旗。桑普森和戈林被派遣过去当报信人。葡萄牙人问他们是哪个国家的人，他们回答道是英国人。然后他又问英国人和西班牙是否发生了战争，他们回答说不知道，但是他们说如果他愿意和上将谈，上将可以回答他的这个问题。为了得到葡萄牙人的信任，两名船长尽量让他信任他们。他们告诉葡萄牙人说如果他们的长官想从这个国家获得一些利益，最好的方式就是和我们的指挥者德瑞克谈一谈，这样对双方都有利。否则我们会在陆上行进三天，在停留的地方放一把火。如果我们遇到有生人，就会进行杀戮。在要离开的时候，他保证第二天会给予答复，可是我们再也没有得到他的消息。

11月24日，上将、中尉以及600名船员由陆路向距离圣多明戈12英里的村庄前进。官员、主教和一些有地位的人都住在那里。大约8点钟，我们到达了那里，却发现那里的人都已经逃到山上了。所以我们在那里休息了一会儿，看看是否能找到可以问话的人。休息好后，上将让我们朝着回程的方向行进。在离开的过程中，那些逃到山上的人向我们炫耀，可没有人敢来攻击我们。

11月26日，上将命令所有配了小船的舰载艇把士兵们送回到自己的船上。中尉命令戈林和塔克带着100名射手在集市上集合，直至我们的军力全部登船。海军中将驾驶他的船舰在海港停留，等着把留在集市的士兵接上船。上将则在船长巴顿和比格斯的伴随下驾驶着快帆和两艘舰载艇由桑普森带领去寻找藏在普雷亚或是帕纳亚的军火，因为昨天我们俘虏的囚犯看到过那些军火。

这几位船长到达普雷亚后，让他们的士兵上岸并整理好队伍等待命令。桑普森则带着那个囚犯去寻找所藏的军火。他们找遍了所有可疑的地方，发现两个大炮，一个是铁制的，一个是铜制的。下午，上将上岸后告诉我们烧掉整个城镇，然后火速上船。下午6点，我们完成任务后就都上船了，然后我们向西南方向驶去。

在我们离开圣地亚哥之前，我们制订了详细的计划管理军队。每个人都保证尽最大努力，尽职尽责，听从上将和其他指挥官的指示。所有事情都是按计划进行的，我们的关系也非常和谐。

还要提到一件事：我们在圣多明戈停留，不管是那里的地方官还是主教，亦或是当地居民都没来找过我们商谈。我们本以为他们可能会过来恳求我们给他们留些必需品，或是至少要求我们别破坏他们的城镇。我想，他们对我们极不信任的原因是他们还清晰地记得四五年前他们对威廉·霍金斯所做的一切。他们没有遵守诺言，杀戮了我们很多同胞。说到这里，你们肯定都明白了吧，我没有必要做过多的解释。因为他们没出来见我们，所以我们在很多地方都留了字条，当然在救贫院也留了字条。我们对他们没有出来见我们这件事情感到极度地不满和鄙视。他们对待我们同胞的手段极其恶劣，为了复仇，我们在离开之前，烧毁了他们所有的房屋。

接着，我们向西印度群岛驶去。我们在海上没待几天，可是在几天之内，有二三百个船员牺牲了。直到我们从圣地亚哥出发后的七八天，舰队中才没有人再因病死去。这种病会让人全身发热，虽然不会传染，可一旦生病就很难治愈。从圣地亚哥到多米尼加，我们用了不到18天的时间，多米尼加是我们登陆的第一个西印度群岛。这里住着很多野蛮人，全都赤身裸体，他们把皮肤染上黄褐色，非常强壮。他们和西班牙人接触过，我们的船员中有人能听懂他们的话，这些人告诉他，他们有两个西班牙囚犯。我们认为在这里一点也不安全，虽然在和他们接触的这段时间里，他们对我们非常友好。他们派人往我们船上加水，还给了我们很多烟草和一种叫卡萨维的面包。为了回报他们，我们给了他们玻璃、各色的玻璃粉和一些其他东西，这些都是我们在圣地亚哥发现的。他们看起来非常满意。当我们要离开的时候，他们都显得非常伤心。

离开这里后，我们向西驶向圣·克里斯托弗岛。为了安抚生病的人并清洗我们的船只，我们在那里停留了一些天，度过了圣诞节。

大家经过商量后，决定向伊斯帕尼奥拉岛行进。因为我们现在精力充沛，并且对圣·多明戈产生了极大的兴趣。在行进的过程中，我们遇到了一艘小舰载艇，他们也打算去圣·多明戈。卡莱尔中尉将这艘船掠夺了，仔细检查了上面的人员，了解到海岸都已经被严加保护，每个城堡都配备了很多大炮。也就是说距离城市10英里的范围内，没有可以停泊的地方，所以我们将那艘船上的舵手都留下了，让他们为我们服务。

精密部署后，上将决定在晚上让全体船员上船，整装待发。上将和中尉登上了“法兰西斯”号，晚上，我们在海上发起猛攻，直到黎明才找到可以登陆的地方。我们上岸时，已经是新年了，登陆的地方距离圣·多明戈十来英里。此时，我们还不知道其他可以登陆的地方，这里的海浪可能随时推翻舰载艇或船舰。上将看到我们安全登陆后，回到了他自己的船上，祈求上帝能够眷顾我们，特别是卡莱尔。在8点钟的时候，我们开始行进。大约到了中午，我们向城镇驶去。在那里我们看到了很多人，还有几百匹马。我们向他们射击，可是他们都用盾保护着。我们持续射击，后来，他们不得不撤离临海的两个大门。可是他们已在大门附近布置好了火力，大炮已经瞄准了我们，在主干道两边都设有伏兵。我们将我们的军队，约1200人，分成两部分，打算同时攻击这两个大门。中尉和鲍威尔约定攻门后在集市汇合。

他们的大炮在我们到来后立即发起攻击，有些炮火就落在我们中间，但是中尉用实际行动鼓励我们加快行进步伐。虽然他们有埋伏，可是我们还是打入了他们的内部。趁着混乱，我们进入了大门，立即进入了集市——一块宽敞的正方形场地。鲍威尔也很快到达了这里。我们立刻在广场周围设起了路障。对于我们来说，这里是一个非常方便的地方。这个城市太宽广了，一个小的军队很难保卫它。到午夜的时候，守卫城堡的那些卫兵听说我们要攻城都打算逃跑。我们抓住了一些，还有一些在港口的另一边乘船逃跑了，所以我们很容易地就进入了这座城市。

第二天，我们将所居住的地方详细地布置了一下。我们挖了很多沟渠用来放置大炮。我们大概在这个地方住了一个月。

在那里发生了很多事情，虽然我们都已经忘记了。但是我们唯一记得的是上将派了一名报信人拿着表示休战的白色旗帜去送信，西班牙人也经常这样送信。西班牙人对我们夺下他们城镇的事情很不满，所以他们就虐待信使。用骑兵的棒棍殴打我们的信使。信使回来见到上将后，把西班牙人对他的凌辱讲完后就牺牲了。上将此时相当愤怒，命令我们的法务官在士兵的保护下带着抓获的西班牙修道士、囚犯到我们信使被殴打的地方，并将他们吊起来，每隔一段时间就绞死一个，直到西班牙人交出殴打我们信使的士兵。之后，我们把这个士兵也绞死了。

在我们停留在这个城镇期间，发生了一件事情，因为一个可恨的理由，我们对一名自己的士兵执行了刑法。一名爱尔兰人因为谋杀他的下士被绞死了。

这段期间，我们和这个城镇的官员签订了协议，因为他们想要赎回他们的城镇。但是由于双方没有达成一致的意见，我们在早上仍旧烧掉了很多房屋。可是这些房屋都是由石头搭砌的，还有很多的阁楼，害得我们费了很大的力气将他们毁掉。虽然这几天我们从早上9点就派200名水手一直在烧毁城镇的房子，可是我们也派了相应的士兵保护我们的驻扎地。最后，我们还没有烧掉这个城镇三分之一的房子，对方就愿意出25000达克特来赎回剩下的城镇。

还有一件发生在圣·多明戈的事情我要让全世界知道，因为这件事标志着西班牙国王和他的民族贪得无厌。我们找到了西班牙国王的房子，这座城市的主要官员都住在那里。进入到这座房子的大厅，你肯定会首先登上那个楼梯。楼梯的顶部非常宽敞，就像进入了一个画廊。在一面墙上挂着西班牙国王的画像。在画像的下面，有一个地球仪。再往前，有一幅画上用拉丁文写着“世界还是不够”，意思是不满足整个世界。从这幅画中我们可以了解他们为什么想赎回这个城镇。谈到这一点，他们也可能会摇头，也可能会一笑了之，没有回答，因为他们感到羞耻。如果英国女王下定决心要和西班牙决战，上将就得把夺取这个城镇的计划搁浅，因为这样做会让西班牙人有所察觉。

这个城市简直太辉煌了，这让我们的船员感到非常满意。这里还住着很多富有的人，他们的服饰使其看起来更加高贵（我们的士兵在这里发现了很多商店，这让他们很欣慰），这些人应该能负担得起昂贵的东西。现在，很容易理解为什么西班牙暴君要在这里残暴统治这么多年，因为这里有很多金矿和银矿，国王需要当地人在矿山里工作，以便掠夺财富。这里主要进行糖、姜和牛的交易。虽然这里的很多土地没有进行种植，可土壤仍然很肥沃，养育了很多野兽。我们发现这里还有大量的酒、食用油、醋、橄榄等，还有毛织品、亚麻布和丝绸。我们将这些从西班牙运出来，这给了我们些许安慰。在这里，我们只发现了很少的银制容器，因为在这种气候炎热的国家，他们大量使用一种陶制的餐具，这些餐具要通过打磨和上漆，当地人称为瓷器，这些瓷器大多来自东印度。他们喝水的时候会使用玻璃杯，这些杯子的做工也很精良。我们还发现了很多好东西，它们被这里的人用来做家居装饰品，使屋子看起来非常华丽、气派。这些东西可是花大价钱购买的，可对我们来说一点用也没有。

离开圣·多明戈后，我们沿着海岸驶向另一块大陆。最后，我们看到了卡塞根纳。站在海边，我们发现我们的船只离他们放置重炮的地方很近。这个港口离城镇大约三英里，我们在下午三四点钟毫不费力地进入了这个海港。晚上，我们在卡莱尔的带领下登陆并向港口进发。卡莱尔要求我们在午夜继续前行，命令我们沿着海边寻找最合适的道路。我们小心翼翼地行驶着，以免错过适合的道路。刚开始，我们迷路了，用了大约一个小时的时间我们才继续前行。整个晚上，我们都没有休息。我们进入城镇后，遇到了他们的骑兵，他们立刻拉开警报。他们在一个山谷里向我们射击。那个地方有很多的树木，不利于我们反攻。

我们听到在海港有卸载军火的声音，还听见有人朝港口开枪。我们知道那是上将命令海军中尉、文纳船长、怀特船长、克洛斯船长和其他船长带领舰载艇和船舰尝试着攻击对方的一个小堡垒，这个堡垒位于内港的入口处。虽然我们的目的很简单，可是因为内港入口很狭窄，堡垒也很坚固，所以我们放弃了攻击，只想在港口的另一边给对方一个小小的警告。在距离目的地只有一英里半的距离时，海军中尉的船舵被猎隼炮[①]击中了，但是没有大碍。

我们继续前进，前方的路越来越窄，宽度不超过50步，我们进入了一个海峡。在这个海峡上，我们发现了用石墙做的防御工事和一条沟渠。那个石墙竟然是有序搭建的，方便从每个角落发动进攻。这个海峡只有一小部分没有砌墙，是为了让骑兵们通过或运送货物。没有砌墙的部分有很多壁垒，里面装满厚厚的土，有的地方甚至延伸到海里。这里装备有6把手

① 炮膛31/2英寸，5磅炮弹。

枪，半蛇铳[1]和猎隼炮，在海峡的内侧有两艘大帆船，船上有11门大炮，可以袭击任何想要穿过海峡的敌方船只。防止我们从侧面袭击，这两艘大船上还安放着三四百只箭。为了保护这个地方，他们还在陆地上布置有300只箭和长矛。只要我们一接近他们，他们就会向我们射击。

他们已经准备好对付我们。我们的中尉利用天黑的优势（天空还没有放亮），沿着低地，依据他先前的经验，也到达了海岸，此时，敌人的射击对我们没构成一点危险。我们向石墙驶去。那里的攻势非常强烈，我们不能靠近。他们向我们放箭和矛，我们也是箭矛齐发。我们的矛比他们的长，而且我们都有安全措施，他们的士兵却没有。他们无法抵御我们的进攻，最后不得不往后撤退。激战结束后，我们进入了海峡，我们的中尉亲手杀死了一名西班牙海军少尉，这名少尉英勇地战斗到生命的尽头。

我们追击撤退的西班牙士兵进入城镇，我们没有给他们喘息的机会，立刻进攻占据了集市。这些士兵被我们抓住后向我们保证愿意给我们提供住处，而他们会去和妻子团聚，他们的妻子在我们来这儿之前就搬到了其他的地方。在每条街道的尽头，他们都用泥土砌了一个壁垒，旁边还有战壕。在入住城镇前，虽然遇到点小阻力，但很快就解决了，并且没有人员伤亡。居民中还夹杂着一些印第安人，他们都是弓箭手，他们的剑上都有毒药。如果他们放箭并伤及了对方的皮肉，那中箭的人会就会立即死亡。有些印第安人用箭杀害我们的人，还有些人把涂了毒药的刺埋在我们去城镇的大路上。还好我们一直在海岸边走，躲过了很多陷阱。

还有很多具体的事情，我就不在此记述了。比如桑普森被矛击中了，阿伦佐·博悦和戈林也受伤了。温特带领我们的队伍通过陆地，然后和塞西尔协商改变行进方式，转为水路。鲍威尔负责四小分队，摩根负责后援部队。每个人都非常尽职尽责，因为敌人不能够抵御这种攻势。

我们在这里待了六周。死亡人数一直在上升。染上病的人几乎都不能被治愈，没办法逃脱死亡。其中很多人的记忆都有所下降，按照常理来看，他们是患上了热病，就是一种致命的疟疾。是因为空气被污染了，才

① 炮膛41/2英寸，9磅炮弹。

导致死亡。这在圣地亚哥，也是非常危险的。

由于死亡率不断上升，我们不得不放弃去迪奥斯港的计划，改由陆路驶向巴拿马。在那里，我们发动了多次袭击，获取了很多宝藏，算是这次长途旅行的回报。所以在卡塞根纳，我们第一次商议回国的事情。决议是由船长们举手表决确定的。

船长们于1585年2月27日在卡塞根纳共同商议万全之策。

虽然上将对船长们提出的计划比较满意，但是这些船长们自发地组织起来，就以下3个问题听取大家的建议。

第一个：要在城镇里蓄积力量反抗敌人，或是抵抗现在遇到的敌人，或是抵抗西班牙人，回答如下：

我们接纳了这一点，因为我们现在的队伍已经准备得非常充分，且食物充足，我们一定会好好地保护这个城镇，虽然我们现在只有700多名士兵。我们有大约150 名士兵因为受伤和生病不能够再上战场。如果有西班牙舰队到来，如何才能确保我们的船只安全。所以只要我们还在海上，船长就可能要做出决定。

第二个：是现在回国，还是继续我们的行程，寻找大量的财富来弥补我们的损失，回答如下：

我们和士兵都知道要义无反顾地投入到这次行动中。鉴于我们已经失去了很多诚实的人员，直到现在，我们才在上帝的眷顾下，夺取了三个著名的城镇。我们认为我们已经发现了很多的宝物，这三个城镇分别是圣地亚哥、圣·多明戈和古巴。这些城镇都有很多的居民，而且在这些城镇的附近有一个地方建得非常豪华，还可以进行很多的商品贸易。卡塞根纳对于西班牙人来说有极具重要的意义，因为他们国家的城市基本都是在西印度群岛上。我们进而考虑把我们所掠夺的物品和被关押的囚犯放在一起，然后核算一下用他们赎回这些城镇和物品的赎金，发现离我们所有的期望值还很远。我们现在的能力再次被提及，现在我们的力量已经被削弱了，能够战斗的士兵已经很少了，再加之那些伤员和病人可能面临着死亡的威胁，考虑到这些，我们最后还是没有制订出最适合我们现在境况的决议。谢谢上帝给予我们的一切。我们最后得出的结论是见好就收，然后回国。

如果我们的女王能够再次让我们出发，我们会非常高兴。我们已经准备好接受各种可能发生的事情。但是我们建议就先谈到这里，因为我们的想法太远了，很可能会被拒绝，上将也可能会对现在的情况感到厌烦，然后对我们有更多的要求。

第三个：是关于卡塞根纳被赎回的问题。以前通过火力解决过这个问题，他们给出的赎金是27000或28000英镑。回答如下：

我们提出了我们所有的想法。我们要求的赎金是10万英镑，现在看来，他们不可能满足我们的这个要求。坦白地说，我们现在对他们起初给我们的赎金已经很满意了。可是如果他们现在愿意给我们那些赎金，我们在那时就应该能达成协议了。我们最高兴的是我们破坏了他们的货物和物品，而且还用火烧掉和毁坏了这个城镇的大部分房屋。考虑到这方面以及在航行中会有很多人冒着生命危险，历尽苦难，我们要留给他们很多的衣物和食品，我们在这次行动中也有这样的想法（即我们要抵抗西班牙人）。我们会想办法帮助他们分配，尽量让他们得到满足。我们通过先给他们一些小的利益鼓励他们，然后好好地安置他们。但是我们被怀疑没有忽略我们自己私人的利益，我们是想把赎金放进自己的腰包。为了澄清这一点，我们宣布我们所得到的部分卡塞根纳赎金会慷慨地给予那些仍和我们一起航行的穷苦人（水手和士兵），希望我们这么做能够给他们很大的帮助。我们保证我们会在前面提及的时间和地点亲手将这些东西交到他们手里。

克里斯多夫·查理船长、中将、戈林船长、桑普森船长、鲍威尔船长等

我们在这里的时候，突然有一天，站在教堂塔尖上的守卫呼喊我们进入一级戒备，原来，他发现有几艘船只向卡塞根纳海港驶去。于是，穆恩、瓦尼、约翰·格兰特、“老虎”号的船长以及其他一些船员乘坐几艘舰载艇去阻截他们，以防他们在港口看到岸上的西班牙人给他们发出警告，采取行动对付我们。尽管我们的船员努力追赶，可那些西班牙船只要一看到有舰载艇向他们驶来，就加速靠岸了，上面的船员也纷纷跑上岸，躲进了岸边的灌木丛中。我们的船员在毫无防备的情况下就登上了西班牙

人的船只，结果却遭到藏在灌木丛中的西班牙军队的袭击。他们一起开枪，击中了瓦尼船长，他很快就牺牲了。穆恩也在中枪几天以后死亡了。还有四五个船员受伤了。我们现在没有足够的人员与岸上的敌人抗击，只好返回。我们所有的水手几乎没有人配备武器，因为他们觉得船上有大炮就足够了。如果他们能在西班牙人靠近海岸之前就到达港口，就不会有任何损失。

我们在卡塞根纳住了下来，在这里，我们和西班牙人之间都比较友好。但我们还是用火烧掉了我们所接触到的地方，就像我们在圣·多明戈所做的一样。我们最终达成协议，西班牙人以11万达克特赎回了卡塞根纳。

这个城镇虽然没有圣·多明戈一半大，可是他们却给了我们更多的赎金。用这笔赎金我们就可以去迪奥斯港和其他地方。这里居住着很多律师和勇士，而且这里离主要海港非常近。对于卡塞根纳，我现在还不能过多地描述。

之前，这个城镇的西班牙人在听说我们从圣·多明戈要来到这里的消息后，在我们到达的20天前就开始筑防御工事，而且在每个通道都设了防护措施。他们也带走了所有的财产和主要物品。

收完这11万达克特，我们让我们的士兵待在大修道院内，大约在城镇下游0.75英里的地方，我们也用石头砌成墙，告诉西班牙人里面是我们的地方，不可以赎回。他们发现到合同的漏洞后，只好支付另一笔赎金来赎回所有的地方，包括在海港口的房屋、碉堡等。他们出了1000达克特赎金赎回大修道院。至于那些碉堡，我们可以自己处理，他们不会赎回。现在已经是他们最大的限度了。因此，我们用火药将碉堡炸碎。再次签订完合同后，我们向港口驶去。我们已经是第三次在那里停留了。我们雇用那里的居民给我们的船只加水，准备回国。这个岛屿真是个宜人的地方，有很多水果，比如橘子等。距离这里不到三英里的地方，还有花园和果园。

我们在这里待了六周后，开始了最后一次航行。两三天后，我们在圣·多明戈截获的叫“新年礼物”的大船开始漏水，上面装有大炮、兽皮和其他的战利品。在晚上，它走丢了。上将派出了整个舰队去寻找这艘大船，怕它遭遇不幸。由于这艘船漏水非常严重，上面的船员已经筋疲力尽，不能再往外抽水了。最后，塔尔博特找到了这艘船，开始与它同行。为了挽救上面的船员，他们已经做了充分的准备。上将与整个舰队往回行使到了卡塞根纳。在那里待了8～10天，我们再次离开，直接驶向圣·安东尼角。我们于4月27日到了那里。由于那里没有淡水，我们又开始行进，计划几天以后到达哈瓦那东面的马坦萨斯。

尽管风向不利，我们还是用了大约14天的时间到达了圣·安东尼角。但是我们已经极其缺少水源。我认为新的雨水才是最好的，可以想办法在离海边三四步的沼泽地收集到。

上将鼓励船员快速地将淡水运到船上。无论在哪里，他都时刻警惕，有条不紊地管理着舰队。因为他是首领，应该享有尊荣。我们和卡莱尔同行也是非常快乐的。他也非常谨慎，在战争中非常勇猛，处理事情也是有勇有谋。

5月13日，在把船只加满水后的第三天，我们第二次从圣·安东尼角出发了，继续向佛罗里达角驶去。我们没有去那里的任何地方，只是沿着海岸线航行。直到5月28日，我们发现了在岸上好像有一座灯塔，后来才知道那只是一个脚手架，在其末端有四个长的桅杆，可以让人们分辨方向。我们向岸边驶去，在河边航行，想看看敌人的聚集地。我们当中没有一个人熟悉这里。

上将亲自带领船员，由中尉护航，到一英里外的地方沿着河边巡视，发现在河岸的另一边有一个西班牙人新建的堡垒，再往上游几英里，是一个小城镇，没有护墙，都是木制的房子。我们立即给大炮加火。我们放置好一个大炮后，中尉向那边发了第一炮。一个法国人向我们走来，我们这时才发现他们是法国人。我们向堡垒又射了一炮。中尉决定带领四个人在晚上到达河的另一边，他们会躲在堡垒附近。如果有人出现，他就会用步枪向他射击。由于需要挖战壕，没有人能陪同中尉，所以只好等到第二天晚上中尉才能行动。

在晚上，中尉和摩根、桑普森及其他人去打探敌人的情况，顺便还能熟悉地形。虽然他们是秘密行动，可是还是让敌人发现了。敌人非常害怕，拉响警报，集中火力发起了猛烈攻击。中尉他们又不得不逃回来了，什么消息也没得到。有一个法国人（曾是西班牙人的囚犯）乘着小船，用横笛吹着“威廉王子”的曲子[①]驶向我们。他下船前告诉了警卫他的身份，并告诉中尉他们西班牙人是怎么从堡垒中走掉的。

得到这个消息后，上将和中尉以及其他几个船长驾驶一艘船，有几个人上了中将的船只，还有两三艘配置好士兵的舰载艇，一同向堡垒驶去。当我们越来越近的时候，敌人更加凶猛，用两只大炮向我们射击。但是当我们上岸后，却发现那里没有一个人。

天渐渐亮了，我们发现那个堡垒是用木头做的，没有沟渠。看起来感觉是三四个月前才开始搭建的堡垒，好像还未完成。说句实话，西班牙人没有必要保留这个堡垒，因为它既容易着火又容易被攻击。

放置大炮的平台是由长长的松树搭建的。这里有十三四只铜制大炮和一个被损坏的箱子，里面估计大约有价值2000英镑的物品，这些应该是国王用来奖赏他的士兵的。

我们夺下了堡垒。天亮了，我们打算向城镇驶去。可是由于一些河流的阻拦，我们没有去成。我们又向圣·奥古斯丁驶去。当我们快着陆的时候，发现了敌人，他们向我们射击，可是很快又都逃走了。当他们逃跑的时候，海军陆战队的军士骑马开始追击。由于在灌木丛中埋伏的一个敌人击中了海军陆战队军士的头部，海军陆战队军士从马上跌了下来，在救援人员到来前，他的身体又被剑和匕首刺伤了多处，牺牲了。他的牺牲让人遗憾，他是一个非常忠诚的人，是士兵们的榜样，也鼓舞了其余人。

我们了解到国王就在圣·奥古斯丁。这里有150人把守。向北十几海里处的圣·海伦娜，国王也派了大约150个人把守，以防其他国家的人来这里居住。佩德罗·梅伦德斯，一个世袭贵族，海军上将梅伦德斯的侄子，于十七八年前在墨西哥湾推翻了约翰·霍金斯的统治，现在他主管这两个地方。

全体船长决定占领圣·海伦娜，然后从那里寻找居住在弗吉尼亚的英国同胞。当我们横过圣·海伦娜的时候，发现那里的浅滩非常危险，因

---

① “威廉王子”是一首赞美威廉（1584年被暗杀）的曲子，他是荷兰新教叛乱的首领。

为我们没有人熟悉那儿，只能沿着岸边行进。我们沿着海岸线艰难地上了岸，可是这里非常浅，距离岸边还有一两海里，而且大部分地方都支离破碎。6月9日，我们看到有火苗。上将乘船到达岸上，发现了一年前被瓦尔特·雷利爵士带到这里的英国同胞。我们让他们上船，在他们的指引下，我们行进到他们搭建堡垒的地方。由于我们的船只吃水，无法进入，于是我们不得不停留在距离岸上两英里的海上。上将给拉尔夫·雷恩写信。拉尔夫·雷恩现在是居住在弗吉尼亚的英国人的首领。距离搭建堡垒大约6海里的地方是雷诺卡。在那里，他们已经准备好必需品了，这个消息是从第一个谈话人那里得知的。

次日，雷恩和他的一些船员来到这里，上将给了他们两个选择：一是上将会留给他们一艘船、一个舰载艇和一些船舰以及水手，还会给他们足够用一个月的食物，让他们继续打探这个国家，而且这些食物也足够让他们回到英国；二是如果他们认为现在没有什么期望了，想回到英国，也是可以的。他们还想在这里停留，所以欣然地接受了第一种选择。所以上将将自己的船员指派给了雷恩，还给了他们食物。可是却刮起大风，一刮就是3天，导致我们的舰队处于危险中，不得不将船只重新停泊。我们切断电缆，丢失了很多要留给雷恩的船只。直到我们回到英国后，我们才再次相见。在这次暴风雨中，我们也丢了很多船只和舰载艇。

上将给了他们另外一艘船只和一些食物。如果他们愿意回英国的话，也是可以的，虽然他知道这样做会比先前困难很多。雷恩与他的船员们商议如何做才是最好的，希望上将能够帮助他们。他们也要回英国。我们于6月18日起航了。多谢上帝的眷顾，我们和他们于1586年7月28日安全地到达了普利茅斯。此次航行中我们共缴获了价值36000英镑的物品，每个与我们出生入死的船员都获得了20000英镑的奖赏。在这次航行中有750人牺牲了，大部分都是由于疾病导致死亡的。这次航行中牺牲的人员有：鲍威尔、瓦尼、穆恩、弗特斯克、比格斯、塞西尔、韩南、格林菲尔德、托马斯·塔克、亚历山大·斯塔基、厄斯科特、沃特豪斯、乔治·坎迪斯、尼古拉斯·温特、亚历山大·卡莱尔、罗伯特·亚历山大、思科鲁普、詹姆斯·戴尔、彼得·达克，还有一些人我一时想不起来了。

缴获的大炮共计大约240个，其中200多个是铜制的：在圣地亚哥缴获了五十二、三只；在圣·多明戈大约缴获了40只，都是非常好的大炮，包括加农炮、小加农炮和重炮10等；在卡塞根纳大约缴获了63只；在圣·奥古斯丁缴获了14只；其余的都是铁质大炮，大部分都是在圣·多明戈缴获的，剩下的是在卡塞根纳缴获的。

10加农炮炮膛是8英寸，携带60磅的炮弹；小加农炮炮膛是61/2英寸，30磅炮弹；重炮炮膛是51/2英寸，18磅炮弹。

汉弗莱·吉尔伯特爵士的纽芬兰之行

Sir Humphrey Gilbert's Voyae To Newfoundland

〔英国〕爱德华·黑斯

主编序言

汉弗莱·吉尔伯特爵士，北美洲英国殖民地的第一个创始者，大约于1593年出生，是德文郡一位绅士的儿子，也是沃尔特·雷利同父异母的兄弟。他曾在牛津大学学习。在爱尔兰受雇于菲利普·西德尼，并协助荷兰反抗西班牙帝国。他回国后，编写了一个小册子，激励人们到中国探险。弗罗比舍同意了他的要求。

1578年，吉尔伯特得到了女王伊丽莎白的特许状，开拓北美洲为英国的殖民地。他的第一次尝试没有成功，而且花掉了他所有的积蓄。但是，他在爱尔兰服役后，于1583年再次起航去纽芬兰。同年8月，他占领了圣·约翰，从此这里成为了英国的殖民地。但是在他回来的途中遭遇了一场暴风雨，他所乘的指挥船在亚速尔群岛附近的海域被海浪吞没。

本文最后一部分讲述的是吉尔伯特的探险经历，由爱德华·黑斯讲述。爱德华·黑斯是“金鹿”号的指挥官，“金鹿”号是唯一一艘随同吉尔伯特从纽芬兰出发回到英国的船只。

圣·约翰问题的解决表明西班牙帝国从美洲领土中被驱逐，这有利于英国人民。可是事情却没有像他所希望的那样取得进展，而是被搁置了很长时间。在吉尔伯特的推动下，其梦想终于实现了。

查尔斯·艾略特

汉弗莱·吉尔伯特爵士在1583年的远航是成功的。由爱德华·黑斯编写了他们的航海行程。爱德华·黑斯也参与了本次航行[1]，只有他一个人坚持到最后。多谢上帝的眷顾，他安全地回到了祖国。

很多远航探险都是虚假的。迄今为止，我们国家也没有彻底地进行过一次远航，确切地说，我们从未到北纬30度，或是北纬25度的国家去探过险。我们既没有让基督教徒在那里定居，也没有驻军[2]，而且由于我们的无知，我们忽视了那些地方有很多宝贵的财富。直到今天，我们从法国人民那里才了解到这些。法国人民虽然对这些国家不怎么感兴趣，这几年也没有得到机会去这些国家探险，可这些都是由于战争导致的。感谢我们国家长久的和平，如果这些国外和偏远的岛屿未发生混乱，我们也不可能在北美洲拥有领地和管理权。

最先提出要在这些地方探险的人是约翰·卡伯特，他是第一个发现纽芬兰的人。约翰·卡伯特把自己的全部所得都贡献给了英国。如果继续寻

① 黑斯是“金鹿”号的船长和所有人，吉尔伯特是海军上将。

② 管辖。

找这样的内陆国家，我们国家的领土和收入肯定会增加的，而且更重要的是能够给基督教世界寻找陌生的岛屿和陆地。

虽然我们不能确定发现和占领偏远国家的尝试是否是谣言，但是事实表明这些异教徒已经决定要这么做。异教徒隐瞒他们这么做是有自己的想法的，最终他们还是会解释清楚的。上帝允许他们透漏一些模糊的信息，然后我们可以准备好去实现我们的愿望。

在每个人内心深处，都想进行一次这样的尝试。鉴于卡伯特是一个诚实和善良的人，很多人愿意同他一起去远航，减轻人们的痛苦。他非常高兴能够有这些人与他同行，真是出乎意料。同时，他也可以接纳异教徒，上帝也会眷顾他。西班牙和法国好像在以前就进行过类似的航行，到达了佛罗里达的北部。不久以后，克里斯多弗·哥伦布为西班牙发现了西印度群岛。约翰·卡伯特和萨巴斯汀为英国发现了佛罗里达北面的岛屿。

西班牙人发现的南部地区非常繁荣，所以他们也试图进入佛罗里达及向北的一些地区。西班牙帝国试图将北部区域都据为己有，可是结果证明他们的这一举动并不成功，也使他们感到气馁。因为这些地区的很多宗教人士和勇士都拿起武器反抗，好像上帝不允许西班牙人这么做。

看起来法国人对北部地区好像没有西班牙人那么有兴趣。法国人在英国人发现这里之前，为了剥夺我们的利益，才意识到将这里的河流、海湾、海角等据为己有，就好像他们是第一个发现这里的人。我们打算进入西班牙人未占领的地方。虽然法国人做了多次的尝试，但他们还是和西班牙人一样没有取得成功。

我们也得到了极大的鼓舞，因为这么好的一个地带已经属于英国所有。我们还是决定先向东航行，然后再向西挺进。历史上的航行路线都是先向南航行，然后再向北挺进。

我们考虑了很多情况，这样能够帮助我们镇压其他国家的进攻。汉弗莱·吉尔伯特是第一个带领我们的同胞在北美洲定居的人。他耗费了很多精力，最后牺牲了。任何人都会为同胞的死亡而伤心，我想这样是好的，至少我亲眼见证了我们的行动取得了进展，而其他国家却很不幸地为所需而困扰。

进行这样的远航是非常痛苦的。没有上帝的眷顾，就会极其混乱。我们第一次的尝试就是这样，但是这并未阻止我们再次行动，反而教会了我们如何处理问题。每次行动都是有一定的目的性，那就是掠夺。

怀着对上帝的热诚，我们把基督教及基督徒引入到这个遥远的野蛮的美洲国家。现在我将分别简短地讲述一下我们这次航行的开始、经历和结果。

汉弗莱·吉尔伯特是第一个带领我们的同胞在北美洲定居的人。在起航前，需要准备一个强大的舰队，以便能够对抗敌人。有很多志愿者想随同他一起，可是他们的性格差异都太大了，让人比较困惑。当一切准备就绪，人员准备登船的时候，有一些人食言了，只留下了汉弗莱·吉尔伯特上将①和几个他比较信任的朋友和他一同上路。由于遇到很多的灾难，他不得不回国了，而且因为失去了一名勇士迈尔斯·摩根而。

将迈尔斯·摩根埋葬后，汉弗莱·吉尔伯特重整旗鼓，继续为自己的目标努力。最后，他组织了一个能力相当的队伍，终于在美洲北部建筑了防御工事。然后，他又打算向南部进军。也就是说，他又将自己占领的领土扩张了200海里。随着时间的推移，他们的任务还未分派。最后他决定要自己再进行一次航行。乔治·佩克汉对这次行动表现得非常积极，愿意协助汉弗莱·吉尔伯特。还有其他几名绅士也极有能力，也愿意和他同行。他们开始准备东西：船只、军用品、食物和必需品等。在这两年中，他们遇到了很多困难。有一些我就删掉不讲了。

在我们离开英国前，我们在普利茅斯附近的考斯特海湾集合，想要将我们的食物装到船只中。今年已经过去很多日子了，现在开始我们的探险，无论是从南到北还是从北到南，都是难以指定的。后来我们就决定向南航行，没有一个人反对。因为我们确信我们现在的食物能够让我们行驶得更远。已经到了6月份，我们不能够再向北航行浪费时间了。因为冬天很快就会到来，向南航行的话，我们遇到的困难可能会比向北航行要少。综上，我们决定向南航行。有人提出我们的食物和必需品逐渐在减少，不能

---

① 以下简称上将。

够航行太远，因为可能不够我们这些人在冬天食用。所以我们决定向纽芬兰行进，那里距离英国大约700海里。从这个时间到8月份，是大量船只捕鱼的季节，我们应该能够获得很多生活必需品解决燃眉之急。在纽芬兰我们没有停留太长时间，我们继续向南航行，直至到达一个我们能够适应的地方。

随后，我们又不得不向北航行，因为我们担心马上就要到冬天了，会带来很多的雾和暴风雨，佛罗里达角、布莱顿角和雷斯角会阻碍我们行进，所以我们不得不向北航行。我们重新整装，毫不迟疑地向前行进，我们没有错过任何一个值得探险的河流和海湾。

所有的船长都用同一暗号的设定并且所有船只都受汉弗莱·吉尔伯特的监控。

1. 上将白天要挂起旗帜，晚上使用灯。

2. 如果上将要在晚上放慢速度，要使用两盏灯，直到每只船只用一盏灯回应。

3. 如果上将减速后，还想提速，他要使用三盏灯。

4. 如果上将偶遇撞船，就要将一盏灯放在另一盏灯上摇晃，再在一根柱子上挂上一盏灯。

5. 如果舰队由于天气或不幸事故分散了，若发现我们的船只，要将两个上桅帆提高两次；如果天气变好了，他们还要将两个上桅帆提高两次；如果天气还是很恶劣，他们要将中帆提高两次，以此类推。

6. 如果起雾了，每个船只要与上将并驾齐驱；如果刮风了，每个船只上的人都要待在船里直至放晴；如果持续起雾的话，上将需要在每晚放两声枪响，每个船只都要放一声枪响表示回应。

7. 每个负责人都要在有雾的晚上派人放哨。

8. 每个晚上，每艘船只都要和上将打招呼，跟在上将船只后面，通过海洋；若是在岸上，每艘船只在早上和晚上都要和上将打招呼。

9. 如果有船只遇到危险或漏水，要放一声枪响，然后立即挂出一盏灯，其余船只要在短时间内也挂出一盏灯回应，然后将灯熄灭；这样就表示他们看到危险船只发出的求救信号了。

10. 上将将自己的徽章挂在船的横桅索上，表示船员上船商议事情。

11. 若由于暴风雨或风向问题，使船只分离了，每个船只要回到最后离开的港口，在那里会合。

我们决定先去雷斯角，它是纽芬兰最南部的海角。我们或者在罗格纽克斯休息，或是在弗莫斯休息，然后下一站是雷斯角的北面。每条船都与舰队分开，快速到达目的地。无论你是向南还是向北，都要在那里待上10天等待舰队的到达；如果你要离开，就要留下记号。

我们从锡利群岛出发。如果风向适宜的话，我们会到达南纬43度或44度，因为海洋在6月份和7月份的风向是向南吹的。我们要是逆风航行的话，就会到达北纬45度和47度。我们会尽力保持在北纬46度，因为雷斯角就是在那个纬度。

注意：

如果逆风的话，我们可能会回到英国海岸，那么我们就在锡利群岛会面；如果逆风导致我们不能通过爱尔兰海岸的话，我们就在波勒或巴尔的摩集合。如果我们没能在雷斯角相见，我们就在附近的布莱顿角会面。要是我们在那里不安全，就向西航行，找一个最近的安全港。每个船只都要留下标志，以方便让后面船只找到自己。我们通过留下的标志就能够确定谁来过这个海港或河流；是还在这里，还是离开了；走的是哪条路；等等。

所有规定制定完，我们于1583年6月11日星期二起航。我现在将出行船只介绍如下：

1. “欢乐”号，别名乔治，载重量120吨，由上将、威廉·温特和理查德·克拉克乘坐。

2. “雷利”号，载重量200吨，由瓦尔特·雷利、巴特勒、罗比特·戴维斯和布里斯托尔乘坐。

3. “金鹿”号，载重量40吨，由威廉·考克斯和莱姆豪斯乘坐。

4. “燕子”号，载重量40吨，由莫里斯·布朗乘坐。

5. “松鼠”号，载重量10吨，由威廉·安德鲁斯乘坐。我们同行260人，包括造船木匠、泥瓦匠、木匠、铁匠等。为了使船员更快乐，我们还带了很多的乐器。

我们于6月11日星期二离开考斯特海湾，一整天的天气都非常好，可是到晚上的时候，我们就遇到了暴风雨。星期四，依照规定，我们在晚上互相打招呼。我们的中尉、船长和很多船员都生病了。据可靠消息，他们是染上了一种传染病，原因我还不清楚。我知道已经没有费用可以为他们治病了，只能是听天由命了。我们此时在北纬48度。“金鹿”号离开后，成功地找到了中尉所处的位置，他将旗帜从后桅的纵帆上转移到前桅帆。从6月15日星期六到6月28日星期五，我们没有遇到过一天晴天，不是下雨就是有雾，要不然就是刮风，我们不得不退到北纬41度。

6月过后，我们的行程让人感觉冗长和乏味。而且我们遇到了雾天，船只不能很好地在一起。在7月20日，“燕子”号和“松鼠”号走丢了。我们于8月3日在纽芬兰才又与它们相见。7月27日，在北纬50度，我们发现了冰山，从这一情况可以猜测我们应该是在向北行进。

在我们距离纽芬兰50海里的时候，经过了一个河岸。这个河岸时而宽，时而窄，我们发现这里怎么也有10海里宽。河岸一共有两个边，一边是通向纽芬兰。葡萄牙人和法国人都在这个河岸上做过鱼的交易。这里有时会有上百只船只，他们4月份开始在这里捕鱼，直到7月份才结束。这里的鱼非常大，但是不能晒干，因为这里没有陆地可以晒它们。他们钓的鱼叫作鳕鱼。在钓鱼的时候，钓鱼的人要时刻警惕大量的海鹰。因为它们经常在天空徘徊，掠夺鱼的内脏和钓鱼人扔掉的垃圾。

6月11日星期二，我们离开了英国。7月30日星期二，我们看到了一片陆地。经我们计算，我们是在北纬51度。离开这片陆地后，我们向南驶去，天气也极其好。我们看到了一个名叫企鹅岛的地方。企鹅是一种鸟类，它不能飞，翅膀不能够承受它的身体，它长得非常大，也非常胖。法国人毫不费力地到达这个岛后，将这些企鹅杀死，放进桶中，用盐煨上。我们在这里停留的这段时间，我们也将企鹅杀死，用作我们的食物。

沿着海岸线航行，我们到达了巴卡劳斯岛屿，在它的南面是圣·弗朗西斯海角，大约距离巴卡劳斯岛五海里。在巴卡劳斯岛和圣·弗朗西斯之间有一个康塞普森海湾。在这里我们再次遇到了“燕子”号。它是在一个雾天走丢的，现在上面的船员都换上了其他的服装。为了庆祝我们再次重逢，他们将帽子扔了起来。“燕子”号的船长非常虔诚，但是作为海盗，他掠夺了法国船只，一艘上面装有酒，另一艘上装有盐。与上将分开后，他们一找到机会就抢劫和掠夺。

我们了解到他们是怎么遇到那艘钓鱼船的。由于“燕子”号上缺少食物和衣物，不能确定能不能遇到上将的队伍，所以船员恳求船长去新大陆看看，只是借用一点吃的，况且他们也打算回国了。他们遇到了渔船，但是船上的人向他们射击，所以一场激战后，他们胜利了。钓鱼船被海水淹没，有些人被淹死了，还有一些人上了他们的船只。由于缺少足够的食物等必需品，他们只航行了700海里。为了复仇，那些钓鱼人一瞬间就逃跑了。

与“燕子”号再次相见后，我们继续向南航行，直到我们到达圣·约翰，那里距离前面的圣·法兰西斯角大约五海里。在我们进入海港前，我们看到有舰载艇在那里停留，原来是英国商人。他们经常在这里与钓鱼船进行交易。在同一天，既遇上了“燕子”号，还遇上了舰载艇，这是多么让人高兴的事情啊！这一天是8月3日星期六。我们已经做好了战斗准备，打算进入海港。起初，上将派了一艘船告诉里面的人我们是没有恶意的。然后我们就进入了海港，入口非常狭窄，不超过两杆枪托的长度。上将跳到左舷侧的暗礁上查看情况，因为天气很好，所以岩石都高高地露出了水面，海浪也无法通过岩石。英国商人帮助我们脱离险境。他们立即派了很多船只将上将的船只拖拽出来，使它摆脱了危险。

我们找到一个方便的地方停船，所有船只的船长登上上将的船，钓鱼船队的英国商人也很快加入了，他们想知道上将到达这里的目的和原因。当上将说他的目的是想把这块土地沦为英国的殖民地的时候，在座的各位都非常满意。商人和其随从离开前将他们船只上的大炮卸下来，作为对我们的一种支持。

我们还决定将我们每艘船只需要的物品告知英国商人，他们会提供帮助。另外，我们指定人员到附近的海港收集食物：一部分为我们的船员，一部分为他们的人员，那里的葡萄牙人和一些其他国家的人都极其愿意给我们提供食物。我们收集到很多的，包括酒、橘子、甜面包干[①]、饼干、食用油和各种美味食物。这里的英国人每周都会给我们送来新鲜的鱼肉。他们还总邀请上将和船长参加他们的宴会。这里以前太荒凉了，这里的人都食用野兽和鸟。现在看起来人口非常稠密，经常有人出入。

8月4日星期日，我们随着英国商人上岸了，因为他们对这里比较熟悉。岸上有很多芳香的玫瑰，闻起来非常享受，这里还长满了红草莓。

星期一，上将将帐篷支起，让英国商人将他们所获得的食物呈献给他。商人解释道，他所贡献的物品是从圣·约翰带来的。表明他们会将这块土地作为英国的领土。他还提出了三个要求：第一个是关于宗教信仰的，一定要符合英国宗教的信仰。第二个是维护女王的权利和要拥有领土的所有权，如果谁反对这一点，任何人或组织都会被判叛国罪。第三个就是，如果谁的语言不尊重女王，就会割掉他的耳朵，然后没收他们船只上的物品。

这些内容公布后，得到了很多人的响应。我们在不远处立起来一根柱子，上面用铅刻上了英国神臂。英国能够拥有这片领土的主权，这都是汉弗莱·吉尔伯特的功劳。因为先前这里的负责人将这里租给汉弗莱·吉尔伯特及其后人，他每年都拥有这里的租赁权。

上将命令一些人修理船只，一些人收集食物，还派了一些人寻找这个国家的商品和奇异之处。我对纽芬兰做一个简短的介绍，但是一些故事的细节我就省略了。

我们把这里叫作纽芬兰，法国人叫作巴卡劳斯岛。它包括很多的岛屿，位于美洲北部地区。这里有很多的海湾和海港，在世界上很难找到这么好的地方。

这里非常冷，我认为比欧洲任何国家都冷。海洋上有很多风，比这里的陆地还冷。不仅在纽芬兰，德国、意大利以及在赤道附近的国家也非常冷，但是却从未积雪。在南部地区，我们在夏天会看到很多的野兽，如豹和一些鸟。另外，在6月、7月、8月、9月这里的温度比英国还高，所以居

① 硬面包（西班牙语为rosca）。

住在靠近雷斯角南部的人直到万圣节[1]以后也感觉这里不怎么冷，和英国的温度应该没什么差别。可是等他们11月或12月到达这里后，发现这里的雪非常厚。虽然这里的气候非常冷，可是这里仍人口稠密。如果我们愿意在这里居住，我们就会蹲坐在火炉旁，穿着暖和的衣服，享受着美食和美酒。

在南部地区，我们发现没有人居住，北部地区的人很友好。他们这里的人主要靠鱼为生，包括鲑鱼、大马哈鱼和其他我们不认识的鱼等。这里成为了世界上最著名的捕鱼地点。因为这里还有很多美味的鱼，比如鲣鱼、龙虾、大比目鱼等。公蛎身上有珍珠，但并不是原始的颜色，我抓了一只，因为这个时节很难发现它。

内陆地区的商品有很多，比如树脂、沥青、柏油、肥皂、桅杆、皮草、亚麻、大麻、玉米、电缆、绳索、亚麻布、五金等。这里的树木有冷杉、松树、柏树，这些树木都产树胶和松节油，还有樱桃树以及我们叫不上名字的树木。这里的玫瑰非常美，生长的草可以用来喂羊，山顶和山谷里有很多的淡水湖。无论在水上还是在陆地上，都飞翔着很多鸟，这些鸟和大鸨一般大小。在陆地上还有很多老鹰，比如猎鹰等。翎领松鸡比我们这里的还要大，有灰色和白色的。这里有画眉鸟、红雀和金丝雀。野兽也有很多种类，比如马鹿、熊、豹、狼、狐狸、水獭、海蛎等。感谢上帝能够让我们找到这么好的地方。另外，我还要加一点，这里还有矿物质，有非常常见的铁，还有铅和铜。

上将对寻找合金非常感兴趣，所以就拨了一笔资金，让提炼的人去寻找。其中有一名是撒克逊人[2]，他是一位虔诚的修道士，名叫丹尼尔，他是第一个找到矿物质的人，这个东西看起来像是铁而非合金。他第二次发现的东西也没能让上将他们满意，他抗议说是否银子才是让上将及其追随者满意的东西。上将建议他不用再去寻找了，不要再拿生命冒险。

丹尼尔说："现在我宁愿去死。"他还说了很多。我认为他说得非常有道理，非常让我满意。

---

① 万圣节11月1日前后。

② 可能来自下萨克森的采矿区。

接下来，我对纽芬兰的概述做一下总结，然后继续讲述我们的航行经历。

我们开始准备我们所需的物品。有些人想趁着上将和船长们在岸上休息的时候在晚上将我们的船只偷走，可是他们的密谋被发现了，进而被制止了。还有一些人联合在一起，驾驶一艘装有鱼的船只离开了。我们有很多人都偷偷地进入树林藏了起来，打算乘坐船只回国。有些人得了病，牺牲了。简单地说，我们的人员减少了。其实上将允许他们回国，因为我们打算结束我们的航行。现在我们的人员非常少，所以上将将“燕子”号还有很多食物留给了那些病人，让他们乘坐“燕子”号回国。

“欢乐”号的船长也是海军上将，返回了英国。之前“燕子”号的船长莫里斯·布朗接替了这个职务，他把“燕子”号的船员都带到了“欢乐”号上。

上将选择乘坐“松鼠”号，其船长也回国了，因为这艘船利于寻找海港。上将让人将这艘船全副武装，以保证安全。

我们将“欢乐”号、“金鹿”号和“松鼠”号准备好后，将我们要用的必需品装上，包括葡萄酒、面包、面包干、鱼干、甜油，还有果酱、无花果和大桶的柠檬。同时，我们也对船进行了必要的修整，比如渔网和鱼线、舢板。总之，我们获得了丰富的用品，就好像我们在一个人口稠密、资源充沛的国家。

我们于8月20日星期二离开圣·约翰。第二天晚上到达了雷斯角。在雷斯角，我们因为无风而不能前进，所以我们放下挂钩和线去钓鱼。在不到两个小时的时间，我们钓了很多大的鱼，让我们足足吃了好几天。离开这里，我们驶向萨伯隆，然后直至布莱顿角。

萨伯隆距离布莱顿角大约25海里。在那里我们从一个葡萄牙人口中得知在距离萨伯隆不远的地方有一座小岛，岛上有很多的牛群。我们可以用来食用，也可用来饲养。

我们沿着海岸线前进，从雷斯角进入西北部，那里有一个翠帕萨海湾[①]。我们继续向西行进，见到了普拉森提亚海湾。我们派人上去看了看，他们说那里非常好，到处都长满了豌豆。

我们大约用了8天，从雷斯角到布莱顿角大约有87海里。很多时候风向都不是太好，我们在那段时间没有看到一块陆地。最后我们到了一个危险的沼泽地，差点没能脱险。在那里，我们还损失了一艘装着食品的船，也不知道自己身处何地。据有经验的船员估计，我们应该是在雷斯角的对面，这里的沼泽一直延伸到海里。为了警告跟我们走相同路线的船只，我让一些行家：威廉·考克斯、“金鹿”号的船长、约翰·保罗及其副手和莱姆豪斯作了记录。躲过这些沼泽的路线是向东南东、南东，再向南14里格。

8月27日星期四，快到晚上的时候，上将让他们去护卫舰上探测，他们回来后，告诉我们说发现北纬44度35英寻的地方有白色沙滩。星期三晚上，刮起了南风，我们就在这个地方露宿了一个晚上，第二天，我们继续前行，上将给我们指定的路线为先向西北再往西，这和威廉·考克斯的想法相反。我们跟着上将，转换航线，避免损失。那个晚上天气非常好，没有暴风雨的迹象。大家聚到“欢乐”号上吹着小号，打着鼓，在军号和箫的伴奏下直到酒宴结束，把战争和寂寞暂时抛到脑后。那天晚上，我们用铁丝抓住了一只大的海豚，它好像是生病了，我们想了很多办法才把它救活。后来，我们看到大群的海豚，这预示着暴风雨要来了。我们随后在护卫舰上做了报告，因为内容无聊，我就不在此记述了。那天晚上，大家听到了一种奇怪的声音，有些舵手感觉非常害怕。

8月29日星期四，刮起风来，然后就紧跟着下起雨，还伴有雾。我们看不清前面的东西，船只能曲折地在一片平地与沙滩中间行驶，在我们测深之后，大约每隔三到四个船身的距离就会有浅滩和深水。但是首先我们都感到措手不及，直到考克斯远望后发现，并推断出那是白色的悬崖——哭泣的土地！

“欢乐”号发现悬崖后立刻发出信号，让其他船想办法返回海面。“欢乐”号是一艘载重120吨的大船，它重重地撞向悬崖，破损严重。其

① 翠帕萨海湾位于布列塔尼的赫兹海峡，其名字源于雷斯海峡的本名。

他的船（即上将所乘坐的护卫舰和“金鹿”号）由于转向及时，躲过了危险，慢慢地回到了深海里。谢谢上帝的眷顾。

在这次危难中，我们不能给落难人援助。我们看不到在船板上跳跃寻求帮助的人，尽管我们也想救他们。但是我们做什么都是徒劳的。我们在失事船只遇难的地方来回寻找，希望可以找到他们。

这次灾难非常严重。我们损失了一艘装有食物的船只，而且大约有100个人遇难了。其中一个被淹死的匈牙利人①是个学者，出生在布达，大家叫他布达佩斯。他对好的愿望都抱有极大的热情，在这次行动中很有冒险精神。为了国家的荣誉，他认真地用拉丁语记录这次探险中有价值的回忆。

在这次灾难中撒克逊人提炼和发现的物价财富也消失了。最让人伤心的是船长莫里斯·布朗也殉职了，他是一位善良、诚实和谨慎的绅士。他只监管那些失去自由应该受到约束的人。他从来没想过面对死亡，直到悲剧发生时还在通知其他船员赶快逃生。船只沉没后，船员们开始自救。沉船前，大家劝告船长到后面的舰载艇去，可他拒绝了。他没有第一个离开，而是想尽办法鼓励大家不要绝望，也不要离开自己的岗位。他宁愿死也不愿背负坏的名声，失职会受到严厉的惩罚。如果他第一个离开，就会开启一个坏的先例。带着这种信念，他站在高高的甲板上，迎接即将到来的死亡。

在这样糟糕的季节，有14个落水的人挤在和泰晤士河上的驳船差不多大的一只小船里，这只船好像已经超载了。爱德华·赫德利是一位勇敢的军人，在船员心中很有声誉。他认为应该减轻船的负重，牺牲一些人总比全部遇难好。他打算第一个跳下去，他愿意牺牲自己。可是，理查德·克拉克船长拒绝这么做，他认为应该遵从上帝的指示，拯救所有人。小船在海洋上漂泊了六天六夜，最后到达了纽芬兰。尽管所有人的身体都极其虚弱，但大家都还活着，除了赫德利（因病去世）和布雷泽尔（因饥饿而亡）。上帝让布雷泽尔免于溺亡，却让他饿死。上帝限定了人们的死亡时间、死亡的方式和地点，他要做的是不能把溺海和饥饿混淆了。到达纽芬

① 史蒂芬·帕门纽斯。

兰的这些人被法国人带到了法国，随后将他们送回国了。

这次遇险以后，我们继续在海面上颠簸，期盼着天气可以放晴，我们就可以判断大陆或岛屿是否离我们还很远。我们很多次都在各种地方发现50英寻、45英寻和40英寻的地方有陆地。这片陆地有的地方会渗出沙子，而有的地方像大的贝壳，一点沙子也没有。

天气还是很恶劣，冬天就要来临了，我们的人员已经失去了勇气。有些人甚至怀疑我们有可能被卷入圣·劳伦斯，那里极其危险。最重要的是我们的食物快吃完了。在他们全部遇难前，船员恳求上将回英国。他们说自己的衣服太薄了，而且都破了。“金鹿”号上的人也要求回国。

上将也很同情他的船员，他发现大家都已失去了信念，他只能同意他们回国的意见。上将决定启程回国。他把“金鹿”号的船长叫来，告诉他决定回国的决定，上将安慰船长说：“不要沮丧，这次出行我们增长了很多见识，如果你愿意，明年春天还会带你一起远征。”尽管船长极不情愿，他还是接受了上将的提议。

8月31日星期日下午，我们开始回国。我们看到一个非常像狮子的动物。它凝视着我们，他来回摇晃着头前行，长着长长的牙齿，眼睛炯炯有神，然后离开了。我们被这个奇特现象震惊了。风还是很大，海浪也很大，就好像要把我们吞下去一样。

星期一下午，我们就看到了雷斯角。我们只用了两天的时间就又回到了这里，先前我们用八天的时候从这里到达我们遭难的地方。上将登上“金鹿”号，让外科医生给他看看脚伤，他的脚被钉子弄伤了。我们决定在晚上点灯前行。上将没有在“金鹿”号上停留太长时间。之后，天下起了暴风雨，我们也安全地度过了。谢谢上帝的眷顾。

天气放晴了，上将登上“金鹿”号，与船长和船员们尽情欢乐。这是最后一次会面。上将说了很多话，感到极其悲伤。他还回想起我们在纽芬兰的时候，他派了一个人到中尉的船只上取东西，可是那个人却没有回来。毋庸置疑，他肯定是遇害了。

我现在意志非常坚定，加之结合各种推测，我现在充满了希望。上将现在满脑子里都是纽芬兰。他决定明年春天他还会再进行一次尝试。他派

“金鹿”号的船长向南行进，他自己向北行进。确信这回他肯定能够将南部和北部同时占领。

上将决定一回到英国，他就为下次远航做准备。他会准备两艘船：一艘向南行进，一艘向北行进。至于他自己——我会向女王借10000英镑。上将劝我们说一定要充满希望。他总是重复这些话语。但是他的同行人已经不再信任他，不可能再和他一同去远航。

尽管上将说了这么多，他的朋友还是不愿意和他再次出行。这么一艘小船这个时间在海洋上航行确实有点笨重，尤其是当我们遇到恶劣天气的时候。

上将再次恳求“金鹿”号的船长和船员，可是也没有用。看到他还是执迷不悟地将“金鹿”号上的食物装进自己的舰载艇，我们扔下他，朝着回家的路走去。

我们到达了亚速尔群岛，然后我们继续向北走，直到我们见到英国。我们遇到了恶劣的天气，下起了暴风雨。海水开始咆哮，我们从来都没有见过这样的场景。晚上我们点起了一堆火，人们称为卡斯特与帕勒克。

9月9日星期一下午，我们丢下的那艘舰载艇与海浪坚强地抗击后，又获得了重生，非常高兴。上将坐在船尾，手里拿着一本书，向我们打招呼。

星期一午夜零点，上将的舰载艇走到我们的前面。突然，它的灯灭了，很快就在我们眼前消失了。我们喊道：“上将出事了。”上将乘坐的舰载艇被海水吞没了。我们一整个晚上都在寻找失事的船只，可是直到我们回到英国，也没有找到。

在天气极度恶劣的情况下，我们乘着“金鹿”号安全地回到了英国。谢谢上帝的眷顾。我们于9月22日到达普利茅斯。我们从普利茅斯出发，去了达特茅斯。船长上岸询问是否有舰载艇的消息。上将的弟弟约翰·吉尔伯特对自己的哥哥所处的情况并未丧失信心。约翰·吉尔伯特给船长和他的同伴盛情款待，希望船长能够将船停到海岸，所以派了一艘船舰拖拽它。

所有人都感到乏味，他们花费了太长的时间，花费了太多的人力和物力。船长也花费了很多金钱，并且还得到了上帝的眷顾。上帝确实给他太多的眷顾。即使在同样的危难中，都能眷顾他，即便那些参与者都受到了伤害，他也会安然无恙。这次航行我们经历了很多困难、暴动、阴谋、疾病、死亡、和船只失事的事。谢谢上帝眷顾我们，我们只有一个人由于患上疾病而牺牲。其他人都非常健康。

我对汉弗莱·吉尔伯特的这次远航非常满意。虽然他第一次尝试失败了，但是他又进行了第二次尝试。最终汉弗莱·吉尔伯特做了一次正确的探险。此次探险称得上是成功的。

谢谢上帝的眷顾。这次航行我们遇到了骚乱和苦难。汉弗莱·吉尔伯特比较幽默，但是其他的方面却让人感到不舒服。汉弗莱·吉尔伯特的形象应该在人们心中重新树立，他实际上是一个有着高尚情操的人物。

发现圭亚那

The Discovery Of Guiana

〔英〕沃尔特·罗利爵士

主编序言

沃尔特·罗利爵士或许是维多利亚时代最为著名的代表人物。在其一生中，他几乎参与了当时社会生活的各方面活动，并取得了卓越的成就，他是一名出色的朝臣、政治家、军事家、航海家、科学家和文学家。

沃尔特·罗利爵士的父亲是德文郡的一位富有的绅士，与英国南部许多名门望族交好。罗利生于1552年，受教于牛津大学，1569年，他在法国胡格诺军队中第一次了解到如何服兵役后，于1578年与其同母异父的兄弟——汉弗莱·吉尔伯特爵士一起加入了军队并参加了对抗西班牙人的远征。在爱尔兰服役后，罗利获得了女王的青睐并迅速成为了女王的股肱之臣。在女王的准许下，罗利为殖民弗吉尼亚安排了两次远征，但在这两次远征中，沃尔特都没获得女王批准让其亲自领航，也没有成功地建立起永久的驻地。

在获得女王近六年的盛宠后，罗利发现自己在朝堂的地位受到政敌埃塞克斯的威胁。1592年，在对抗西班牙的海军舰队的护航返程途中，因女王发现了罗利与一名侍女有染并随后与其秘密结婚而将他关进了伦敦塔。罗利最终被释放并参与了多次海洋探险。1594年，罗利航行到了美国南部，此次航行在随后的文章中有记述。

伊丽莎白一世逝世后，罗利的命运更加多舛。他因被控企图颠覆詹姆士一世王朝而受到谴责和监禁，虽然被缓于处决，但他却遭受了12年的监禁。在被监禁的日子里，罗利编写了一部《世界史》并开始从事科学研究。1616年，罗利被释放，他安排了一次到委内瑞拉寻找金矿的探险，但此次探险的结果是失败的。在1618年的回程途中，罗利被按照原判执行了死刑。虽有缺憾但瑕不掩瑜，罗利是为日后的不列颠帝国打下基础的众多伟大的冒险家中最全面的代表。

查尔斯·艾略特

罗利发现圭亚那

1595年，沃尔特·罗利爵士——骑士、女王守卫号的船长、锡矿区的领主以及康沃尔郡的中将，是他发现了圭亚那帝国。它广袤、富饶、美丽，河流环抱，毗邻西班牙人称之为黄金之国的伟大富饶的玛洛亚城、艾美利亚省、阿罗米亚和阿玛帕安省以及其他一些国家。

献给我尊贵非凡的大人及兄弟查尔斯·霍华德——嘉德骑士、男爵、议员和英国最著名的海军上将。献给尊贵的罗伯特·西赛尔爵士——骑士及女王枢密院参赞。

对于阁下的尊贵与友善，迄今我仅能以承诺回报。现在，为回报两位的冒险精神，我邮寄了一包文件分别给阁下您与罗伯特·西赛尔爵士，文件主要涉及两方面内容：首要的因素是奢侈浪费，当他们将被托管的物品消耗一空后，便在账面上做了一些粉饰；其次，我确信我的一切行为言论都需要得到双重的保障和维护。在此次审判中我感受到了两位的爱。当我一无所有只剩恶毒与报复时（知晓我能行事的力量是多么渺小而敌人有着巨大的优势），你们的爱让我仍能认定你们会欣然地以专业的态度回应我，而别人将恶意地反对。在我过去的许多快乐时光中，我都以两位为荣，我发现是两位的爱将我从灾祸的阴霾中救出，而这同样的情感时刻陪伴着我，无论我身处逆境还是顺境，虽然我不能报答这一切，但我将永远铭记，这样深切的恩情我无力偿还，一时之间我所能做的只有适时忏悔。我犯下了严重的错误，这是个事实，并且这错误产生了严重的后果。如果我早先做过的任何事情能够抵消任何一部分这些罪过的话，那么现在看起来，我过去取得的成果就如同果实早已掉落只剩下了无生气的树干而已。因此即使是处在我生命的低谷，我承担了这些痛苦，并未因为不幸而沉沦，相反我变得更为强大，作为一个强者和催人奋进的智者，如果有可能的话，借助那种方式我会逐步恢复，对自己进行适度的节制并不再去回味自己早前所拥有的巨大权势和财富。如果我能更早知道别的成功之道，或者想象到我能开启更伟大的冒险之旅，又或者能够构想出更好的方式，那么我也许能平息这么强烈的不满，也将毫无疑问地在灵魂放肆之前全力控制住自己。对此我付出了太多，我经历过人们对我的种种评判，痛苦、劳苦、饥饿、酷热、疾病和危险一直伴随着我。尽管我在航海之时没有表现得故作勇猛，但我也没有如他人所想的那样躲藏在康沃尔或其他的地方。他们都相信并且臆断我宁愿做西班牙国王的仆人也不愿回国，而其他人也误解了我，认为我不够坚定又耽于声色，不能完成这样凶险的旅程。但如果我的艰难的朝圣之旅得到了如此友好的评判和起码的宽恕，那我将不再忧心思虑，我将等待这最后的悲苦。但如果在过去、现在或者是将来，这样的侮辱与伤害变成了永久的憎恨，那么我只能自己哀叹，不管是因为我带来了太多苦难和支付了过高的代价，还是因为我所做的一切根本不值一提。我不值得任何的感激，因为我是一名乞讨之人、充满羞愧之人，正是出于对女王陛下未来的荣誉与财富的尊重，我卑微的社会地位将获得提升，在下面的章节中对此将予以记述。

这不是一场掠夺之旅，不同于我以往的命运。这与我今日在英格兰承蒙女王陛下的恩典往来于各个海角和地区以劫掠普通的战利品的职责不同。很多年前我已知晓这个伟大、富饶而美丽的圭亚那帝国，被西班牙人称作黄金之国的伟大而富饶的城市以及自然资源丰富的城市玛洛亚。这个城市被圭亚那帝国的小儿子卡帕克——秘鲁的皇帝征服、熏陶和扩大，在当时也被法兰西斯克·皮查罗以及据说是皇帝的两位长兄圭亚斯卡和阿塔巴里帕的帝国所征服。两者同时在竞争着，前者有库斯科的支持，而后者有卡萨马尔卡的支持。前一年，我派我的仆人雅各布·维登去探查路况。我从帕克船长以及我的仆人处得到些信息。现在我将信息上报阁下。该地位于卡拉斯海湾或瓜尼帕南面，但我发现距离应长于他们所估计的600英里，这之间还有很多他们无法知悉的困难。唐·安东尼奥·德·贝里奥是我的同伴，他将我的船抛在了卡利阿潘港口的特立尼达岛，因此我开除了他。在这之后我在水路和陆路间流浪了400英里来到这个国家，这些我将在随后的文章中特别记述。

这个国家拥有更多数量和种类的黄金，比印度或秘鲁拥有最多黄金的地方还要多。所有邻国的君主都准备成为女王陛下的诸侯国，并且只期望重回英国联邦获得女王陛下的庇佑。这个国家也为我们提供了除西印度群岛航线以外的途径来保障我们的财富和荣誉，那便是一条比常规路线更容易入侵这个国家的最好地区的路径。西班牙国王并未如我们猜测的那样因占领三个或四个美国城镇而变得贫乏，而秘鲁和新西班牙的财富也没有受到影响，虽然他们位于海边很容易被洪水侵袭或是因低落的潮水而遭受干旱。港口城市比内陆城市更稀少也更贫穷，且城防能力更低，只有当舰队接收了西班牙的宝藏后才能变得富庶。西班牙人拥有如此多的马匹和奴隶，如果他们不能按照警告两天之内将黄金运到目的地以及远离我们队伍的控制范围，如印度群岛这样多山地、丛林、河流和沼泽的地区，那么我们认为西班牙是很好解决的。在委内瑞拉的一些港口城市，如：库马纳、科罗和圣地亚哥（科勒和圣地亚哥由普雷斯顿船长占领，库马纳和圣约瑟夫由我们控制），我们在这两处都没有找到真正有价值的金属。但是巴基西梅托、瓦伦西亚、圣塞巴斯蒂安、科洛洛、圣露西亚、拉古纳、马拉开波、特鲁西罗这些城市则不易侵入。沿海的火灾并没有让西班牙国王损失一个达克特（曾在欧洲许多国家通用的金币）。如果我们占领了新雷诺和波帕扬的港口阿查、圣玛莎和卡塞根纳，我们会看见除了其富饶繁荣的内陆地区外，还有别的城镇，如：梅里达、拉格里塔、圣克里斯托弗罗、伟大的潘普洛纳城、圣菲波哥塔、图纳斯和莫佐，在这些城镇中我们发掘到了翡翠，还有别的城镇，如：玛奎塔、维利斯、维拉·莱瓦、帕尔马、翁达、安戈斯图拉、伟大的城市提马纳、托凯马、圣阿吉拉、帕斯托、圣地亚哥、波帕扬、洛斯雷梅迪奥斯及其他的城市。如果我们占领了乌拉巴海湾的港口和村庄，或是达里恩和加勒比的河流以及圣约翰罗德、卡萨里斯、安条克、卡拉曼塔、卡利和阿瑟玛，将有足够的黄金支付给国王，同时也不易被敌人从海路侵略。如果迪奥斯港、巴拿马以及塞奴被占领，在卡斯蒂利亚·德尔奥罗省和查奇河沿岸的村庄里，秘鲁除了拥有以上的城镇和宏伟的基多和利马以外，还拥有许多岛屿、港口、城市和矿藏，如果我将这一切一一道来，读者将感到不可思议。因为我曾特别写过一本关于西印度群岛的专著，在这里我将不再重复，请参看我的专著。在书中我已详尽分析了尼加拉瓜、尤卡坦、新西班牙群岛以及对其最好的入侵方式，至今为止，无论鉴别力多么薄弱的人都能理解。

但我希望能满足每个人的渴望，也希望女王陛下找到一个比西班牙国王所拥有的岛屿更好的印度群岛，如果这能让女王陛下欣然接受的话，我将乐于以这样的方式结束我的余生。如果这个国家沦为了凡夫俗子劫掠的对象；如果这么多民族的爱与服务被轻视；如果一个王国的财富与伟大被拒绝，那么我希望女王陛下能以仁慈接受我谦卑的愿望和劳苦。如果这无碍于女王陛下未来的荣誉与财富，陛下可以干预和救赎国家的国王与酋长，以此拥有一笔合理的赎金。但我宁愿选择背负贫穷的重担，也不愿受人责备；宁愿再次承受痛苦，抓住这次机会，也不愿让如此有保障的事业蒙羞，直到我确定这样做是否会使上帝乐于在她高贵而庄严的心中做出是采纳或是否决。因此，我将此事交由万物力量之源的上帝的法令来决定，我将谦卑地祈祷，以求陛下能宽恕我的错误，如：艺术修饰的缺乏和冗长的各部分叙述，因我从未学习过短语、句型和时下流行的文法；我也祈祷您能像我尊重您一样尊重我，虽然这要求过高了，但我会随时准备着为您服务。

致读者

因为人们对于从圭亚那购买金矿的意见不一致，且女王陛下铸币厂的伦敦市议员和政府官员认为这是没有价值的，所以，我考虑通过下面的文字来回应这些恶意的诽谤以及其他的反对意见。确实，当我们登陆特立尼达岛时，我被一位印第安人告知距离我们停靠船只的港口不远处发现了他们认为是金子的矿石，我们到那里后，他们又说他们看见了英国人和法国人聚集在一起从中开采。根据这种可能性，我派出了40个人并命令他们每人须带回一颗矿石以判断矿藏的优劣。当他们回来时，我告诉他们这只是没有任何价值的白铁矿。尽管持不同看法的人们更加相信他们自己的感觉而不是我的意见，但自从我回来以后，他们都在不同的地方说那就是白铁矿。在圭亚那我从来没见过白铁矿，但是所有的岩石、山脉、平原上的石头、森林和河岸全都光芒闪耀，显示出令人惊异的富饶，实验证实这些并不是白铁矿，准确来说是富矿的标志，这正是西班牙人所定义的“黄金之母”，或者是其他人所说的黄金的浮渣。我们公司买入的英格兰的各种不同种类的矿物中，每个人都想占有最好的稀有的部分。从我的角度出发，我并不反对任何人的欲望或意见，因为我否定了他们自己幻想中的喜悦，我却不能承担。但我断定金矿必须从石头颗粒中找到，从石头中分离出来，如同存在于圭亚那的大多数河流或者一种我们称之为白晶石的硬石之中。这种白晶石我在圭亚那的许多山脉和不同的地区见到过，但却没有适合开采的时间、人力和物力。在其中一条河流旁边，我发现了上述的白晶石或火石。这个非常巨大的矿脉或矿床我将竭尽全力通过各种方法来打破，因为在其表面我看见了些细小的金粒，但是我没办法这样做。我环视了这块岩石并且查看其表面，然后我发现了这块岩石的断面。在这块断面上我们用匕首和斧头进行挖掘，最后挖出了一些白色的石头，而金子就产生在这些白石头里。我们在圭亚那所经过的地方见过各种的山与岩石，对此我们做过多次的测试。在伦敦首先是由韦斯特伍德大师试验的，他是一名居住在伍德街的精炼师，他提炼的比例在每吨12000至13000磅。另一次试验是由布尔玛和试金员迪莫克大师完成的，他们提炼的比例在每吨32万磅以内。铸币厂审计员帕默大师和迪莫克大师在金匠之屋里又做过类似的试验，提炼率达到每吨620900磅以内。同时，他们又做了一次提炼上述矿渣的试验，每100磅能提炼出8磅6盎司黄金。这种情况和我们在圭亚那做炼铜的情况很像，在这里和伦敦做的试验除外。因为优劣混杂，而且恐怕上述的市议员看到的不是最好的矿石，所以他乐于诋毁和丑化此项事业。如果圭亚那有任何这样的矿石，那么我将大量地购买回家。首先，我并不一定要满足任何人，除了那些冒险的人。但是事实是他们所有的山都有大量的黄金，对我们来说不可能为这件事逗留更长的时间。无论谁看见了这金矿被石头包围的长度，他都不会认为他能容易地将黄金大量地开采出来，特别对于我们这样没有人力、物力和时间的人来说。这就如我先前所说的一样。

最起码有100人参与了此次的发现之旅，他们都可以作为见证者。我们穿越了所有的河流看见了内陆地区。我们留在船上只有6小时，在回程时被迫涉过高至眼睛的河水。如果我们试图在第二天做同样的事，因为对于速度的高要求，也因为船檐都绑上了坚固的木材，就不可能渡过或者游过河，也没有地方可供人上船或船只停靠。整个6月、7月、8月和9月我们无法在任何一条河流中航行，河水十分湍急，河面上漂流着大量的树木与枯枝，似乎只要船只触碰到任何的树木或木桩都造成船毁人亡的局面。在我们离开之前，河水奔流不息，我们通常逆风行驶，每天前进不了100英里。除此之外，我们的船只只是一种摆渡船、小舢板、一种不灵活的小船。这船是在特立尼达匆忙赶制的，每只小船只能容纳9—10个人以及他们的食物及武器。确实，我们距离我们的母船400英里左右，距离开母船也有一个月的时间了，我们承诺15天就能返回，但我们现在人力贫弱，只能逗留在这片广袤的土地上。

有的人竟猜想这矿石我们是从巴巴里带去圭亚那的。当然了，这种策略的奇异性我是不能理解的。在我看来，我尚未热衷于这种远程航行到了编造这些故事来自欺欺人的地步，费劲地编制谎言还要遭遇各种糟糕的状况，遭遇危险、疾病、风吹日晒和各种难吃难闻的食物而依然为这一冒险事业操心劳力，除非这一切比在圭亚那挖掘白铁矿或在巴巴里买金矿石更令人满足。但我希望有识之士能根据他们自己的见解对我进行判断，因为欺骗不是获得荣誉和良好见解的方法。我已为此消耗了太多的时间和金钱，除了侍奉女王陛下以及我的国家之外，我没有其他欲望。如果西班牙民族乐于相信这些诋毁者，那我们不需要害怕或者怀疑他们的企图而使我们每日都感受到威胁。但如果我们考虑到那位占领了秘鲁的查理五世的行动以及阿塔巴里帕大量的财富，再联系到西班牙国王近来的事件，例如：他购买了什么土地；他继任后的新政；他让多少个王国处于危险之中；他有多少军队、卫戍部队和海军，以及多少的损失他已经弥补，他的每100艘船只中有88艘装载着大炮，但许多船只、财产和人力都几近耗尽，尽管他又开始如风暴一般对我们造成了沉船的威胁。我们应该发现他的这些能力的增长不是来自抢劫活动和塞维利亚橘子的贸易，也不是来自西班牙、葡萄牙或者其他国家的产出，而是干扰整个欧洲，使欧洲陷入危险之中的印第安黄金。这些黄金腐蚀了知识分子，渗透进智囊团，在欧洲最伟大的君主制国家中插入对自由的忠诚。如果西班牙国王能通过侵略的提案或者将我们困在不列颠、爱尔兰或别的地方，阻止我们进入海外公司和对其贸易的弹劾，那么他就取得了先——将我们置于危险之中。

那些占有大量财富的国家君主比其他国家具有更大的优势，一旦它们能够迫使其他国家在战争中处于防御态势而被迫连自己的衣着都要靠一年一度或更为频繁的抓阄来决定，致使全部的贸易和交流终止，对整个国家带来总体损失和造成贫困和公众福利的大幅削减。除此之外，如果我方的人员是被迫参与战斗的话， 他们是不太可能具备由战利品和财富欲望驱使和激发出来的那种类似的期望和信心的。更进一步来说，值得怀疑的是那些在取得胜利后能够对其邻国发挥影响力的国家如果出现了灾祸或战败的端倪，是否还能继续生存。因为无论是否相信将来会有一场战争，这都是令人担忧及冒险的事。由此看来，财富如同美德一样使人占上风。我想我不需要将所有的话说得很详尽，因此我作个总结。任何一个国家都必须捍卫国家安全，这便如同人遭受了疾病的侵袭而需要药物的治疗，短期内，一点一点地，疾病必将治愈。因此，我为此劳苦毕生，依靠我薄弱的力量和游说，既为可能归还我国财富的承诺而努力，又为阻碍西班牙的进程和弹劾西班牙贸易而奋斗。在我看来，如果考虑到西班牙的财政收入来自多少国家和地区，而他们自己的国库收入是多么地少且脱离了相互的救助，这样的战争会使得西班牙同其他欧洲小国一样处于危险的边缘，削弱了他的实力。但是因为这样的准备和决定不能在一时之间完成，并且此次我们的敌人不会再拥有时间的优势，所以我希望我现在所发现的地区和国家能提供女王陛下足够的财富并且是能超过西班牙王国所属的东、西印度群岛拥有的所有财富。如果在西班牙人实施这样的计划之前，我们能思虑和采用这样的计划而女王陛下将实施这样的计划，那么即使永久地失去女王陛下的喜爱，我也心甘情愿。如果上述的事情与我所许诺和宣扬的言论相符，那么失去我的生命我也甘愿。现在我推荐读者读以下的文章，希望我以为女王陛下寻求利益和荣誉为目的的、充满冒险的和易被控诉的付出和努力能被有才德之士所接受，他们的贡献与雅量和他们自身一样值得表彰。

发现圭亚那：探险[1]

1959年星期四，2月的第六天，我们离开了英格兰，接下来的星期天我们看到了西班牙的北角。风力在大部分时间里都很充足，我们路过了比林斯和岩石岛，向着加那利群岛前进。同月的17日，我们来到了富埃特文图拉岛，在那里我们花费了两到三天的时间让队伍里的人员放松，并享用了新鲜的肉食。自那以后，我们沿着海岸线前进至大加那利岛，随后至坦纳利佛，在那里等待皇家船只——“幼狮”号以及阿姆雅思·普雷斯顿船长和其他的人。但是我们等待了七八日也没见到他们，于是我自己的船只连同克罗斯船长的三桅帆船一起径直向特立尼达岛起航，因为之前我们的一艘小船在西班牙沿海失踪了，这只船从普利茅斯跟随我们一同航行。3月22日，我们到达了特立尼达岛，在位于北纬8度左右的卡利阿潘角——西班牙人称之为蓬德加洛处下锚。我们在此停留了四五天，这几天里我们没能和任何印第安人或西班牙人联系上。我们在海岸上看见了火光，便从卡奥港驶向卡利阿潘角，但是我们担心没有西班牙人敢和我们交流。我自己沿着海岸线行驶驳船，在每处海滩和海外都停船靠岸以期更了解这座岛。从

① 圭亚那这个名字来自奥里诺科的印第安语圭亚诺。

卡利阿潘角出发几天后，我们转向东北行驶，来到了西班牙人称之为西班牙港口的地方，当地人称之为康奎那比亚，现在被叫作西班牙港。这里的本地居民给我的驳船补给了粮食。我将船只停靠在海岸，下了船，最好能跟当地居民交流并且能了解当地的河流、水源处和港口，而这些我确实做到了，我想过几天能将这些寄给您。从卡利阿潘出发后，我来到一个叫帕里克的港口，并且在那里发现了一条淡水河，但没看到别的人。之后我行至另一个被当地人称作皮什的港口，而西班牙人称为特拉德布雷亚。在两个港口之间有许多淡水溪以及一条咸水河，树干上有家卖公蛎的店，这些公蛎非常咸但很美味。所有的公蛎都长在树枝上而非地上，这与我们在别的地方和西印度群岛的一些地区见到的相同。这些树被安德鲁·特文特记载在他的《法国的南极洲》一书中，这种树被描写得非常奇特，并且在普林尼的《自然历史》中也有这种树的记载。在这个小岛上，甚至整个圭亚那，这种树数量非常多。

在这个被称为特拉德布雷亚或皮什的地方有非常多的石沥青，其数量可供全世界的船只来此装载。我们用这种沥青来修补船只，结果非常惊人，这种沥青品质很高，不像挪威的沥青，它被太阳暴晒也不会融化，因此非常适合在南部贸易的船只使用。由此出发，我们到了山脚下叫作安娜帕里玛的地方，穿过了卡隆内河，在此处有一座西班牙城市。我们在叫作西班牙人的港口或康奎那比亚的地方遇见了我们的船只。

特立尼达岛形状狭长，似一根牧羊杖，北部多山脉，土地非常富饶，可种植糖类植物、生姜或其他印度群岛可种植的经济作物。这里有卖鹿、野猪、水果和家禽的商店，也有面包、玉米、木薯等西印度群岛常见的植物和水果。这里也有许多不同的动物是印度群岛没有的。西班牙人承认他们在某些河流中发现了金粒，但是他们进入圭亚那有一个目的，为了所有的贵重金属，他们不惜花时间搜寻更远的地区。这座小岛被人称作凯里，有不同民族的居民。居住在帕里克的人被叫作贾久，住在蓬德卡奥的人是阿拉瓦族，处于卡奥和卡利阿潘之间的人被称作萨尔瓦约斯族，处于卡奥和蓬·加莱拉之间的是内婆约斯族，西班牙市周围的人称他们自己是加勒比族。而其他的民族和别的港口与河流，因与我的目的关联不大，则不在此赘述。上述所提及的民族与特定的情节和对岛屿的描述有关联，我们沿海岸的航行共分三部分，我认为有必要在这里详细叙述。

与其他船只在西班牙港口会合后，我们发现码头有一个西班牙人，远处有他的一名守卫，他们竖立了和平的标志。我派维登船长去与他们交流，他是位正直勇敢的人，而令我很伤心的是，在我们回程的途中，他去世了，我将他安葬在了上述的一个小岛上。这些西班牙人似乎希望能与我们做生意并与我们和平共处，他们对于自己的力量心存疑虑。最后，根据我们的约定，他们中的一些人上了我们的船。当晚，我们和两个印第安人上了船，其中一个叫坎提曼的人是当地的酋长或领主。他是维登船长的朋友，前年他们还在一起。从坎提曼那里我们了解到西班牙人的实力以及从此处到达他们所在城市的距离，我们还了解到省长安东尼奥·贝里奥的消息，传言中他在第二次圭亚那之旅中被屠杀，然而，事实并非如此。

当我们还在西班牙港的时候，一些西班牙人到船上来向我们买亚麻布和一些他们所需的东西，同时，他们观察了我们的船队，我热情有礼地接待了他们。通过这些方法我了解到他们所知的关于圭亚那的财富的所有信息。因为这些士兵们多年没有喝到过酒了，只要一滴就使得他们非常高兴以至于开口夸耀圭亚那以及这个国家的财富和他们所知的路况信息。我自己则假装没有别的目的，只对发现和进入这片土地感兴趣，让他们以为我只是为了减轻我安置在弗吉尼亚的英国人的负担。如果不是迫于上述海岸恶劣的天气，在我回程途中我一定会做这件事。

我停留在这里是为了两个原因：第一是为了报复贝里奥，因为在前年，也就是1594年，他陷害了维登船长的八位船员。那个时候，当维登船长离开去寻找前一天从西印度群岛到达特立尼达的“爱德华·博纳旺蒂尔”号时，贝里奥派出了一艘只载有印第安人和小狗的舰载小艇，并邀请维登船长的船员们与他们一起进入丛林猎杀一只野鹿。而这八个自作聪明的人在维登船长不在的时候跟着印第安人进入了丛林。不一会儿，从岸边传来了一声枪响，贝里奥的人埋伏在其中，伏击了这些人，尽管他曾向维登船长承诺他们将保证这里的一切都安全。使我留在这里的第二个理由是我与西班牙人的交谈。在这些交谈中，我每天都能了解到越来越多的关于圭亚那的信息，例如：这里的河流与道路、贝里奥的同伴、什么样的方法和缺陷使他破产以及他将怎样进行起诉。

在我逗留期间，一位小岛北部的酋长告诉我，贝里奥已经出发去玛格丽塔和库马纳招募士兵。如果这个消息属实，那么对于我来说，这无疑是一个不小的打击。他已经在全岛发布命令，禁止所有的印第安人与我交易，如有违抗的人，就会被处以绞刑或分尸（后来我发现已经有两人被这样处决了）。虽然有这样严酷的刑罚，但是每晚还是有人来与我交易，他们都抱怨着贝里奥的残忍与暴行，例如：他将小岛分成几个部分，让他的士兵各自占据每个部分，并且让原来的酋长充当奴隶。他用铁链拴住他们，脱去他们的衣物，将他们赤身裸体地与培根放在一起烧。除此之外，还有一些其他的酷刑，后来这些严酷的刑罚被证实是真的。在这个城市，共有五位领主，这些在西印度群岛被称作酋长的人，被拴在了一起，有些死于饥饿，有些死于折磨。他们有自己的语言，叫作阿卡里瓦那，自从英语、法语和西班牙语传入后，他们称自己为船长，他们认为每艘船上级别最高的人都是这么称呼自己的。这五位自称船长的人，他们的名字是旺纳里、卡罗奥里、玛奎里玛、托罗帕那玛和阿特里玛。为了报复贝里奥的罪行，也为了能在离我们的大船四五百英里外的地方，乘小船进入圭亚那，将守卫部队留在大船上，以获得时间上的优势，我下令连夜对杜加德军团进行攻击，并将他们全部歼灭。考尔菲尔德队长带领60名士兵突击，而我带领40多人在后方增援，于是在黎明前，我们占领了这个被他们称为圣·约瑟夫的新城。敌人抵御不了任何的攻击，不一会儿就撤退了，除了贝里奥和他的同伙（葡萄牙人阿尔瓦罗·豪尔赫队长）。我将他们带上船，根据印第安人的提议，我将这座圣·约瑟夫城付之一炬。当天，乔治·吉福德船长乘坐女王陛下的船到达这里，与他一同到来的还有在西班牙海岸与我们失散的基米斯船长以及很多其他的绅士们，这对我们这个小队伍来说是个极大的安慰和补给。

我们立即朝着预定的发现目标出发。首先，我将岛上所有的与西班牙敌对的船长聚集在一起，因为岛上还有很多贝里奥从其他国家带来的在这里的队伍，他们消耗了岛上很多自然资源。通过我从英国带来的印第安翻译，我让他们了解到英国女王陛下是北方一位伟大的君主，是位圣洁的人，而我是她的仆人。这位君主拥有比这岛上的数目更多的属国；她是卡斯特拉尼的敌人；她反对他们的暴政与压迫；她将救助所有被他们压迫的国家；她将世界北部沿海从他们的奴役下解放了出来；她派我来解救他们，并且帮助圭亚那抵御卡斯特拉尼的侵略与征服。我给他们展示了女王陛下的相片，他们无比钦佩与尊重，似乎他们很容易产生偶像崇拜。在我去圭亚那的路上，路过一些其他国家的边境，我也对这些国家发表了相同的甚至更强大的宣传，以至于在这个地方女王陛下变得非常著名且令人景仰。他们称女王陛下为“伊丽莎白，伟大的公主，最杰出的领导者”。做完这些后，我们离开了西班牙港，返回了卡利阿潘，我将贝里奥囚禁了起来，并从他那里得到了他所知的关于圭亚那的所有信息。贝里奥是一名出身良好的绅士，他曾长期活动在米兰、那不勒斯等一些低地国家，为西班牙国王服务，是一个勇敢、自由、有雄心壮志与自信的绅士。我使用一些简单的手段让他为我所用，包括他的财产、金钱，等等。

前年我派维登船长去打探关于圭亚那的消息，此次，我旅途的终点就是发现并且深入这个国家，我原以为这个国家到英国的海上距离是600英里，随后贝里奥让我了解到事实并非如此。它与真实的情况相去甚远。我没有让同伴知道这个消息，因为这样就没有别的人可以做跟我同样的事情了。选择乘坐这样简陋的小船前行，我已经航行了600英里之中的400英里，并将大船远远地甩在了后面，这样的发现之旅不是出于理性，而更多的是出于个人的渴望。一艘被我装饰得如单层甲板大帆船的小船和一艘驳船，还有两艘摆渡船以及一艘“幼狮”号的小船，共容纳了100个人以及供他们食用一个月的食物。所有的人都被迫睡在甲板上遭受风吹雨淋以及烈日的暴晒，还得露天地处理肉食、搬运各种家具。我们的食物几乎只有鱼，大家都穿着湿漉漉的衣服挤在一起，阳光格外灼热，这一切都让大家感到很苦恼和厌烦。我可以保证，在英国任何一个囚犯也没有我们这么令人厌恶，特别是像我这种多年来一直过着与此截然不同的生活的人。

普雷斯顿船长被我们说服，我原来担心他太晚来到特立尼达而不能找到我们（这个月是我许诺在他找回西班牙海岸之前为他停留在此处的最后期限），但是他的到来让上帝都为之喜悦，同样令人喜悦的是我们在河水泛滥的前十几天进入了这个国家，我们去了伟大的玛洛亚城，也接触了很多其他的城市和乡镇，这使得我们可以荣耀地回归。但是此时上帝却不乐于给我如此多的眷顾。如果从事上述的事情是我的命运的话，那么我愿意一生都留在这里。如果谁能在这里征服这片土地，我保证他将获得丰厚的回报，他将会取得巨大的成就，而这些成就将会是比科尔特斯在墨西哥，或者皮查罗在秘鲁所取得的成就更加伟大，也会比征服了蒙特苏马帝国，或古阿斯卡和阿塔瓦尔帕之地的人所取得的成就更加伟大。如果哪个王子得到了这片土地，那么他将成为拥有比西班牙国王或土耳其国王更丰富的黄金、更美丽的帝国和更多的城市和人民的王子。

但是人们可能会有疑问，为什么这个圭亚那帝国变得如此人口众多并且拥有这么多伟大的城市、乡镇、庙宇和财宝？因此我认为最好能让公众知道这个国家的现任君主是那些高贵的秘鲁王子们的后裔。佩德罗·德·谢萨和弗朗西斯科·洛佩兹以及许多其他人都写过大量文章，来描述这些王子们所拥有的广袤土地、政治制度、华美的建筑和巨大的财富。当弗朗西斯科·皮查罗、迪亚哥·阿尔玛格罗以及其他人征服了上述的秘鲁帝国，并将卡帕克的儿子阿塔瓦尔帕处以死刑时，卡帕克的一个较年幼的儿子逃离了秘鲁，带走了帝国中数千名被称作俄罗琼斯的士兵（这是西班牙人所命名的秘鲁勇士，他们都戴着耳坠，意思是“大耳朵”）。依靠这些士兵和其他很多跟随他的人，他征服了大片的位于亚马孙河流和巴拉奎恩河，或者叫做奥里诺科河和马拉尼翁河之间的美国土地和峡谷（巴拉奎恩是奥里诺科的别名，马拉尼翁是亚马孙河的别名）。

圭亚那帝国位于秘鲁的东面，靠近大海，赤道以下，拥有比秘鲁任何区域都丰富的金矿和比秘鲁全盛时期还要繁荣的城市。圭亚那与秘鲁实行相同的法律，由同一个国王统治，人民都信仰同样的宗教，采用同样的政府形式和政策，没有任何不同的地方。在玛洛亚和西班牙人称之为黄金之国的圭亚那的帝国之城，所遇见的西班牙人使我确信凭这个国家的伟大、富饶和优越的位置，它已经超越了世界任何一个地方，至少已经超越了在这个世界上西班牙人所知道的地方。它位于200里格（旧时长度单位，1里格约3英里或4.8公里）长的咸水湖旁。如果我们将它和秘鲁进行比较，再阅读弗朗西斯科·洛佩兹和其他人的报告，我们会发现这是可信的，因为我们会一个一个地进行比较判断，我认为最好在此处插入洛佩兹在其著作《印度群岛通史》的第120章的部分内容。在这本书里，他描述了圭亚那国王的祖先卡帕克的宫殿和辉煌，原话如下："他的房间里所有的容器、桌子、厨房用具都是金子制成的，因为硬度和强度的关系，使用了极少的银和铜。他的衣橱里有一座黄金的镂空雕像，看起来像一个巨人，还有与世界上的动物、鸟类、树木和花草以及这个王国的海洋河水里的鱼类成比例的黄金雕像。他还有金银做成的绳子、预算、箱子、食槽和成堆的黄金营舍。最后，在这个国家里，没有任何东西没有被他仿制成金的。他们说印加在普纳附近的小岛上拥有一座欢乐的花园，当他们要享受海洋的氛围的时候，他们会去那个花园消遣娱乐，那里面有各种不同的园艺植物、花草以及金银雕砌的树木，这些新鲜与伟大的事物在后来都不曾出现过。除了以上这些，他还有无数的金银藏在库斯科，这批金银在圭亚斯卡死后就遗失了，为了防止西班牙人将这些财宝抢夺走，一些印第安人将它藏了起来。"

在第117章中，弗朗西斯科·皮查罗将阿塔巴里帕的金银进行了称量，洛佩兹是这样描述的："他们发现了52000块银子和1326500比索的金子。"虽然这样的记录在现在看来有些不可思议，但是如果考虑到有几百亿的财富从秘鲁运送到西班牙，那么这一切就变得可信了。因为我们发现了西班牙国王拥有使整个欧洲君主们烦恼的大量财宝，使得他从一个贫弱小国的国君变成了欧洲世界最伟大的君主且日益壮大，如果其他国君错失了这样好的机会，将遭受西班牙更大的威胁。如果西班牙国王的财富已经威胁到我们，那么那时候他将变得难以抵御。这样一来，西班牙将致力于征服其他的国家，并且自那以后将会有很多的国家会被他征服，印加的这位仍然在世的君主是世袭的，他曾经探查过亚马孙河流的路线和一条叫作帕帕门尼的支流[①]。1542年奥雷亚纳受贡萨罗·皮查罗之命也依照相同的路

① 帕帕门尼不是亚马孙河的支流，而是梅塔河的支流，梅塔河是奥里诺科河主要的支流之一。

线探查过亚马孙河，时至今日，这条河流仍然以他的名字命名，这条河也被其他人称作马拉尼翁，虽然安德鲁·特文特坚持认为在马拉尼翁和亚马孙之间有120里格的距离，但这些河流确实只有一个源头，并且特文特也将马拉尼翁描述为亚马孙或奥雷亚纳河的支流，这一点我会在别的篇章里详述。在一位圣地亚哥的骑士奥达斯尝试探查这条河流后不到70年的时间里，奥雷亚纳在1542年发现了亚马孙河，但是第一个见到玛洛亚城的人却是奥达斯的军火主管胡安·马丁内兹。在圭亚那一个叫作莫里奎托（也可能是圣米格尔）的港口，停靠着一艘奥达斯的船。这个港口处于内陆300英里的奥里诺科河岸，我离开大船从卡利阿潘出发20天后，到达这个港口，并在这里休息了四天。

这位第一个发现玛洛亚城的马丁内兹，他的关系、功绩与结局在圣·胡安·德波多黎各的大法庭里可以看到，贝里奥有一份副本，这对贝里奥以及以前所有试图发现及征服这里的人来说，都是一种极大的激励。奥雷亚纳在亚马孙河岸发现圭亚那之旅失败后进入了西班牙，在那里他获得了国王授予的入侵与征服的许可，但后来却死在了这些群岛的海上，他的船队遭遇风暴而损毁，且行动的时机也不合适。迪亚哥·奥达斯带着600士兵和30匹马离开了西班牙。他到达圭亚那海岸后却死于一场兵变之中，而他的船只遭受了与奥雷亚纳相同的命运，损毁殆尽，没有一艘返回。直到贝里奥在奥里诺科河发现了这船的锚，但是大家认为奥达斯已葬身海洋之中，而洛佩兹在书中也是这样叙述的，同时，很多其他的作者也相信这样的说法。此后，马丁内兹进入了这片陆地，来到了印加之城。碰巧的是，当奥达斯和他的军队来到莫里奎托时（这是他第一次或是第二次探寻圭亚那），因为部分人员的粗心大意，整个军队的火药着火了，而马丁内兹作为总指挥官被将军奥达斯谴责并被即刻处罚了。马丁内兹受到士兵们的爱戴，他有很多方法可以拯救自己，除了这一次。他被放进了一艘独木舟里，除了靠自己的双手来获得食物，船上没有任何食物。小船在河水中渐渐松散开来，但是让人高兴的是小船随着水流前行被一些圭亚那人发现了。当晚，因为从没见过任何的基督徒或者任何这样肤色的人，他们十分惊讶，于是把马丁内兹带进了内陆。他们穿过一座又一座城市，来到伟大的玛洛亚城，来到了印加国王的府邸。这位国王见到了马丁内兹，知道他是一名基督教徒，因为不久之前他的兄弟圭亚斯卡和阿塔巴里帕在秘鲁被西班牙人处死了，而他自己也被禁足在自己的宫殿里。马丁内兹在玛洛亚住了7个月，却没有在这个地方四处逛逛。他被蒙住眼睛，由印第安人带领着来到玛洛亚的入口，他们花了14天或15天才到达这里。他于中午到达了这个城市，他们摘下了他的头套，他们走了一天一夜穿越了这座城市，最后来到了印加的宫殿。马丁内兹在玛洛亚住了7个月之后开始了解了这个地方的语言。印加的国王问他是想返回自己的国家还是愿意顺从他。马丁内兹不愿意留下，他获得了国王的准许让他离开。印加国王派遣了许多圭亚那人将他送到奥里诺科河，他们都带上了很多黄金，这些黄金是印加与马丁内兹分别时送给他的。但是当他到达最近的一条河流的河岸时，边境上的人抢劫了他和这些圭亚那人所带的财宝（这些边境的人叫作奥里诺科波尼，波尼是加勒比语的介词，意思是“上或者边”。这些人处于战争之中，印加未能征服他们）。这些边境上的人只给他们留下了两个大的葫芦瓶，里面装满了做工精异的金珠链，而奥里诺科波尼人认为这些瓶子可能只是装了些酒水食粮，因而马丁内兹能通过他们的关卡。在奥里诺科河中，马丁内兹乘小船至特立尼达，再到玛格丽塔，再转行至圣胡安・德尔波多黎各，在这条回西班牙的漫长道路上，马丁内兹逝世了。在他因病身体最脆弱的时候，在他失去生活希望的时候，他从告解神父那里接受了圣礼，他将南瓜和金珠链都捐给了教会和修士，做完了祷告。

正是马丁内兹将玛洛亚城命名为黄金之城，这跟贝里奥告诉我的一样，这些圭亚那人和边界上的人以及这片土地上我所见的所有人都是不可思议的醉汉，他们的缺点我相信没有一个国家的人民可与之相比。在他们庄严的节日盛宴上，当他们的国王与他们的队长、进贡者和州长狂饮狂欢时，他们就会表现的像是醉汉。所有祝酒的人都会首先脱去全身衣物，他们的身体涂满香膏（他们称这种香膏为可卡）。这种香膏拥有量很大，而且非常昂贵，是所有香膏中最名贵的一种，对于这一点我们深有体会。当他们身上的衣物除尽的时候，国王特定的侍者会将已经研磨成精细末的金粉通过植物的空茎吹满他们裸露的身体，直到他们从头到脚都金光闪闪。

他们就这样坐在那里豪饮数十杯数百杯酒，连续醉上六七天。这些都可以从罗伯特·达德利大师跟我说的他见过的一封截获的寄往西班牙的信中得到证实。当他看到这些寺庙、盘子以及他们在战争中使用的盔甲和盾牌中的黄金，看到这个城市有如此大量的黄金后，他将这座城市称为黄金之城。

奥达斯与马丁内兹死后，继受贡萨罗·皮查罗雇用的奥雷亚纳之后，纳瓦拉的骑士奥阿苏企图探寻圭亚那，他进入秘鲁，在基多南面的伊亚河岸打造了自己的锁子铠甲。伊亚河水流入亚马孙，奥苏阿以及他的同伴们随流而下，穿过了一个叫作莫蒂隆的省。根据在此地的和其他地方的西班牙人所取得的艰难进展，我认为这个国家是保留给英女王陛下和大英帝国的，这一点我会简要介绍的，虽然这与我的目的有些许出入。奥苏阿的军队中有一名叫作阿吉雷的比斯开人，他出身卑贱，只有军士或阿尔夫里斯旗手头衔（阿尔夫里斯，阿拉伯语里的骑兵或骑马的军官的意思）。但几个月之后，士兵们对此次旅行感到悲伤，同时也遭受饥饿的折磨，并且他们通过亚马孙河及其支流后找不到任何进入圭亚那的入口。此时，阿吉雷挑起了一场兵变，自己当上了叛军首领，将奥苏阿及其党羽杀死，做上了整个队伍的指挥官。他不仅仅是想当上圭亚那的国王，更想做秘鲁甚至是整个西印度群岛的统治者。他拥有700人的军队，当中许多人还承诺要吸收更多的其他队伍的人来建立秘鲁的城市和堡垒，但是当中没有人能通过上述的河流找到圭亚那的入口，也没有任何的可能性通过亚马孙返回秘鲁，因为下降的河水造成了巨大的水流，他被迫在亚马孙的河口处随水漂流，这距离他们出发的地点有1000里格。之后，他沿海航行来到了位于蒙帕塔南面的玛格丽塔，就在当天他杀死了玛格丽塔的统治者唐璜·德·维拉安德达，他是唐璜·萨米恩托的父亲，他在约翰·伯爵士在这座岛探险时就是岛上的统治者。阿吉雷处死了这岛上所有不归降他的人，并带上了部分逃亡的奴隶和一些绝望的同伴。自此，他来到了库马纳，杀掉了当地的首领，同在玛格丽塔时一样，管理起了当地的所有事务。他抢劫了加拉加斯的所有海岸以及委内瑞拉和里奥·德·拉·海的所有省份。我记得这是和约翰·霍金斯爵士航行至圣胡安·德·乌鲁阿同一年，因为他告诉我他在那海岸上就遇到过一个这样的人，这人是个背叛者，他顺着亚马孙的河流向下游航行。阿吉雷随后在圣玛尔塔登陆，也洗劫了此地，并将反抗他的人都处死，企图侵略新雷诺德格拉达进而抢劫潘普洛马、梅里达、拉格里塔、通哈以及新雷诺的其他的城市，再从这些地方进入秘鲁。但是在新雷诺的一场战争中，阿吉雷被彻底击败了，被逼上了绝路。他首先杀死了自己的孩子，在此之前，他告诉孩子们，他们不能在他死后遭受西班牙人的污染和谴责，西班牙人会将他们定义为暴君和叛国者的孩子，他再也不可能让他们当上王子，他只能让他们遭受羞辱和责骂。这些便是奥达斯、马丁内兹、奥雷亚纳和阿吉雷的结局和悲剧。当奥达斯和130名士兵跟随在找寻海路入口失败的罗尼穆·奥塔尔·德·萨拉戈萨后，他却被帕里亚的海浪卷走，最后居住在了圣·米格尔·德·勒维里。后来，一位名叫唐·佩德罗·德·席尔瓦的人也进行了相同的探险。他来自一个叫鲁伊奎拉戈麦斯·达席尔瓦的葡萄牙家庭，依靠国王对他的宠信，他被派出探险。但是他却远离了目标，因为他与舰队从西班牙出发，最后却进入了马拉尼翁或是亚马孙，在那里他被这个地区的人民打败了，他和他的军队遭遇了惨败，只有7个人逃了出来，其中只有两个人返回了祖国。

当他来到佩德罗·埃尔南德斯·塞尔帕处，在西印度群岛的库马纳登陆后，他由陆路向奥里诺科进发，路程大约有120里格。但当他到达上述河流边界的时候，他遭到一群叫作维基里的印第安人的攻击，并被击败，在包括士兵、骑兵、印第安人和黑人共300人的军队中，只有8人顺利返回。其余的人相信他是在快要到圭亚那的入口处被打败的，这个地方是这个国家的第一个内陆城市，叫作马克里圭。普雷斯顿船长在控制圣地亚哥·德·莱昂（这个城市由他和他的同伴们管理得非常好，是一个伟大的内陆城市）时，将一名绅士监禁了起来，最后他死在了船上。这个人是埃尔南德斯·赛尔帕的一名同伴，他了解到西班牙人关于圭亚那的财富以及印加的城市——黄金之城的看法。另一个西班牙人被普雷斯顿船长带出了海，他告诉我，他和其他的一些绅士听说他从圭亚那的边界线到来时曾经在加拉加斯见过贝里奥的营主，他看见他有40个纯金做的盘子，做工精巧，还有装饰镶嵌着黄金、黄金点缀的羽毛和各种稀有珍宝的圭亚那之剑，他将其给了西班牙国王。

继埃尔南德斯·赛尔帕之后，冈萨雷斯·希梅内斯接管了这里。他是征服新雷诺的主要人物之一，他的女儿嫁给了贝里奥。冈萨雷斯沿着帕帕门尼河寻找着通道，这条河流发源于秘鲁的基多河，河水延绵100里格流入亚马孙。冈萨雷斯也没有找到入口，他损失了大量的人力和财力，最后却无功而返。我此次便带着一个曾参与过冈萨雷斯探险之旅的名叫乔治的西班牙船长一同探险。冈萨雷斯将自己的女儿嫁给了贝里奥，从而得以让贝里奥发誓以荣誉为凭，忠于这项事业直到生命的最后一刻。正如贝里奥对我起誓的那样，他已经花费了30万达克特，却没能像我这样深入腹地，特别值得一提的是，我所依靠的只是一支贫乏的军队和一群普通人，这些人包括绅士、军人、桨手、看船的人和一些各种各样的人共约100人。无论是先前的冈萨雷斯还是贝里奥，他们都没能发现这个国家，直到最近，通过一位名叫卡纳帕纳的国王（卡纳帕纳，加勒比地区，是一个对奥里诺科河入口附近的大西洋海岸地区的古老的欧洲名字，后来被用作一位酋长的称呼。贝里奥称这块地区为“艾美利亚”），他才真正了解这片土地。在了解这块地域之前，并且在没有找到任何通道或入口进入这个国家之前，贝里奥已经行进了1500英里，他积累了先前所提及的人和很多其他人的经验，同时也受到了他们的错误与误解的影响。贝里奥沿着卡萨那河搜寻，这条河流入一条名叫帕托的大河，而帕托河流入梅塔河，梅塔河流入巴拉奎恩，也叫作奥里诺科河。贝里奥的旅程从新雷诺德格拉达开始，他曾在那里驻扎过并且继承了冈萨雷斯·希梅内斯在当地的财产，在旅途中他带上了700匹马和1000头牛、很多女人以及印第安人和奴隶。这些河流是怎样交织网布？这个国家具体的地理位置在哪里？与哪些国家接壤？希梅内斯和贝里奥的路线如何？我自己的发现和我选择的路途我都将以航海图和地图的方式呈现给陛下，只是这些航海地图我都没有完成，所以我谦卑地请求陛下能够对此保密，因为只要走漏一点风声，我们都会遭到他国的阻挠，而今年也是法国在此地探险最重要的一年，不过根据他们所采用的方式，我并不担心这一点。据说在我离开英格兰之前，海军上将维尔利斯正准备殖民亚马孙，在这条河流上，法国人已经进行过多次航行，并且带回了许多黄金和珍宝。我与一艘从那里驶来的法国船只的船长交谈过，他的船在我的船从维吉尼亚出航的同一年去过普尔茅斯，同年，在赫尔福德还有另一艘船从那里驶来，在亚马孙停留了14个月，这两艘船的财力都十分雄厚。

虽然正如我被劝说的那样，圭亚那是无法以那样的方式进入的，但是从这些河流进入亚马孙的支流并在那里进行着黄金贸易却是毋庸置疑的，即使远离这个国家的人也可以做这样的贸易，因为特立尼达的印第安人拥有圭亚那的金盘子，其他的民族也拥有这样的金盘子，例如：每年通过我们的船只运送到西印度群岛居住在这个岛上的多米尼加的食人生番和帕里亚的印第安人，这些印第安人叫作图卡里斯、科其、阿婆托莫斯和库曼玛戈托斯，还有其他所有住在从帕里亚蜿蜒至委内瑞拉省的山脉附近的以及住在马拉卡帕拉的其他民族，还有瓜尼帕的食人生番和那些做阿萨维、可卡和阿加的印第安人以及剩余的民族（所有的人都应该如他们所处的位置被描述在我的叙述中）。特文特曾描述，在亚马孙河岸边的人们穿戴着金的羊角型饰物，因为圭亚那人常常做这种东西，从多米尼加到亚马孙有250里格以上的距离，各地区所有地位高的印第安人都穿戴这种圭亚那金盘子。毋庸置疑的是，那些在亚马孙进行贸易的人都获得了这样的金子。如前文所述，这些金子是人们通过从这个国家流入亚马孙的河流或者通过流入叫做提那多或是卡里普纳国家的河流与圭亚那进行贸易所得。

我调查过奥里诺科波尼流域的最古老和最为人熟知的地区，现在我已经熟悉了奥里诺科和亚马孙之间的所有河流，并且非常渴望了解这些好战的女人的真实情况，因为有些人相信这些，有些人却不相信。虽然我现在远离了我的主题，但我还是要谈及我所知的关于这些女人的真实情况。我曾和一位酋长也是一位首领交谈过，他告诉我他曾去过那条河以及其他的地方。这个由女人主宰的民族位于河流流经的托巴格地区的南岸，她们最主要的军力和基地都在入口南面的这座岛上，在上述河口60里格以内。对于这些女人的纪念同非洲和亚洲都是一样古老。在非洲美杜莎被视为女王，而在塔纳斯和色蒙顿河附近的斯基泰则崇拜别的形象。我们还发现蓝裴多和马瑟西亚是亚马孙的女王。许多历史证明，她们出现于不同的年龄和地区。但是据我所知，圭亚那附近的人每年4月份在长达一个月的时间里会和男性相处在一起。届时，边界上的国王和亚马孙的女王们会聚集在一起，在女王们做好选择以后，其余的人会为自己的情人抽签。在这个月里他们尽情地吃喝，等月亮下山以后，他们就回到自己的地区。据说这个民族的人生性残忍，特别是对侵略他们的人更是如此。这些亚马孙人拥有同样大量的黄金盘子的储备，这些主要是通过一种绿色的石头贸易获得的，这种石头被西班牙人称作皮尔德拉斯加的斯，我们称作石脾（这种石头被研磨成粉，用于内服治疗脾脏疾病），我们也认为这是一种能够治疗疾病的石头。在圭亚那我见过各种这样的石头，几乎每个国王或者酋长都有一个，他们的妻子佩戴很多在身上，同时他们认为这是一种珍贵的珠宝。

再回到贝里奥的探险事业上来，上文提到冈萨雷斯从新雷诺带着700匹马返回贝里奥的队伍。他从卡萨那河顺流而下。卡萨那河发源于新雷诺，从通哈城旁边的山脉流出，这个山脉也是帕托河的发源地，两条河流都流入伟大的梅塔河，而梅塔河发源于山上，流向潘普洛纳。还有一条圭亚勒河，发源于提马纳旁的山脉，流入巴拉奎恩，但它们汇合时就失去了本身的名字，巴拉奎恩河在下游被重新命名为奥里诺科河。在提马纳城和山脉的另一面发源了里奥格兰德河，流入圣玛尔塔的海域。贝里奥首先沿卡萨那河进入梅塔河，将骑兵留在他们可以行军的国家的河岸上，另一方面，他命令他们乘坐他特意制作的船只前进，顺着梅塔河的水流向下游进入巴拉奎恩。在他进入这条大河之后，每天他都会损失他的人员和马匹，因为在河水的很多区域，水流很急，并伴有强力的旋涡、砂石和布满尖锐岩石的小岛。但是一年之后，大部分的路程他经由水路前行，其余经由陆路，人员数量越来越少。他的队伍遭遇疾病的困扰以及沿途所遇见的当地人的骚扰，他失去了很多同伴。特别是当他屡次遇到阿玛帕安人的时候（阿玛帕安是贝里奥对卡罗尼河附近的奥里诺科峡谷的称呼）。一直以来他都没能找到进入圭亚那的路径，也没有一点相关的消息，直到他来到阿玛帕安远处的边界，从卡罗尼河出发需要8天的行程才能到那里（卡罗尼河是奥里诺科南部最大的支流，离海洋大约180英里），卡罗尼河是他遇见的最远的河流。在阿玛帕安里最著名的是圭亚那，但是在他逗留的六个月中的前三个月里，很少有当地人和贝里奥攀谈或者与他进行贸易。如贝里奥所忏悔的以及我所交流过的圭亚那人所说的那样，阿玛帕安同样拥有大量的黄金。阿玛帕安位于奥里诺科河岸边。在这个国家里，贝里奥损失了他最好的60名士兵和在他探险的前几年里所有的马匹。但是最后，在经过与当地人多次交锋以后，他们渐渐取得了和平，同时也赠送了贝里奥10个各种黄金的盘子和羊角饰物。贝里奥和其他一些绅士告诉我，这些黄金物品非常精致，如同他在意大利、西班牙或其他国家看到的一样精致。他还说当他通过他的营主把这些东西交到西班牙国王手上的时候，他们非常欣赏，特别是想到这些东西是由一个没有任何铁器工具的国家制造的，此外，也没有我们金匠的帮助。那个居住在阿玛帕安给贝里奥提供这些物品的民族有个很特别的名字叫安勒巴斯。奥里诺科的河水在那片区域的宽度达到12英里，从河口到海洋有700～800英里。

阿玛帕安省是一片低洼而且多沼泽的地域，靠近河边。由于有由流经沼泽地区的小溪所汇聚的红色的水，那里生长着各种有毒的虫子和蛇。西班牙人一点也没能预知这样的危险，他们通过饮水而受到感染，而他们的马匹也中了同样的毒。在他们逗留的第六个月的月末，他们的军队里只剩下不到120个士兵，并且没有一匹马或一头牛存活下来。贝里奥希望在1000英里附近找到圭亚那，而不是发现自己走到了绝路。他们承受了太多的期望，遭受了太多饥饿，遭遇了严重疾病的侵袭，遇到了太多可以想象到的悲惨命运。我想知道那些在圭亚那探险过阿玛帕安的人们是怎样从那些褐红色的水中穿过的，他们告诉我当太阳到达天空的中心之后，他们将水壶和水罐装满那种水，在此时之前或是当太阳下山以后饮用这种水是很危险的，因为在夜间水的毒性很强。我研究过当地各种的河水，同样，当太阳升到正中的时候，可以很安全地饮用，在清晨、傍晚和夜间，河水非常危险且感染性极强。贝里奥在春末夏初的时候匆忙地从这里离去，他在奥里诺科南岸寻找着入口，但是那里的边界是异常高耸几乎不能逾越的山脉，他不可能通过任何方法越过这些山脉，只能继续由水路从东北海域进入奥里诺科的流域，甚至到了秘鲁的基多河。他无法穿越这些高而崎岖又陡峭的山峰运送任何的食物或军火，山上长满了树木，这些树木十分茂密而多刺，树上长满了荆棘和尖刺，很难攀爬。他的人缘不好，又没有翻译能给他建议或与他交流，对他更不利的是，阿玛帕安的酋长和国王已经将他的目的告诉了圭亚那人，说他想要抢劫和征服这个国家，以获得他们大量的黄金。他从南到北穿过了许多流入奥里诺科河的河流的河口，为了防止读者的厌倦，这些河流的名字我不再重复，因为描述比阅读更令人愉快。

贝里奥断言从北到南一共有100条河流流入奥里诺科河，其中最小的河流都有里奥格兰德河那么大，奥格兰德河又叫马格达莱纳河。奥格兰德河被认为是西印度群岛最著名的河流，在世界的主要河流上也能排上名次。但是他除了卡罗尼河以外，并不知道其他河流的名字，也不知道他们是哪些民族的后裔以及他们统治着哪些省份，因为他任何时候都没办法和当地人沟通。他对这些知识也不感兴趣，他对这些地方的知识十分浅薄，也没能在西方学习到关于东方的知识。但是所有这些我所掌握的知识，一部分是靠自己在旅行中的积累，另一部分是靠沟通所得，是从不同人身上学到不同的知识。我身边带着一个能说多种语言的印第安翻译，他也是一个圭亚那人（加勒比人）。我找了所有上了年纪的人和那些伟大的旅行家，通过和他们一个一个地交流，我了解了这里的情况，包括河流、从东海到秘鲁边境的王国、从奥里诺科河的南面到亚马孙或马拉尼翁、玛丽娜塔巴地区（巴西北海岸）、所有地区的国王、城镇和乡村的首府、他们怎样在和平与战争期间生活、这些地区之间谁与谁是朋友和敌人、对于找到入口征服这些地区来说什么是不可或缺的，等等。因为圭亚斯卡和阿塔巴里帕之间的纷争，皮查罗征服了秘鲁，依靠特拉克斯卡里阿斯对蒙特苏马的仇恨，科尔特斯在墨西哥取得了胜利，没有这些，他们都会失败，也会丧失他们所依靠的伟大荣誉和巨大财富。

现在贝里奥开始感觉到绝望，对超越他的前辈们已经不抱希望，直到他朝着东海和河口的方向来到艾美利亚省。在那里他发现了一个给人留下良好印象的国家，这个国家有各种不同形式的粮食供给。这片土地的国王叫作卡拉帕纳，他年近百岁，是个非常睿智、机敏、老练的人。在他年轻的时候，因为当地人之间的内战，卡拉帕纳被他的父亲送往特立尼达岛，并在岛上一个叫作帕里克的村庄里长大。在这个岛上，他见过很多基督徒，有法国人也有西班牙人，并且他还多次和特立尼达的印第安人去西印度群岛的玛格丽塔和库马纳，因为这两个地方的粮食供应一直来自特立尼达。他的成长过程使他更能理解和关注国家民族之间的不同，也有能力比较他们的国家与基督徒所拥有的力量与武器之间的差异，也懂得在任何人犯下错误或者在竞争中被淘汰后采取拖延的战术，卡拉帕纳总能维护他的国家的和平与富足。他还能与加勒比人和食人生番维持和平，他的邻国即使在战争之中也能和别的国家进行贸易。

贝里奥的残部在卡拉帕纳的城市里停留休息了六周，并从那里知道了去圭亚那的路径以及那里的富庶与壮丽。但是他却几乎难以继续向前推进，于是他决定另选一年，当他能完善他的供给同时能招集更大的队伍时再来试试他的运气。他希望不仅仅从西班牙招集队伍，而且也能从新雷诺招募新人。当他刚获得入口的消息时，他让他的儿子唐·安东尼诺·希梅内斯接替他的位子。现在，他自己从卡诺阿斯出发，通过奥里诺科河到达特立尼达，从卡拉帕纳那里招募了大量的导航员为他服务。他从特立尼达沿帕里亚的海岸前进，回到玛格丽塔，并同他行进路线上的统治者唐·胡安·萨米恩托搞好了关系。贝里奥说服了萨米恩托，使他相信圭亚那有巨大的财富，于是他从那里得到了50名士兵，并保证不久就会返回卡拉帕纳那里，也会进入圭亚那。贝里奥当时所说的不比刚才所提及的少，因为他想得到对这个事业足够多的供给。因此，他离开了玛格丽塔，来到特立尼达，派遣他的营主和军士长返回边界去寻找通往那个帝国的道路，同时他也和边界的居民进行商谈，晓之以理，动之以情，将他们拉进自己的阵营。因民为他知道，没有这些人的帮助，他不可能安全地通过这些地区，也不可能补充粮食补给或任何的东西。卡拉帕纳指引他的客人去找一个叫作莫里奎托的国王，并保证没有人能像莫里奎托那样给他提供更多的东西，还告诉他们，莫里奎托的住处离马克里圭——圭亚那的第一个内陆城市距离此处只有五天的路程。

现在，陛下应该明白这个莫里奎托，这个圭亚那边界上最伟大的领主或国王在到库马纳和玛格丽塔的两三年之前，在西印度群岛拥有大量的金盘子，在他的国家，他可以用这些来交换他想得到的东西。曾经有一个库马纳的统治者叫维迪斯，他成为了莫里奎托的贵宾，莫里奎托将他介绍给各地的领主，邀请他参加盛宴长达两个月之久。于是，维迪斯在受邀的过程中被那些金羊角和一些黄金饰品所诱惑，同时也深深地被黄金之城的名声和雄伟所吸引。于是，维迪斯去了西班牙希望获得发现和征服圭亚那的专利，而他不知道的是贝里奥已经优先取得了专利，对此，贝里奥坚称他已经在维迪斯之前取得了这个专利。以至于当维迪斯了解到贝里奥已经进入了那片地域，也预知了贝里奥的想法与希望的时候，他便想和莫里奎托一起尽一切可能阻挠和打断贝里奥的行程，不让贝里奥或者他的同伴们通过他的领域，也不给他们提供任何供给，更不给他们提供任何指导。因为维迪斯的缘故，库马纳的统治者与贝里奥成为了永远的敌人，贝里奥将特立尼达一并纳入他的圭亚那专利，而维迪斯也被贝里奥阻止在了圭亚那的探险计划以外。然而，据我所知，莫里奎托有段时间隐瞒了他的部署。他让10个西班牙人和一个修士通过了他的国家，这些西班牙人就是贝里奥派遣去发现玛洛亚的人，莫里奎托还给他们安排了一个向导带领他们去马克里圭——第一个内陆城市。在那里他们找到一个新的向导带他们去玛洛亚——印加伟大的城市。他们在卡拉帕纳所学到的知识在圭亚那显得非常珍贵，在继续前行后的第11天，正如贝里奥所断言的那样，他们到达了玛洛亚。我不能确定现在统治莫里奎托的领主所说的是否为真，因为他告诉我他们在玛洛亚城得到的黄金是在其他所有城镇所得的黄金的总和，那个地方非常富有，据他所说那些城镇修建得和基督教徒的城市一模一样，有很多的房间。

当那10名西班牙人返回、准备越过阿罗米亚的边界（卡罗尼河以下的地区）时，莫里奎托的人袭击了他们。他们10人中只有一个人游过了河，其余的人全被杀死。他们被抢走了40000金比索，只有一个人活着回去将消息带给贝里奥，告诉他其余的9个人和圣父都在上述的地区被被杀害。我与剿杀了他们的莫里奎托的船长交流过。贝里奥调动了他所有的力量进入阿罗米亚为他自己和他的人民以及他的国家报仇。但是，莫里奎托也察觉了这一切而逃离了奥里诺科，穿过塞玛和维基里到达库马纳，他认为自己在维迪斯的领地里很安全。但是贝里奥以国王的名义找寻他。贝里奥的信使在莫里奎托还没察觉、无法立刻逃走之前，突然在法加多的一间房子里抓到了他。对此维迪斯也不敢置喙，一是因为怕人知道两人之前的勾结，二是因为莫里奎托和手下曾杀害过一位圣父。莫里奎托给了法加多三公担（公制重量单位，一公担相当于100千克）的金子让他放自己走，但是可怜的圭亚那人遭到了各方的背叛，被送到贝里奥的营主处，随即便被处决了。

在莫里奎托死后，贝里奥的士兵们洗劫了他的土地，带走了很多囚犯，其中还有莫里奎托的叔叔托帕沃利，现在是阿罗米亚的国王，托帕沃利的儿子被我带到了英格兰，他是一个富有见识和策略的男人。托帕沃利现在已经是百岁以上的老人了，但他依旧身强体健。西班牙人把他绑了17天，让他在他的国家和艾美利亚之间做他们的向导。艾美利亚是我们之前提到的卡拉帕纳的一个省。最后，他花了100个金盘子和许多石牌才将自己赎出。现在，贝里奥因为处决了莫里奎托，以及他在阿罗米亚所行的暴行、抢劫和屠杀已经摧毁了奥里诺科波尼和所有边界居民对他的热爱，他不敢再派遣任何一名士兵进入比他称之为圭亚那之港的卡拉帕纳更远的地方。但是，借助卡拉帕纳，他的贸易活动更加深入那个国家，他安排10个西班牙人驻扎在卡拉帕纳的城市里（西班牙现在的居住地圣托梅德拉圭亚那是于1591年或1592年由贝里奥建立的），这10个人在这个国家里四处搜寻着矿藏与商品。

他们还抓到了莫里奎托的侄子，并给他起了个基督教徒的名字叫唐璜，他们对他寄予了很高的期望，竭尽全力在上述地区帮他建立名声。西班牙人诸多贸易活动中其中一项是乘独木舟渡过位于奥里诺科河口南岸的巴勒玛河、帕洛玛河、帝瑟奎必河和埃塞奎博河，从该地野蛮土著那里购买妇女和儿童。这种交易暴露出他们残忍的天性，三四把斧头的价钱就可以买到他们兄弟姐妹的孩子，甚至可以买到他们自己的亲生女儿。西班牙人依此获得了巨大的利润，因为买一个12岁或是13岁的姑娘只需要三把或是四把斧头，而他们在把她们卖到西印度群岛的玛格丽塔可以卖到150比索，这可是一大笔钱。

我船上的少尉约翰·道格拉斯曾截获一艘人贩子独木舟，虽然上面大部分人已经逃走了，但是他带回来的人中有一个长相十分俊美，身形也十分匀称，和我在英格兰见到的人没有什么差别。在那之后，我看见很多这样被贩卖的人，除了茶色的皮肤以外，他们跟欧洲人没什么不同。西班牙人也在河流上进行卡萨维面包交易，他们只需花一把刀的价钱就可以买到100磅，然后将它以每个10比索的价格卖到玛格丽塔。他们同样还做棉花、巴西木以及床的交易，这些床被称作哈马卡斯或巴西床，在一些炎热国家，所有的西班牙人都习惯睡在这样的床上，但我们在那儿的时候没有使用过。通过这些贸易、各种敲诈手段以及斧头和刀子的交易，贝里奥获得了许多金盘子，以及鹰形、人形、各种动物形状的金子。他派遣了他的营主将他搜集到的东西带回到西班牙以此来征集更多的士兵和吸引公众对这项事业的热爱。同时，他还送回去了很多用黄金精细打造的人物、野兽以及花鸟鱼虫的雕塑，想以此来说服国王给予他更多的支持，告诉国王那片土地还从未被劫掠过，那里的矿藏也从未被开采过，而在印度群岛的矿产资源已经被开采得差不多，而如今在那里开采黄金却需要花费大量的人力物力。他还派遣了一位信使给他在新格拉纳达王国的儿子送信，希望他尽全力招募新兵，再沿奥里诺科河顺流而下至艾美利亚省于他会合。他还去了加拉加斯海岸上的圣地亚哥·德·莱昂购买了马匹和骡子。

在我了解了贝里奥过去的行动与现在的计划后，我告诉他我决定亲眼去看看圭亚那，那里将是我最后的目的地也是我到特立尼达的目的，也是出于这个原因，我前年派雅各布·温登去打探消息。贝里奥告诉了雅各布·温登很多事情，到现在他还也记得雅各布·温登当时对他的事迹和对圭亚那这个国家是多么好奇。贝里奥陷入了深深的忧郁与悲伤之中，他费尽口舌想要劝我打消这个念头，还向与我同行的绅士们保证我们此行只会徒劳无功，还说如果他们继续前进将遭遇到许多悲惨的事。首先，他说在河里我不能用任何帆船或者舰载艇，更不可能用任何小艇，因为河水非常浅且多泥沙，河床多洼地，他同伴们的小船常常搁浅在水边，水只有12英寸深。其次，他说这个国家没有一个人会和我们说话，如果我们尾随他们到达了其居住的地方，他们会放火烧掉自己的城镇。除此之外，这条路非常长，冬天就要来了，河流开始涨水，逆流而行几乎是不可能的，我们不能在近一半的时间里用那些小船运送物资，而（最让我们觉得气馁的是）圭亚那边界的国王和领主们颁布了法令禁止他们的人同任何一个基督徒进行黄金交易，因为这样会颠覆他们的政权，基督徒对于黄金的热爱意味着要征服他们并将他们全部赶走。

上述的绝大部分我都发现是真的，但我还是决定冒险去看看到底会发生些什么事。我派遣乔治·吉福德船长，我的副海军上将带领“幼狮”号和考利菲尔德船长带着他的船只向东行，越过卡普里河河口逆流而上（这条河的入口我曾经派温登船长和约翰·道格拉斯去探查过）。他们发现涨潮时水深有9英尺或者更深，而潮退时则只有5英尺。我告诉他们应该在浅滩的边缘下锚，等潮水来时就有了动力，约翰·道格拉斯曾经在那个浅滩做了标记。但是，他们的努力还是失败了，他们没办法向东行驶得太远，因为洪水不足以支持他们走很远，在他们穿越过沙地河床之前，潮水就退了。之后，我们得到了另一个经验，那就是：要么现在我们放弃，要么冒险将大船停留在我们身后400英里远的地方，改乘一艘驳船和两艘摆渡船向上游走。现在我们非常困扰，不知道怎么样才能用这些小玩意儿来长期运送物资供应或者劳动力，特别是贝里奥很肯定地对我们说他的儿子在那之前就会带着军队赶到了。我送走了一位国王，他是“幼狮”号的主人，他带着自己的船去探寻了另一条河流，试图找到可以让这些小船安全行驶的水域，这条河叫作阿曼那河，是瓜尼帕海湾底部河流的支流。他最终找到了这条河，却没进行全面的探查，因为他的印第安向导告诉他，那些瓜尼帕的食人生番会坐独木舟来袭击他们，还会向他们射出带毒的箭，如果他们不马上返回的话，他们都将迷路。

与此同时，为了防止最坏的事情发生，我让所有的木匠改小了一艘准备丢弃的小船，又让他们尽可能地给小船装备了一切合适的东西，让船可以吃水5英尺深，这是我们在卡普里河的沙洲遇到浅水区的尺度。由于担心国王是否能回来，我派约翰·道格拉斯坐我的长驳船去增援国王，同时也去仔细探究一下海湾底部。因为那里曾有船去过，无论什么样的船掉进那里都很难再出来，主要是因为那里有很湍急的水流流进那个海湾，而且东风径直地吹进海湾。我曾在普利茅斯听约翰·汉普顿说过对此的看法。约翰·汉普顿（霍金斯第三次航行的船长）是英格兰最有经验的人，曾在特立尼达和其他的地方做过贸易。

我为约翰·道格拉斯安排了一位特立尼达的老酋长做导航员，他告诉我们，我们无法从海湾返回，他知道有一条支流向东流进大陆，他认为我们走这条支流可以到达卡普里河，然后在四天内返回。约翰·道格拉斯探查过这些河流，他发现了四个不错的入口，其中最小的一条也有伍尔维奇的泰晤士河那么大，但是在海湾那里有一个浅滩只有6英尺深，所以我们现在对于大船能够通过不抱任何希望了，但是我们还是决定乘小船继续前进，他们发现涨潮时水深有9英尺或者更深，而潮退时则只有5英尺。我告诉他们应该在浅滩的边缘下锚，等潮水来时就有了动力，那个浅滩约翰·道格拉斯曾经设立过标志。但是，他们的努力还是失败了，他们没办法向东行驶得太远，因为洪水不足以支持他们走很远，在他们穿越过沙地河床之前，潮水就退了。之后，我们得到了另一个经验，那就是：现在我们要么放弃，要么冒险将大船停留在我们身后400英里远的地方，改乘一艘驳船和两艘摆渡船向上游走。现在我们非常困扰，不知道怎么样才能用这些小玩意儿来长期运送物资和劳动力，特别是贝里奥很肯定地对我们说，他的儿子在那之前就会带着军队赶到。我送走了一位国王，他是“幼狮”号的主人，他带着自己的船去探寻了另一条河流，试图找到可以让这些小船安全行驶的水域，这条河叫作阿曼那河，是瓜尼帕海湾底部河流的支流。他最终找到了这条河，但是却没进行全面的探查，因为他的印第安向导告诉他，那些瓜尼帕的食人生番会坐独木舟来袭击他们，还会向他们射出带毒的箭，如果他们不马上返回的话，他们都将迷路。

我们在这条小河的河口逗留了一段时间，我们的印第安导航员——费迪南多需要去岸上——他们的村落里取一些水果和饮用一些他们自己酿造的酒，还要再看看那片土地和当地的领主，他带上自己的一个兄弟。当他们来到村庄时，那个小岛的领主想逮住他们，妄图将他们置之死地，因为这两个印第安人将一个陌生的民族带到了他们的领土来抢劫以及消灭他们。但是导航员身手敏捷，两人想办法跑进了树林之中，而他的兄弟跑得快些，他跑到我们的驳船停靠的小河的河口处，对我们大声地喊道，他的兄弟被人杀死了。听到他的喊声，我们逮住了一个追来的离我们较近的人，那是一个年纪很大的老人，我们对他说如果我们救不出我们的导航员就会立刻砍下他的脑袋。这个老人认定我们的人死了他也活不了，所以向林子里他们的人大叫，让他们别再追费迪南多，但是村里的人对此置若罔闻，继续带着鹿犬按着脚印追踪他，整个树林回荡着他们的叫嚣声。但是到了最后，这个可怜的被追赶的印第安人还是到了河边，爬上了一棵大树，当我们接近河岸的时候，他从树上跳了下来并游向到我们的船，此时他已经被吓得半死。我们留下了先前捉来救导航员的那个年老的印第安人，因为我们相信作为一个土生土长的人，他应该比任何外来的人更了解这片水域。这对我们来说是件幸运的事，如果不是因为这个偶然，我想我们既不会找到去圭亚那的路，也没法找到返回大船的路，因为在随后几天的行程中导航员费迪南多也不知道我们该走哪条路；那位老印第安人要好一些，但是很多时候他也很犹豫，不知道应该走哪条河。居住在这片土地上的人被称作提维提瓦斯人，他们又可以分为两个族：一族叫其阿瓦尼；另一族叫瓦拉维提。

这条伟大的河流奥里诺科又称作巴拉奎恩，拥有9条支流，这些支流从北面的主要河口流出。在南面有7条支流流入大海，这条河被一些岛屿和陆地一共分成了16条支流。但是这些岛屿非常巨大，其中很多岛屿和怀特岛差不多大，有些甚至比怀特岛还要大一些，而有些则小一点。从在北边的第一条支流到南边的最后一条支流的距离至少有100里格，以至于在入海口的河口宽度达到300英里，我认为这比亚马孙河还要宽。所有居住在北面的7条支流的河口边的人都是提维提瓦斯人，这些人有两个主要的领主，他们之间常年发生战争。右手边的岛屿叫作帕拉莫斯，而左手边的叫作霍罗罗托马卡。约翰·道格拉斯在内陆从阿曼那至卡普里所渡的河叫作玛库里。

提维提瓦斯是一个非常友好并且非常英勇的民族，在我所了解的民族之中，他们的语言最具有男子气概，他们的思考是最审慎的。和其他地区一样，夏天他们将房子建在陆地上，到了冬季，他们就住在树上，他们在树上建造了城市和村落，就像西班牙故事里所描写的那些居住在乌拉巴湾附近低地的人的做法。在5月到9月之间，奥里诺科河的河水要上涨30英尺，在有些小岛上要高出地面20英尺，因为这些原因他们被迫以这种方式生活。他们从来不吃任何需要在土地里播种的食物，在家里他们从不种植也不施肥，所以当到了外地他们也只吃不需要人工种植的自然生长的产物。他们把棕榈尖当作面包食用，捕杀鹿、鱼和猪作为营养的补充。在树林中还有许多不同的水果和和大量各种鸟类，我们在那里看到了许许多多在别处看不到的各种各样的色彩与形态的物种。

那些居住在奥里诺科支流边上的人叫作卡普里和玛库里奥，他们大部分都是擅长制作独门舟的木匠，能做出最好、最快的独木舟。他们做的独木舟在圭亚那交易能换得黄金，在特立尼达交易能换得烟草，他们从这一行业中获得的收益远远超过了其他部落。尽管他们生活的地方空气非常潮湿，食物也不丰富，狩猎捕鱼也需要付出非常艰辛的努力，但从我的人生经验来看，无论在印度群岛或是在欧洲我还未见到任何人比他们更友好、更受人喜爱、更有男子气概。他们习惯了与其他各个部落的战争，特别是对食人生番，所以没有人敢在没有武装力量的情况下在那些河上做交易，但是最近他们与他们的邻居们和平共处，将西班牙人视作共同的敌人。当他们的领袖死后，他们会尽情地哀痛，当他们认为他们身体的血肉得到了净化与骨头分离时，他们再将骸骨拿出来挂在死去的领袖的房子里，然后用各色的羽毛装饰他的颅骨，将他所有的金盘子挂在他的手臂、大腿以及小腿骨周围。阿拉瓦族居住在奥里诺科南边，这正是我们的印第安导航员的民族和故乡，这个民族的人们散落在很多其他的地方，他们将领主的骨头碾成粉末然后掺在各类饮品中让其妻子和朋友饮用。

我们离开其阿瓦尼的港口后穿过了溢满洪水的河流，在退潮处下了锚，我们就这样前进着。在我们进入这条河的第三天，我们的船搁浅了，船很快被卡住，当时我们还以为这次发现之旅就要就此终结，我们90个人只能如同树上的白嘴鸦一样在此地落地生根。但是第二天早上，我们搬空了船上所有的压舱物，经过来回反复地牵引和拖拽后，我们的船终于浮了起来，并且可以继续前行了。四天后，我们驶进了一条我见过的河流中最好的河，这条河叫作阿曼那河，相比其他的河流这条河没有蜿蜒的河道，河水径直流动。但是不久，来自海洋的潮水袭击了我们，我们只能用人力划桨来对抗强烈的涌流。我们没有其他的办法，只好劝慰同伴们说这样的情况只会持续两三天，希望大家能竭尽全力每人轮换着划桨，一个小时轮换一次。每天我们都能遇见水况良好的支流，其中一些发源自西边，一些发源自东边，这些支流都流入阿曼那河，我将在发现之旅的航海图中描述这些支流，读者可以了解到他们的起源及流向。当我们艰辛地前行了三天之后，同伴们纷纷开始感到绝望，天气变得异常炎热，河岸边密布着的高耸的树木使得空气难以流通，迎面而来的涌流也日益凶猛。我们要求导航员向我们的同伴们保证这样的情况第二天就会结束，但当我们从第一个河段行驶到第二个河段再到第三个第四个河段时，这样的情况却一直持续着。我们耗费了大量的人力坚持了许多天，我们的供应已经日渐紧迫，面包就要吃完了，没有任何的饮用水，我们人员又累又热。大家都在怀疑是否能顺利完成计划，我们越接近赤道温度就越高，现在我们已经在纬度5度的位置了。

随着航程的延伸，我们的食物越来越少，空气中产生的物质让人感到憋闷，在我们最需要力气的时候，我们却变得越来越虚弱。激流不断朝我们涌来，一次比一次汹涌，驳船、摆渡船以及吉福德船长和考利菲尔德船长的船都耗光了它们储备，但大家都相信只要再多走一天便能到达可以为我们提供必需品的陆地了，现在返回必定会饿死在路上并且整个世界都会嘲笑我们，如果不是抱着这样的信念，我们早就陷入了绝望与苦恼之中。在河岸上有很多成熟的水果可以果腹，还有很多种类的花草树木足够我们制作很多草药。很多时候我们用这里的水果填补食物的缺失，有时候我们也捉些飞禽和鱼类。我们见过不同颜色的鸟类，有肉红色、赤红色、橘黄色、紫色、淡蓝色以及其他各种颜色，有纯色的也有彩色的。这些鸟不但可以帮助我们填饱肚子，同时欣赏这些色彩斑斓的鸟儿对我们来说也是很好的消遣。这里的河水非常混浊，这对我们来说是件非常棘手的事。

那位被我们扣留下来，打算用来拯救费迪南多的其阿瓦尼族的导航员告诉我们，如果我们将大帆船停留在大河中并乘驳船或摆渡船从右边进入一条河的支流的话，他会带我们去一个叫阿拉瓦的城镇，在那里我们可以找到很多的面包、鸡蛋、鱼和酒，他还告诉我们如果中午离开，那么在天黑之前就可以返回。听到这些我非常高兴，于是我就和吉福德船长以及考利菲尔德船长各自乘坐自己的驳船一起进入了这条河的河口。我带上了八个火枪手，吉福德船长带上了四个火枪手。因为导航员说路程很短，所以我们没有带任何食物。当我们划了三个小时的船后，吃惊地发现那里没有任何有人居住的迹象，我们问导航员那个城镇在哪里，他告诉我们说就快到了。又过了三个小时，太阳几乎要下山了，我们开始怀疑他要把我们引入歧途，并暴露我们的行踪，因为他承认那些从特立尼达逃出来的西班牙人以及那些在艾美利亚省与卡拉帕纳在一起西班牙人，已经集结到了那条河岸上的一些村庄里。但当夜色渐渐降临的时候，我们问他那个地方在哪里，他告诉我们还有四个河段的距离。我们只好向前行进，过了四个河段又四个，还是没看见村庄的影子，我们的船夫都已经伤心绝望筋疲力尽了，我们准备放弃这个魔鬼，因为我们已经离出发地40英里远了。

最后我们决定将这个领航员绞死。如果不是因为我们不熟悉这条路线，他现在已经被我们处死了。但是我们现在非常需要他，这保障了他的安全，因为现在夜色已如沥青一般漆黑，河道也开始变得狭窄，河岸两边长满了树木，我们必须用剑将挡住河道的树木枝叶砍掉，以此来清理出一条路。我们渴望找到那个城镇，希望可以在那里好好地享用一顿美食，因为我们在早晨离开大帆船时只是简单地吃了一些东西，而现在已经是晚上8点钟了，我们的胃已经开始抽痛起来。但是无论是返回还是前行，我们都越来越开始怀疑这个导航员的忠诚，但是这个可怜的印第安老人一直坚定地告诉我们就快到了，我们转一个弯又转一个弯。最后，大约深夜1点我们看见了一束光，我们向它驶过去就听见了村庄中狗吠的声音。当我们登陆时，就没看见什么人，因为这块土地的领主带着许多独木舟到400英里之外奥里诺科河的源头去了，为的是在那里交换黄金并买到食人生番的女人。入夜以后我们的船只停泊在了莫里奎托的港口，由于这些独木舟离我们太近了，所以很不幸地蹭到了我们的驳船。他们将一个同伴留在了莫里奎托的港口，通过他我们了解到他们买了30个年轻姑娘、许多金盘子，同时还有大量的棉布衣物和床。在那位领主的房子里我们得到了大量的面包、鱼、鸡和印第安饮品，当晚我们休息得很好，次日早上在我们与他们的人做完贸易之后，便带着大量的面包、鱼、鸡向大帆船的方向返回。

在返程河道的两边我们看到了我们从未见过的美丽的村庄，从前我们所见的都是树林、荆棘和灌木。而在这里我们看见了长达20英里的平原，长满了绿色的细短小草，许多地方还布满小树林，这样的景色犹如耗费了世界上所有的技艺和劳力精心打造而成。我们继续向前划行，河上的小鹿来到河边饮水，就如它们习惯了主人的召唤一般。在河边我们还看见了很多不同种类的鸟，在河水中有很多陌生的鱼类，有些非常巨大，除了拉加托（短吻鳄和南美鳄）就属它们最大了，河水中还有很多丑陋的蛇，因为数量巨大，当地人将这条河称为拉加托河。我有一个年轻的随从，是个黑人，他从大帆船上跳进河里，我们大家亲眼看见他在游到河口处时被一条拉加托吃掉了。同时，我们留在大船上的同伴们认为我们迷路了，因为我们承诺在夜晚之前返回，还让"幼狮"号和温登船长跟着我们沿河而上。但是第二天，在我们划行了80英里后，我们返回了，沿着大河而上。当我们最后一次祈求食物的时候，吉福德船长已在大帆船以及其他小船之前找到了一片陆地，并在岸边燃起了篝火。他看到了四艘独木舟沿河而下。吉福德船长让他的人全力跟上这四艘船，但不一会儿其中两艘船放弃了航行，将船停靠在岸边，船上的人都躲进了树林深处。另外两艘较小的船在吉福德船长登陆时划远了，随后转进了两条小溪之中，不知所踪。那两艘被我们缴获的独木舟上载满了面包，它们大概是要去西印度群岛的玛格丽塔做些买卖，那里的印第安人被称作阿拉瓦族。在较小的独木舟上有三个西班牙人，乘船逃走了，他们知道他们的长官在特立尼达失败了，同时也知道我们的目标是进入圭亚那。阿拉瓦族的船长后来告诉我们这三个人，其中一个人叫卡瓦列罗，另一个是士兵，最后一个是位炼金术士。

同时，除了黄金，在这个地球上没有什么能比我们在这些独木舟上找到的大量可口的面包更让人高兴的了，因为我们的人现在欢呼着："让我们继续前行吧，我们不怕走得更远。"之后，吉福德船长带来两艘独木舟回到大帆船上，我指挥手下将驳船开到先前那两艘独木舟停靠的岸边，我从中间，吉福德船长和泰船长从一侧，考利菲尔德船长从另一侧包抄围追那些逃往树林中的人。当我在丛林中矮着身子前进时，发现一个隐藏的印第安篮子，那是个炼金术士的篮子，因为我在里面发现了水银、硝石以及其他很多用于金属试炼的东西，还找到一些他已经炼过的矿渣，我推测逃走的独木舟里应该载着大量的金子和矿石。因此我叫了更多的人上岸搜寻，无论谁找到那三个西班牙人中的任何一个，我们都奖励他500英镑。但是几路人都无功而返，原来这几个人并没有上岸，而是藏身于一艘被遗弃的小独木舟里，当一些大船起航的时候，他们趁机就逃走了。但是在找寻西班牙人的时候我们意外地找到了几个藏在树林里的阿拉瓦族人，他们是为西班牙人导航以及划船的人。我将其中的一个人留作导航员并带着他一起前往圭亚那，通过他我知道了西班牙人在哪里或者在哪个村子寻找金子，其中有些是我不知道的。当泉水开始喷涌的时候，河水会突然上涨，我们没有时间开采矿石，特别是那些被坚硬的岩石挡住的富饶的矿藏，那种矿藏我们叫作白晶石，开采这种石头既需要时间也需要人力和合适的工具。我认为最好不要在那周围徘徊，以免它被其他人发现。这时候应该有很多船已经出发了，恐怕别的民族已经得到了我们的人作为导航员。所以，那些只注重眼前利益的人可能使我们遭遇到阻碍，并且让我们的队员各司其职各尽其用的想法也会完全落空。这种暴力做法和傲慢无礼的态度会让边界上的民族对我们的热爱和保护的欲望转变成憎恨与暴力。我常常听到人们反对我们长期待在这里获得更多的金子。即使这些山里满是黄金或宝石，那么无论谁像我们一样见证了一个多月的河水疯狂上涨的状况，并从我们的船上打探到我们仅靠人力划行了400英里之后，恐怕都会比我们更快地掉转船头。说实话，所有这些流入奥里诺科的支流与小河的水量都以同样的速度上涨着，如果我们在早晨涉水过河，河水只是刚没过鞋面，那么当天之内我们返回的时候，河水会没过我们的肩膀。留在这里徒手挖掘黄金是一项巨大的工程，但是这样大量的黄金能给我们提供前所未有的机会，虽然这次矿藏的发现使我们处于极不利的地位，但这对于我们将来停留在这里或者继续搜寻的工作却是最好的财富。因为这些矿石不容易被快速开采，并且如果我是只冲着眼前的利益的话，我可以随时提炼出高质量的金子。

这个阿拉瓦族的导航员以及其他的人害怕我们会把他们吃了或者用残忍的方法将他们杀死。因为那些西班牙人使得他们认为我们是吃人的，也是食人生番。最后那些在通往圭亚那路上的人以及圭亚那地区的人没有一个人肯和我们说话。但是当这些可怜的男人女人们看见了我们，我们给他们肉食以及一些对他们来说非常罕见、非常陌生的东西后，他们明白了西班牙人的险恶用心。据他们所说，那些西班牙人经常从他们那里带走他们的妻子和女儿。但是我们跟他们不同，我在永生的神面前发誓，我绝不知晓或者相信我们的任何一个同伴会做出这种侮辱他们任何一个女性的事情，而我看到上百个这样年轻漂亮的女士一丝不挂地、不带任何诡计地来到我们中间。我不能忍受任何人从任何一个部族那里拿走任何如菠萝或是马铃薯根的东西而不知足，也不能容忍有谁任凭别人去触摸自己的妻子或女儿。这与残酷统治他们的西班牙人相反，当我告诉他们女王陛下的戒条之后，取得了他们对于女王陛下的崇敬以及对我们民族的尊敬。但我承认当我们的人刚进入他们的房子时所进行的抢劫和偷窃的卑鄙行为是一种缺乏耐心的行为，但这是我无法阻止的事情，所以每当我们离开某个地方的时候，我通过印第安翻译了解我们所造成的损失，如果有任何东西被偷了或者被抢劫了，我们都采取物归原主或是当面进行处罚又或者根据他们的最高要求进行赔偿的方式。在他们听说我们在特立尼达杀死了西班牙人后，他们对我们感到很好奇，因为他们以前坚持认为没有任何一个基督教国家有胆量反抗西班牙人，但当我告诉他们去年女王陛下的军队和战舰在西班牙人自己的土地上将他们打败后，那些当地人就感到更加好奇了。

在我们补充了面包和许多蔬果的供给后，我将一艘西班牙留下的独木舟送给了阿拉瓦族人。当我将除被西班牙人命名为马丁的船长以外的人都遣散之后，我将那位其阿瓦尼老人和我的第一位导航员费迪南多也送到了独木舟上，还送给他们足够返程的食物，然后让他们带一封信给大船上的人，他们答应将信送到。然后，我雇用了一名新的导航员与我一同继续前行，他就是阿拉瓦族人——马丁。但是第二天或第三天后，我们的大帆船又一次搁浅了，我们想让这艘船漂浮起来，于是我们将所有的食物和供给品摆在沙滩上一整晚，这次卸船比以前的任何一次都让我们感觉到更加绝望，因为没有任何潮水来帮助我们，因此，我们害怕我们的希望最终会以灾祸为终结。但我们将锚牢牢地固定在地面上，用很大的力量拉大船，最后终于成功起航。15天之后我们发现了远处的圭亚那的山脉。令我们欣喜的是，到了晚上有一阵强力的北风推动我们前进，它让我们看到了伟大的奥里诺科河，我们所处的河流就发源于它。我们看见远处有三艘独木舟，我们加快了驳船和摆渡船的船速想要跟上他们，但是其中的两艘远离了我们的视线，第三艘进入了大河之中，从我们的右面向西而去，渐渐驶离了我们的视线范围。船上的人以为我们是那些从特立尼达逃出来躲避追杀的西班牙人，所以他们认为我们要向东行驶至卡拉帕纳的领地，因为那条路由西班牙人把守，并且认为我们不敢再向前行驶进入圭亚那，因为那些地方的人都是西班牙人的敌人。当我们顺流而下行至他们驶入的支流开口处，我们的驳船和摆渡船离他们很近时，我们跟着他们，在他们登陆前向里面喊话，通过我们的翻译告诉他们我们是什么人，他们返回来欢迎我们登船。他们拿出自己收集的鱼和海龟蛋送给我们，还保证在早上的时候带来当地的领主，并且尽一切可能为我们提供所有的服务。当晚我们在三条河流的分流处下锚（其中一条是阿曼那河的支流，我们沿着这条河从北而来，再跨过它向南行。另外两条是奥里诺科的支流，它们自西向东流向大海），在一个平整的沙滩上登陆，在那里我们发现了成千上万的海龟蛋，那些都是非常健康的食物，也是很好的恢复体力的食物。现在我们的人都享用了美味的一餐并且对于这里的食物以及近在眼前的圭亚那之地感到非常满意。

到了清晨，按照承诺，边界上的领主托帕里玛卡带着三四十个随从向我们驶来，还带给我们各种不同的水果以及他的酒、面包、鱼和肉，而我们也尽力款待了他。最后我们喝上好的西班牙酒，这种酒我们所剩不多了，而在所有的食物中托帕里玛卡和他的随从们最喜爱这种酒。我和托帕里玛卡商议了下一条去圭亚那的路，他带领了我们的大帆船和小船到了他的港口，然后将我们带到了几英里之外的城镇。在那儿我们的一些船长痛饮了他的酒，感到十分愉快，因为这种酒有很重的胡椒和各种草药及水果的味道。当地人将其放置在有10或12加仑容量的大陶罐中，酒非常清香甘甜，而他们自己在聚会或盛宴上也是世界上最热情奔放的人甚至是酒鬼。当我们来到他的城镇时我们发现了两位酋长，其中一位是个陌生人，他曾在河上做贸易，他的船员、仆从以及他的妻子在我们下锚的地方扎了营，而另一位来自托帕里玛卡的国家，是托帕里玛卡的追随者。他们分别躺在哈马卡斯床上，那种床我们称其巴西床，两位女士给他们端上了六个杯子，用长勺子从陶罐中舀出了一些酒放入他们的酒杯中，他们一次能连续喝完三杯，他们就是以这样的方式在宴会和聚会时喝得酩酊大醉。

那位陌生的酋长让他的妻子留在我们下锚的港口，在我的一生之中还没有见过哪个女人像她这么漂亮。她身形匀称，黑眼睛，身体圆润，面容娇美，长发及地，她将头发扎成了漂亮的发髻，她看起来并不像其他人那样敬畏她的丈夫，因为她在人群中与绅士们和船长们把酒言欢，显得非常愉悦，她对自己的美丽很有把握，将它视为一种骄傲。我曾经在英格兰见过一位女士很像她，但是如果不是肤色不同，我发誓她们可能是同一个人。

托帕里玛卡的城镇位置非常好，处于一座小山顶上，风景非常优美，周围环绕着一英里的草地，旁边有两个漂亮的池塘，里面养着名贵的鱼。这座城镇叫作阿罗沃凯，居住在这里的人叫作内波依沃，他们是卡拉帕纳的支持者。在那里我看见了非常年长的人们，我觉得他们所有的经脉和血管都已经没有了肌肉的覆盖，而仅仅是由皮肤包裹着。这个地方的领主给了我一位老人做领航员，他很有经验，曾经游历过很多地方，他非常清楚这里的河流，无论是在黑夜还是在白天。用这样的人来做导航员对任何人来说都是必需的，因为这里很多地方都相隔五六英里的距离，而更远的地方则距离20英里并伴有很多巨大的涡流、强力的潮涌，很多岛屿，各种浅滩和很多危险的岩石。除了上涨的风力造成的巨浪外，我们有时还有在大帆船中溺水的危险，因为小船只有在水面很平静的时候才敢从岸边驶来。

第二天我们加快了速度，一路顺风顺水，不用费力划桨，因为我们进入了奥里诺科河后，河水都是从东向西流的，即使是秘鲁境内的从海洋里流向基多河的河水也是这样。这条河上可供一艘小船航行的河道大约长1000英里，从我们进入这条河的地方乘坐小艇可到达波帕扬的新格拉纳达王国的很多地方。从这个地方可以很容易地入侵或者占领印度群岛的城市。我们都顺着这条河的一条支流一路向上航行了一整天，曾在河的左边看到一个很大的岛屿，叫作阿萨帕那，它有25英里长、6英里宽，这条河流从这座岛屿的侧面流过。这条河上还有另一个小岛，在中间的支流后面，叫作艾瓦那岛，它有两个怀特岛那么大，而在这座岛的后面和它与圭亚那之间流淌着奥里诺科河的第三条支流，叫作阿拉罗帕纳河。这三条河的水况都很好，都很适合大船航行。我估计加上将河水分为几条支流的河中小岛在内，这条河在这个地方至少有30英里宽。

当我们到达阿萨帕那岛的顶端之后，看到一条河从北面流入大河之中，这条小河叫作欧罗巴。当晚我们在这条河的后面下了锚，旁边有一个小岛，大约六英里长、二英里宽，这个岛他们叫作奥卡瓦塔。清晨，我们在那里让两名从托帕里玛卡的城镇就跟随着我们的圭亚那人上了岸，他们给当地的领主菩提玛报信，通知他我们的到来。菩提玛是托帕里玛卡的支持者，是阿罗米亚的领主，他随后继任了被贝里奥处死的莫里奎托的职位。但他的城镇处于陆地深处，当日我们没有见到他，当晚我们又在另一块陆地下了锚。这块土地和旁边的一样大，他们称之为普塔帕玛，在大陆上有一座很高的山叫作奥克佩。我们在这些岛屿上下锚而不是在大陆旁边，主要是因为这些海龟蛋，我们发现它们的数量非常巨大，同时也因为这样的地方更利于我们撒网捕鱼。大陆的岸边常常有许多岩石且地面很高，这些岩石显现出蓝色的金属色彩，我可以肯定地说，这看着很像是最好的钢矿石。这条河边上有许多地方都有许多这样蓝色矿石。

第二天早上9点左右，我们起了锚，微风渐渐加强，我们沿河向西航行，不一会儿，右岸出现了广阔的大陆，这个国家呈现出一大片的原野，河岸变得非常红。因此，我派出了两艘驳船与吉福德船长、泰船长、考利菲尔德船长、我的表弟约翰·格林维尔、我的侄子约翰·吉尔伯特、以挪士船长、爱德华·波特大师、我的表弟巴斯赫德·乔治和一些士兵到红色的河岸边查探，想看看这个国家的另一边是什么样子。他们回来后告诉我，他们所到之处以及从最高处树顶上所看见的地方都是平原。我那富有旅行经验的老导航员是托帕里玛卡酋长的兄弟，他告诉我们那里是塞玛平原，从这里到西印度群岛的库马纳和加拉加斯都是差不多的海拔高度，那里距此向北120里格的地方，主要有四个国家。第一是塞玛；第二是阿萨维；第三也是最大的一个是维基里，上面提到过的佩德罗·埃尔南德斯·塞尔帕带领300匹马从库马纳向奥里诺科河行进，企图进入圭亚那时被他们打败了；第四个是阿罗拉斯，居住的都是黑人，他们都长着顺滑的头发，非常英勇且热爱冒险，他们的箭上涂有最厉害的毒药，是所有国家中最危险的一个，虽然有些偏题，但是并不是完全不需要，我会提到一些关于他们的事。

没有什么能比找出针对这些箭上的毒药的解毒方法更让我感兴趣的事情了。因为，除了中毒后伤者的必死性和受伤后遭受到的让人无法忍受的痛苦折磨外，还有最丑陋和可悲的死亡方式。有时候死于彻底的癫狂，他们的肠子从肚子里流出，已经变得像沥青一样漆黑，发出难闻的气味以至于没有人能在他们身边医治他们照顾他们。更令人惊奇的是，一直以来无论通过利诱还是拷打，从没有一个西班牙人能够从当地人口中打探到治愈的方法。虽然我不知道具体的人数，但我知道他们有人为了找出解救方法自愿以身试药，也有人被迫成为试验品。但不是每个印第安人都知道这方法，一千人里面可能也没有一个人知道。他们的占卜师和祭司将这方法隐瞒起来，只在父子之间世代相传。

那些用作常见解毒剂的普通药物，是用一种叫作图帕拉的植物的根茎里的汁液做成的，它可以很有效地帮助人们退烧，同时用作人体内脏和体内血管破裂时止血。但我比其他人更关注圭亚那人，因为安东尼奥·德·贝里奥告诉我他无法得到关于他们的任何信息，但他们告诉了我关于解这种毒以及其他各种毒的方法。有一些西班牙人用大蒜汁治疗被常见的毒箭所伤的普通伤口。但这里有一条所有在印度群岛地区游历期间使用毒箭的人都应遵守的准则，那就是他们必须戒酒，因为如果因干渴而受到引诱而饮用了任何含酒的东西，我是说，如果他们在伤口包扎好以前喝了酒或者马上喝酒，那么他们就无药可救，只有死路一条。

再回到我们的旅途这个话题上来，这次我们的旅途只耗费了三天，我们在陆地左边的阿罗阿米和艾沃这两座山之间下了锚。直到深夜我没做任何的停留，因为虽然这里每天都有微风，也有强力的东风，但我常担心雨水会阻碍我们的航行。我一直没有去探查这个国家与圭亚那的接壤之处，我将这一活动推迟到了我们顺流返程的时候。

第二天我们驶过了河中的一个很大的岛屿，叫作曼罗里帕诺岛。当我们行走在这个岛上的时候，大帆船走在我前面，从一艘独木舟里向我们走来了七八个圭亚那人，他们邀请我们在他们的港口下锚，但我将这推迟到我返程的时候。第五天我们到达了阿罗米亚，那是被贝里奥杀死的莫里奎托的地盘。我们在一个叫作穆勒科提玛的岛的西面下了锚，这个岛有10英里长5英里宽。当晚我们忍着饥饿开始漫长的航行，驶出了阿曼那河，朝着阿拉米里酋长的城镇进发。

次日我们来到了莫里奎托的港口并将船停在那里，派出了我们的其中一位导航员去见阿罗米亚的国王，他是上文提到过的被贝里奥杀死的莫里奎托的叔叔。第三天中午之前，他从他的住处徒步走到我们休息的地方，走了大概14英里，而他自己是一位110岁的老人，并且当天他还步行回到家里。同他一起来的有很多边界上的人以及很多女人和孩子，他们都对我们感到很好奇，并且带给我们很多很多食物，例如：鹿肉、猪肉、母鸡、小鸡、鸟类、鱼类还有很多美味的水果和根茎植物，最后还有菠萝这种圭亚那特有的长在阳光下的水果公主。他们还给我们带来了面包和酒，还有一种跟鸺鹠差不多大的鹦鹉，它们大小不一，但是都很美味。其中有个人送给了我一种叫作西班牙犰狳的野兽，他们管它叫卡萨卡姆，它看起来有点像犀牛，后面长了一个白色的像是在吹奏的时候用于代替喇叭的猎角。蒙那德斯[①]曾经记载过将那种角的粉末放进耳朵里可治疗聋症。

我让手下搭了一个帐篷，请那位老国王在里边稍作休息。片刻之后，我开始通过我的翻译和他攀谈起来，我提起他的前任莫里奎托的死和西班牙人后来的动向。在我走之前，我告诉了他我到这里来的原因，我是谁的仆人，以及我是为了女王陛下的欢喜而踏上这个旅程的。就如我曾经在特立尼达所做的一样，我还告诉他我是来将他们从西班牙人的暴政中解救出来的。我告诉了他女王陛下的伟大、公正和对所有被压迫民族的仁爱，还告诉了他女王具有所有我所能表达的和他能理解的一切美丽与德行。所有这些他都带着崇敬的心情认真地听着，同时也非常崇拜。我开始让这位老人谈及圭亚那以及这个国家，例如：那是一个什么样的国家，是依靠什么

① 蒙那德斯所著的医学史。

力量和制度进行统治的，地域有多广，邻国有哪些敌人和朋友以及到那里的距离和路途。他告诉我他和他的人民以及从这条河至海边以及卡拉帕纳所统治的艾美利亚的地区都属于圭亚那的，但是他们都叫自己奥里诺科波尼人，我们所看见的那些河流与山脉之间的所有的民族都是瓦卡里玛人，他们都用统一的称谓，而在瓦卡里玛山的另一边有一个很大的平原（那是在我回程的时候发现的），这山谷被称为阿玛里奥卡帕那。这个山谷中的人是古老的圭亚那人。

我问他什么人住在阿玛里奥卡帕那山谷外的更远的那面山脉上。他叹了口气地回答我（像一个心中感觉丧失了自己的国家和自由的男人那样，特别是他的长子在山那边的战场上牺牲了，那是他最爱的儿子），他记得当父亲已经年老而他自己还是个年轻小伙的时候，有一个民族从“遥远的太阳睡觉的地方”——这是他的原话——来到了那个广阔的圭亚那山谷，他们的人数太多，以至于无法计算和抵抗。他们穿着宽大的外套，戴着深红色的帽子，他用支撑我的帐篷的那种红色的木头来描述那种颜色，那些人被称作俄罗琼斯和厄普勒梅。他们杀戮了甚至灭绝了很多古老民族的人们，其数量多如丛林中的树叶。现在他们成为了大地的主人，甚至对山脚下的库拉人也毫不客气，只留下了两个族群：一个叫作艾瓦拉瓦奎里；另一个叫卡西帕戈托斯。在艾瓦拉瓦奎里和厄普勒梅最后的战争中，他的长子被选中支援艾瓦拉瓦奎里——这个奥里诺科波尼的最大的军队，他的儿子与他的人民和朋友一起牺牲在了战场上，而他现在只有一个儿子。他说父亲曾说过那些厄普勒梅人在圭亚那平原源头的山脚下建起了一个叫作马克里圭的城镇，这个平原是没有尽头的。他还说他们的房子有很多个房间，一个挨着一个，里面住着俄罗琼斯和厄普勒梅的国王，国王派驻了3000士兵驻扎在边界处，不断地对他们进行侵略和杀戮。但是近几年来，自从基督徒们开始侵略他的领地和边疆后，他们便开始和平相处也开始相互通商，除了艾瓦拉瓦奎里和那些居住在卡罗尼河源头的卡西帕戈托斯人，后来我们发现他们都将西班牙人视作共同的敌人。

在他说了这么多之后，他想要离开了，他说自己已经说得太多了，他已风烛残年，每天都等待着死亡的召唤，这也是他自己的说法。我希望他今晚能和我们一起休息，但我不能乞求他，他告诉我在我从上述的国家返程的时候他会再来找我们，同时还会尽可能地为我们提供他的国家产出的最好的东西。当晚他回到了他自己的城镇奥罗可托那。那天他走了28英里的路，天气非常炎热，这个国家位于赤道4—5度之间。这个托帕沃利是最聪明和最令人骄傲的奥里诺科波尼人，因此，他看起来似乎能回答我所有的问题。在我回程的时候，我很惊奇地找到一个如此庄重、有判断力又善于言谈的人，但他对我了解新的知识并没有任何帮助。

第二天早上，我们离开了这个港口，沿河向西行驶，去看那著名的卡罗尼河。因为那是一条非常壮观的河流，并且我知道它能引导我们找到边境上最强大的民族，那是厄普勒梅的敌人，是圭亚那和玛洛亚的印加国王的臣子。当晚我们在另一个小岛凯阿玛下锚，这座岛屿长五六英里。第二天我们到达了卡罗尼河的河口。当我们差一点儿到达莫里奎托港口的时候，我们听到一阵巨响。当我们乘驳船和摆渡船驶入的时候，本打算要前行至四英里外的卡西帕戈托斯的国家，可是，我们乘坐的八桨独木舟，在一个小时内连行驶扔一块石头那么远的距离都无法做到。这条河的水面有泰晤士河伍尔维奇河段的水面那么宽，我们试过从河道的两边走，也试过河水的中间，甚至是河道其他每个部分，结果都不行。我们只好在附近的河岸上扎营，然后派出从莫里奎托就跟我们一起的奥里诺科波尼人去通知河流上游的国家，告诉他们我们在这里以及我们希望能拜见居住在河流上游的卡鲁里阿的领主，让他们知道我们是西班牙人的敌人，因为这条河的河岸是莫里奎托杀死修道士以及那九个从玛洛亚来的西班牙人并同时抢走他们14万比索黄金的地方。第二天，一位名叫瓦努勒托那的领主或酋长同其他的人一样带着他的随从以及许多食物来犒劳我们。在我到来和通知托帕沃利之前，我让这位酋长了解了我自己以及我是怎样抱着上述目的被女王陛下派来这里的，还有我可以怎样帮助他接触到圭亚那的财富。我发现那些卡罗尼河边的人不仅仅是西班牙人的敌人，他们还是拥有大量黄金的厄普勒梅的敌人。通过瓦努勒托那我了解到这条河的源头处居住着三个强大的民族，他们位于一个大湖边，那里是这条河的发源地。这三个民族分别叫卡西帕戈托斯、厄帕勒革托和阿拉瓦革托（普利革托和阿里革托依旧定居在卡罗尼河上面的支流旁，上面提到的湖并不存在）。他们既是西班牙人的敌人也同样是厄普勒梅的敌人，他们决定加入我们。如果我们翻过库拉的山脉进入前面的陆地，就能找到很多的金子以及其他好东西。他告诉我们前面提到过的艾瓦拉瓦奎里民族整天与居住在马克里圭的厄普勒梅人打仗，马克里圭是圭亚那的第一个内陆城市，由印加国王统治。

在这条河上，被我派去与贝里奥在一起的乔治船长告诉我，那里有个巨大的银矿，就在上述的河岸附近。但是到了现在包括奥里诺科、卡罗尼河以及所有的河流的水面都上涨了四五英尺，所以现在乘坐任何船只靠人力划船都不可能逆着水流进入那条河。因此，我派遣泰船长、格林维尔船长、我的侄子约翰·吉尔伯特、我的表弟巴斯赫德·乔治、克拉克船长以及另外30个人左右从陆路去沿河岸查探，同时也去20英里远的阿那托波山谷之外的一个小城镇。他们在那里找到了向导带他们去了山脚下的另一个叫作卡普勒帕纳的一个更大的城镇。这个城镇属于一位名叫哈哈拉科阿的酋长，他是我的朋友阿罗米亚的国王老托帕沃利的侄子，因为这个城镇以及卡普勒帕纳与这个帝国的边疆之城马克里圭相邻。与此同时，我和吉福德船长、考利菲尔德船长、爱德华汉考克以及六个人左右由陆路前行去看卡罗尼河奇异的瀑布，那瀑布从远处咆哮而来。同时，我们也观察了相邻的平原以及卡鲁里阿的其他地区。我让维登船长和威廉康诺及另外8个人去查探是否能在河岸边找到矿石。当我们来到与河水相邻的平原的首座山的山顶时，我们看见了从山顶裂口处流出的巨大水流汇入卡罗尼河。我们还可以从那座山上看见这条河是这样被划分成三条支流的。大约20英里远处出现了10～12条瀑布，一条比一条更高，就像是教堂的塔尖一样。那些瀑布急速奔流着，激起的水花就像是被一场大雨全面覆盖了，在有些地方我们首先将它们看成了从那些伟大的城市里面冒出来的烟雾。因为我脚力不够，不善走远路，我便想从那里返程了，但是其他的人非常想去那个产生奇怪雷鸣般响声的水域附近看看，他们便游说我一步步地往前走，直到我们到了下一个山谷，在那里我们可以更好地观察上述景观。我从没见过一个这么漂亮的地方和这么美丽的景色，山谷中群山耸立，河水蜿蜒变成无数的支流，旁边的平原上没有任何的丛林或草木的残茎，地面长满了翠绿平整的草，地上的沙地无论对于马还是人来说都易于行走，路上随处可见小鹿，到了傍晚树上的鸟儿以各种不同的曲调歌唱着，白色的鹤与苍鹭栖息在河岸边，空气中飘动着清新的从东而来的微风，我们所拾到的每一块石头从其表面来看都有可能是金子或银子。女王陛下应该看看这些，我希望它们不是在阳光下才如此美丽。我们现在除了用匕首或者徒手将他们挖下来以外没有别的办法。这些石头与之前提到的矿晶石一样坚硬，看起来像是燧石，它们积聚在一起变得更加坚硬，并且其矿脉在岩石的一到两英寸处。虽然我们想得到这些必需品，但如果能使上帝高兴的话，我们得抑制我们的渴望和美好的愿望，这样做会更好。总的来说，当我们的同伴返回的时候，他们都带回了各种看起来很不错的石头，但是他们找到的那些地面上松散的石头绝大多数虽然有颜色，但里边却没有黄金的成分。那些没有判断力和经验的人保留了所有发亮的石头，而且不赞同只是这些光泽使他们变得珍贵的说法。他们带着这些石头和白铁矿从特立尼达到很多其他的地方，还由此得出结论认为所有的都是一样的。我把其中的一些石头拿给一位加拉加斯的西班牙人看了，他告诉我这就是黄金之母，这样的石头下面深藏着金矿。

但是我现在有些动摇了，或者是在幻想中背叛我自己或是我的国家。让我自己再经历一次那些我并不如此热爱的寄宿、勘察、担心、危险、疾病、怪异的食物、颠簸的旅途以及伴随这次旅程的其他的灾难，我不确定那些太阳照耀下的土地里面是否有那么多财富。温登船长和我们的外科医生尼古拉斯·梅勒查普带给我一种像蓝宝石的石头，我不认识这种石头。我将这石头拿给一个奥里诺科波尼人看，他答应带我去那个长满这种石头的山，山上的这种石头个头很大，形状像钻石一样。它到底是山上的水晶还是布里斯托尔钻石或者是蓝宝石，这我并不知道，但我希望它是最好的那种。我可以肯定这个海拔高度的山脉极有可能出产那些珍贵的石头。

卡罗尼河的左岸居住着前文提到的艾瓦拉瓦奎里人，他们是厄普勒梅人的敌人。在卡罗尼河的源头附近靠近卡西帕湖的地方居住着别的民族，他们同样反对印加和厄普勒梅人，这些民族是卡西帕戈托斯、厄帕勒革托和阿拉瓦革托。我进一步了解到卡西帕湖非常巨大，直径达到40英里左右，如果乘独木舟穿过这个湖需要花上一天的时间。这个湖有许多的支流，在夏季，当河水漫过河岸的时候，在那些支流里能找到一粒一粒的金子。

在卡罗尼河的后面还有另一条水况很好的河流，叫作阿鲁伊河，河水穿过卡西帕湖向西流进奥里诺科河，使得阿鲁伊河与卡罗尼河之间的陆地变成了一个小岛，更像是一个美丽的国家。阿鲁伊河旁边有两条河，分别是阿托卡和卡罗尼河。在那条叫作卡罗尼河的支流旁生活着一个民族，他们的头长在他们的肩膀下方，这听起来像是个传说，但在我看来，这是一个事实，因为阿罗米亚和拉鲁里的每个孩子都很肯定地这么说。这些人叫作厄瓦帕罗玛，据说他们的眼睛长在肩膀上，而嘴长在胸口的正中央，长长的头发长在背面两个肩膀之间。托帕沃利的儿子后来被我带到英格兰，他告诉我，厄瓦帕罗玛是这片大陆上最能干的人。他们使用的弓和箭以及棍棒比圭亚那人和奥里诺科波尼人所使用的大三倍。在我们到这里的前一年，有个艾瓦拉瓦奎里人抓住了这么一个人并把他带到了阿罗米亚的边界处，那是他父亲的国家。当我表现出一些怀疑的时候，他告诉我，那些人并没有什么神奇的地方，他们是和那片土地上其他人民一样伟大也一样平凡的民族。近几年来，他们杀戮了上百个与他们同祖先的人和其邻近部落的人。但直到我离开，也没有机会再听到关于他们的消息。如果我当时见到了这个厄瓦帕罗玛人的话，我会把他带在身边以打消世人对这个民族的怀疑。曼德维尔曾提到过这样的一个民族。他的记录很多年来都被认为是传说，直到发现了东印度群岛后，我们才了解他的叙述是真有其事，而在那之前都是那么不可置信（曼德维尔或者与其同名的作者说无头的人出现在东印度群岛，这个传说借鉴自希罗多德等过去的作者）。无论这是否是真实的，这都不是大事，这样的幻想并不能带来任何的利益。在我看来，虽然我没有见过他们，但是我坚定地相信这么多人不可能都联合起来或者事先想好了来做这样的报道。

后来，我到西印度群岛库马纳时，有机会跟一个住在那儿不远处的富有旅行经验的西班牙人交流了一下。在他知道我曾去过圭亚那，甚至到过西边卡罗尼河那么远之后，他首先就问我是否见到过那些没有头的厄瓦帕罗玛人。这个被认为是在言谈方面以及其他各方面最诚实的人告诉我他曾经见过很多这样的人。我不会提及他的名字，因为这样可能会对他不利。但是在伦敦的摩其森先生的儿子和商人彼得·摩其森对他非常了解，彼得·摩其森有一艘弗兰德船在那里做贸易。他们都听说过他公开声明那些人都是真的。

第四条流向卡罗尼河西边的是卡勒罗河，它流入阿玛帕安那一面的奥里诺科河。那条河比多瑙河或者任何一条欧洲的河流还大。它发源自圭亚那南部划分圭亚那和亚马孙的山脉，我认为它可通航几百英里。但今年我没有时间，没办法同时也没有遇到合适的季节去探查这条河，原因我在此前提到过，因为冬季就要来临了。虽然冬季和夏季在温度上面变化不大，树木也不会因季节变化而掉叶子，由于季节变化的温差不大，这些树木不断有新的枝叶及果实生长出来，也不时地有新的果实成熟。但是这里的冬季还是会有很多狂风暴雨，以至于我们在回程前经常遇到电闪雷鸣和河水泛滥的情况。

在北面，第一条流入奥里诺科河的是卡里河，其后是里莫河。在两条河之间有一个很大的食人生番的民族，他们的主要城市的名字里含有这条河的名字，叫作阿卡玛卡里。这座城市有一个长年的贩卖女性的市场，一个女人只值三到四把斧头的价钱，她们被卖给阿拉瓦克族人，然后又被他们卖到西印度群岛。里莫河的西面是帕沃河，之后是卡图里河，之后是沃利河和卡普里河（阿普雷河），它从梅塔河流出，贝里奥通过这条河来到了新格拉纳达王国。卡普里河的西面是阿玛帕安，在那里贝里奥度过了冬季并且他的队伍中很多人中了安勒巴斯沼泽中的黄褐色的水的毒。阿玛帕安以上至新格拉纳达王国之间有梅塔河、帕托河和卡萨那河。这些河的西面至阿沙圭亚斯省和卡特提奥斯省之间流淌着贝塔河、达尼河和乌巴罗河，在到秘鲁的边界之间是托莫巴巴省和卡萨马尔卡省。在秘鲁北面与基多相邻的是圭亚卡河和高瓦河。在上述山脉的另一面是帕帕门尼河，它穿过马泰罗尼斯省流入马拉尼翁河或者亚马孙河。奥苏阿在沿着亚马孙河寻找进入圭亚那的道路时于马泰罗尼斯省打造了自己的锁子盔甲。奥苏阿被前文提到的背叛者阿吉雷杀死了。

在达尼河与贝塔河之间，奥里诺科河（现在叫作巴拉奎恩，因为梅塔河上游的人不知道奥里诺科这个名字）旁有一个非常著名的小岛，叫作阿苏勒。再向前走的话，负载太多的船是无法通行的，因为那里有一个水流很急的瀑布以及湍急的河流，在旋涡中所有的小船都可能沉没。单是提到这些河而不加以描述的话，可能会显得单调乏味，因此我将描述一下这几条河流。奥里诺科河可通航的部分只有不到1000英里，如果是小一些的船可以达到近2000英里。我在前文提到过，通过这条河，秘鲁、新格拉纳达王国和波帕扬可以侵入，这条河同样通往印加帝国、阿玛帕安省和安勒巴斯，这些地方拥有丰富的黄金。它的支流卡勒罗河、曼塔河以及卡罗尼河从大陆中部、秘鲁和圭亚那的东部省份之间的山谷流出。奥里诺科最后流入马拉尼翁和特立尼达之间、纬度为2.5度附近的海洋。所有的这些，女王陛下可以在关于圭亚那、秘鲁、新格拉纳达王国、波帕扬王国和罗德以及从委内瑞拉的行政区域到乌拉巴湾和卡塔赫纳西边以及亚马孙南面的描述中获得更多的信息。当我们在拉鲁里的海岸下了锚，了解到这条河的源头与支流的所有民族，然后发现很多不同的民族都视厄普勒梅人和新的征服者为敌人的时候，我认为再在这个地方流连便是浪费时间了，特别是奥里诺科的河水开始一天天地上涨以至于威胁到我们回程的旅途。不到半天的时间，河水开始以令人恐惧的速度疯狂地上涨；天上下起了倾盆大雨，狂风也呼啸而至。我们的人开始叫喊着想要改变处境，因为除了放在自己背上，我们没有其他的地方能放置衣服了。最多的时候这些衣服在一天之中要在自己身上被汗水和雨水冲洗10次。我们在近一个月的时间里每天向西前进。因此，我们现在掉头向东航行，将所有的时间都花在寻找通往大海的河流上面，但我们现在还没有找到，这是最关键的。

离开卡罗尼河口的第二天，我们又一次到达了莫里奎托港口。因为是顺流的关系，我们航行得不费力气，但却又是逆风而行，我们每天前行不到100英里。我一停下船就派人去找老托帕沃利，他是我想进一步交谈的对象，我也想找他商量是否能带一个他们国家的人跟我一起到英格兰，同时也学习他们的语言，顺便商量下能否在这里多待一段时间。在我的信使找到他三个小时后，他来了，跟着他一起来的有各色各样的人，每个人都带着一些东西，仿佛这里是英格兰最大的市场或集市一样。我们饥饿的同伴们拥挤在一起，围着那些篮子，每个人都随意拿取他们喜欢的东西。他在我的帐篷里休息了一会儿之后，我把我们的人和我的翻译都叫出去了。我告诉他我知道厄普勒梅和西班牙人都是他和他们民族的敌人，其中一个已经征服了圭亚那，而另一个则想从他们两个人的手中收回上述地区。因此，我想让他告诉我有关他的一切，包括进入圭亚那富藏黄金的地方的路径，以及通往印加的内陆城市和他的居民区的路径。他是这么回答我的：首先，他不能理解我打算去圭亚那的想法，因为今年的这个时间并不合适，而且他对完成这项计划所需的情报了解得也不够。他说如果我真的这么做了，那么我会将所有的同伴都葬送在那里，因为那个帝王拥有消灭一切敌人的强大实力。除此之外，他还给了我一个好的建议，要我牢记在心里（因为他知道他不可能活着等到我返程的那天）。他告诉我，从今以后无论如何都不要在没有圭亚那的敌对国家的帮助下进攻圭亚那最强大的地方，因为如果缺乏这个条件，我们既不能有效地组织行事，也不能获得食物供给，或者带着任何东西上路。我们的人不可能在那样的高温和艰苦条件下行军，除非我们得到边界人民的帮助，用他们的货车为我们运送肉食和设备。因为他记得在马克里圭的平原上，有300个西班牙人都被打败了，这些西班牙人在边界上没有朋友，当他们穿过边界的时候却处处遇见敌人。这些敌人会点燃生长在那里的一种又长又干的草，这些草所产生的烟雾使得这些西班牙人感到窒息，无力抵抗，同时也使他们在浓烟中无法看清楚敌人。他进一步告诉我说，从这里到马克里圭需要四天的时间，那是第一个比较富有的城镇，也是距离印加和厄普勒梅城镇最近的地方。边界上及其附近的国家所拥有的金盘子都是来自马克里圭，也都是由那里打造的，但是大陆深处的金制品则更好，它们通常被制成人物、野兽、鸟类以及鱼类的形象。我问他我所带的这些人是否足够能占领那个城镇，他说他认为可以。然后我问他是否能够帮助我，做我的向导并带领他的一些人加入我们，他回答我说如果河流的水况允许他们涉水而过的话，他会带上所有的边界居民来帮助我，在这种情况下，他要我留给他50个士兵，直到我再次返程时，他可以让这50个士兵负责食物供给。我回答说我总共也找不出50个合适的人选，其余的人都是劳工和船夫，而且我也没有火药、炮弹、衣服或者任何其他的东西可以留给这50个人，如果没有这些进行自我防御所必须的装备的话，那么在我离开之后，西班牙人会采用我在特立尼达对付他们的手段来对付我的人，从而将他们置于危险之地。虽然考利菲尔德船长、格林维尔船长和我的侄子约翰·吉尔伯特和其他几个人想要留下来，但我非常担心他们很有可能因此而丧命。因为贝里奥的人马天天都盼着西班牙提供的给养，并且一直等待着他的儿子带着骑兵及步兵从新格拉纳达王国赶来会合对我们发动攻击，而且在瓦伦西亚和加拉加斯，贝里奥他们还有200名骑兵随时可以出征。反观我们，我甚至找不出40个士兵给他们，我既没有任何火药、枪弹和火柴，也没有任何别的补给品，比如铁锹和镐头或者任何其他可以用来防御的东西留给他们。

当我告诉托帕沃利我为什么不能在这时候给他留下任何一个同伴时，他希望我能在那段时间里忍耐，因为他可以肯定，如果他给我们当向导或者帮助我们对付那些厄普勒梅人的话，在我到达海边的三天之内，厄普勒梅人就会向他进攻，然后杀掉他所有活着的人民和朋友。他还说那些西班牙人也想置他于死地，他们已经杀死了他的侄子莫里奎托，那位当地的领主。在托帕沃利还没有成为国王之前，西班牙人把他用链子拴了17天，他们把他像狗一样牵着到处走，直到他支付了100个金盘子以及许多串石脾作为赎金。而现在，自从他成为了那片地区的主人，他们还是想抓住他。当他们知道他与英国人来往之后，这种想法就更加强烈。他说："因为如果他们不能控制我的话，那就必须得把我赶走。他们已经抓住了我的一个叫厄帕拉卡诺的侄子，将他改名为'唐璜'。而我儿子的名字被改为唐·佩德罗，西班牙人给他们统一着装和配备装备武器，想通过他们组织一支可以在我的国家对抗我的队伍。我还将妻子送去了一个叫路易安娜的强大家族，那是位于边界的国家也是邻居。我已经老了，死亡对我来说近在咫尺，我不能像年轻的时候那样旅行或者随意行动了。"因此，他请求我们将计划推迟到明年，到那时他可以召集所有的边界国家来帮助我们，那时的季节也更适合出航，因为这个时候，我们的船只不可能通过任何一条河流，并且在我们返航之前，河水会急剧上涨。

他进一步告诉我说，在入侵马克里圭和圭亚那其余地方的这件事上我不用太着急，因为那些边界附近的国家会表现得比我更加迫切。他道出了一个主要的原因是这样的：在与厄普勒梅的战争中，那些边界居民的女人都被抢走了，包括他们的妻子和女儿，所以对那些边界国家的人来说，他们最想要的不是黄金财宝，他们只想从厄普勒梅手中夺回自己的女人们。说着这些，他更加伤心，仿佛这件事的后果很严重。那些边界的居民习惯于拥有10—12个妻子，但现在他们被迫使自己满足于3—4个。而厄普勒梅的领主们有15个至上百个妻子，他们征战的原因更多是因为女人而不是黄金或领土，这是事实。因为那些国家的领主们希望生育很多的孩子来发展自己的种族和家族，因为他们的亲信与军队就是由这样的人组成的。后来托帕沃利的跟随者们希望我能加快进度，他们想洗劫厄普勒梅，而我问他们想抢劫什么时，他们回答说抢来的女人归他们，而黄金归我。他们是为了那些女人而不是为了黄金或者是收复古老的领土而想参与此次战争。因为在印加和西班牙人的城市之间的边界地区人烟稀少，大部分人因害怕西班牙人都逃到了其他遥远的国度。

在听了老人这样的答复后，我们陷入了思考：在这个时候进入马克里圭与印加开战是否是个好的建议，如果季节问题和其他所有的事情都安排好了，那么打还是不打？在我看来，由于河水的原因我们不可能行军，也没有充备的军力，也不能承受即将到来的冬季或者在船只上停留太久，我认为在那时进军是一个糟糕的建议，但是对于黄金的渴望会推翻所有的反对意见。在我看来，如果女王陛下今后有入侵的打算的话，那么这将是对这事业致命的打击。因为现在这些边界的居民知道我们是西班牙人的敌人，并且认为是女王陛下派来解救他们的，而当等到他们证实了我们都是为了同样劫掠他们的目的而来时，对于他们来说，无论是在我们回程的时候他们转而支持西班牙人，或者直接向我们屈服都没有什么区别。但是对于我们对黄金的渴望，或者对于我们的侵略目的，整个这个国家的人民都是不知道的。如果女王陛下按照我所提议的这个计划行事，那么他们很可能向我们俯首称臣而不是向残酷对待他们和其他边界国家的西班牙人屈服。因此，尽管这里蕴藏着巨大的利润，而且这利润比将来英格兰能在此地拥有的大量利润丰厚的贸易所得的利润还要大，在我知道女王陛下的好恶和打算之前，我不会抢劫一个或者两个城镇的。现在我很肯定，哪怕只剩下一个人，这些边界居民为了我们胜利返回的希望会与西班牙人抗争到底。如果我像贝里奥一样攻击了边界国家，或者勒索了那些领主，又或者侵略了印加的属地，那么我知道今后我将失去所有。

在我告诉阿罗米亚的领主托帕沃利我不能在这个时候留给他想要的人，我愿意将进攻厄普勒梅的计划推迟到明年之后，他慷慨地让他唯一的儿子跟我去英格兰，虽然他自己的时日不多了，但他希望通过我们可以让他的儿子在他死后建立自己的地位。我将吉福德船长的仆人弗朗西斯·斯派洛和我的一个叫休·古德温的男孩留给了他，前者想留在那里并且他可以用笔描述整个国家，而后者想学习当地的语言。后来我问了一些关于方法的事情，例如：厄普勒梅是怎样制造那些金盘子以及他们是怎样从石头中提炼金子的。他告诉我说，大多数用来打造盘子和雕像的金子都不是从石头里提炼的，而是从玛洛亚的湖边以及很多其他的河中得到的。他们将谷粒大小的以及小石头那么大小的足金聚在一起，然后掺入一部分铜，否则就不会成功。他们用一个巨大的满是洞的陶罐做容器，当他们将金子和铜混在一起之后便将竿子绑在洞上面，然后通过吹气加大火势直到金属开始熔化，然后再把它浇入石头或是陶器的模子中便做成了那些盘子和雕塑。我给阁下送去了我偶然得到的两种成品，主要是为了展示他们的技艺而不是其价值。我没有让别的人知晓我对黄金的渴望，因为我没有时间和力量获得大量的黄金。我给他们的黄金比我得到的还要多，我还给了他们印有女王陛下头像的20先令纸币，让他们佩带在身上，并且承诺：他们今后将成为女王陛下的仆人。

我还给阁下送去了矿石，如果不期望得到更多别的东西的话，我知道这些矿石当中所蕴含着丰富的珍贵的物质，足以媲美任何其他地区的矿藏。但是我们不能逗留也不能在山上搜寻，所以我们没有拓荒的人也没有棒子、锤子以及铁楔等工具来挖开地面，而没有这些东西我们便无法深入矿藏。但是我们看见山上满是这种金色和银色的石头，我们测试过，它不是白铁矿，因为西班牙人叫它黄金之母，这是对其成分的有力肯定。我曾见过很多这种矿，以及其他我将提及的矿石的外观，我知道这就是那种全世界都觊觎的矿。

我知道我能在卡鲁里和阿罗米亚做什么，也得到了那些省份中一些最重要的领主的忠实承诺，他们都想成为女王的仆人。我还了解到他们答应如果西班牙人趁我们不在的时候进攻，他们会进行反抗，并且还将联合卡西帕湖的民族以及艾瓦拉瓦奎里的人们共同进行抵抗。在这之后，我离开了老托帕沃利，他将儿子给我作为我们俩誓言的见证，而我留下了上文提到的两个人给他。我指导弗朗西斯·斯派洛带着我留给他们的货物去游历马克里圭，顺便了解那个地方，如果可能的话，他可以继续前往伟大的玛洛亚。做完这些后，我们开船沿着圭亚那这面的河流前进，因为我们是从北面沿塞玛和维基里的草地而来的。

从阿罗米亚跟我们一起来的一位叫普提玛的酋长统治着瓦拉帕拉省，在那里的卡罗尼河边他杀死了九个西班牙人。他希望我们在他的港口休息并承诺带我们去他的城镇边上的那座长有金色石头的山，这件事他做到了。在那里休息了一夜之后，早晨我带着同行的大部分绅士上岸朝那座山前行。走过玛娜河的河畔区后，我们的右手边出现了一个叫作图特里托那的城镇，它位于塔拉科省之中，瓦里阿勒玛戈托是其主要的地区。在它前部的南方有另一个城镇，它位于阿玛里奥卡帕那山谷之中，与山谷同名。这个山谷的平原延绵60英里，从东到西是平整的地面，犹如世人所见的美丽的田野。河岸上零星散布着不同的树木，如同英格兰的公园或森林一样，这里到处都有鹿。每条河及每个湖泊都有大量的鱼类和鸟类。伊拉帕拉格塔就是这里的领主。

我们从玛娜河进入上述的那个美丽的山谷中的另一条河，此河叫作厄伊那河。我们在河中间的一个干净的湖泊边休息了一下。我们其中的一个向导用两根木头生了火，我们在旁边烤干了身上又湿又重的衣服。之后我们穿过一个浅滩向艾康奴里山行进，普提玛告诉我们那座山有那种矿石。在那个湖里我们见到了一种叫作玛那提的鱼，其肉质美味而有营养。可是当我了解到穿过那条河需要走大半天的时候，我知道我不可能走那么久，于是我让基米斯船长带上六个枪手继续向前走，并命令他们不要回到普提玛的其帕勒帕勒港口，而要稍作休息后下前往上述的山谷直到到达库玛卡河，我会在那里与他们会合。普提玛也答应做他的向导。在他们前行的时候，我们离开了厄匹拉帕那和右面的卡普勒帕纳的城镇，走下了刚才提到的阿玛里奥卡帕那山谷，朝着普提玛的房子走去。当天我们回到了河边，一路上看见很多很像金矿岩石，而在左手边我们看见了一座由很多矿石组成的圆形的山。

我们从那里沿着河水下行，沿帕里诺省的边缘前进。而在文章中提到的我所穿过的河流以及支流应将其和艾沃山、阿拉山等其他的山放在一起描述会更好，这些山都位于帕里诺省和卡里奎里那省的境内。后来我们向下走到达阿里，奥里诺科河在那里分成了三条支流，每条支流都是水况很好的河。我派了泰船长和格林维尔船长乘大帆船走最近的路，而我带着吉福德船长、考利菲尔德船长、爱德华·波特、以挪士船长同我的驳船和另两艘摆渡船沿奥里诺科河其中的一条叫作卡拉罗帕那的支流下行，这条河通往卡拉帕纳的艾美利亚省，也通往东边的大海。我们沿河而下一方面是为了找到已经登陆的基米斯船长，而另一方面是为了认识卡拉帕纳，他是奥里诺科波尼最伟大的领主之一。普提玛曾承诺在库玛卡河为基米斯船长引路，当我到达那里时，我留下了以挪士船长和波特大师在那条河边等他，我带着其余的人向下游的艾美利亚省进发。在卡拉罗帕那河中有很多不错的岛屿，有些岛屿长达6英里甚至10～20英里。当黄昏降临的时候，我们进入了奥里诺科河其中的一条叫作尹尼卡珀拉的支流，在那里我了解到了水晶之山以及这个季节的情况有多糟糕后，我不可能前行了，也不能在此次旅程中逗留太久。我们从远处观察，它像一座很高的白色教堂塔。山上有一条大河，河水不是从山边流出而是从山顶俯冲而下，河水冲击着地面产生出巨大的声响，仿佛1000个铃铛相互碰撞的声音。我从没看见过世界上哪条瀑布可以如此壮观、如此奇异。贝里奥告诉我那里有钻石以及其他珍贵的石头，即使在远处也能看见它们的光芒。但我并不清楚山上有什么，也没有任何人包括贝里奥能够爬到这山的山顶，这附近的人和都是他的敌人，所以他不可能走到那座山上。

我们在尹尼卡珀拉河边休息了一会儿，从那里我们向与这条河有着相同的名字的城镇进发，那里的首领是提米瓦拉，他还答应带领我们去瓦卡里玛山。但当我们来到提米瓦拉的府邸时正是他们的一个举行盛宴的日子，我们发现他们全都醉得像乞丐一样，酒壶不停地从一边滚到另一边。我们走得又热又累，看到这些非常高兴，只要一丁点就能使我们满足了。他们的酒非常烈，也易使人醉，我们便休息了一会儿。我们吃饱了之后便回到了河边的船上，这时，这个国家的领主向我们走来，带了这里产出的各种食物和精细酿造的菠萝酒、大量的鸡、其他的补给品以及我们所谓的石脾。尹尼卡珀拉的酋长们知道他们的国王卡拉帕纳离开了眼前的艾美利亚省，来到了位于圭亚那群山附近及阿玛里奥卡帕那山谷后面的凯拉莫。那10个住在他府邸的西班牙人使他相信我们的到来将毁灭他以及他的国家。但他的跟随者萨波拉托那和尹尼卡珀拉的酋长们了解了我们的目的，同时了解到我们只是西班牙人的敌人。虽然我发现他们是西班牙人的仆人，但他们了解到我们不会对当地的民族带来太大的危险，他们还向我们保证当我们通过这里时，卡拉帕纳会向其他地方的领主一样为我们服务。他们还说，以前除了款待西班牙人以外，卡拉帕纳不敢做任何其他的事情，他的国家是所有别的民族进入圭亚那的必经之路。他们进一步向我们保证卡拉帕纳的离开并不是因为害怕我们的到来，而是不想让西班牙人或者是以后到来的其他人给他安排任何任务。凯罗玛省位于划分圭亚那平原和奥里诺科波尼的国家的那座山的山脚下，如果任何人在我们离开之后进入他的城镇，卡拉帕纳都会翻过那座山进入圭亚那平原上厄普勒梅的领地，而西班牙人在没有强大战力的情况下不敢跟着他进入那里。但是我可以肯定，卡拉帕纳是个非常聪明而且狡猾的家伙，一个百岁以上的老人，正因为他那丰富的经验，他选择隔岸观火。如果我们回来时兵强马壮，那么他会成为我们的人，反之，他会为他的离开向西班牙人找借口说那是因为害怕我们的到来。

因此，我们发现沿河下行这么远或者再向卡拉帕纳这老狐狸寻求支持是无用的。所以，我们在艾美利亚省入口处的瓦里卡帕那河处掉转船头去东方那四条从艾美利亚省的山脉流入奥里诺科河的河流，它们是瓦拉卡亚里河、科拉玛河、阿坎尼里河以及艾帕罗玛河。这四条河下面还有奥里诺科河的支流及其河口，这些河流入东海。第一条是阿拉图里河，第二条是阿玛奎拉河，第三条是巴里玛河，第四条是旺那河，第五条是摩罗卡河，第六条是帕罗玛河，最后是乌米河。这些河的后面是从奥里诺科河和亚马孙中间的陆地上流出的14条河流，它们的名字我不提了。这些河流旁居住着阿拉瓦族和食人生番。

现在是时候向北行进了，我们发现从艾美利亚省的边界返回是条使人疲乏的道路，于是我们回到卡里鲁帕河的源头，从那里我们离开了山谷沿河而下，来到了最先进入的托帕里玛卡的港口。

整个夜晚都是暴风骤雨、雷电交加，我们只好将小船靠停在岸边并躲在船里，时刻担心着滚滚的巨浪和可怕的涌流。第二天清晨前，我们来到了库玛卡河的河口，我在那里将以挪士船长和爱德华·波特放到岸上等待基米斯船长的到来。但是当我们进入那条河的时候，却没有等到他到来的消息，对此我们感到很疑惑，不知道他发生了什么事情。我们继续向前划行了一或者二里格并沿河散发了些纸片好让他知道我们在这里。第三天早晨，我们收到了他们回信的纸片。我们把他们带上了船，并与他们的向导普提玛告别，他对我们的离开很惋惜，在所有人之中显得最为伤心，他还表示如果我们逗留至他回到自己的城镇的话，他将让我们带他的儿子去英格兰。但看到奥里诺科河汹涌上涨的潮水让我们非常担心，于是我们还是离开了那里往东方前行，直到我们回到上文提到的三条支流的分叉口，在那里我们可以快速前进将溪流抛到船后。

第二天，我们登上了阿萨帕诺岛，这座岛将我们去艾美利亚时所行驶的河流分成了许多支流，我们就在岛上用一种在尹尼卡珀拉见过的犰狳填饱了肚子。之后的一天，我们回到了停靠在托帕里玛卡港口的摆渡船上并于当晚冒着电闪雷鸣和暴风骤雨的糟糕天气离开了，因为冬季已经在靠近了。好消息是：我们以每天100英里的速度向下游航行，但是我们进入的河流不允许我们掉头，因为我们进入的是瓜尼帕海湾的底部——阿曼那河，我们没有任何办法在此回航，这里的风和河水的涌流都非常强，因此我们改到奥里诺科河的支流卡普里河中航行，这条河从我们船的东方流入大海中。在起风之前我们都只能这样，这是必须的，因为在我们进入这个河口之后只能尽可能以这种方式跨越大海，这正如陛下所知的在格兰维林和多佛之间的那些船只那样。

谈论哪些是属于回程的流向的河流的话题，或者描述那些住在树上的提维提瓦斯人的河流、岛屿以及村庄的名字是很沉闷的。我们将这些留在总地图中谈及。总而言之，在到达海边之后，我们开始痛苦地质疑我们以前所有的行程时，我向上帝发誓，那是我们最绝望的时刻。当晚，我们停靠在流入大海的卡普里河的河口，那里刮起了巨大的风暴，河口的宽度至少有一里格，我们乘坐小船在黑夜完全降临之前奋力前行，并且尽量让摆渡船与我们靠拢。我们的船在水中挣扎着，它费尽力气避免自己和承载的一切沉入水中。而我自己真心忏悔当时不知道该走哪条路，我很犹豫是不是该待在拥挤的摆渡船中，这条船吃水5英尺，而这里共有两里格的路水面仅高于河底6英尺左右并且处于海峡的位置。我也在犹豫，在这样恶劣的天气里，是不是应该乘坐自己的驳船迎着汹涌的海浪穿越大海。我们逗留得越久天气就越糟糕，因此，我带着吉福德船长、考利菲尔德船长和我的表弟格林维尔上了我的驳船。我们将自己交给上帝，把自己放逐到海面上，将那条只能在白天航行的摆渡船下锚停靠。一切都显得很冷静甚至有点哀伤，我们用一个个微弱的欢呼来彰显勇气，而这一切取悦了上帝。我们在第二天9点钟左右看见了特立尼达岛，我们紧挨着它行驶，到达卡利阿潘时我们上了岸，在那里我们看见了我们停在那里的船，这让我们欣喜无比。

现在上帝乐意将我们平安地送到我们的船上，是时候将圭亚那还给圭亚那人所敬畏的太阳了，于是我们离开这里向北前进。我也会简洁地对这次发现之旅做一个总结，我们将会再次提及我们在此次旅程中所见的许多国家和民族以及他们所受到的影响。我们第一次进入奥里诺科河的支流阿曼那河时，我们的右边有流入海湾的两条河流——瓜尼帕河和伯贝瑟河，沿河而居的是一个残忍的食人生番民族。在流入同一个海湾里还有第三条河，叫作阿雷奥河，它源自帕里亚的方向流经库马纳。这条河边居住着维基里人，他们在那条河边主要的城镇是塞玛。这个海湾里除了这3条河流和阿曼那河的4条支流以外便没有其他的河流了，这些河到了冬季的时候产生大量的水流流入大海，上涨的水流在大陆上延绵两至三里格。在通往圭亚那的道路上，那里的陆地上有八条奥奥里诺科河的支流沿着岛屿流动，那里生活着一种人，叫作提维提瓦斯，其中有两个族群：一个叫其阿瓦尼人；另一个叫瓦拉维提人，他们处于相互战争的状态。

在最靠近奥里诺科河的地方，例如帕里玛卡和尹尼卡珀拉，那里居住着一个民族，叫作内波依沃，他们是艾美利亚省的领主卡拉帕纳的追随者。尹尼卡珀拉与莫里奎托的港口之间以及整个阿玛里奥卡帕那山谷地区的人都叫作奥里诺科波尼，他们以前服从于莫里奎托，而现在是托帕沃利的追随者。卡罗尼河边的是拉鲁里，它由一位女士统治，她是这里的女继承人。她从很远的地方赶来看我们，并且询问了我们很多关于女王陛下的问题。从我们的交谈中，她知道了女王陛下的伟大，感到非常欣喜。同时对于我们关于女王陛下的种种美德的真实陈述感到很好奇。在卡罗尼河的源头以及卡西帕湖的岸边住着卡西帕戈托斯族的三个国家。在这片土地的南边是卡普勒帕尼和厄帕勒帕尼，在他们的后面与印加的第一城市马克里圭相邻的艾瓦拉瓦克里。他们都宣称是西班牙人以及富裕的厄普勒梅的敌人。在卡罗尼河的西边有很多食人生番，也有由那些没有头的厄瓦帕罗玛人建立的国家。正西方是阿玛帕阿斯和安勒巴斯，他们都拥有极其大量的黄金。剩下的朝秘鲁方向的国家我们就此省略。在奥里诺科河的北面至西印度群岛之间是塞米和维基里人以及前面提到的其他民族，他们都是西班牙人永远的敌人。在奥里诺科河主河口的南边是阿拉瓦族，他们后面是食人生番，他们的南面是亚马孙。

关于野兽、鸟类、鱼类、水果、花木、树胶、甜木以及他们的一些宗教习俗的介绍首先需要很多篇幅，其次还需要多年的时间。厄普勒梅人的宗教与印加和秘鲁的皇帝所信仰的宗教是一样的，这些可以在谢萨以及其他的西班牙的故事中读到。诸如他们如何理解灵魂的永生，怎样崇拜太阳，以及像东印度群岛的勃固人一样将挚爱的妻子和财宝同自己一起埋葬。奥里诺科波尼人并不让自己的妻子陪葬，而是埋葬他们的珠宝以期能再度欣赏它们。阿拉瓦人将他们领主们的骨头弄干，再让他们的妻子和朋友将其骨头的粉末喝下。在秘鲁人的墓里西班牙人发现了他们大量的财宝，这些在各地区的秘鲁人中也都有发现。他们都有很多妻子，而领主的妻子则有平常人的五倍那么多。他们的妻子从不和自己的丈夫一起吃饭，也不和男人一起吃，但她们会伺候丈夫就餐，之后她们再自己吃饭。那些不再年轻的女人就会做所有的家务，包括做面包和饮品以及棉被等。而男人在没有战争的时候只是打猎、捕鱼、玩乐以及饮酒。

我将会简要介绍下他们的礼仪、法律以及风俗。我从未见过印加的城市，而印加国王很可能在圭亚那建立了如他的祖先在秘鲁所建立的一样华丽壮观的宫殿，因此我不能说我的所见的一切富丽堂皇、稀有罕见，其奢华程度超过了欧洲所有的宫殿，甚至是超过了除了中国以外的全世界的宫殿。而西班牙人、我自己以及那些将财宝随自己埋藏边界国家的人们都可以证实这些是事实。我已得知阿玛里奥卡帕那山谷的一位酋长在我们来之前刚埋葬了一个工艺巧妙的黄金椅子，它是在玛洛亚或者马克里圭附近打造的。但如果我们在他们受到教化之前或者在为挖开他们坟墓之前怜悯他们的宗教的话，我们就会完全失去这些金子。因此我首先想到一个解决方式，那就是在任何可能阻碍这项计划的事情发生之前，女王陛下应该决定接受还是放弃这个计划。如果秘鲁有大量的黄金，而印加人作为当地的王子，在那里享受着非常愉悦的生活的话，那么毫无疑问，生活在玛洛亚和统治玛洛亚也有会同样的乐趣，而我敢肯定那里会有比秘鲁以及西印度群岛更多的黄金。

至于其他我所见到的事情，我承诺一切都是真实的。那些渴望发现很多国家的人会在这条河上得到满足。这条河产生了如此多的支流，这些支流流入许多国家和地区，延绵东西大约2000英里，南北800英里，那些地方除了盛产黄金外，贸易也非常繁荣。普通的士兵会在那里为黄金而战斗，酬劳是以半英尺的金盘子代替便士，而他们在别的战争中如果受了重伤却得不到任何东西。那些想得到荣誉和财富的指挥官和首领们会发现那里有很多富裕而美丽的城市，以及装饰着黄金的肖像的庙宇，还有埋藏着大量财宝的坟墓，其中的财宝比科尔特斯在墨西哥发现的和皮萨罗在秘鲁发现的还要多。而这次征服的闪亮荣耀会使西班牙的所有光芒变得暗淡。没有一个国家能像圭亚那这个国家这样为居民提供更多的欢乐，无论是打猎、猎鹰行猎、垂钓还是捕鸟或者是其他的活动，圭亚那都能使你满足。

这里有非常多的平原，有许多清澈的河流以及大量的野鸡、鹧鸪、鹌鹑、鹤、鹭以及别的鸟类，还有各种鹿、猪、野兔、狮子、老虎、豹以及别的野兽，它们相互追逐或捕食。这里有一种野兽叫作卡玛或安塔（貘），它体形大如英格兰的牛，并且数量很多。如果要提及每个种类的动物，我担心这会给读者造成很大的负担，因此我将它们省略。总而言之，无论从健康，清新的空气，娱乐或者从财富的角度来看，世界上没有哪个地方可以和这里相媲美。此外，这个国家对人体健康非常有利。我们100多个人每天冒着炎热划船前行或是徒步行进，有时又被突如其来的大雨浇透，还以各种腐败的果实为食，也在没有任何调味的情况下食用当地的鱼、龟、拉加托（或者叫作鳄鱼）以及其他一些好的坏的食物。不仅如此，我们还每晚在野外露宿，而我们却没有损失任何一个人，也没有人萌生歹意或者像其他居住在热带或是赤道附近的人一样染上热病或者其他致命的疾病。

在有黄金储备的地方是不需要记住其他商品贸易的。但是在河流的南部地区有大量的巴西木和很多各类能染出完美的深红色和淡红色的浆果，这样适用于绘画的颜色无论在法国、意大利或者东印度群岛都没有办法生产。那些棕褐色皮肤的女人们用这颜色在身上画出斑点并且涂在脸颊上，如果常以此清洗皮肤，肤色就会更加美丽。那些棕褐色皮肤的女人们就是用这颜色在身上画出斑点并且涂在脸颊上。所有的地方都出产棉花、丝绸、香脂以及各种树胶和印度胡椒，这些东西质量上乘并且在欧洲从未出现过，还有一些这片大陆上我们所不知的也没有时间去探查和搜寻的东西。这里的土地非常肥沃，又多河流，它们可以运载糖、生姜以及西印度群岛所拥有的货物。

这次航行很短暂，普通风速下航行需要六个星期，回航也只是一样。途中不会遇到背风海岸、敌人的海岸、岩石以及沙地。在所有这些至西印度群岛以及其他地方的航行中，我们都受到限制，例如从西印度群岛至巴哈马海峡在冬季的时候便不易通过，即使在最好的时节，那也是一个危险而令人生畏的地方；而东西印度群岛的其他地区也很棘手；另外，百慕大附近更是一片风暴雷电交加、令人厌恶的海域。

就在1595年，17艘西班牙船沉没在巴哈马海峡，而伟大的“飞利浦”

号几乎要沉没在百慕大时被送回圣胡安·德·波多黎各并且在以后每年的航行中都表现不好。而在这条航线中我们不用担心这些问题。从英格兰出发的最好时间是7月，圭亚那的夏季是在10月、11月、12月、1月、2月以及3月，然后船可以在4月份离开圭亚那又在7月份回到英格兰。这样无论是来去或者逗留时他们都不会受到冬季气候的限制。在我看来，圭亚那就是最大的安慰和鼓励，因为我已经经历过在西印度群岛附近的航行中无数的平静、高温、暴虐的狂风以及逆向的风。

总之，圭亚那是一片未被发掘的处女地，地面从未被破坏，土地的价值与盐分也未被占用，坟墓未被打开，黄金尚未被盗取，矿藏从未被挖掘，寺庙里的雕像也未被撬走。这里从未有任何军队进入也未被别的基督教王子征服或者占有。这里非常适合防守，如果在我所见的其中一个地区修建两个堡垒，那么除了大炮只有长矛的长度的船以外，其他的船都不能通过。那些地区都有海峡并且洪水几乎都能涨至河岸。这两个堡垒会为印加帝国以及数以百计的在上述河流以内别的国家提供有力的防御保障，甚至是秘鲁的基多城。

虽然圭亚那较容易被征服，但是他却同时具有良好的防御性，这一点同东西印度群岛有着巨大的差异。从海洋进入圭亚那就只有一条通道，而这条路允许所有船只负重通过。所以无论谁首先进入并占领了它，会发现它对任何敌人来说都是无法进入的，除非他使用摆渡船、货船、独门舟或者任何平底船。但如果敌人真的以这样的方式进入，河岸上的树木茂密延绵200英里，哪怕是一只老鼠坐船进入也无法不撞到河岸。如果要登陆则更不可能了，因为它具有比任何太阳照得到的地方更严酷的环境，有从任何方向都无法逾越的高山，在这条道路上无法为任何人提供供给。这一点被西班牙人很好地证明了，自从他们征服了秘鲁之后这五年从没有停止试图征服这个帝国或是停止寻找进入这个帝国的路径，三百二十几位绅士、骑士和贵族都没能找到任何路径可以使他们的军队由陆路进入或者由水路乘船靠近那个国家。在这些人中，以自己的名字命名亚马孙的河流的，奥雷亚纳是第一个，而被我们除去的贝里奥是最后一个。我怀疑他或者他们中已经有人知晓进入这个帝国的最佳路径。因此如果别的势力提前进入驻扎了的话，我们就很难再占领这个国家了，除非在里面的一两个地方先设置两三艘克拉姆斯特（一种船首弯曲的小船）或者是平底船。西印度群岛有很多港口、饮水处和登陆点，离圭亚那300英里左右，除了某一个地点以外，没有人能在别的地点圭亚那使船安全停泊，而任何打听这个地点的人都不能在短期内找到它，并且我保证我的同伴里没有任何一个人知道这个地点。

此外，要守卫这个国家只需要建立一个坚固的堡垒或者布防一个城镇的军力就可以达到目的。虽然这个国家有二十多个地区，但无论什么样的队伍进驻这个国家，都能够通过水路或者陆路在任何一个地区全部集合起来。而西印度群岛则不具备这样的条件，因为西印度群岛很少有城镇或地区可以通过陆路或海路向别的地区求援。陆地上的国家几乎是沙漠、山区或者是敌占区，而在海路上如果任何人从东面侵略，那么那些向西面撤退的人不可能连续几个月之都逆着东风行驶。除此之外，西班牙人在那里已经被驱散了，以至于现在他们除了在新西班牙以外的地区都不强大。大自然为这个国家提供了良好的防御，陡峭的山脉、荆棘、毒刺、山谷曲折的道路、让人窒息的空气以及水资源的缺乏是这个国家唯一的但也是最好的防御条件，因为那些侵略者会因无法获得供给而无法在这里停留，更无法在相邻的地区获得支援。

西印度群岛是最先被哥伦布呈现给女王陛下的祖父的，作为一个异乡人，人们怀疑哥伦布怀有不可告人的阴谋，并且当时人们很难相信这么多小岛和地区此前从未在书本中提到过。是女王陛下的船队以及承担更多任务的人使得女王陛下了解到这个帝国，以至于无论是在传说中还是在想象中，我所获得的与功绩不相符合的恩泽与利益都会使女王陛下受辱。这个国家已经被发现了，很多国家想得到女王陛下的爱并顺从陛下，而从事这项计划最早的、也是最久的西班牙人被打败了、气馁了也丢脸了，虽然他们被其他国家认为是不可战胜的。女王陛下在这个计划中可以雇用所有年轻的士兵和绅士们以及愿意从事此事的船长和酋长们，而代价是只需要在首次出发的时候为他们提供食物供给和武器装备，因为第一年或第二年后我毫不怀疑我会看到伦敦的贸易大厦（所有通用西班牙语的美洲国家的贸易都要通过塞维利亚的贸易大厦）里至圭亚那的票据会比现在至西印度群岛的还多。

我坚信如果在圭亚那有一支小军队正向着印加的主要城市玛洛亚进发的话，那么当地的国王将会因每年抵御外敌和安定国内所产生的千百万的开支而想归顺女王陛下，并且这位国王还要支付一支三到四千人的守备部队的费用，使他们为他效忠进而抵御外敌入侵。他不会不知道他的前辈们、他自己的叔叔们——秘鲁的帝王圭亚那的卡帕克的儿子——古阿斯卡和阿塔瓦尔帕在为自己的国家抗争的时候被西班牙人打败了。在征服后的近几年里，西班牙人已经找到了进入这个国家的路径，他不会忘记西班牙人对待边界人们的残忍，他将被迫交纳贡品，否则他那既没有枪支也没有铁制武器的帝国里，会很容易地被征服。我还记得贝里奥跟我和其他人说过，当这个帝国向西班牙俯首称臣的时候，在秘鲁众多重要的庙宇中显示了一条预言，预示上述国家将被征服，其内容是：印加人将会从英格兰人手中光复自己的国家并被上述征服者从奴役中解放出来。而我可以向上帝发誓这一切都是真的。我们靠着这几个人已经铲除了第一部分的守军，并将他们驱逐出了圭亚那，所以我希望女王陛下能命令其余的人员守卫这个国家并将这个国家视为附属国或者将其征服。因为无论是哪位王子拥有了它都会成为最伟大的人。如果西班牙国王得到了它，他将变得不可战胜。女王陛下在进行这项伟大高贵的计划时，应借此让所有的国家都明确并强化这一观念：在圭亚那南部边境触及亚马孙帝国的领土的地区，人们将广为传颂着一位圣洁的女士的名字，这位女士不仅能够保护她自己的领土和她的同胞，还能侵入并征服如此伟大的帝国并且到达如此遥远的地方。

此时若再谈及其他恐怕会造成困扰。我相信上帝这位万王之王、万主之主，他会让这位最伟大的女士真心希望拥有这个国家，如果不是这样的话，我会在当地找到能够胜任帝王之位的人，并让其在女王陛下的恩泽下担任此职。之后，我便离开。